플루타르크 영웅전

③

플루타르코스 지음 / 김병철 옮김

B 범우

차 례

□ 총목차
□ 그리스 로마 명칭 대조표

펠로피다스 · 7
마르켈루스 · 53
마르켈루스와 펠로피다스의 비교 · 97
아리스테이데스 · 103
마르쿠스 카토 · 153
아리스테이데스와 마르쿠스 카토의 비교 · 193
필로포이만 · 203
플라미니누스 · 235
플라미니누스와 필로포이만의 비교 · 271
피루스 · 277
카이우스 마리우스 · 335

■ 총목차

테세우스
로물루스
로물루스와 테세우스의 비교
리쿠르고스
누마 폼필리우스
리쿠르고스와 누마의 비교
솔 론
포플리콜라
포플리콜라와 솔론의 비교
테미스토클레스
카밀루스
페리클레스
파비우스
파비우스와 페리클레스의 비교
알키비아데스
코리올라누스
알키비아데스와 코리올라누스의 비교
티몰레온

아이밀리우스 파울루스
아이밀리우스 파울루스와 티몰레온의 비교
펠로피다스
마르켈루스
마르켈루스와 펠로피다스의 비교
아리스테이데스
마르쿠스 카토
아리스테이데스와 마르쿠스 카토의 비교
필로포이만
플라미니누스
플라미니누스와 필로포이만의 비교
피루스
카이우스 마리우스
리산데르
술 라
리산데르와 술라의 비교
키 몬
루쿨루스

키몬과 루쿨루스의 비교
니키아스
크라수스
크라수스와 니키아스의 비교
세르토리우스
에우메누스
에우메누스와 세르토리우스의 비교
아게실라우스
폼페이우스
아게실라우스와 폼페이우스의 비교
알렉산드로스
카이사르
포키온
소 카토
아기스
클레오메네스
티베리우스 그라쿠스
카이우스 그라쿠스

카이우스, 티베리우스 그라쿠스와 아기스, 클레오메네스의 비교
데모스테네스
키케로
키케로와 데모스테네스의 비교
데메트리우스
안토니우스
안토니우스와 데메트리우스의 비교
디 온
마르쿠스 브루투스
브루투스와 디온의 비교
아라투스
아르타크세르크세스
갈 바
오 토

■ 그리스 로마 명칭 대조표

그리스와 로마에서 거의 동일시되고 있는 주요 신과 인물들의 명칭을 대조하여 표시했다.

〈예〉

그리스 어 명칭	라틴 어 명칭	그 밖의 명칭
데메테르	케레스/셀레스	
디오니소스	바코스	바카스
아레스	마르스	
아르테미스	디아나	다이아나
아테네	미네르바	
아폴론	아폴로	
아프로디테	베누스	비너스
에로스	큐피드	
제우스	유피테르	주피터
크로노스	사투르누스	
포세이돈	넵투누스	넵튠
하이데스	플루톤	플루토
헤 라	유 노	주 노
헤르메스	메르쿠리우스	머큐리
헤스티아	베스타	
헤파이스토스	불카누스	
플루타르코스		플루타르크
	알렉산드로스	알렉산더
	안토니우스	안토니
	카이사르	
호메로스		호 머
오디세우스	율리시스	
오디세이아		오디세이

펠로피다스

기원전 410년? ~364년

　전투에서 대담무쌍하게 싸우는 병사를 여럿이 칭찬하는 말을 듣고 카토는 이렇게 말하였는데 이것은 과연 명언이다.
　"용기를 존중하는 것과 생명을 아끼지 않는 것은 아주 다르다."
　안티고노스 왕의 군대에 병사 하나가 있었는데, 용기만은 대단하였으나 건강이 시원치 않고 체격이 왜소하였다. 그의 안색이 나쁜 것을 보고 왕이 그 까닭을 물었다. 그 병사는 몸에 병이 있어서 그렇다고 했다. 왕은 그 군인을 염려하는 마음에서 시의들에게 있는 기술을 다 발휘하여 고쳐보라고 명령하였다. 그래서 이 용감한 병사는 병을 고치게 되었는데, 그 후부터는 위험에 뛰어들려고도 하지 않을 뿐더러 용감한 행위를 보이려고도 하지 않았다. 왕은 그의 변한 모습을 이상히 여겨, 사람이 그럴 수가 있느냐고 꾸짖었다. 그랬더니 그 병사는 그 이유를 숨기지 않고 다음과 같이 털어놓았다.
　"전하, 제가 비겁하게 된 책임은 전적으로 전하에게 있습니다. 몸이 시원치 않았을 때에는 목숨이 아까운 줄 별로 몰랐습니다만 이제 낫고 보니 그렇지가 않습니다."

이와 비슷한 생각으로 시바리스 사람도 스파르타 인에 관하여 다음과 같은 말을 했다.
"그들은 전쟁에 나가 죽으면 극심한 고생과 비참한 삶을 모면하게 되니까, 전쟁에 나가 기꺼이 죽는 방도를 택하는 것도 당연한 일이지요."
사실 말하자면 시바리스 인들은 나약하고 방탕한 생활을 즐기는 사람들이었다. 덕행과 영광만을 열심히 추구하다 보면 죽기가 두려워지니까 차라리 삶을 증오하게 되었다고 그들이 생각한 것도 어찌 보면 당연한 일이다. 그러나 실제로 스파르타 인들의 덕행은 살 때나 죽을 때나 다 같이 그들에게 행복을 확보해주는 것이라고 생각하였다. 다음 시에서 우리는 그것을 잘 알 수 있다.

영웅은 죽었으되 그들의 피의 낭비로서가 아니라
죽음 그 자체가 오직 선이라고 생각하며 그 길을 택했어라
영웅의 포부는 사는 것도, 죽는 것도 아니라
이 둘을 다 같이 명예롭게 하는 것이로다.

우리들이 야비하게 살려고 하지 않는다면 죽음을 피하려는 노력도 나무랄 것이 못 되며, 그것이 목숨을 업신여기는 데서 온 것이라면 착하고도 의롭게 죽으려는 것도 나무랄 것이 못 된다. 그러므로 호메로스는 항상 조심하여 그의 가장 용감하고도 대담한 영웅들을 잘 무장시켜서 싸움터로 내보냈다. 그리스의 법률제정자들도 방패를 내던진 병사는 벌하였으나, 칼이나 창을 버린 병사는 벌하지 않았다. 방어는 공격보다도 사람에게 더 중요하다는 것을 암시한 것이며, 나라를 다스리는 사람이나 장군에게는 특히 진리다.

왜냐하면 이피크라테스가 철저하게 구분하고 있는 바와 같이, 가령 경무장대가 손, 기병대가 발, 보병이 가슴, 그리고 장군이 머리라고 하면 장군이 위험 속에 뛰어들 때에는 자기 한 개인의 생명을 위태롭게 할 뿐만 아니라 그에게 의존하고 있는 전군의 안위에 관한 문제가 되기 때문이다. 이 반대의 경우도 마찬가지다. 그런데 위인인 칼리크라티다스는 제물을 바치고 얻은 점괘가 신통치 않아 생명이 위태로우니 조심하라고 충고한 점술가에게 다음과 같이 대답하였다.
"스파르타에는 나 아니라도 사람이 얼마든지 있다."
이것은 그의 잘못된 생각이었다.
바다나 육지에서 싸울 때 다만 머릿수로 따진다면 단 한 사람에 지나지 않지만, 장군으로서 따질 때에는 자기 한 사람의 목숨에 군 전체의 목숨이 달려 있으므로 그의 죽음에는 많은 인명의 손실이 달려 있다고 할 수 있다. 그러니 어찌 한 사람이라고 할 수 있겠는가?
안드로스에서 싸울 때 어떤 사람이 다음과 같이 말하였다.
"적의 함대가 우리보다 우세합니다."
이 말에 노왕 안티고노스는 이렇게 되물었다.
"그렇다면 나를 몇 사람 몫으로 셈할 작정이냐?"
얼마나 훌륭한 응수인가.
이 말은 곧 용감하고 경험 많은 사령관은 높이 평가받아야 하며, 그 한 개인의 안전이 다른 모든 사람의 안전에 관계가 있는 사령관으로서 그의 직책이 막중하다는 것을 암시한 말이다. 그러므로 카레스가 그가 받은 상처와 투창으로 뚫린 그의 방패를 로마 시민들에게 자랑하며 보였을 때 티모테우스가 그에게 말했다.
"그러나 사모스 포위작전 때 대군이 사령관이라기보다는 오히려 일개 철부지 소년처럼 몸을 노출시켰기 때문에, 투창이 바로 내 옆에 떨어진 것을 보고 나는 얼마나 수치를 느꼈는지 모르겠소."

나는 이 티모테우스의 태도에 찬사를 보낸다. 참으로 장군이라면 도움이 될 때에는 자신의 생명을 지푸라기같이 여겨 어떤 위험에라도 자기의 몸을 내걸고, 또는 노환으로 죽지 않고 늙을 때까지 살 수 있다면 장군은 죽게 된다는 격언 따위에는 아랑곳하지 않고서 싸워야 한다. 그러나 성공을 해도 이득이 적고 실패하면 그 손해가 막대하다면, 어떤 장군이 생명을 내걸고 평범한 일개 병졸이 얻을 수 있는 보잘것없는 성공을 원하겠는가?

위인이었지만 경솔한 행위 때문에 실패하고 만 펠로피다스와 마르켈루스의 전기를 쓰기 전에, 이러한 이야기를 전제로 해 두는 것이 타당하리라고 나는 생각한 것이다. 두 사람은 다 싸움터에서는 가장 완강한 무사였으며, 찬란한 작전으로 나라의 영광을 떨쳤으나―한 사람은 일찍이 아무에게도 져 본 일이 없는 한니발을 꺾었으며, 다른 또 한 사람은 바다와 육지를 제패하고 있는 스파르타 군을 꺾었다.―그들은 그들과 같은 장군을 가장 필요로 할 때에 몸을 위험에 맡기고 너무나도 혹사하여 결국은 목숨을 잃었기 때문이다. 나는 그들의 성격과 죽음이 이처럼 너무나도 일치하기에 그들의 생애를 비교해보려는 것이다.

히포클루스의 아들인 펠로피다스는 에파미논다스와 마찬가지로 테베스의 명문출신이었다. 부유한 가정에서 자라 젊어서 많은 유산을 이어받은 그는, 자기가 자기 재산의 노예가 아니라 주인이라는 것을 보이기 위하여 가난한 사람들 중에서 선량하고도 도움을 받을 만한 가치가 있는 사람들을 돕기에 여념이 없었다. 왜냐하면 사람들 사이에는 아리스토텔레스가 말한 바와 같이, 어떤 사람은 너무도 소견이 좁아서 자기의 재산을 쓸 줄 모르는가 하면, 또 어떤 사람은 몸가짐이 단정치 못하여 그것을 남용한다. 그리고 전자는 쾌락의 노예가 되어 일생을 그 속에서 보내며, 후자는 이욕의 노예가 되어 그 속에서 일생을 보낸다.

다른 사람들은 펠로피다스의 신세를 지며 그의 호의와 친절을 고맙게 받았으나, 모든 그의 친구들 중에서도 에파미논다스 하나만은 그의 재산을 나눠주겠다고 하여도 굳이 사양하였다. 그러나 펠로피다스가 오히려 친구의 청빈을 본받아서 친구와 똑같은 소의조식(素衣粗食)에 만족하고 지칠 줄 모르게 어려운 생활을 참았으며, 전쟁에 나가서는 물러설 줄 모르는 대담성을 발휘하였다.

에우리피데스의 글에 나오는 카파네우스는 다음과 같이 말하였다.

"막대한 재산이 있었으나 그러한 재산을 가지고 있으면서도 뽐내지 않았다."

이처럼 그는 가장 가난한 테베스 사람보다 더 잘 산다고 누가 생각하는 것을 수치로 여겼다.

원래 가난을 타고나서 그것과 벗삼으며 살아온 에파미논다스는 철학의 힘으로, 또 독신생활에 힘입어 가난을 쉽게 견뎌 낼 수가 있었다. 반대로 펠로피다스는 명문집 딸과 결혼하여 자식들도 두었다. 그러나 돈이 생기는 일에는 전혀 관심이 없고 오직 그의 모든 시간을 나라의 일에만 바쳤기 때문에 결국엔 빈털터리가 되고 말았다. 이것을 보고 친구들이 경고하였다.

"자네는 돈을 무시하지만 돈이 얼마나 필요한 존재인지 모르나?"

그는 옆에 있는 소경에다 절름발이인 사람을 가리키며 이렇게 대답하였다.
"그렇지, 여기 있는 니코데무스에게는 필요하지."
이렇듯 청빈의식의 생활태도는 두 사람 다 한결같이 천성이 그러했나 보다. 다만 펠로피다스는 육체훈련에 주로 몰두하였고, 에파미논다스는 학문에 몰두하였다. 그러므로 전자는 그의 여가를 사냥터와 체육관에서 보냈고, 후자는 강의를 듣는 일과 철학공부에 바쳤다. 그리고 두 사람에게 있어서 무엇보다도 훌륭한 점은 그 많은 위기와 전쟁과 정치생활에서 관포지교를 변함없이 지속했다는 사실이다. 아리스테이데스와 테미스토클레스, 키몬과 페리클레스, 니키아스와 알키비아데스의 사이가 정치상황에 따라 적개심과 의심과 시기로 가득 차 있던 것을 생각하고, 펠로피다스가 에파미논다스에게 보인 친절과 존경을 목격한 사람이라면 누구나 다 정치나 군사관계에 있어서 참된 동지는 이 두 사람이었다는 것을 고백하지 않을 수가 없을 것이다. 그들이야말로 서로를 이기려고 갖은 애를 다 쓴 사람들이 아니었음을 알 수 있다. 두 사람 사이가 이러하였던 참된 원인은 그들의 덕 때문이었다. 각자의 행동으로 자기의 영예나 이득을 거두려고 함으로써 서로 시기나 질투하는 일 없이 두 사람 모두 조국이 자기 생전에 권세와 영광의 절정에 도달함을 보려고, 친구의 공을 서로 자기의 공처럼 기뻐하며 이 큰 목적에 이바지하려고 노력했던 것이다.
정말로 이러한 긴밀하고도 철저한 두 사람의 우정은 만티네아 전쟁 때부터 시작된 것이라고 생각하는 사람이 많다. 그때 두 사람은 테베스의 동맹국이던 스파르타 소속이 되어서 테베스에서 증원부대에 참가하여 싸웠다. 함께 보병부대에 배속되어 아르카디아 군과 싸우고 있었는데 그때 그들이 배속된 스파르타의 좌익이 무너져서 많은 병사들이 도망을 치는 바람에 두 사람은 방패를 서로 맞대고 계속되는 적의 공격에 대항해서 맞서 싸우게 되었다.

펠로피다스는 가슴에 일곱 군데나 부상을 당하고 살해된 아군과 적의 시체더미 위에 쓰러졌다. 에파미논다스는 그가 살아날 가망이 없다고 생각하였지만 앞으로 나아가 전우의 무기와 몸을 방어하며 단신으로 많은 적을 상대로 싸우며, 절망적인 전우를 버리기보다는 오히려 자신이 대신 죽을 각오로 싸울 것을 결심하였다. 시달릴 대로 시달린데다 가슴에는 창상을 입고 팔에는 칼에 찔린 상처 때문에 사경에 놓인 두 사람에게 스파르타 군의 우익에서 아게시폴리스 왕이 달려와서 구사일생으로 두 사람을 구출해내었다.

이 일이 있은 후부터 스파르타는 테베스에게 우방인 체하였으나 실제로는 테베스의 계획과 힘을 시기하고 의심했다. 특히 이스메니아스와 안드로클리데스가 주동이 되어 있는 당이 민주적이고 혁명적인 이념을 가지고 있다고 경계하였는데, 펠로피다스도 이 당에 가입하고 있었다. 그러므로 아르키아스, 레온티다스 및 필립 등 모두가 부유하고 과두정치의 이념을 가지고 있으며 야심이 강한 그들은, 스파르타의 장군 포이비다스가 상당히 많은 병력을 이끌고 테베스를 통과할 때에 카드메아를 기습공격하여 반대당을 무찌르고서 과두정치 체제를 수립하고 그 세력을 이용하여 이 나라를 스파르타의 주권하에 굴복시키자는 음모를 꾸몄다.

그는 이 제안을 받아들여 케레스 축제 때 테베스 인들에게 기습공격을 가하여 카드메아를 점령하였다. 이때 이스메니아스를 체포하여 스파르타로 이송, 얼마 후 살해하고 말았다. 그러나 도망친 펠로피다스, 페레니쿠스, 안드로클리데스, 그 밖의 많은 인사들이 법외방치자라고 공포되었다. 에파미논다스 하나만은 철학을 하니 비행동적이고, 가난하니 능력이 없는 인물일 것이라고 간주되어 국내잔류가 허용되었다.

　스파르타는 포이비다스를 군사령관직에서 해임하고, 그를 10만 드라크마의 벌금형에 처하였다. 그러나 군은 카드메아에 그대로 주둔시키고 있었다. 모든 그리스 사람들은 실제 행동자는 벌하면서 그들의 행위에는 동조하는 모순된 처사를 이상하게 생각하였다. 그리고 이미 나라를 잃고 아르키아 인과 레온티다스 인에 의하여 노예가 된 테베스 인들은 그들의 학정을 모면할 희망이 전혀 없었다. 테베스 인들은 스파르타의 전군이 테베스를 장악하고 있고, 해류에 있어서 스파르타의 지배권을 축출하지 않는 한 그들의 학정에서 벗어날 방도가 전혀 없었기 때문이다. 그러나 레온티다스와 그의 일당들은 추방자들이 아테네에서 시민들의 총애를 받고 상류사회 인사들의 존경을 받고 있다는 것을 알게 되자, 그들을 없애버리려는 의도에서 자객을 보내어 안드로클리데스를 살해하였다. 그러나 그 밖의 사람들에 대해서는 실패하였다.

　그뿐만 아니라 스파르타는 아테네에 편지를 보내어 그들에게 경고하기를, 이 추방자들을 받아들이거나 묵인하지 말고, 그들은 여러 동맹국들이 공인한 공통된 적이니 그들을 추방하라고 하였다. 그러나 아테네 인들은 선천적으로 친절한 성격을 이어받은데다 과거에 자기들이 정권을 회복할 때에 원조해주었고, 또 어떠한 아테네의 병사이건 간에 자기들의 전제자를 무찌르기 위하여 자기 나라를 통과할 때에 국민들은 그 병사를 보거나 그들의 이야기를 들어서도 안 된다는 포고문을 공포했던 테베스 인들에게 은혜를 갚기 위해서라도 그들은 이들 망명인에게 아무런 해도 끼치지 않았다.

펠로피다스는 이들 망명객 중에서 가장 연소한 편이었지만 몰래 망명객 하나하나를 적극적으로 선동하였다. 그는 그들이 모인 자리에서 조국이 무방비상태가 되어 노예가 되는 것을 모른 체하고 자기들의 목숨과 안전에만 연연하여 아테네의 정령에만 의존하고, 또 시민에게 영향력을 행사할 수 있는 말만 번드레한 정객들을 무서워하고 아부하는 것은 수치스러운 일일 뿐더러 죄악이라고 말하였다. 테베스를 떠나서 아테네의 30인 전제정권을 타도한 트라시불루스의 용기와 애국정신을 본받아, 어서 아테네를 떠나 조국을 해방시키러 가야 한다고 호소하였다.

이렇게 그가 그들을 설득하였을 때 그들은 테베스에 남아 있는 동지들에게 밀사를 보내어 자기들의 계획을 그들에게 알렸다. 그들도 이 계획에 협력할 것을 약속하고, 그 중의 지도자였던 카론은 자기 집을 제공하여 그들을 맞이하겠다고 말하였다. 필리다스는 그 당시 총사령관의 직책을 맡고 있는 아르키아스와 필립의 비서가 되겠다고 나섰다. 그리고 에파미논다스는 벌써부터 청년들에게 애국심을 고취시키고 있었다. 그는 체육관에 나가 스파르타 인에게 도전하여 씨름을 할 것을 자기 나라 청년들에게 권장하였다. 그리고 힘으로 능히 이길 수 있는 스파르타 인들에게 비겁하게 굽실거리는 것은 말할 수 없는 큰 수치라고 충고하였다.

거삿날이 결정되고 망명자들은 계획을 수립하였다. 국내에 있는 동지들은 페레니쿠스와 함께 트리아시아 평야에 그대로 남아 있는 한편, 소수 젊은이들은 시내로 들어가서 일을 결행하기로 했다. 만약 적의 기습을 받아 실패로 돌아갈 경우 살아남은 동지들이 그들의 가족과 양친의 생활문제는 돌봐주기로 약속하였다.

이 일을 맡겠다고 맨 먼저 나선 청년은 펠로피다스였다. 그 뒤를 따라 멜론과 다모클리데스와 테오폼푸스 등의 청년들이 나섰다. 이들은 모두 명문출신으로 서로 우애가 깊고 성실한 청년들이었다. 명예와 공을 세우는 용감한 일에 있어서는 서로 조금도 뒤지지 않으려는 적수들이었다. 그들은 모두 12명이었다. 뒤에 남은 동지들에게 작별인사를 하고 카론에게 사자를 보낸 다음, 모두들 짧은 웃옷을 입은 채 사냥개를 데리고 사냥용 작대기를 들고 장도에 올랐다. 만일 도중에서 사람을 만나더라도 다만 들에서 사냥을 하려는 사람들로 알고 의심을 품지 않게 하기 위해서였다. 사자가 카론의 집을 찾아가 일행이 오고 있다는 것을 알렸다. 카론은 위기를 당해도 결심을 바꾸지 않고, 무엇보다도 그는 약속을 잘 지키는 사람이었으므로 그들을 자기 집으로 맞아들였다.

　그 집에는 히포스테니다스라는 사람이 와 있었는데 나쁜 사람은 아니었다. 다만 나라를 사랑하고 망명지사들에게 동조하기는 하였으나 거사하기에는 아직 시간이 이르다고 생각하며, 거사의 성격이 요구하는 만큼의 결의가 부족한 사람이었다. 그는 진행되는 일이 너무도 큰 데 현기증을 일으킬 만큼 놀랐다. 더구나 이들이 망명지사들이 제공할 수 있는 형편없는 원조만을 믿고 테베스에 있는 스파르타의 괴뢰정권과 막강한 그들의 세력을 전복시키려 한다는 것을 알게 되자 그는 덜컥 겁이 나기 시작하였다. 그래서 그는 몰래 자기 집으로 돌아가 멜론과 펠로피다스에게 친구 하나를 보내었다. 지금 당장은 시기상조이니 아테네로 돌아가서 좀더 좋은 기회를 기다리고 있는 것이 좋을 것이라고 전하였다.

　클리돈이라는 이 사자는 곧바로 자기 집으로 달려가서 말을 끌어내며 말안장을 가지고 오라고 아내에게 말하였다. 그러나 그의 아내는 그것이 어디 있는지 알지를 못하였다. 찾아도 나오지 않자 아내는 이웃 사람에게 빌려주었다고 변명했다. 그 일로 그는 아내와 말다툼을 하다가 급기야는 서로 욕설을 퍼붓기 시작하였다. 아내는 그런 심부름을 가는 사람이나 시킨 사람에게 다 같이 벌이 내려질 것이라고 악을 썼다. 클리돈은 이 말다툼으로 한나절을 허비하고는 아무래도 나쁜 징조라고 생각하고 심부름 갈 생각도 단념하고 다른 볼일을 보러 갔다. 그리하여 이 위대하고 영광스러운 거사는 낳기도 전에 거의 그 기회를 잃을 뻔하였다.

그러나 펠로피다스와 그 일행은 촌사람 같은 몸차림을 하고 서로 갈라져 해가 지기 전에 각각 시내로 들어갔다. 바람이 부는 날이었고 때마침 눈도 내리기 시작하였으므로 몸을 감추는 데에는 안성맞춤이었다. 더욱이 날이 궂어서 대부분의 시민들이 집에서 나오지 않아서 눈에 띌 염려가 없었다. 그러나 이 거사에 관계가 있는 사람들은 그들이 오자 그들을 맞아 카론의 집으로 안내하였다. 거기 모인 사람은 망명지사와 그 밖의 사람까지 합쳐서 모두 48명이었다.

한편 전제자 쪽은 어떠한가. 이미 지적한 바와 같이, 전제자들의 비서로 있으면서 망명지사들의 음모의 동조자이자 그들과 내통하고 있는 필리다스는 아르키아스와 그 일파를 그 날 주연에 초청하여 술을 실컷 마시게 하고 기생을 안겨주어 일부러 주색에 빠지게 한 다음 이 일당을 음모자들에게 넘겨줄 생각이었다. 그러나 술자리가 완전히 달아오르기도 전에, 망명자들이 몰래 시내에 잠입해 있다는 정보가 아르키아스의 귀에 들어왔다. 소문만은 확실했으나 애매하고 확실한 증거가 없었다. 필리다스가 화제를 바꾸려고 시도했으나 아르키아스는 그의 호위병 하나를 보내어 카론을 당장 데려오라고 명령하였다.

저녁이었다. 펠로피다스와 그의 일당은 갑옷의 가슴받이도 두르고 허리에 칼도 차면서 싸울 준비를 하고 있었다. 그때 별안간 문을 두드리는 소리가 났다. 방 안에 있던 한 사람이 달려나가 어찌 된 일이냐고 하인에게 묻자, 전제자들이 사람을 보내어 카론을 데리러 왔다는 말을 전하는 것이었다. 그는 허둥지둥 돌아와서 안에 있는 동지들에게 그 사실을 알렸다. 곧 모든 음모가 발각되어 거사도 하기 전에 전원이 전멸하게 되었다는 추측이 오갔다. 그러나 카론만큼은 의심을 막기 위해서라도 시치미를 딱 떼고 호출에 응하여 전제자들 앞에 나가야 한다고 주장했고 모두들 그 의견에 일치를 보았다.

카론은 정말로 어떤 위험한 일에 부닥쳐도 겁을 모르는 용감한 사람이었으나, 이번만큼은 자기가 배신자이고 자기 때문에 그렇게도 많은 용감한 동지들이 죽게 되지나 않을까 두려워 걱정이 이만저만이 아니었다. 그래서 호출에 응하여 떠나기로 작정한 그는 여자들 방에서 아들을 하나 데리고 나왔다. 그 아이는 보기에는 아직 어리지만 그 또래의 아이들 중에서는 가장 잘생기고 건강해 보였다. 카론은 이 아들을 펠로피다스에게 내주며 말했다.

"만일 내가 배반하였다는 것을 알게 되면 적으로 알고 가차없이 이 아이를 죽이시오."

카론이 보인 충정에 모든 동지들은 눈물을 흘렸다. 그리고 아무리 위험한 사태가 벌어져도 그를 의심하거나 비난할 만큼 야비하고 저속한 사람은 동지 중에 아무도 없다며 정색을 하였다. 그리고 아들까지 이 사태에 개입시켜 그에게 피해가 오는 일이 있어서는 안 된다는 당부를 하였다. 오히려 아들을 전제자의 손아귀에서 벗어나게 해서 나라와 동포들의 원수를 갚을 수 있도록 오래 살게 해야 한다는 것이었다. 하지만 카론은 아들은 죽어도 데리고 가고 싶지 않다고 거절하고는 모두에게 이렇게 반문하였다.
 "어떠한 목숨이, 어떠한 안전이 그의 아버지와 이렇게 관대한 동지들과 같이 죽는 것보다 더 명예로울 수 있겠소?"
 카론은 모든 동지들에게 성공을 빌면서 인사와 격려를 했다. 그리고 아무 걱정도 없다는 듯 모두에게 안심을 시키고 유유히 길을 떠났다.
 카론이 들어서자 아르키아스와 필리다스가 와서 말하였다.
 "카론, 내가 듣기에 어떤 자들이 와서 시내에 잠입하고, 시민들 중에도 그들과 내통하고 있는 자들이 있다는데 알고 있소?"
 카론은 가슴이 두근거리는 것을 억제하며 반문하였다.
 "그게 도대체 누굽니까? 또 그 놈들을 숨겨준 놈들은 누구란 말입니까?"
 카론은 아르키아스가 확실한 대답을 못 하고 우물거리고 있는 것을 보고, 이 소문은 음모에 관련된 사람이 제공한 정보가 아니라는 결론을 내렸다.
 "쓸데없는 소문을 가지고 괜히 마음을 어지럽히지 마십시오. 그러나 내가 조사는 해보겠소. 이러한 경우에는 어떠한 보고도 소홀히 할 수는 없으니까 말이오."
 옆에 서 있던 필리다스가 카론에게 좋을 대로 하라고 말하고는 아르키아스를 다시 술자리로 데리고 갔다. 술을 권하면서 이제 곧 기생들이 올 테니 기대하라고 하면서 흥을 돋우었다.
 카론이 돌아와서 보니 동지들은 모두 준비를 끝마치고 있었다. 그 모양은 안전과 성공을 바라고 있다기보다는 자기의 죽음을 각오하면서까지 적을 하나라도 더 죽이려는 결심들로 비장한 모습이었다. 그는 펠로피다스와 동지들에게만 사실을 이야기하고, 집안의 다른 사람들에게는 임기응변책으로 이야기 하나를 만들어 아르키아스가 그에게 다른 일에 관하여 이야기 하더라고 하였다. 이 시련이 채 다 끝나기도 전에 운명의 여신은 또 다른 시련을 가지고 왔다. 아르키아스와 이름이 똑같은 아테네의 대사제인 아르키아스라는 사람으로부터 사신이 왔는데, 가지고 온 편지에는 막연한 추측이 아니라 모든 음모가 상세히 기재되어 있었다. 사자는 이미 술이 거나하게 취한 아르키아스에게 안내되어 편지를 전하며 말하였다.

"편지를 보내신 분은 이 편지를 곧 읽으시라고 하였습니다. 아주 시급한 일이라고 하셨습니다."

그러나 아르키아스는 미소를 지으며 대답하였다.

"시급한 일은 내일."

그리고는 편지를 받아 베개 밑에 넣고 필리다스와 하던 이야기를 계속했다. 그가 한 이 말은 오늘날까지도 격언이 되어 그리스 사람들 사이에서 널리 쓰여지고 있다.

이제 거사할 때가 온 것으로 판단한 그들은 두 패로 갈라져 한 패는 펠로피다스와 다모클리데스의 지휘하에 서로 이웃에 사는 레온티다스와 히파테스를 습격하였고, 또 다른 한 패는 카론과 멜론의 지휘하에 아르키아스와 필립을 습격하였다. 이들은 갑옷의 가슴받이 위에 여자의 치마를 두르고, 얼굴은 전나무와 소나무 가지를 엮어 가리고 연회장으로 들어갔다. 그러한 차림으로 문에 이르자 손님들은 박수를 치며 자기들이 기다리던 기생들이 온 것으로 알고서 환호성을 올렸다. 그러나 일행은 방 안을 이리저리 둘러보며 흥겨워하는 그 하나하나를 세밀히 살펴보고 누가 누군지를 확인한 다음 칼을 뽑아들고 아르키아스와 필립에게 달려들었다. 필리다스는 얼마 안 되는 손님들에게는 이것은 연극이니 안심하고 가만히 앉아 있으라고 일렀다. 그리고 일어서서 전제자들을 도우려고 하는 손님들도 만취되어 있었으므로 쉽게 처치할 수 있었다.

그러나 펠로피다스와 그의 일당은 일이 그리 쉽게 되지 않았다. 그들이 레온티다스를 처치하려 하였을 때 그는 술도 마시지 않고 문을 잠그고 이미 잠들어 있었다. 한참 동안 문을 두드린 끝에 하인 하나가 겨우 나와 문의 빗장을 풀었다. 대문을 열기가 무섭게 집 안으로 침입한 펠로피다스와 그 일당은 그 하인을 죽이고 일제히 레온티다스의 침실로 들어갔다. 그러나 레온티다스는 소란한 소리와 사람들이 뛰는 소리로 심상치 않은 일이 벌어졌음을 깨닫고 침대에서 뛰어내려 단도를 빼어들고 있었다. 그는 불을 끄는 것을 깜빡 잊어버려 어둠 속에서 적들이 서로 잘못 치고받게 할 것을 미처 생각하지 못하였다.

그리하여 불빛을 받고 환히 드러나 보였기 때문에 침실 문을 들어서는 그들과 맞부딪치게 되어 제일 먼저 뛰어들어오는 케피소도루스를 찔러 죽였다. 그가 쓰러지자 다음 적수는 펠로피다스였다. 통로가 아주 좁고 케피소도루스의 시체가 방해했으므로 치열하고도 위험한 싸움이 벌어졌다. 결국 펠로피다스가 레온티다스를 죽이고 이번에는 히파테스의 집으로 몰려가 똑같은 방법으로 집 안에 침입하였다. 히파테스는 흉계를 미리 알고서 그의 이웃집으로 도망을 쳤지만, 펠로피다스와 그 일당이 따라가서 붙잡아 죽이고 말았다.

이 일이 끝나자 그들은 멜론과 합류했다. 그리고 아티카에 남겨두고 온 망명지사들에게 소식을 급히 전하고는 시민들을 소집하여 그들에게 자유를 쟁취하라고 호소하였다. 현관에 걸려 있는 전리품을 끌어내리고 근처에 있는 무기고를 때려부수고는 그들을 도우러 달려온 시민들을 무장시켰다. 에파미논다스와 고르기다스도 이미 무장을 갖추고, 용감한 젊은이들과 나이 먹은 사람들 중에서도 쓸 만한 사람들을 이끌고 달려왔다. 시내는 흥분과 혼란의 도가니였다. 소음과 급히 서두는 사람들의 동작이 눈에 띄었다. 집집마다 불이 환하게 켜지고, 사람들은 이리저리 뛰어다녔다. 그러나 시민들은 아직 한덩어리로 모이지는 못하고 무엇이 올 것만 같아 놀라고만 있을 뿐, 그 정체를 분명히 알 수 없어 그저 날이 밝기만을 기다리고 있었다. 시민들은 스파르타의 장교들이 곧 진압하러 나오지 않는 것으로 보아 무슨 사고가 생긴 것으로 추정했다. 왜냐하면 주둔군의 병력수는 1천5백 명이나 되었으나 많은 시민들이 그들에게 달려가 보호를 요청하자, 소음과 횃불과 갈팡질팡하는 시민들을 보고서 그만 질려 병사 내에만 틀어박혀 있었기 때문이다.

날이 밝자 아티카로부터 무장한 망명지사들이 시내로 들어왔고, 한편에서는 시민대회가 열렸다. 에파미논다스와 고르기다스가 펠로피다스와 그의 일행을 소개하였고, 사제들이 그들을 둘러싸고 화환을 머리에 얹어주고, 시민들에게 조국과 신들을 위하여 싸우라고 호소하였다. 운집한 군중들은 그들을 보고서 한덩어리가 되어 일어나 환호성을 지르며 자기들의 구제자요 은인이라고 외쳐댔다.

그리고 나서 멜론과 카론과 함께 보이오티아의 총사령관으로 선출된 펠로피다스는 그 즉시로 성채를 봉쇄하려고 사방에서 총공격을 가하였다. 스파르타 군을 원조하기 위하여 스파르타 본부에서 증원부대가 오기 전에 그들을 축출하고 카드메아를 해방하자는 생각에서였다. 펠로피다스는 수비대를 축출하는 데만 겨우 성공하였다. 수비대가 항복하고서 성채를 떠나 고국으로 돌아가는 길에 막강한 병력을 이끌고 테베스로 진격해 오고 있는 클레옴브로투스를 메가라에서 만났기 때문이다. 시민들은 테베스의 지사로 와 있던 세 사람 중 헤리피다스와 아르키수스를 사형에 처하고, 리사노리다스는 중벌금형에 처하여 펠로폰네소스로 추방하였다.

그리스 인들은 이 사건을 가리켜 트라시불루스 사건의 자매 사건이라고 불렀다. 그것은 주동자들의 용기나 그들이 부딪친 위험, 그들이 겪은 싸움이나 그들이 거둔 성공에 있어서 트라시불루스의 사건과 매우 비슷했기 때문이다. 그렇게도 약세인 소수의 병력을 가지고 오로지 대담한 용기 하나만으로 막강한 대군을 무찔러 조국에 크나큰 영광을 가져다준 예를 우리는 일찍이 볼 수 없었으니 말이다. 그러나 그 후에 온 사태의 변화는 이 사건을 더욱 유명하게 하였다. 스파르타의 지배권을 꺾고 바다와 육지에서 군림하던 패권에 종지부를 찍게 한 이 전쟁은 펠로피다스가 어떠한 요새, 어떠한 성, 어떠한 성채를 기습공격한 것도 아니고, 열두번째 사람으로서 한 개인의 집에 와서 이를테면 전에는 난공불락으로만 생각된 스파르타의 강철같은 압제의 사슬을 끊어버린 그 날 밤부터 시작되었기 때문이다.

스파르타의 대군이 테베스를 침공하였다. 이에 크게 놀란 아테네 사람들은 테베스와의 동맹관계를 포기한다고 선언하고 테베스를 지지하던 자들을 처벌하여 몇몇은 사형에 처하고 몇몇은 벌금형에 처하여 추방하였다. 동맹관계가 끊긴 테베스의 입장은 절망적이었다. 그러나 테베스의 총사령관 직책을 맡고 있는 펠로피다스와 고르기다스는 스파르타와 아테네를 이간시킬 목적으로 다음과 같은 계략을 짜냈다.

전쟁에서 용맹을 떨친 스포드리아스라는 스파르타의 장군은 판단력이 부족하고 근거가 없는 욕심과 어리석은 야심에만 불탄 인물이었는데, 스파르타는 이 자를 테스피아이에 그대로 군대와 함께 남겨두어 테베스의 배반자들을 맞아 돕게 하고 있었다. 펠로피다스와 그 동지들은 자기들의 친구인 상인을 시켜 그에게 돈을 주는 한편, 이 뇌물보다 더 그의 마음을 끄는 제안을 하였다. 즉, 아테네 인들이 방심하고 있을 때에 피라이우스에 기습을 가하여 아테네를 공략하면 조국 스파르타에게는 그보다 더 고마울 일은 없다. 테베스 인들은 물론 그들이 이제 미워하고 반역자라고 간주한 자들을 도우려고 하지는 않을 것이라고 꾀었다. 스포드리아스는 이 간계에 넘어가 그의 군대를 이끌고 밤에 아티카로 진군하여 엘레우시스까지 전진하였다. 그러나 여기에서 그의 계획이 탄로나자 병사들은 겁을 내고, 괜히 스파르타를 위험한 전쟁에만 끌어 넣은 후에 테스피아이로 후퇴하였다.

이 일이 있은 후 아테네 사람들은 열심히 테베스에게 군사물자를 보냈으며, 바다로 출항하여 여러 곳에서 스파르타에게 저항할 의사가 있는 모든 그리스 사람들을 규합하였다. 한편 테베스 인들은 테베스에 와 있는 스파르타 인들과 충돌이 잦았다. 큰 싸움은 아니었으나 중요한 싸움에 늘 참가함으로써 조직과 훈련을 강화하여 실전을 통한 사기앙양에 주력하고 육신을 단련하며 경험과 용기를 쌓았다. 그러므로 스파르타 인 안탈키다스는 아게실라우스 왕이 테베스 군과 싸우다 부상을 입고 테베스에서 본국으로 돌아갈 때 이렇게 말하였다.

"정말로 테베스 인들은 본의 아니게 폐하께서 전술을 가르쳐주신 그 대가를 톡톡히 치른 셈이 되었군요."

그러나 실제로 그들에게 전술을 가르쳐준 것은 아게실라우스 왕이 아니라, 사람들이 어린 사냥개를 훈련시키듯이 신중하고도 적절하게 적과 맞서게 하여 승리의 단맛을 보고 자신을 얻게 한 후에 그들을 무사히 데리고 온 사람들이었다. 이러한 지도자들 가운데서 가장 공이 많은 사람은 펠로피다스였다. 그는 총사령관으로 임명된 이래 계속 그 직책에 있었다. 신성군단의 사령관으로서 뿐만 아니라, 가장 빈번히 임명된 것은 테베스의 총사령관이었다. 플라타이아와 테스피아이 근처의 전투에서는 스파르타 군을 패주시켰고, 카드메아 수비대에 기습을 감행할 포이비다스를 죽였다. 타나그라에서는 상당히 많은 병력을 소탕하였고 그 지휘관 판토이데스도 죽였다. 이러한 작은 전투에서 승리한 결과 사기는 올랐지만 철저하게 스파르타 군의 사기를 꺾지는 못하였다. 왜냐하면 이러한 것은 전투다운 전투는 못 되었고, 급습을 노려 조그마한 이익을 얻은 데 지나지 않았다. 또 때로는 공격하고 때로는 후퇴하여 적을 지치게 할 정도에 지나지 않았기 때문이다.

그러나 테기라이 전투는 레우크트라 전투의 전초전 격이었는데, 필로피다스로 하여금 큰 명성을 떨치게 하였다. 왜냐하면 다른 장군의 힘을 빌리지 않고 자기 혼자의 힘으로 적을 완전히 무찌를 수 있었기 때문이다. 오르코메니아 시가 스파르타 군의 편을 들어 그 방어용으로 두 부대의 병력을 원조받고 있었으므로 펠로피다스는 이 도시를 늘 주목하여 기회를 노리고 있었다. 이 도시를 지키던 수비대가 로크리스로 이동하였다는 정보에 접하여, 무방비상태로 있으리라고 생각하고 펠로피다스는 그의 신성군단과 얼마 안 되는 기병을 이끌고 쳐들어갔다. 그러나 펠로피다스가 이 도시로 접근하였을 때 수비대의 증원 부대가 스파르타로부터 오고 있다는 것을 알게 되자 산기슭을 우회하여 테기라이를 지나 얼마 안 되는 군대를 이끌고 후퇴하였다. 그가 빠져 나올 수 있는 길이라고는 그것밖에 없었기 때문이다. 왜냐하면 멜라스 강이 범람하자 강물이 늪과 배가 통행할 수 있는 웅덩이로 퍼져 들어가 그 사이의 모든 들판은 건널 수가 없었기 때문이다.

이 늪지대 조금 아래에 아폴론 테기라이우스 신전이 서 있었다. 이 신전은 메디아 전쟁 당시까지만 해도 번성하고 있다가 그 후 머지않아 폐허가 되고 말았다. 당시의 사제는 에케크라테스였다. 전설에 의하면 이 곳에서 아폴론 신이 탄생하였다고 하여 그 이웃에 있는 산을 델로스라고 불렀다. 델로스에서 멜라스 강의 범람은 그치고 또다시 수로를 이루고 흘러내려간다. 신전 뒤에는 샘물이 두 군데서 솟아나고 있었는데, 물맛이 좋고 그 양이 많고 시원하기로 유명하였다. 사람들은 하나는 '종려나무' 또 하나는 '올리브나무'라고 불렀다. 이제까지도 아폴론 신의 어머니 헤라가 해산한 곳이 이 두 나무 사이가 아니라 두 샘 사이였다는 듯이 이렇게 불렀다. 산돼지가 나타나서 헤라가 깜짝 놀랐다고 사람들이 말하는 프토움이라는 곳은 바로 이 근처에 있다. 그리고 피톤과 티티우스의 전설도 마찬가지로 이 두 장소와 깊은 관계가 있다.

　이 문제에 관한 자세한 증거는 들지 않으려고 한다. 왜냐하면 우리의 전통은 이 신은 헤라클레스나 디오니소스처럼 인간으로 태어났다가 신이 된 사람들의 부류에 넣지 않기 때문이다. 이 두 신은 그 덕에 의하여 인간의 경지를 벗어난 신들이다. 그러나 이 문제에 관하여 옛날의 성현들이 남긴 기록에서 어떤 확실한 증거를 모을 수 있다면 아폴론 신은 어머니의 뱃속에서 나오지 않은 영원한 신이라는 것이다.

　테베스 군이 오르코메누스로부터 테기라이 쪽으로 퇴각하고 있을 때 마침 로크리스 쪽으로 진격중인 스파르타 군과 마주쳤다. 좁은 골짜기를 나오는 적군을 본 병사 하나가 펠로피다스에게 말하였다.

　"적의 손아귀에 들고 말았습니다."

　"천만에 적이 우리 손아귀에 든 셈이지."

펠로피다스는 이렇게 대답하고 즉시 기병대에게 후미에서 나와서 공격하라고 명령하고, 다른 한편으로는 300명의 보병을 굳게 결속시킨 다음 비록 적이 수에 있어 우세한들 어디서 만나더라도 뚫고 나갈 수 있도록 결의를 굳게 했다. 스파르타 군의 병력은 2개 중대였다. 스파르타 군의 지휘관들인 고르골레온과 테오폼푸스는 자신만만하게 테베스 군 쪽으로 전진해 왔다. 테베스 군의 공격은 치열하였으며, 특히나 지휘관들에 대한 공격은 더욱 치열하였다. 펠로피다스에게 도전한 스파르타 군의 두 대장은 제일 먼저 피살되었다. 그 뒤를 따라온 병사들도 심한 피해를 입자 전군이 사기가 꺾여 마치 어서 자기들 사이를 뚫고 지나가라는 듯이 테베스 군에게 길을 열어주었다. 그러나 펠로피다스가 적진으로 더욱 깊숙이 들어가 진지를 지키고 있는 적들까지 공격을 가하여 그들을 처절하게 살육하자 나머지는 모두 도망쳐버렸다. 멀리까지 추격하지는 않았다. 왜냐하면 이웃의 오르코메니아 인과 스파르타로부터의 증원부대가 두려웠기 때문이다. 그러나 적 사이로 빠져나올 수 있었다는 것과 적의 전군을 무찌를 수 있었다는 것은 큰 성공이었다. 펠로피다스와 군대는 이 곳에 전승비를 세우고, 피살된 적으로부터 전리품을 그러모아 여기서 거둔 전과에 만족하며 의기충천하여 돌아왔다.

펠로피다스와 그의 군대가 의기충천할 만도 했다. 왜냐하면 과거에 스파르타 인은 그리스 인이나 야만인들과 싸운 모든 큰 전쟁에서 자기 부대보다 병력수가 적은 적군에게 패한 적이라고는 한 번도 없었다. 아니, 정규전에서 그 수가 동일할 때에도 절대로 패한 적이 없었다. 그러므로 그들의 용기는 저항할 수 없는 절대적인 것으로 여겨졌고, 그들의 평판은 너무나도 대단하여 싸우기도 전에 똑같은 조건이라면 스파르타 군을 상대로 해서는 싸울 것도 없이 진 거나 다름없다고 지레 모두들 겁을 냈던 것이다. 그러나 이번 싸움에서 스파르타 군은 여지없이 패하고 말았던 것이다. 이 싸움은 비로소 용기 있고 결단력 있는 용사들을 배출하는 것이 에우로타스나 바비케와 크나키온 사이의 나라뿐만 아니라, 어느 나라든지 수치를 두려워하고, 명예를 위하여 생명을 내던지기를 서슴지 않고, 위험보다 치욕을 더 겁내는 청년들이 있으면 가능하다는 것을 다른 그리스 인들에게 가르쳐준 것이다.

어떤 일설에 의하면 신성군단을 제일 먼저 창설한 사람은 고르기다스였는데, 그 당시의 인원은 300명이었다고 한다. 아성(牙城)의 경비를 맡게 하였으므로 국가가 군량미와 훈련에 필요한 모든 물자를 대었다. 그러므로 옛날에는 아성들을 보통 도시라고 불렀기 때문에 이 군단은 도시군단이라고 불렸다. 또 어떤 설에 의하면, 신성군단은 개인적인 애정에 의하여 서로 밀착된 청년들로 조직되어 있었다고도 한다. 그리고 호메로스의 작품에 나오는 네스토르는 그리스 군을 향하여 종족은 종족끼리 가족은 가족끼리 도우라고 했다.

팜메네스는 이 부분을 들어서 장군의 명령치고는 잘 한 말이 못 된다며, 네스토르는 이런 말을 할 것이 아니라 서로 사랑하는 동지들끼리 나란히 서서 싸우라고 했어야 한다고 했다. 팜메네스의 이 명쾌한 말은 오늘날까지도 널리 유포되어 있다. 왜냐하면 동족이나 같은 가족끼리는 위험이 닥쳤을 때에 서로 그다지 대단하게 생각지 않기 때문이다. 그러나 사랑에 근거를 둔 우정으로 굳어진 무리는 결코 깨지는 법이 없고 난공불락이다. 왜냐하면 서로 사랑하는 사람은 사랑하는 동지가 보는 앞에서 야비한 짓을 하면 수치로 여기고, 또 사랑하는 동지들 앞에서는 기꺼이 서로를 도우려고 위험 속으로 돌진해 들어가기 때문이다. 사랑하는 동지가 현장에 있지 않아도 그 자리에 있는 다른 사람에 대해서 보다 더 관심을 갖기 때문에 이것은 별로 이상한 일도 아니다. 그 한 예로 그의 적이 그를 죽이려고 하였을 때, 그의 사랑하는 동지들에게 등에 상처를 입은 것을 보이기가 수치스러우니 제발 가슴을 찔러달라고 애원한 것이 그것이다. 그리고 헤라클레스가 무척 사랑한 이올라우스는 고통에 빠진 그를 도왔고 또 늘 그의 옆에서 싸웠다고 하는 말도 마찬가지로 전해지고 있다. 아리스토텔레스의 말에 의하면 그 시대에 있어서조차 사랑하는 동지들은 이올라우스의 무덤에 가서 서로 우정을 맹세하였다고 한다. 그러므로 이 군단이 신성군단이라고 불린 것도 그럴 법한 일이다. 플라톤은 이렇게 서로 사랑하는 동지야말로 신이 주신 친구라고 부른 바 있다.

이 신성군단은 카이로네아 전투가 있을 때까지 한 번도 패한 적이 없었다고 전해진다. 그리고 마케도니아의 왕 필리포스가 전투가 끝난 다음 전사자들을 시찰하다가, 300명의 신성군단의 병사 전원이 방형진의 적병의 창에 찔려 죽어 겹겹이 쌓인 것을 보았다. 이상하게 여긴 필리포스가 측근자에게 이 일에 관하여 물어 서로 사랑하는 동지들로 구성된 신성군단에 대한 것을 알게 되었다. 이야기를 듣고 필리포스는 눈물을 흘리며 말하였다.

"이런 사람들이야말로 그 어찌 야비스러운 짓을 감히 했겠느냐!"

테베스 인들 사이에 동지들끼리 서로 사랑하는 이러한 기풍을 진작시킨 것은 시인들도 인정하고 있는 라이우스였다. 테베스의 입법자들도 시민들이 젊었을 동안에 그들의 난폭한 천성을 부드럽게 해줄 목적으로, 예를 들자면 엄숙한 행사에 있어서나 가벼운 행사에 있어서나 다 같이 피리를 중요시하며, 또 젊은이들의 예절과 품성을 조절하기 위하여 연무장에 모아 교육할 때에 이러한 우정을 크게 권장하였던 것이다. 이러한 목적으로 테베스 인들이 또다시 아레스(군신)와 아프로디테(사랑과 미의 여신)의 딸인 하모니 여신을 자기들의 수호신으로 모신 것은 지당한 일이었다. 힘과 용기가 예술과 잘 조화되어 있을 때에는 사회의 모든 요소가 완전한 조화와 질서로 결합되기 때문이다.

고르기다스는 신성군단의 병사들을 보병들의 맨 앞줄에 고루 분산시켜 배치해놓았으므로 그들의 용감성이 잘 드러나지 않았다. 한덩어리로 뭉쳐놓지 않고 결의가 부족한 많은 다른 병졸들과 섞어놓았기 때문에 자기들의 능력을 발휘할 수 있는 공정한 기회가 없었다. 그러나 펠로피다스는 그들이 자기 주위에서 자기들만의 힘으로 테기라이에서 그렇게 용감하게 싸우는 것을 목격한 후부터는 결코 분산해서 배치하지 않고, 한덩어리로 집결 배치하되 적의 공세가 가장 치열한 곳에다 투입하였다. 왜냐하면 전차를 끄는 말들이 혼자 달리는 말보다 빨리 달리듯이 여럿이 한덩어리가 되면 서로 경쟁심이 생기고 사기가 북돋아져서 바람을 가르고 달리게 되는 까닭으로, 용감한 병사들은 서로 공명심을 다투게 되는 결과 한데 뭉치면 더 큰 활약을 하리라고 생각하였기 때문이다.

이제 스파르타는 다른 그리스의 모든 나라와 평화조약을 맺고, 그 힘을 모두 합쳐서 테베스 하나만을 적으로 돌리고서 스파르타의 왕 클레옴브로투스가 1만의 보병과 1천의 기병을 이끌고 국경선을 넘었다. 이제까지처럼 굴복뿐이 아니라 완전한 이산과 전멸의 위협이 다가왔고, 티베스가 그 전보다 더 큰 공포에 놓이게 되었을 때 펠로피다스는 자기를 따라나와 몸조심하라고 눈물을 흘리며 애원하는 아내를 돌아다보며 이렇게 대답했다.

"여보, 병졸 같으면 자기 몸 조심하라는 충고가 통하겠지만 장군 된 사람은 병졸들 생각을 해주어야 하오."

진지에 와 보니 주장들 사이에 의견이 분분함을 보고 전투를 감행하자고 주장하는 에파미논다스의 의견에 동의하였다. 그 당시 펠로피다스는 테베스의 총사령관직에 있지는 않았지만 조국의 자유를 위하여 대단한 열성을 보이고 본인에게 알맞은 신임을 받고 있어 신성군단의 지휘관으로 임명되었다. 그래서 싸우기로 의견이 일치되었다. 레우크트라에서 스파르타 군의 전방에 포진하고 있을 때 펠로피다스는 이상한 꿈을 꾸어 마음이 불안해졌다.

이 들판에는 스케다수스라는 사람의 딸들 무덤이 있었는데, 이 곳 지명인 레우크트라에서 따서 레우크트리다이라고 불렸다. 이 여자들은 어떤 이름 모를 스파르타 인들에게 유린당한 후 이 곳에 매장된 것이었다. 이 야비하고도 무법한 행위가 자행되고, 이 원한을 풀 길이 없는 아버지는 그 스파르타 인들에게 저주를 퍼붓고 딸들의 무덤에서 자살하였다. 그때부터 스파르타 사람들의 예언과 신탁을 물으면 아직도 레우크트라 신의 복수를 크게 조심하라고 그들에게 경고하였다. 그러나 많은 사람들은 그 뜻이 무엇인지 알지를 못하였다. 그 곳이 어디인지 확실히 알 수 없었기 때문이다. 왜냐하면 그들의 나라 라코니아의 해안에 있는 작은 도시로서 레우크트론이라는 곳이 있었고, 또 아르카디아에도 메갈로폴리스 시 가까이에 같은 지명이 있었을 뿐 아니라, 이 범죄는 이 전투가 있기 오래 전에 자행된 사건이었기 때문이다.

펠로피다스가 막사에서 자고 있는데, 처녀들이 자기들 무덤 근처에서 울면서 그 스파르타를 저주하고 있고, 그녀들의 아버지 스케다수스는 당신들이 전쟁에 이기기를 원한다면 자기 딸들에게 밤색머리 처녀를 제물로 바치라고 명령하는 꿈을 꾸었다. 펠로피다스는 이 요구야말로 너무도 가혹하고 사람으로서는 도저히 할 수 없는 사악한 명령이라고 생각하고서 자리에서 일어나 예언자들과 군의 사령관들에게 그 꿈 이야기를 하였다. 그 중 몇몇은 그러한 계시에 복종하는 것이 상책이라고 진언하였다. 고대로부터 내려오는 예로 든 것을 보면, 크레온의 아들 메노이케우스, 헤라클레스의 딸 마카리아, 그리고 그 후의 예로서는 스파르타 인들에게 살해되어 어떤 신탁의 충고에 따라 아직도 그 나라 왕가에 그의 가죽이 보존되어 있다는 철학자 페레키데스, 그리고 또다시 신탁의 경고를 받고 자신을 조국 그리스의 이익을 위하여 제물로 바친 레오니다스 등의 이야기뿐만 아니라, 살라미스 해전을 시작하기 전에 테미스토클레스가 디오니소스 신에게 사람을 제물로 바친 이야기도 하였다. 그리고 상술한 행동들이 효험을 보아 모두 성공하였다는 것이다. 이에 반하여 똑같은 곳에서 떠나 아가멤논이 싸운 똑같은 적과 싸운 아게실라오스는 아울리스에서 꾼 꿈에서 그의 딸을 제물로 바치라는 명령을 받았으나 마음이 약해서 그 명령에 복종하지 않았다. 그 결과 그의 원정대는 전쟁에 지고 말았다.

그러나 몇몇은 반대의 입장을 고수하여 이러한 야만적이며 사람으로서는 도저히 할 수 없는 일은 어떠한 신들도 달갑게 생각하지는 않을 것이며, 세계를 다스리는 것은 티폰이나 마귀가 아니라 신들과 인간들의 아버지 되는 하느님이며, 사람의 피를 보거나 살인을 즐기는 신이 있다고 생각하는 것은 어리석은 일이다. 아니, 만일 이러한 신들이 있다면 우리를 도울 만한 힘이 없거나 그 능력이 없는 것으로 무시해도 좋다. 이러한 비합리적이며 잔인한 욕망은 오로지 병들고 타락된 정신에서만 온 것이며, 거기 안주하고 있을 뿐이라고 주장하였다.

사령관들 사이에 이렇듯 논쟁이 일고 펠로피다스도 크게 당황하고 있을 때, 풀밭에 모여 있던 말들 사이에서 망아지 한 마리가 진지 안으로 달려들어 그들이 서 있는 곳으로 왔다. 그것을 보고 몇몇은 그 망아지의 빛나는 밤색 털을 감탄하는가 하면 몇몇은 그 기질, 즉 그 우렁찬 울음소리에 감탄하였다. 그때 점술가 테오크리투스는 그 뜻을 깨닫고 펠로피다스에게 소리를 질렀다.

"오, 장군님! 제물이 제발로 왔군요. 다른 처녀를 기대할 것도 없이 신께서 장군에게 보내주신 저것을 대신 제물로 쓰십시오."

이 말에 따라 그들은 망아지를 붙잡아가지고 처녀들의 무덤으로 끌고 갔다. 그리고는 이럴 때 흔히 드리는 엄숙한 기도를 드리며 기쁜 마음으로 제사를 드린 다음, 전군에게 펠로피다스의 꿈 이야기를 퍼뜨리고 제사를 드리게 된 내력도 알렸다.

전투가 시작되자, 에파미논다스는 스파르타 군으로 편성된 우익을 그리스 군으로부터 떼어놓고 다른 종대로 그 우익을 맡은 적장 클레옴브로투스에게 맹공을 가했다. 그를 궁지에 빠지게 하기 위하여 그의 방형진 부대를 적의 좌익으로 투입하였으나, 이 작전을 간파한 적은 그들의 편성을 바꾸어 그 우익을 확대하여 적보다 그 병력수가 월등히 많은 것을 믿고서 에파미논다스를 포위하기 시작하였다. 그러나 그때 펠로피다스는 신성군단의 정예 300명을 이끌고 클레옴브로투스가 그의 전열을 확대하여 체제를 편성하기도 전에 재빨리 바싹 다가와 혼란에 빠진 적에게 공격을 가하였다. 그러나 스파르타 군은 모든 인류 중에서도 가장 숙련되고 가장 실전의 경험이 많은 군대였으므로 질서를 잃거나 혼란에 빠지는 일 없이 편대를 바꾸는 것은 예사였다. 또 병사 하나하나는 곁에 있는 사람을 옆에서 또는 뒤에서 지켜주는 사람처럼 이용하여 어떤 위험이라도 막아내어 질서정연하게 싸울 수 있는 군대였다. 그러나 이 전투에서 에파미논다스는 그의 방형진 정예부대를 이끌고 그리스의 동맹군은 전연 무시한 채 스파르타 군만을 공격하였다. 게다가 펠로피다스가 믿어지지 않을 만큼 노도처럼 맹렬히 돌진해와 벌써 우군의 대열 속에 끼여들어 적의 용기를 꺾고 전술을 무효화시켰다. 스파르타 군에게서 일찍이 볼 수 없었던 대패주와 대살육이 시작되었다(이 전쟁은 기원전 371년, 테베스 군은 6천, 스파르타 군은 동맹군과 합하여 3배나 되었으며, 대패하여 왕까지 전사하였다.). 펠로피다스는 높은 직책을 맡고 있지 않고 조그마한 군단장에 지나지 않았지만 테베스 군의 총사령관직에 있던 에파미논다스가 거둔 승리에 못지않은 전공을 세운 것이다.

그러나 펠로폰네소스 반도로 진격해 들어갈 때에는 두 사람 다 총사령관이 되어 그 곳에 있는 모든 국가의 대부분을 스파르타와의 동맹관계로부터 이탈하여 테베스 쪽에 붙게 하였다. 즉 엘리스, 아르고스, 아르카디아, 그리고 라코니아의 대부분까지도 스파르타와 손을 끊게 하였다. 때는 섣달도 며칠밖에 남지 않은 겨울이었다. 그리고 다음 해 초에는 임기가 끝나 새 장교들과 교체하기로 되어 있었고, 이 법을 지키지 않으면 누구나 다 사형이었다. 그러므로 다른 주요 장군들은 이 법이 두렵고, 엄동의 추위를 피하기 위하여 본국으로 철수하라고 충고하였다. 그러나 펠로피다스는 에파미논다스와 협력하고 장병들을 격려하여 스파르타를 공격하게 하였다. 그리고 에우로타스 강을 건너 많은 도시를 점령한 다음, 지방을 유린하여 해안에까지 이르렀다. 이때의 군대의 수는 그리스의 여러 나라가 보낸 7만 명이었고, 그 중 테베스 군은 그 12분의 1도 못 될 정도였다.

그러나 두 장군의 명성이 대단히 높았으므로 모든 동맹국은

복종하라는 취지의 규약이 만들어진 것은 아니었지만 기꺼이
두 장군을 지도자로 모시고 잘 순종하였다. 그것은 사람이란
위급하게 되면 자기를 구해줄 사람을 따른다는 가장 근본적인
원리에 따른 것이었다. 마치 선원들이 잔잔한 바다나 항구에서
는 건방지게 선장에게 맞서는 수도 있지만 위급하거나 심한 풍
파를 만나면 선장을 의지하고 그에게 희망을 걸게 된다. 그와
마찬가지로 아르기베스, 엘레아, 아르카디아 등의 나라들은 동
맹국회의 때에는 테베스가 영도권을 잡는 것에 반대할 때도 있
었으나, 일단 전쟁이나 위급한 사태를 당하고 보면 기꺼이 자
발적으로 테베스의 장군들에게 복종하였다. 이 원정으로 아르
카디아를 한 국가로 통합시켰고, 또 스파르타에게 병합되어 있
던 메세니아를 다시 독립시켜 망명해 갔던 사람들을 다시 모아
옛 수도인 이토메에 통일국가를 수립해주었다. 그리고 켄크레
아이 해협을 지나 본국으로 귀환하려고 할 때에 해협에서 그들
을 공격하여 그 길을 막으려던 아테네 군을 격파하였다.

이러한 여러 번의 전쟁에 대하여 그리스의 다른 모든 국가들
은 그들의 용기와 전승에 탄복하였다. 그러나 동포시민들 사이
에는 그들의 영광과 더불어 시기가 증대되어 그들을 반갑게 환
영할 준비도 하지 않았다. 펠로피다스와 에파미논다스 둘 다
재판에 회부되어 사형이 구형되었다. 이유인즉 법에 규정된 대
로 사령관직을 부카티우스에게 넘겨주지 않고서 넉 달이나 더
그 자리에 앉아 있었다는 이유에서였다. 그 동안에 메세니아,
아르카디아, 라코니아 등지에서 기억에 남을 만한 전투를 하였
다. 펠로피다스가 먼저 재판을 받았다. 그러므로 더 큰 위험을
겪었다. 그러나 둘 다 무죄로 석방되었다. 정치생활에 있어서
는 중상에 분개하지 않는 일만이 용기와 도량을 보여주는 참된
길이라고 생각한 에파미논다스는 그러한 고발과 재판을 꾹 참

았다. 그러나 에파미논다스보다 기질이 사나운 펠로피다스는 원수를 갚으라는 친구들의 충고에 마음이 흔들려 이 기회를 이용하기로 결심하였다.

 웅변가 메네클리다스는 카론의 집에서 멜론이나 펠로피다스와 함께 만난 동지 중의 하나였다. 동등한 대우를 받지 못하고 행동이 바르지 못한데다 천성이 고약하였지만 웅변만은 뛰어나 있었으므로, 이 천부의 재능을 악용하여 재판이 끝난 후에도 자기보다 성공한 사람들을 공격하기를 그치지 않았다. 그는 에파미논다스를 군사령관직에서 축출하여 그에게 이겼으나, 펠로피다스마저 시민들의 총애에서 몰아내는 데에는 역부족이었다. 그러므로 수법을 고쳐서 이번에는 그와 카론을 서로 싸우게 하려고 공작하였다. 그렇게 하기 위해서는 남을 시기하는 사람들이 자기보다 훌륭한 사람을 공격할 때 쓰는 방법을 이용하여 대상자가 다른 누구보다 못함을 증명하려고 애를 썼다. 그는 그의 연설에서 시민들에게 카론의 작전을 극구 확대하여 늘어놓았으며, 그의 원정과 승리에 관하여 과장된 칭찬의 말을 늘어놓았다. 그리고 카론의 지휘하에서 레우크트라의 전투가 있기 전에 기병대가 플라타이아에서 거둔 승리에 관하여 그것을 기념하기 위한 전승비를 세우자고 제안하였다.

 또 키지쿠스 인 화가 안드로키데스는 전에 있었던 전쟁의 그림을 그려달라는 시의 위촉을 받고 테베스에 와서 그 그림을 그리고 있는 중이었다. 그리고 반란이 일어나 전쟁이 발발하자, 테베스 인들이 그때 거의 완성된 그림을 맡아 가지고 있었다. 메네클리다스는 이 그림에서 카론의 이름을 기입하여 헌납하라고 시민들을 설득하였다. 그렇게 함으로써 에파미논다스와 펠로피다스의 영광을 흐리게 하자는 계획이었다. 그다지 유명하지도 않은 스파르타의 장교와 게란다스와 그 밖에 40명 가량의 적을 무찌른 두 전투를 두 장군의 업적보다 더 크게 내세우려는 것은 비교도 되지 않는 일이었다.

펠로피다스는 이 제안을 위법이라고 반대하였다. 그리고 어느 한 개인에게 영광을 돌리는 것이 테베스의 관습이 아니라, 승리를 그들의 조국에 바치는 것이 테베스의 관습이라고 주장하였다. 그러나 이 모든 논쟁에서 그는 카론을 극구 찬양하였으며, 시민들에게 당신들이 과거에 무슨 잘한 일이 있느냐고 따지면서 메네클리다스야말로 말썽꾸러기이며 시기심이 많은 작자라는 것을 입증하려고 애썼다. 결국 메네클리다스는 엄한 벌금형에 처해졌으나, 그것을 낼 능력이 없는 그는 나중에 정부를 전복시키려고 애를 썼다.

이것으로 우리는 펠로피다스 일생의 한 단면을 엿볼 수 있다.

페라이(페라이의 알렉산드로스는 숙부를 독살하고 대신 왕위에 올랐으며, 후자는 알렉산드로스의 아버지인 자기의 형을 죽이고 왕위를 찬탈하였다.)의 전제자 알렉산드로스가 테살리아의 몇 나라와 공공연히 싸움을 시작한 다음 모든 나라와 싸울 계획을 세웠을 때, 각국에서는 테베스로 사신을 보내어 지원군과 장군을 하나 보내달라고 요청하였다. 이때 에파미논다스가 펠로폰네소스 지방의 일로 분주하다는 것을 알고 있는 펠로피다스는 자기가 테살리아 군을 이끌고 싸우러 가겠다고 나섰다. 용기와 전술을 한가롭게 놀리고 있기도 싫었고, 또 에파미논다스를 현재 그가 맡고 있는 직책에서 끌어낸다는 것도 이치에 맞지 않는 일이라고 생각하였기 때문이다.

그는 테살리아 군을 이끌고 진입하여 곧 라리사를 점령하였다. 알렉산드로스가 굴복하고 그에게로 오자 폭정을 그만두고 법을 지키는 온순한 왕이 되라고 그를 개심시키려고 애를 썼다. 그러나 그의 행동이 안하무인 격임을 알게 되고, 그의 불평이 이만저만이 아님을 알게 되자, 펠로피다스도 엄하고 거칠게 대하였다. 그러자 폭군은 그의 호위병을 데리고 몰래 도망쳐 버렸다.

그러나 펠로피다스는 테살리아 사람들을 폭군의 학정으로부터 해방시켜 서로 화목하게 살게 한 다음 마케도니아로 갔다. 이 나라에서는 프톨레마이우스가 마케도니아 왕 알렉산드로스와 싸우고 있었는데 둘 다 그에게 사신을 보내어 중재해주기를 요청하였다. 이들 형제는 펠로피다스가 공정한 결정을 내려주리라고 믿고 있었다. 펠로피다스는 두 형제를 화해시켰고 망명지사들도 불러들였다. 그리고 왕의 아우 필립과 명문집안의 자제 30명을 인질로 테베스로 데리고 왔다. 그것은 그리스의 여러 다른 나라들에게 테베스가 얼마나 정직하고 용감하면 그런 먼 나라에까지 명성을 떨쳤을까 하는 것을 보여주는 것이었다.

이때 인질로 끌려 온 필립이 바로 나중에 그리스의 모든 나라를 정복하려고 한 바로 그 필리포스다. 그때 그는 아직 어린 소년이었고 테베스에서 팜메네스와 함께 살았다. 그러므로 에파미논다스의 행동을 본받았으리라는 어떤 추측이 가능하다. 아마 필립은 에파미논다스의 기민성과 전략을 모범으로 삼았을지도 모르나, 이것은 그의 인격의 극히 사소한 한 부분에 지나지 않았던 것이다. 그를 위대하게 만든 그의 극기심, 정의감, 관용성, 온후성 따위는 필립의 천성으로나 모방으로는 감히 엄두도 못 낼 것들이었다.

그 후 페라이의 알렉산드로스가 다시 테살리아의 여러 도시를 침범하였다는 호소에 따라 펠로피다스는 이스메니아스와 함께 두 나라를 중재시키려고 알렉산드로스에게 갔다. 그러나 싸움이 있을 것 같지는 않아 테베스에서 군대를 이끌고 가지는 않았으므로 부득이한 경우에는 테살리아 군을 이용할 수밖에 없었다. 그 무렵 프톨레마이오스가 왕을 살해하고 정부를 장악하였기 때문에 마케도니아는 또다시 혼란에 빠졌다. 그러자 왕의 측근들이 사람을 보내 펠로피다스에게 구원을 요청하였다. 펠로피다스도 이 문제에 관여하고 싶었으나 자기 군대를 가지고 있지 않았으므로 부득이 나라 안에 있는 용병들을 징집하여 그들을 데리고 프톨레마이오스를 치러 나설 수밖에 없었다.

양쪽 군대가 서로 대치하게 되자 프톨레마이오스는 웃돈을 붙여 이 용병들을 사서, 그들을 설득하여 펠로피다스에게 반란을 일으키게 하였다. 그러나 프톨레마이오스는 결국 이름만 듣고도 펠로피다스의 명성이 두려워 그에게로 와서 무릎을 꿇고 용서를 빌었다. 그리고 정권은 죽은 왕의 형제들에게 양도하기로 하고, 테베스와 동맹을 체결하고는 이 조건을 준수한다는 보증으로 그의 아들 필록세누스와 친구 50명을 인질로 펠로피다스에게 보냈다. 펠로피다스는 이들을 테베스로 보냈다. 그런데 그 이송을 맡은 병사들이 반역하여 도망쳐 버리고 말았다. 그는 반역행위에 노발대발하였다. 그들의 처자와 대부분의 재산이 파르살루스에 있다는 것을 안 펠로피다스는 그것들을 빼앗아 버리면 충분히 풀릴 것이라고 생각하고서, 테살리아 인 얼마를 얻어 군대를 편성하여 파르살루스로 진격하였다.

그가 그 도시에 바로 들어섰을 때 폭군 알렉산드로스는 도시 앞으로 군대를 이끌고 나타났다. 그러나 펠로피다스와 측근들은 자기가 저지른 죄를 해명하려고 온 줄로만 생각하고서 알렉산드로스 앞으로 나갔다. 알렉산드로스가 방탕하고 잔인하다는 것을 익히 들어 잘 알고 있었지만, 그들은 테베스의 권위와 자기들의 명성 때문에 감히 아무 피해도 끼치지 않으리라는 생각에 안심하였다. 그러나 이 폭군은 그들이 무장도 갖추지 않고 단신으로 온 것을 알고서 그들을 체포하고 파르살루스 시를 점령해버렸다. 이렇게 되자 이 곳 주민들은 그렇게도 무섭고 대담한 불법을 감행한 알렉산드로스가 자기들을 그냥 살려두지 않을 것이라고 믿었다. 그들은 도저히 구조될 가망이 없을 것이라고 생각하였기 때문에 전전긍긍하였다.

테베스 인들은 이 소식을 듣고 노발대발하여 곧 군대를 파견하였다. 그러나 그때 에파미논다스에게는 불명예스러운 어떤 사고가 있었기 때문에 그 대신 다른 장군이 지휘관으로 왔다.

펠로피다스를 페라이로 끌고 왔을 때 알렉산드로스는 펠로피다스가 자기가 당하고 있는 불행을 한탄하며 기가 꺾여 초라한 꼴을 하고 있으리라고 생각했다. 그래서 그를 만나서 이야기하고 싶은 사람은 누구나 다 와서 구경해도 좋다고 허용하였다.

그러나 시민들이 찾아와서 펠로피다스를 동정할 때 그는 도리어 그들을 위로하고, 폭군이 자기 죄의 앙갚음을 받을 때는 바로 지금이라며 사람을 보내어 그에게 다음과 같이 전하였다.

"당신의 불쌍하고 무고한 백성은 매일같이 고문하고 학살하면서, 도망칠 길만 생기면 도망쳐서 당신에게 복수할 사람은 그냥 살려두는 것이 이치에 안 맞는 일이 아니오?"

폭군은 그의 대담성과 할말을 다하는 그의 기개에 감탄하여 이렇게 말했다.

"아니, 어찌하여 펠로피다스는 죽기를 서두는가?"

이 말을 전해 들은 펠로피다스는 이렇게 대꾸하였다.

"그때는 지금보다도 더욱 신들의 미움을 사게 되어서 그대는 망할 것이오."

그 후부터 그는 누구에게도 그와 이야기하는 것을 금하였다. 그러나 야손의 딸이며 폭군의 아내인 테베는 감시병들로부터 펠로피다스의 용기와 고상한 행동에 관하여 전해 듣고 그를 만나 이야기해보고 싶은 충동을 느꼈다. 그러나 그녀가 감옥으로 그를 찾아왔을 때는 명성에 어울리지 않는 초라한 옷차림을 한 펠로피다스의 모습에 실망하며 울었다. 외모에서는 그를 따라다니던 명성이나 위대함을 찾아낼 수 없었기 때문이다.

처음에 펠로피다스는 이 여자가 누구인지를 몰랐기 때문에 그저 깜짝 놀라 서 있을 뿐이었다. 그러나 조금 지나서 그가 그녀의 정체를 알았을 때 그는 아버지의 성으로 그녀에게 인사하였다. 그는 그녀의 아버지 야손과 서로 친한 사이였다. 그녀가 먼저 말을 건넸다.

"나리, 부인이 가엾으시군요."

이 말에 그는 다음과 같이 대답하였다.

"부인도 불쌍하십니다. 감옥에 있는 몸도 아니면서 알렉산드로스 같은 작자의 성미를 맞추며 살아야 하다니."

이 말은 부인을 움직였다. 왜냐하면 벌써부터 그녀는 남편의 잔인무도한 행동을 미워하고 있었을 뿐 아니라, 그의 방탕한 행동과 그녀의 남자 막내동생을 남편이 몹시 학대하고 있어 그것 역시 미워하고 있었기 때문이다. 그러므로 그녀는 자주 펠로피다스에게로 와서 그녀가 당한 학대를 자유스럽게 이야기하며 남편에 대해 증오심에 한층 더 불을 지피기 시작하였다.

한편 테살리아로 파견된 테베스의 장군은 아무 성과도 거두지 못하고, 전략이 부족해서였던지 아니면 운이 나빠서 그랬던지 불명예스럽게 후퇴하고 말았다. 그 때문에 나라에서는 그에게 1만 드라크마의 벌금을 물리고, 그 후임으로 이번에는 에파미논다스를 다시 파견하였다. 테살리아 군은 이 신임장군의 명성을 듣고서 갑자기 사기가 떨어져 대번에 군대 내에 동요가 일어 폭군의 운명도 풍전등화 격이 되고 말았다. 그의 장군들과 막료들을 사로잡은 공포는 너무나도 컸고, 그의 빠른 몰락을 바라는 가운데 정권을 무너뜨리려는 백성들의 의욕은 너무나도 진지하였다.

그러나 자기의 영광보다는 친우의 안전에 더 관심이 많은 에파미논다스는 일이 막다른 골목에 몰리게 되면 알렉산드로스도 절망한 나머지 마치 성난 짐승처럼 돌아서서 펠로피다스를 물까 봐 지연작전을 썼다. 고삐를 늦추지 않고서 폭군이 어떠한 확신도 갖지 못하도록 궁지에 몰아넣었으나 그를 절망과 분노 속으로 몰아넣지는 않았다. 그는 이 폭군의 야만성과 그가 정의와 인도를 완전히 무시하고 있다는 것을 알고 있었다. 뿐만 아니라 이 폭군은 사람을 산 채로 매장도 하고, 때로는 사람들에게 곰이나 산돼지의 가죽을 씌운 다음 그들을 개와 함께 미끼로 쓰기도 하며, 오락으로 그들을 쏴 죽이기도 하였다.

그의 동맹국인 멜리보이아와 스코투사 같은 두 도시에서는 모든 주민들을 집회에 나오라고 하고서 그의 호위병으로 포위하고는 찔러 죽이기도 하였다. 또 자기 백부 폴리프론을 죽인 창에 승리의 관을 씌워 살귀라고 부르며 그것에 기도를 드리기도 하였다. 또 언젠가는 에우리피데스의 비극 〈트로아데스〉를 구경하다가 갑자기 극장을 나온 적이 있다. 그러나 배우에게 사람을 보내어 말하기를, "내가 떠난 것에 신경을 쓰지 말고 늘 하던 대로 연극을 하라. 내가 극장을 떠난 것은 그대의 연기가 나빠서가 아니라 백성을 사형에 처할 때에도 전혀 가엾게 여겨본 일이라고는 없던 내가 헤쿠바와 안드로마케의 슬픈 장면을 보고 우는 것을 남에게 보이기가 싫어서다"라고 했다. 폭군의 심중에도 연민의 정이 남아 있었던 모양이다.

이러한 폭군도 에파미논다스의 지휘를 받고 있는 원정대의 명성과 그 외용에 깜짝 놀라 곧

싸움에 진 겁 많은 수탉처럼 날개를 축 늘어뜨리고

사신을 보내어 휴전을 청하였다. 에파미논다스는 이러한 자와 테베스가 동맹을 맺기를 거절하였으나, 30일간의 휴전을 그에게 허용하고 펠로피다스와 이스메니아스를 구해 본국으로 돌아왔다.

스파르타와 아테네가 원조를 구하기 위하여 페르시아에 사신을 보냈다는 소식을 듣고서, 테베스도 그와 마찬가지로 펠로피다스를 사절로 보냈다. 페르시아의 영토를 지나갈 때 그보다 더 큰 평판과 명성을 떨친 사람은 일찍이 없었기 때문에 그의 영광을 더하기에는 다시없는 기회였다. 왜냐하면 그가 스파르타 군을 무찌르고 승리를 거둔 명성이 신속히 사방으로 퍼지기도 하였지만, 레우크트라에서의 최초의 전승이 외국에까지 널리 전파된 후 새로운 승리의 소식이 계속 뒤따랐으므로 그의 명성이 계속 증가되어 먼 곳에까지 퍼졌기 때문이었다. 그가 만난 어떤 태수건 장군이건 사령관이건 할 것 없이 그는 그들의 감탄과 화제의 중심이 되었다.

"바다와 육지에 군림하던 스파르타를 정복한 분이 바로 이분입니다. 그리고 며칠 전까지만 해도 아게실라우스의 지휘하에 우리의 대왕과 에크바타나에서 싸웠던 그 스파르타를 타이게투스 산기슭과 에우로타스 강가로 몰아넣은 것도 바로 이분입니다."

이 말을 듣고 아르타크세르크세스 왕도 매우 기뻐하였다. 자기가 그리스 전체에서 가장 큰 인물의 존경을 받고 있고, 또 그가 자기를 만나러 일부러 찾아온 것처럼 보이고 싶었기 때문에 왕은 한층 더 펠로피다스에게 관심과 존경을 보였다. 그를 만나서 아테네에서 온 사신들보다는 훨씬 착실하고 스파르타에서 온 사신들처럼 오만하지 않다는 말을 들었을 때 왕은 더욱 그를 높이 보게 되었다. 왕들이 대개 그렇듯이 그 총애하는 태도를 감추지 않았으니 다른 사신들도 그것을 알 수 있었다. 모든 그리스 인들 중에서 왕이 스파르타 인 안탈키다스에게 가장 경의를 표하였다고 생각되었는데, 그때에 왕은 자기가 쓴 화환에서 꽃 한 송이를 따서 향수에 적셔 안탈키다스에게 주면서 옷에 달라고 하였다. 펠로피다스에게는 이런 대우까지는 하지 않았지만, 일찍이 없었던 귀한 선물을 그에게 주고 그의 제안을 수락하였다. 그리스 모든 나라의 독립을 보장할 것, 메세니아를 다시 독립시킬 것, 테베스는 그 전부터 내려오는 왕의 우방이라는 것을 협약하였다. 선물이라고는 친절과 선의의 맹세 외에 모두 사양하고 이러한 대답만 받아가지고 펠로피다스는 귀국하였다. 펠로피다스의 이러한 행동 때문에 다른 사신들의 체면은 말이 아니었다.

아테네 인들은 그들의 사신 티마고라스에게 사형을 언도하고 이를 집행하였다. 정말로 왕으로부터 그가 많은 선물을 받은 죄로 아테네 인들이 그렇게 했다면 그 언도는 당연한 것인지도 모른다. 그도 그럴 것이 그는 금은뿐만 아니라 값진 침대와, 마치 그것을 만들 수 있는 기술자가 그리스에는 없다는 듯이 그것을 만들 수 있는 노예들까지 데리고 왔다. 그리고 자기에게 신병이 있는데 우유가 부족하기 때문이라는 이유로 80마리의 암소와 그것을 칠 사람까지 데리고 왔으며, 배를 타러 바다에 올 때에도 가마를 타고 그것을 멘 사람들에게 4탈렌트의 돈을 치렀다.

그러나 아테네 인들이 아마도 그를 사형에 처한 것은 선물에 대한 탐욕이 그 주요 원인만은 아니었던 것 같다. 왜냐하면 짐꾼 에피크라테스도 왕에게서 선물을 받았다고 시민들에게 자백

했다. 뿐만 아니라 9명의 집정관 대신 해마다 9명의 가난한 시민을 사신으로 선출하여 왕에게 보내서 왕의 선물을 받고 부자가 되어 돌아오게 하는 것이 좋다고 말하여 사람들을 크게 웃긴 일이 있었기 때문이다. 아테네 인들이 이렇게 노한 것은 첫째 테베스의 사신들이 성공을 거두었기 때문이었다. 또한 아직도 승리에 관심이 있는 사람 못지않게 펠로피다스의 명성이 그들의 미사여구로는 도저히 표현할 수 없을 만큼 컸다는 것이 그들을 놀라게 했던 것이었다.

테베스의 사절단은 메세니아의 복권을 얻어 왔고, 또 그리스 모든 나라들의 자유를 얻어 왔기 때문에 펠로피다스는 귀국하자 국민들의 열렬한 환영을 받았다.

이때 페라이의 알렉산드로스는 다시 본성을 나타내어 테살리아의 여러 도시들을 약탈하고 또 프티오티스의 아카이아와 마그네시아에 수비대를 주둔시켰다. 그렇기 때문에 이 나라들은 테베스에 사신을 보내어 원군과 그 사령관으로서 펠로피다스를 보내달라고 요청하였다. 테베스는 이 요청을 기꺼이 받아들였다. 모든 준비가 다 끝나 장군이 떠나려고 하는데 일식이 생겨 한낮에 어둠이 전 도시를 덮었다.

펠로피다스는 병사들이 이 기현상에 깜짝 놀라는 것을 보고 겁에 질려 사기를 잃은 병사들을 억지로 끌고 가는 것은 적당치 않은 일이라고 생각하였고, 7천 명의 시민을 희생시키고도 싶지 않았다. 그래서 300명의 기병 지원병만을 데리고 테살리아로 떠나기로 하였다. 그러자 이러한 두드러진 불길한 징조는 심상치 않다고 생각한 점술가들과 시민들이 극구 만류하였다. 그러나 펠로피다스는 그가 과거에 알렉산드로스에게 당한 피해를 복수하고자 하는 생각이 가슴 속에서 부글부글 끓었다. 과거에 테베와 나눈 대화에서 그의 가족이 지금쯤은 흩어져 혼란상태에 빠져 있을 것이라는 생각과 원정대의 사명 사이에서 그는 안절부절못하였다. 왜냐하면 스파르타는 장교들을 시칠리아로 보내어 폭군 디오니시우스를 돕고 있었고, 아테네는 알렉산드로스와 결탁하고 그의 동생까지 세워 은인으로 받들고 있었기 때문이다. 펠로피다스는 그를 무찔러 압제당하고 있는 시민들을 수호하고, 무기를 들고 그리스의 난폭하고도 불법적인 정치제도를 파괴해버리는 나라는 모든 그리스 나라 중 오직 테베스 하나뿐이라는 것을 보여주는 일이야말로 큰 영광이라고 생각하였다.

펠로피다스는 파르살루스에 도착하자 곧 군대를 소집하여 알렉산드로스 정벌의 길에 나섰다. 펠로피다스가 이끄는 테베스 군은 얼마 되지 않고, 자기는 보병만 해도 테살리아 군의 배가 된다는 것을 알고 있는 알렉산드로스는 펠로피다스를 테티디움에서 맞았다.

병사가 펠로피다스에게 말했다.

"폭군이 대군을 거느리고 오고 있습니다."

이 말에 그는 대답하였다.

"그러면 더욱 잘 됐군. 왜냐하면 더 많은 적을 무찌를 수 있을 테니까."

양군 사이에는 키노스케팔라이 근처에 가파르고도 높은 언덕이 있었는데 서로 이 언덕을 먼저 점령하려고 치열한 싸움이 벌어졌다. 적의 기병대가 그 전력이나 병력 수에 있어서 우세하다는 것을 안 펠로피다스는 적의 기병대를 먼저 공격하도록 명령을 내렸다. 패주하는 적을 들판을 가로질러 따라붙었다. 그러나 그러는 동안에 알렉산드로스는 언덕을 점령하고, 뒤따라와서 바위가 많은 언덕 꼭대기에 기어오르려고 애쓰는 테살리아의 보병부대에 공격을 가하여 그 선봉부대를 섬멸시켰다.

후속부대도 시달릴 대로 시달려서 적에게 아무런 피해도 끼칠 수 없었다.

이것을 본 펠로피다스는 그의 기병대에게 큰 소리로 후퇴하라고 명령하고, 평지를 지키고 있는 적을 공격하게 하였다. 그리고 그 자신도 급히 방패를 들고 언덕에서 싸우는 보병대와 합류하여 싸웠다. 이것을 본 장병들도 용기를 얻어 민활하게 싸우게 되었다. 적은 이것을 보고 증원부대가 심기일변하여 공격해 온 것으로 알았다. 적은 두서너 번 공격해 왔으나 이편에서도 공격의 고삐를 늦추지 않은데다가 기병대까지 추격을 그만두고 돌아와 합세한 것을 보고서 기가 꺾여 혼비백산하여 후퇴하였다.

펠로피다스가 언덕에서 내려다보니 적은 아직 완전 패배는 아니었지만 무질서와 혼란에 빠져 있는 것을 알았다. 그는 일어서서 이리저리 알렉산드로스가 어디 있는지 찾아보았다. 그가 우익에서 그의 용병들을 격려하고 명령하고 있는 것을 보자 펠로피다스는 분노를 억제하지 못하고 그 광경에 불같이 화를 내었다. 그리고는 앞뒤를 가리지 않고 감정대로 자기의 목숨과 장군의 임무도 다 잊고 그의 병사들보다도 앞서 전진하여 큰 소리로 폭군에게 일 대 일로 싸우자고 도전하였다. 그러나 폭군은 그 도전에 응하지 않고 후퇴를 계속하며 호위병 속으로 숨고 말았다. 펠로피다스는 접선해 오는 용병들의 선봉부대를 휘저으며 그 중 몇을 죽이고 말았다. 그러나 그는 많은 적병이 내던지는 투창을 가슴에 맞고 부상을 입고 쓰러졌다. 이것을 보고 걱정이 된 테살리아 군이 언덕을 달려내려와 그를 구제하려 하였지만 그는 이미 죽어 있었다. 이때 기병대가 달려와 적을 격파하고 멀리까지 추격하니 그 일대가 모두 적의 시체로 덮였다. 그 곳에서 3천 명 이상이 살해되었다.

로 시내를 장식한 마르켈루스는 국민 전체의 인기를 끌고도 남음이 있었다. 그러나 파비우스 막시무스가 타렌툼을 점령하였을 때, 그 곳으로부터 이러한 종류의 것이라고는 무엇 하나 손도 대지 않았고 국내로 반입하지도 않은 것은 잘한 일이라고 로마의 귀족들의 칭찬을 받았다. 그는 돈과 귀중품은 가지고 왔지만 조각상의 반출만은 일체 금하였다. 그리고는 흔히 통용되는 이러한 말을 덧붙였다.

"자, 이러한 성난 신들은 타렌툼 인들에게 남겨두자."

그러므로 귀족들은 마르켈루스를 비난하였다. 자기의 승리와 개선의 행렬을 빛내기 위하여 사람들뿐만 아니라 신까지도 보로로 잡아 옴으로써 첫째, 로마로 하여금 모든 사람들의 빈축을 사게 하였다는 것이다. 또 전쟁과 농업 속에서 자라나서 사치와 안락이라고는 맛도 보지 못하여 에우리피데스가 그의 작품 속에 나오는 인물 헤라클레스에 관하여 말한 것처럼,

거칠고, 세련되지 않아, 오직 큰 일에만 능하던

평민들에게 마르켈루스는 나태를 알게 하였고, 이상한 예술품과 예술인들에 관하여 지껄이며 하루를 허송하게 하였다고 하였다. 그러므로 이제 로마 인들은 사소한 일들을 조사하고 비판하면서 그들의 많은 시간을 낭비하였다. 그러나 이러한 비난에도 불구하고 마르켈루스는 자기 나라의 무식한 동포들에게 그리스의 우아하고도 놀랄 만한 예술품을 존경하고 숭배하기를 가르쳐준 것은 그리스 인 자신들에 대한 그의 영광으로 삼았던 것이다.

시칠리아에서 아직 전쟁이 끝나지 않았고, 또 제3차 개선식은 허용할 수 없다고 반대하는 사람들이 있었기 때문에 마르켈

루스는 시내까지 개선식의 행렬을 이끌고 들어가려는 것을 양보하였다. 그는 알반 산에서 개선식을 거행하고, 거기서부터는 더 간략한 행렬로 시내로 들어갔다. 이러한 간략한 행렬의 개선식을 그리스 어로는 eua이라고 하고, 로마 어로는 ovation이라고 한다. 이러한 소규모의 개선식에는 전차를 타지도 않고 월계수 관을 쓰지도 않고, 나팔대를 앞세우고 들어오지도 않았다. 다만 많은 피리 소리와 플루트 소리가 울려 퍼지는 가운데 도보로 들어왔다. 한편 공포심보다는 오히려 사랑과 존경심을 자아내게 하는 평화스러운 광경으로 도금양(挑金孃) 관을 머리에 얹고 군중들 옆을 지나갔다. 그러므로 추측에 의하여 내가 얻은 결론이지만 약식 개선식과 본격적인 개선식 사이의 차이는 전공의 위대성에 있는 것이 아니라, 그것을 성취하는 양식에 있는 것이 아닌가 생각한다.

정규전에서 싸우고 적을 죽이고 승리자로서 돌아온 장군들은 대개 정식 개선의 군사적 위용을 갖추고, 모든 장병들은 머리에 승리의 월계관을 얹고 월계수의 가지로 무기를 장식하고 입성한다. 그러나 무력에 호소하지 않고 협상과 웅변과 설득으로 일을 원만하게 해결한 장군들에게는 과거의 관습에 따라 평화적이고 즐거운 약식 개선식의 영광이 부여되었다. 왜냐하면 피리는 평화를 상징하는 악기며, 도금양 나무는 어느 신보다도 폭력과 전쟁을 싫어하는 베누스가 사랑하는 나무였기 때문이다. 이러한 약식 개선식을 ovation이라고 부르는 이유는, 개선식을 거행할 때 에우아(eua)하고 외치는데 그것은 그리스 어 euasmus에서 온 것은 아니다. 왜냐하면 정식 개선식을 거행할 때에도 에우아 하고 외치며 환호성을 지르기 때문이다. 그리스 인들은 이 낱말 또한 그리스 어로 Euius 또는 Thriambus라고도 불리는 바코스 신과도 어떤 관계가 있을 거라고 생각하고서 자기 나라 말이라고 억지로 우긴 듯싶다. 그러나 실은 그렇지가 않다. 정식 개선식에서는 사령관들이 신에게 황소를 제물로 바치는 것이 관례였고, 약식 개선식에서는 양을 제물로 바치는 것이 관례였다. 그래서 여기서 라틴어 ovis에서 ovation이라고 명명한 것이다.

스파르타의 입법자가 제정한 제물과 로마 인들이 제정한 제물과는 아주 다르다는 것은 생각해볼 만한 가치가 있다. 스파르타에서는 설득이나 계략으로 목적을 달성한 장군은 소를 제물로 바치고, 싸워서 목적을 달성한 장군은 수탉을 제물로 바쳤다. 스파르타 인은 가장 호전적이었지만 협상을 통하여 얻어진 승리는 다만 무력이나 용기에 의하여 얻어진 승리보다는 인간적인 면에서 보다 더 우수하고 보다 더 타당한 것이라고 생각했기 때문이다. 어느 것이 낫고 어느 것이 못한 것인지는 독자의 결정에 일임하고 싶다.

마르켈루스가 네번째로 집정관이 되었을 때, 그의 정적들은 시라쿠사 인들을 사주하여 로마로 사절단을 보내어 그들에게 허용된 조건에 위배되는 학대를 마르켈루스에게서 받았다고 원로원에 호소하게 하였다. 시라쿠사의 사절단이 마르켈루스를 고소하여 자기들의 불평을 들어줄 허가를 원로원이 내려주도록 원로원에 탄원했을 때, 마르켈루스는 공교롭게도 의사당에서 제사를 드리고 있었다. 원로원에 참석하고 있던 다른 한 사람의 마르켈루스의 동료 집정관이 본인도 없는데 이런 일을 심의하는 것은 불법이라고 마르켈루스를 열렬히 변호하여 심의를 제지시켰다.

그러나 마르켈루스는 이 소식을 듣자 곧 원로원으로 돌아와서 집정관의 자리에 앉아 정무를 마친 다음, 재판을 받는 사람들이 서는 피고석으로 내려가서 개인의 자격으로 서서 시라쿠사의 사절단을 향하여 혐의 사실을 입증하라고 요구하였다. 그러나 그들은 그의 자신만만하고 늠름한 태도에 기가 꺾여 묵묵히 서 있을 뿐이었다. 그리고 이제 정복을 입고 왕자답게 행동하는 것을 보니 왕년의 명장이었을 때 행동하던 것보다도 훨씬 더 두렵고 엄격하게 보였다.

그러다가 그들은 정적들의 충동에 힘을 얻어 그를 규탄하기 시작하였는데, 정의의 항변인지 탄식인지 넋두리인지도 모를 소리를 길게 늘어놓았다. 로마의 우방이며 동맹군인데도 불구하고 시라쿠사는 다른 장군들 같으면 원수도 그렇게까지는 대하지 않았을 정도로 혹독한 대우를 받았다고 하였다.

이에 대하여 마르켈루스는 대답하기를, 그들이 로마 인들에게 대하여 여러 번 적대행위를 하였으나, 로마는 정복되어 포로가 된 적들에게 마땅히 해야 할 것 이외에는 아무런 벌도 주지 않았다고 말했다. 온화한 방법으로 그가 몇 번씩 설득하였지만 그 말에 귀를 기울이려고도 하지 않았기 때문에 그들이 포로가 된 것은 그들의 과오였으며, 전제자들의 강제로 마지못해서 전쟁 속으로 말려들어간 것이 아니라 그들이 오히려 전쟁을 하고자 하는 분명한 목적을 위하여 전제자들을 끌어들였다고 하였다. 양측의 진술이 끝나고 시라쿠사의 사절단이 관례에 따라 퇴장하자, 마르켈루스는 그의 동료 집정관에게 남아서 선고가 어떻게 내려지는가를 보아달라고 부탁하였다. 그리고는 시라쿠사의 사절단과 함께 퇴장하여 원로원 문 앞에서 어떻게 판결이 내려지는가를 기다리고 있었다. 자기가 기소된 사실에 놀라거나 시라쿠사 인들에게 노하여 의기소침하는 일도 없이 태연한 태도로 원로원의 결정이 내려지기를 기다리고 있었다.

드디어 판결이 표결에 부쳐져 원로원의 정령이 마르켈루스의 승리를 선포하자, 시라쿠사의 사절단은 눈물을 흘리며 그의 무릎 앞에 엎드려 자기들을 용서해달라고 애걸복걸하였다. 시라쿠사에 남아 있는 동포들을 불쌍히 여겨주면 그의 은혜를 늘 명심하는 감사의 마음을 잊지 않겠다고 약속하였다. 이렇듯 그들의 눈물과 번민하는 모습에 감동된 마르켈루스는 마음이 풀어져 사절단과 화해하였을 뿐 아니라, 그 후 시라쿠사를 돕는 데 늘 진정을 다하였다. 그가 그들에게 되찾아준 자유와 법과 그들의 권리와 남은 재산을 원로원도 승인하였다. 이 때문에 시라쿠사 인들은 그에게 뛰어난 여러 영광을 드린 외에도 마르켈루스 본인이나 그의 후손 중 누구라도 시칠리아에 올 경우 화환을 머리에 얹고, 신들에게 제사를 드려야 한다는 법을 만들었다.

이 일이 있은 후 그는 한니발과 싸웠다. 그러나 칸나이에서의 패배 이래 다른 집정관들과 사령관들은 모두가 한니발에 대하여 똑같은 정책을 썼다. 즉 그와의 대전을 기피하여 누구 하나 용기를 내어 싸움터에서 대적하여 무력으로 승부를 결정하려고 하지 않았다. 그러나 마르켈루스는 이와 반대되는 입장을 취하였다. 지연작전을 써서 한니발을 지쳐 떨어지게 하려다가 오히려 이탈리아 그 자체가 망하게 되고, 파비우스의 전쟁이 저절로 끝나기를 기다리는 신중책에만 의존하다가는 로마는 망할 수밖에 없다고 생각하였다. 파비우스의 이와 같은 지연작전은 마치 겁 많은 의사가 약 쓰기를 두려워하여 병세가 저절로 나아지기를 기다리다가, 오히려 환자의 기력만 소모시키는 것과 같이 병든 나라를 고치려고 정당한 시책을 취하지 않았다고 생각하였기 때문이다.

그러므로 그는 첫째 로마를 배신한 삼니움 인들의 여러 도시를 공격하여 많은 군량과 돈을 빼앗았고, 그 곳을 지키고 있던 한니발 병사 3천 명을 잡았다. 그 후 부집정관 크나이우스 풀비우스가 11명의 군단 지휘관과 함께 아풀리아에서 전사하고 동시에 군의 대부분을 잃었을 때, 그는 로마에 편지를 보내어 자기는 이제 한니발의 기개를 꺾으러 진격하고 있는 중이니 시민들은 상심하지 말라고 하였다. 리비가 전하는 바에 의하면, 이 편지를 읽자 로마 시민들의 사기가 고무되기는커녕 전보다도 더 떨어졌다는 것이다. 왜냐하면 풀비우스의 군보다 마르켈루스의 군은 그 수가 더 많았으니 남아 있는 군대마저 잃을까봐 걱정이 컸기 때문이다.

그러나 편지에 적어서 보낸 대로 마르켈루스는 루카니아 영토로 진격하여 한니발을 찾아 누미스트로 시까지 왔다. 적이 산에 진을 치고 있다는 것을 알게 되자, 그는 평지에 진을 치고 있다가 다음 날 군을 이끌고 적과 싸우러 먼저 도전하였다. 한니발은 이 도전을 피하지 않았다. 쌍방간에 쉽사리 승리가 결정될 것 같지도 않은 치열한 싸움이 계속되다가 밤이 되어 겨우 전투가 중단되었다. 다음날 해가 떠오르자마자 마르켈루스는 또다시 부대를 이끌고 나와 전사자들의 시체 사이에 포진하고 한니발에게 도전하여 다른 전법으로 어제 풀다 못 푼 문제를 해결하려고 하였다. 그런데 한니발이 후퇴하고 말았으므로 마르켈루스는 적의 전리품을 거두고, 전사한 병사들의 시체를 매장한 다음 적을 바짝 추격하였다.

한니발은 가끔 새로운 전략도 써보고, 또 마르켈루스를 함정에 빠뜨리기 위하여 복병도 잠복시켰으나 뜻을 이루지 못하였다. 그 동안 소전투에서도 뛰어난 편이어서 마르켈루스는 높은 명성을 떨쳤으므로 로마에서는 집정관 선거일이 박두하여 시칠리아의 다른 집정관을 소환하는 것은 타당한 일이라고 생각하였지만, 마르켈루스 하나만은 그대로 유임시켜 한니발과 싸우게 하였다. 그가 로마에 도착하자 원로원은 그로 하여금 퀸투스 풀비우스를 군정관으로 지명하라고 명령하였다. 군정관은 시민이나 원로원이 임명하는 것이 아니라 집정관이 시민대회에서 지명하기로 되어 있었기 때문이다. 그러므로 이렇게 지명한 군정관을 dictator라고 불렀는데, 그것은 지명한다는 뜻인 dicere에서 온 말이다. 그러나 이설에 의하면 그의 말이 법이기 때문에 dictator라고 명명되었다는 것이며, 투표에 붙이는 일 없이 그의 마음대로 명령한다는 것이다. 로마 인들은 행정장관의 명령을 edict라고 부르기 때문이다.

시칠리아에서 소환된 마르켈루스의 동료 집정관은 다른 사람을 군정관으로 지명하고 싶은 생각이었으나, 그의 생각이 강제적으로 꺾이고 싶지 않았으므로 밤에 몰래 도로 시칠리아로 가 버렸다. 그래서 시민들은 퀸투스 풀비우스를 군정관으로 선출하라는 명령을 내렸고, 원로원은 마르켈루스에게 서신을 보내어 그를 지명하라고 명령하였다. 그는 이 명령에 복종하여 시민의 명령에 따라 퀸투스 풀비우스를 군정관으로 지명한다는 것을 선포하였다. 그러나 부집정관직은 유임되어 일년간 더 하기로 되었다. 그리고 파비우스 막시무스와 협의하여 파비우스가 타렌툼을 포위 공격하는 동안 자기는 한니발을 따라가서 이리저리 유인하여 타렌툼을 도우러 오지 못하게 지연작전을 쓰다가 쫓아가서 카누시움에서 한니발을 앞질렀다.

그러나 한니발은 자주 그의 진지를 바꾸며 아직도 싸우기를 회피하였으므로 마르켈루스는 아무데서나 그와 싸우려고 찾아다녔다. 마침내 한니발을 진지에서 찾아내어 그에게 소전투를 걸어 그를 자극함으로써 싸우게 하였다. 그러나 격전중에 밤이 되어 또다시 양군은 헤어졌다. 다음 날 마르켈루스는 싸우기 위해 정렬을 지어 나섰다. 한니발은 극도로 불안해져 그의 장병들을 모아놓고 오늘만큼은 과거의 모든 승리에 못지않은 승리를 거두도록 열심히 싸우자고 호소하였다.
"여러 장병들도 알고 있듯이, 우리는 여러 번의 승리를 거둔 승리자이면서도 이번의 적을 격퇴하지 못하면 편히 쉴 자유도 없을 것이다."
그리고 나서 양군은 맞붙어 치열한 전투를 벌였다. 용병의 시기를 놓쳐 마르켈루스가 과오를 범했다는 것이 드러났다. 우익이 고전에 빠지자 전방에 배치된 군의 일부를 그 곳에 투입하였다. 그러나 이 이동으로 대열에 다소의 혼란이 생겨 적에게 승리를 안겨주는 결과가 되어 2천7백 명의 병사를 잃었다. 마르켈루스는 그의 진지 내로 군을 후퇴시킨 다음 장병들을 소집해놓고 그들에게 말했다.
"내 눈에는 많은 로마 군의 무기와 시체가 보이지만, 그 속에 단 한 사람도 진정한 로마 군이라고는 보이지 않는다."
용서를 비는 장병들의 간청에 그들이 진 채로 있는 동안에는 용서할 수 없으나 승리하는 날에는 용서해주겠다고 응수하였다. 아군의 패주 소식보다는 승리의 기쁜 소식을 조국에 전하기 위하여 마르켈루스는 군을 또다시 싸움터로 내보낼 결심을 하였다. 집회를 해산하면서 그는 적에게 등을 돌린 병사들에게는 밀 대신 보리를 주라고 명령하였다. 이 질책이 어찌나 장병들의 가슴을 아프게 했던지 병사들은 한결같이, 중상을 입었지만 자기들이 입은 부상보다도 장군의 말이 더 자기들의 가슴을 아프게 하였다고 했다.
먼동이 트자, 즉각 싸우라는 표시인 주홍색 토가가 사령관의 막사 위에 휘날렸다. 어제 치욕을 당한 부대늘이 서로 다투어 자기들을 선봉에 서게 해달라고 간청하자 그 요청이 허락되었다. 그 다음 군단장들이 잔여부대를 이끌고 그 뒤를 따랐다. 이 소식에 접한 한니발은 이렇게 말하였다.

"오, 이상하도다! 이겨도 져도 물불을 가리지 않고 달려드는 이 사람은 도대체 어떻게 된 사람이냐? 이기고도 우리들에게 쉴 겨를을 주지 않고, 져도 쉬지 않는 사람은 그 사람뿐이다. 이러다간 이 사람과 죽을 때까지 싸우다 말 것만 같다. 이기면 자신을 가지고 덤벼들고, 지면 지는 대로 수치를 씻으려고 덤벼든단 말이다."

양군 사이에는 용호상박의 격전이 벌어졌다. 싸움이 자기 쪽에 불리하게 되자, 한니발은 코끼리부대를 투입시켜 로마 군의 선봉부대를 무찌르라고 명령하였다. 코끼리들이 사정없이 많은 병사들을 짓밟아버리는 바람에 로마 군은 곧 대혼란에 빠졌다. 이때 군단장의 하나인 플라비우스가 군기를 빼앗아 코끼리들과 맞서 군기 깃대 끝에 달린 창으로 맨 먼저 덤벼드는 놈을 찔렀다. 그러자 그놈은 혼비백산하여 도망치고 말았다. 코끼리는 돌아서서 뒤따르던 코끼리를 공격하여 그 코끼리와 그 뒤를 따르는 나머지 사람들도 격퇴하였다. 이것을 보고 있던 마르켈루스가 기병대의 강력부대를 코끼리들에게 투입시키자 코끼리들이 내빼는 바람에 적군은 대혼란에 빠졌다.

기병대는 맹위를 떨치면서 카르타고 군의 진지에까지 추격하였고, 부상을 입은 코끼리들이 놀라서 자기 군에게로 덤벼드는 바람에 많은 사상자를 내었다. 적의 피해는 8천 명 이상이나 되고, 로마 군은 3천 명이 전사하였다. 살아 남은 병사들도 모두 부상을 입었다고 한다. 이 기회를 이용하여 한니발은 밤에 조용히 후퇴하여 마르켈루스를 멀리 피할 수가 있었다. 그 많은 수의 부상병으로는 추격이 불가능하였으므로, 캄파니아 쪽을 향하여 천천히 이동하여 시누에사에 이르러 그들을 휴양시키며 그 곳에서 여름을 보냈다.

그러나 한니발은 마르켈루스의 추격에서 해방된 후, 그의 군대로 하여금 지방 각지를 돌아다니며 겁도 없이 약탈을 자행하게 하였으므로, 로마에서는 마르켈루스에 대한 비난이 자자하였다. 그를 시기하는 정적들은 이때다 싶어 시민측에서 나온 달변가이며 성질이 난폭한 호민관인 푸블리키우스 비불루스를 선동하여 그를 규탄하게 하였다. 그는 주도면밀한 웅변으로 시민을 설복하여 마르켈루스를 사령관직에서 몰아내려고 하였다.

"마르켈루스는 잠깐 전쟁에 참가하였다가 철수하고 말았으니, 말하자면 전쟁에 나간 것이 아니라 마치 씨름판에 나간 것으로 알고 온천에 가서 휴양하고 있는 격이 되었군요."

이 말을 들은 마르켈루스는 부관들에게 군을 맡기고 그에 대한 공격을 해명하기 위하여 급히 로마로 돌아왔다. 돌아와서 마르켈루스는 이러한 중상으로 자기가 탄핵을 받게 된 것을 알게 되었다. 시민들 중에서 미리 결정된 남자들이 플라미니우스 광장에 운집하였다. 비불루스가 일어서서 그를 탄핵하였다. 마르켈루스 자신은 짧고 간단하게 대답하였다. 그러나 로마 시의 가장 덕망이 높은 사람들은 긴 연설로 아주 허심탄회하게 시민들에게 충고하였다. 그를 찬양하며 모든 부관들 중에서 오직 마르켈루스 하나만은 두려워하여 차라리 다른 부장들과 싸우기를 좋아하는 적도 그 명장을 비겁하다고 비난함으로써 적보다도 더 나쁜 판단을 내리지 않도록 하라는 충고였다.

이러한 연설이 있은 후에 결국 탄핵자의 표결을 얻으려는 희망은 좌절되어, 마르켈루스는 무죄로 판명되었을 뿐 아니라 제5차 집정관으로 선출되었다.

집정관이 되자 마르켈루스는 반란 직전에 있었던 에트루리아의 큰 소요를 진압하고 여러 도시를 찾아가서 그 곳의 소요도 진정시켰다. 그 다음 그가 얻은 전리품을 '명예'와 '덕'이라는 신에게 바치기로 맹세하였으나 하나의 신전에 두 신을 모신다는 것은 율법에 어긋난다 하여 사제들의 반대를 받았을 때 분개하였지만, 이상한 징조가 나타났으므로 그런 신전 옆에 새 신전 하나를 짓기 시작하였다. 괴변이 또한 그를 놀라게 하였다. 즉, 몇 군데의 신전이 벼락을 맞았으며, 유피테르 신전에서는 생쥐들이 금을 갉아먹었다. 소가 말을 하였다는 소문도 떠돌았고, 아이가 코끼리의 머리 모양을 하고 태어났다는 소문도 떠돌았다. 정말로 모든 것에 괴변이 나타났지만 신들은 아무런 도움도 주지 않았다. 그러므로 사제들은 어서 일선으로 가고 싶어 안절부절못하는 그를 로마에 억류시켜 놓았다. 그만큼 일선에 나가서 한니발과 싸우고 싶어하는 열의에 불탄 사람은 일찍이 없었다. 꿈에 보는 것이나 친구들이나 친지들에게 그가 의논하는 모든 제목은 신들에게 다른 것을 기원하는 것이 아니라 한니발과 일선에서 만나 싸우는 것이었다. 단일한 진지 내에 갇힌 쌍방의 군대가 누가 이기나 끝장을 볼 때까지 싸워보는 것이 그가 가장 바라는 소원이었다. 그가 만약 많은 공훈을 세운 바도 없고, 어느 사령관에 못지않은 전략과 용병에 능함을 보여주지도 못하였다면 나잇값을 못하는 어리석은 야심가라는 평을 면치 못하였을 것이다. 왜냐하면 그가 제5차 집정관에 임명되었을 때 그의 나이는 60고개를 이미 넘고 있었으니 말이다.

 사제들의 말대로 제사를 드리고, 또 신들의 노여움을 풀기 위한 모든 살풀이를 바친 다음, 그는 마침내 그의 동료 집정관과 함께 한니발과 싸우기 위하여 일선으로 나갔다. 그때 한니발은 반티아와 베누시아 사이에 진을 치기는 하였으나 싸우려는 의사를 전연 보이지 않았으므로, 마르켈루스는 모든 가능한 수단을 다 써서 한니발을 유인하려고 하였다. 한니발은 계속 응하지 않더니 마르켈루스의 군대가 로크리 에피제피리이 시로 진격중이라는 정보를 얻고서야 페텔리아라는 조그마한 산 아래에 복병을 잠복시켜 두었다가 2천5백 명의 로마 군을 살해하였다. 이 사건으로 화가 바싹 난 마르켈루스는 한니발 군에게 더욱 가까이 접근해 갔다. 양군 사이에는 군사적 가치가 상당히 높은 조그마한 산이 하나 있었는데 숲이 울창하게 덮여 있었고, 양쪽으로는 병풍처럼 내리깎은 절벽과 샘물들이 흘러내리는 것이 눈에 들어오는 산이었다.

한니발이 이 곳에 먼저 와 있으면서도 이런 전략적인 산을 점령하지 않은 까닭을 알 수 없어 마르켈루스는 궁금해 하였다. 사실 한니발도 여기에 진을 치는 것이 좋겠다고 생각을 하였으나 그보다는 복병을 잠복시켜 두는 것이 더 좋겠다고 생각한 것이다. 그래서 숲속과 산골짜기에 활 쏘는 많은 병사들과 창을 가진 병사들을 잠복시켜 두고 전략적 가치로 보아 반드시 로마 군이 끌려올 것이라고 확신하고 있었다. 과연 그의 기대가 어긋나지 않았다. 로마 군은 곧 참모회의를 열어 마치 그들이 장군이라도 된 것처럼 이 곳을 점령해야 할 이유, 그 곳을 점령함으로써 아군에게 올 이득, 특히 군을 그 곳으로 이동하였을 경우, 어쨌든 거기다 요새를 구축하여 지형을 강화하였을 경우 어떻게 될 것인가에 관하여 토론하였다. 마르켈루스는 소수의 기병을 데리고 가서 그 곳을 탐색하기로 결심하였다. 점술가를 불러 고사를 드리게 하였다.

제일 첫번째 제물로 쓸 짐승을 잡았더니 간의 윗부분이 달려있지 않았다. 두번째 짐승에는 머리 부분이 이상할 정도로 컸으나 그 밖의 모든 기관은 매우 양호하였다. 이 두번째 제물은 첫번째 제물이 준 공포를 몰아내기에 족한 것처럼 생각되었으나 점술가들은 나중 제물은 한층 더 무섭다고 선언하였다. 매우 나쁘고 불길한 제물 다음에 유난히 좋은 제물이 나타나는

것은 그 갑작스러운 변화 자체가 매우 수상하기 때문이라는 것이었다. 그러나

　　불도 철벽도 운명을 막을 수는 없다

하고 핀다로스가 노래 불렀듯이, 마르켈루스는 동료 집정관 크리스피누스와 군단장인 그의 아들과 함께 고작 기병 220명을 데리고 탐색하러 나갔다. 그 중에는 로마 인이라고는 하나도 없었다. 40명의 프레겔라 인을 제외한 나머지는 모두가 에트루스카 인들이었는데, 이들은 그 용기나 충성에 있어 어떤 경우를 막론하고 마르켈루스의 신임을 전폭적으로 받고 있는 사람들이었다.
　이 산은 사방이 숲으로 덮여 있었다. 그 산꼭대기에 척후병 하나가 적의 눈에 띄지 않게 앉아 있었는데, 로마 군의 진지는 일목요연하게 그의 시야에 노출되어 있었다. 그로부터 신호를 받자 잠복하고 있던 병사들이, 마르켈루스가 접근할 때까지 꼼짝도 않고 기다리고 있다가 일순간에 나타나 사방에서 그들을 포위하였다. 창으로 그를 공격하고 도망치는 병사들의 등을 사방에서 찔렀다. 마르켈루스의 병사들은 적에게 저항하였다. 그들은 40명의 프레겔라 인들이었다. 에트루스카 인들은 복병이 쏟아져나오자 혼비백산하여 달아났으나, 이들은 한데 뭉쳐 집정관들을 호위하며 싸웠다. 크리스피누스는 두 곳에 창을 맞고 말을 몰아 퇴각하고, 마르켈루스는 허리에 창을 맞고 쓰러졌다. 아직 살아 남은 병사들은 가망이 없는 마르켈루스를 단념하고 부상당한 그의 아들만 말에 태우고서 진지로 도망쳐 돌아왔다.
　40여 명이 전사하고 5명의 호위병과 18명의 기병이 포로로

잡혔다. 크리스피누스도 며칠 후에 상처 때문에 사망하였다. 한 전투에서 집정관 두 명이 모두 전사한 예는 로마 사상 일찍이 없던 일이었다.

다른 사람들이 죽었을 때에는 그리 대단하게 생각하지 않던 한니발도 마르켈루스가 전사하였다는 소식을 듣자 곧 현장으로 달려갔다. 시체 옆에 서서 얼마 동안 그 체격과 풍채를 바라보며 오만무례한 말이라고는 한 마디도 하지 않았다. 다른 사람의 경우라면 난폭하고도 귀찮은 적을 무찔렀으니 희색이 얼굴에 넘칠 법도 한 일인데, 이렇게도 갑작스럽고 뜻하지 않은 종말에 놀라 그의 반지만을 빼고서 깨끗한 옷으로 갈아입힌 다음 명예롭게 화장하였다. 유해를 은항아리에 넣고 황금 관으로 덮어 그의 아들에게 보냈다. 그러나 누미디아 인 몇 사람이 항아리를 운반해 가던 사람들을 습격하여 강제로 그들로부터 그것을 빼앗아 유해를 땅에 던져버렸다. 이 소식을 전해 들은 한니발은 한탄하였다.

"하늘의 뜻이 그렇다면 어떻게 할 도리가 없구나!"

그는 누미디아 인들은 처벌하였으나 유해를 다시 모아 보내려고는 하지 않았다. 마르켈루스가 그렇게 죽은 것도, 매장도 되지 않은 채 그렇게 땅 위에 뿌려진 것도 어떤 운명의 장난이라고 생각한 것이다. 코르넬리우스 네포스와 바에리우스 막시무스는 이런 기록을 남겼으나, 리비와 아우구스투스 카이사르는 그 은항아리가 아들에게 전달되어 굉장한 장례식이 거행되었다고 단언하고 있다.

그를 기념하는 기념비가 로마에 세워졌고, 시칠리아의 카타나에도 그를 기념하기 위해 그의 이름을 따서 지은 훌륭한 체육관이 세워졌다. 시라쿠사에서 그가 가지고 온 것 중 조상과 그림들이 사모트라케 시에 보존되어 있다. 카비리 신전과 린두스의 미네르바 신전에도 그의 초상이 있는데 포시도니우스에 의하면 다음과 같은 비문이 새겨져 있다고 한다.

　　오, 나그네여, 이것은 한때 로마의 거룩한 별이었나니
　　오랜 가문인 클라우디우스 마르켈루스의 후예,
　　집정관을 일곱 차례 지내며 조국을 위하여 싸워
　　적을 무찔러 무덤 속 깊이 묻어버렸도다.

　이 비문을 쓴 사람은 마르켈루스가 집정관을 다섯 번 지낸 것에 부집정관을 두 번 지낸 것을 가산한 것이다. 그의 일가는 높은 영광을 누리며 대대로 내려오다가 아우구스투스 카이사르의 누이 옥타비아와 카이우스 마르켈루스와의 사이에서 난 아들인 마르켈루스의 대에까지 이르렀다. 마르켈루스는 아우구스투스 카이사르의 딸과 결혼하고 얼마 있다가 조영관(造營官)이 된 해에 젊은 나이로 세상을 떠났다. 그의 어머니 옥타비아는 그를 추모하여 도서관을 지었고, 카이사르는 극장을 세웠는데 모두 다 그의 이름을 따서 이름지었다.

이 곳에 반티우스라는 사람이 있었는데, 명문 출신이고 그의 용맹성 때문에 명성을 떨치고 있었다. 그는 칸나이 전투에서 용전분투하여 많은 카르타고 군을 죽인 사람이었다. 마침내 창에 찔려 시체더미 속에 쓰러져 있을 때 그를 발견한 사람이 한니발에게로 그를 데리고 갔다. 한니발은 그의 용기에 감탄하여 몸값을 치르지 않고서도 그를 석방해주었을 뿐 아니라, 그와 우정을 맺고는 그를 객으로 삼았다. 이와 같이 큰 은총에 감격한 반티우스는 그 후부터 가장 열렬한 한니발의 지지자가 되었으며, 시민들에게 반란을 일으키라고 권고하였다.

일찍이 로마 군 편에 서서 위험을 무릅쓰고 싸웠던 이러한 저명인사를 마르켈루스는 차마 사형에 처할 수는 없었다. 마르켈루스는 자기의 친절한 성격과 특히 그의 능란한 구변술로 명예를 존중할 줄 아는 사람이라면 누구나 설복시켜 자기 편으로 끌어들일 능력이 자신에게 있다는 것을 알고 있었다. 어느 날 반티우스가 마르켈루스에게 인사하였을 때 그는 반티우스에게 댁은 누구시냐고 물었다. 그를 모르고 있어서가 아니라 좀더 그에게 관하여 알고 싶어서였다. 반티우스가 자기가 누구라는 것을 말하였을 때 마르켈루스는 기뻐서 죽겠다는 듯이 대답하였다.

"로마에서 칸나이 전투에 참가하였던 다른 누구보다도 명성이 자자한 반티우스란 분이 바로 댁이시군요? 끝까지 집정관 파울루스 아이밀리우스를 지키고 싸우시면서 집정관에게 던져진 투창을 자기 몸으로 막아준 그분이십니까?"

반티우스는 바로 그 사람이라고 시인하고 그의 상처를 드러내 보였다. 마르켈루스는 말을 이었다.

"그렇다면 왜 그러한 큰 무훈이 있으신 분이 내가 이 곳에 맨 처음 도착했을 때 만나러 오시지 않았죠? 원수조차도 존경하는 친우의 무훈을 우리가 몰라볼 줄로 생각하셨던가요?"
 이러한 우의를 뒷받침하려는 듯이 마르켈루스는 그에게 말 한 필과 돈 500드라크마를 선물로 주었다.
 그 이후로 반티우스는 마르켈루스의 가장 믿을 만한 조력자와 맹우가 되어, 반대와 선동을 일삼는 자들을 찾아내는 데 진력하였다. 이러한 자들은 그 수가 많았다. 이들은 로마 군이 적을 공격하려고 하면 그 틈을 타서 시내에 남겨둔 로마 군의 군수물자를 약탈하려는 음모를 꾸몄다. 그러므로 마르켈루스는 군대를 시내로 모아들이고 군수물자를 모두 성문 근처로 이동시킨 다음, 시민이 놀라서 성 쪽으로 가는 것을 금하는 군사명령을 내렸다.
 이리하여 시 밖에는 군대라고는 그림자도 보이지 않았다. 신중한 계획으로 한니발을 유인하여 시내에서 난동이 일어난 줄로만 알게 하여 마음놓고 그의 군대를 이끌고 시내로 들어오게 하였다. 그리고 나서 마르켈루스는 적에게 가장 가까운 성문을 활짝 열고 기병의 정예부대를 앞세워 전진케 하여 적을 공격하라는 명령을 내렸다. 이어 보병부대가 다른 문에서 일제히 튀어나와 고함을 지르며 전투에 가담하였다. 한니발은 그의 군의 일부로써 대적케 하려 했지만 이번에는 세번째 문이 열리며 거기서 잔여부대가 달려나와 사방에서 공격을 가해 오는 것이었다. 적은 이 뜻하지 않은 기습에 깜짝 놀라 나중에 받게 될 또 다른 공격을 염려하였지만, 당장은 그들이 싸우고 있는 적을 막아내는 게 고작이었다.
 한니발의 병사들은 큰 부상을 입고 피를 흘리며 자기 진지로 후퇴하였다. 카르타고 군이 로마 군에게 등을 보이기란 이것이 처음이었다. 이 전투에서 카르타고 군은 5천 명 이상이나 죽었고, 로마 군은 500명도 넘지 않았다고 한다. 그러나 역사가 리비가 주장하는 것을 보면 카르타고 군에 대한 승리도 살육도 그리 큰 것은 아니었다. 이 싸움으로 하여 마르켈루스의 명성이 크게 올랐으며, 칸나이 전투에서 참패했던 로마는 다시 사기를 얻게 되었다. 그리고 난공불락의 적과 싸우고 있는 것이 아니라 자기들과 마찬가지로 적도 질 수 있다는 확신을 갖게 되었다.

그때 다른 집정관이 사망하자, 마르켈루스를 그 후임으로 임명하려고 시민들은 그를 소환하였다. 정부의 반대에도 불구하고 시민들은 그가 전지에서 돌아올 때까지 선거를 연기하는 데 성공하였다. 전지에서 돌아온 마르켈루스는 만장일치로 새 집정관에 임명되었다. 그러나 그때 공교롭게도 천둥이 있었으므로, 복점관들은 그 선거가 합법적이 아니라고 생각하였으나 시민들이 두려워서 감히 자기들의 의견을 공공연히 선언하지 못하였다. 그러자 마르켈루스 본인이 이 사실을 알고 스스로 사퇴하였다. 그러나 군사령관직만은 그대로 보유하고 있었다.

그는 부집정관에 임명되어 놀라의 진지로 돌아가 한니발을 지지하였던 자들을 공격하였다. 카르타고 군이 급거 그들을 도우려고 달려왔으나 마르켈루스는 일부러 정규전을 피하고 있다가, 싸움이 없는 줄로 알고서 카르타고 군의 대부분이 약탈하러 나간 틈을 타 공격을 가하였다. 그는 보통 해전에서 쓰고 있는 긴 창을 보병들에게 나눠주어 편리한 거리에서 힘껏 던지도록 훈련해두었다. 적은 투창에는 경험이 없고 단검을 가지고 바싹 달려들어 싸우는 전법에만 익숙해 있었던 것이다. 이것이 그때 참전하였던 카르타고 전군의 패주의 원인이었던 것만 같다. 이 때 전사한 자는 5천이었고, 코끼리 4마리는 죽었고, 2마리는 빼앗았다. 그러나 그 후 사흘째 되는 날에 가장 중요한 사건이 일어났다. 스페인 인과 누미디아 인의 혼성부대인 300명으로 된 카르타고 군 기병대가 로마 군으로 귀순한 사실이다. 이것은 그때까지 한니발에게는 없었던 재난이었다. 한니발은 여러 서로 다른 나라에서 그러모은 야만인들로 된 군대를 사이좋게 통솔하고 있었던 것이다. 귀순자들은 마르켈루스와 그의 후계자들에게 그 후의 모든 전쟁에서 충성을 바쳤다.

마르켈루스는 이제 세번째 집정관으로 선출되어 시칠리아로 갔다. 왜냐하면 한니발의 전과가 온 시민을 흥분시켜 시민들은 섬나라에 세력을 부식하려고 혈안이 되어 있을 뿐 아니라, 시라쿠사의 폭군 히에로니무스를 살해한 후로 시라쿠사의 정세는 어지럽기 짝이 없었다. 그러한 까닭으로 로마도 치안관 아피우스의 감독하에 그 전부터 시라쿠사에 군대를 파견하고 있었다. 마르켈루스가 이 군대의 사령관이 되자, 많은 로마 병사들이 그에게로 와서 다음과 같은 불행한 사정을 호소하였다.

칸나이 전투에서 살아 남은 병사들 중 몇몇은 도망을 쳤고, 몇몇은 적의 포로가 되었다. 그 수효가 너무도 많아서 남은 병사만으로는 로마의 성을 지키기에도 부족할 정도였다. 그러나 살아 남은 로마 인들의 긍지와 의기가 대단하였으므로 소액의 보상금만 내도 포로를 되찾을 수 있었지만 이것도 응하지 않았다. 원로원의 정령도 이를 금하여 적에게 피살되거나 아니면 노예가 되어 이탈리아에서 팔려 가는 길을 택하게 하였다. 그리고 도망쳐서 살아 남은 모든 병사들은 다시 시칠리아로 수송되어 한니발과의 싸움이 끝날 때까지 귀국을 금하였다.

그러므로 이들이 마르켈루스가 시칠리아에 도착하였을 때 많이 몰려와서 그의 앞에 엎드려 탄식과 눈물로써 명예로운 군무에 다시 봉사하게끔 허용해달라고 겸손하게 애원하였다. 그리고는 지난번에 진 것은 비겁해서라기보다 운이 나빠서였고, 이번에는 진실로 충성을 보여드리겠다고 약속하였다.

마르켈루스는 이들을 매우 가엾이 여겨 원로원에 공한을 보내어 군에 결원이 생기면 이들을 채용하여 보충하고자 하오니 허가해달라고 요청하였다. 많은 논쟁이 있은 다음 원로원은 정령을 보내기를, '조국은 비겁자들을 다시 군무에 복귀시키고 싶은 생각이 없다는 의견일치를 보았다. 그러나 만일 마르켈루스가 그들을 기어이 채용하고 싶은 생각이라면 그래도 좋으나, 어떤 경우라도 그들에게 용맹을 떨친 보수로서 영예의 관이나 그 밖의 일체의 포상을 해서는 안 된다'고 하였다. 이 정령은 마르켈루스를 몹시 기분 상하게 하였다. 그는 시칠리아 전쟁이 끝나고 로마로 돌아왔을 때 원로원을 비난하였다. 나라를 위하여 많은 일을 하였는데도 불구하고 불우한 많은 시민들을 구제해줄 자유도 자기에게 허용해주지 않았다고 분개하였다.

이때 마르켈루스는 시라쿠사의 사령관 히포크라테스에게 당한 피해에 격노하여(이 자는 카르타고 군에게 충성을 다하고 있다는 증거를 보이기 위하여, 또는 자기가 왕이 되고 싶어서 레온티니에 있는 많은 로마 인들을 죽였다.) 무력으로 레온티니 시를 포위하여 점령하였다. 그러나 시민들 중 어느 누구에게도 해를 끼치지 않고 그는 탈주병만을 잡는 대로 처형하였다. 그러나 히포크라테스는 시라쿠사에 마르켈루스가 레온티니에서 성인들을 모두 죽였다고 거짓 소문을 퍼뜨렸고, 이 거짓 소문을 듣고 시라쿠사가 일대 혼란상태에 빠지자 재빨리 시라쿠사로 진주하여 수중에 넣고 말았다.

이렇게 되자 마르켈루스는 그의 전군을 이끌고 시라쿠사로 가서 성 근처에 진을 친 다음, 사자를 시로 보내어 레온티니에서 있었던 일의 진상을 시민들에게 설명하게 하였다. 그러나 협상이 이루어지지 못하게 되자, 시라쿠사의 전권이 히포크라테스의 수중에 있었으므로 마르켈루스는 해륙 쌍방에서 시라쿠사를 공격하기로 했다. 육군의 지휘는 아피우스가 맡고, 마르켈루스는 해군의 지휘를 맡았다. 그는 배 하나를 다섯 줄의 노로 젓게 만들어진 갤리선 60척에 갖가지 무기를 만재하고, 배 8척을 쇠사슬로 한데 묶고 이 위에다 성을 공격하는 돌과 긴 창을 던지는 기계를 실었다. 이렇듯 풍부한 병력과 그 전의 영광만을 믿고서 그는 전진하였다. 그러나 이러한 모든 것들이 아르키메데스가 발명한 기계 앞에서는 한낱 장난감에 지나지 않은 것처럼 생각되었다.

아르키메데스가 고안하여 만든 각종 기계들은 처음에는 어떤 중요성을 가진 것이 아니라, 그저 기하학자가 심심풀이 오락으로 만든 것에 지나지 않았다. 이것을 그의 훌륭한 과학에 맞추어 실용에 옮겨서 일상생활에 적용함으로써 일반인들이 그 혜택을 입도록 해보라는 히에로 왕의 어명에 의하여 고안한 것이었다.

에우독소스와 아르키타스 두 사람은 이 기계학이라는 이름이 널리 알려지고 높이 칭찬을 받은 기술을 창시한 최초의 사람들이었다. 그들은 기하학적 이론을 적절히 사용하여 기계학의 기술을 터득한 것이다. 그리고 또 너무 복잡하여 말이나 도해로는 증명할 수 없는 결론을 오감이 만족할 수 있도록 실험적으로 입증하는 방도로서 이 기계학의 기술을 사용한 것이다. 예를 들자면 많은 기하학상의 문제를 푸는 데 필요한 비례중항선을 구하기 위하여, 이들 수학자들은 여러 개의 곡선과 직선을 이용한 특수한 기구에 의존하였다.

그러나 플라톤은 이것에 분노를 나타냈을 뿐 아니라, 이러한 태도에 대하여 혹독하게 비난하였다. 기하학을 순수지성의 영역에 등을 돌리고 이렇듯 수치스럽게도 저열한 노동을 요하는 물건과 관련시킴으로써, 과학의 진정한 우수성을 타락시키고 말살시킨 결과를 초래하였다고 하였다. 그러므로 기계학은 기하학과 분리되어 철학으로부터 멸시와 무시를 받으며 일종의 군사기술로서의 자리를 차지하게 되었다.

그러나 히에로 왕의 친구요 친척인 아르키메데스는 어느 정도의 힘만 있으면 아무리 무거운 물체라도 들 수 있다고 말하면서, 이 말에 대한 자신을 과시하려는 듯이 만일 다른 지구에 설 수만 있다면 이 지구를 쳐들 수도 있다고 단언하였다. 이 장담을 듣고 크게 놀란 히에로 왕은 그 이론을 실천에 옮겨 작은 힘으로 큰 물체를 움직이는 실험을 보여달라고 요청하였다. 아르키메데스는 그 요청에 따라 실험용으로 왕의 병기창에 있는 수송선을 쓰기로 결정했다. 많은 사람들이 겨우 바닷가에 끌어올려놓은 마스트가 셋 있는 해군 수송선에 보통 적재량의 인원과 짐을 싣고, 먼 곳에 앉아 많은 도르래를 사용한 줄의 끝을 살살 당김으로써 그 배가 마치 잔잔한 바다 위를 떠 오는 듯이 끌려오게 하였다.

왕은 이것을 보고서 놀라 기술의 힘을 확신하고 아르키메데스를 설득하여 모든 목적에 알맞은 공격용 무기와 방어용 무기를 만들게 하였다. 그러나 왕은 그의 거의 전생애를 아주 한가하게 풍류를 즐기며 지냈기 때문에 이러한 기계를 지금까지 쓰지 않고 있었다. 그러나 이러한 기계를 언제든지 때만 오면 쓸 수 있도록 준비는 하고 있었고, 그것을 다룰 수 있는 기술자도 있었다.

그러므로 로마 군이 수륙에서 성을 동시에 공격했을 때, 시라쿠사 군은 그러한 무서운 로마 군에게 저항할 수는 없다고 단념한 채 공포에 떨고 있었다. 그러나 아르키메데스가 그의 기계를 사용하여 로마의 지상군에게 온갖 화살과 무수히 많은 돌덩이를 퍼붓자, 그 소리는 천지를 진동하였다. 결코 그것을 막아낼 수 있는 사람이라고는 아무도 없었다. 그것들은 무더기로 떨어져 사람들을 그 자리에 쓰러뜨렸으며, 그들의 모든 대열을 지리멸렬 흩어지게 했다. 한편 바다에서는 선박 위 높다란 누각에서 삐죽이 내민 커다란 기둥으로부터 내던져지는 무거운 것에 맞아 더러는 물 속에 빠져 죽었다. 또 크레인의 삽처럼 생긴 쇠손이나 부리에 의하여 공중으로 높이 치켜올려졌다가 물 속에 내동댕이쳐지는 자들이 있는가 하면, 이물을 치켜올렸다가 고물을 거꾸로 세우는 바람에 물 속에 가라앉아 죽기도 하였다. 또는 배에 타고 있던 병사들이 성 안에서 조종하는 밧줄에 끌려 빙빙 돌다가 성벽 아래에 삐죽이 삐져나온 험한 바위에 부딪혀 죽기도 하였다. 또 이것은 빈번히 있던 일인데, 배가 공중에 아주 높이 매달려 그네 뛰듯 이리저리 흔들흔들하다가 마침내 병사들은 배에서 쏟아지고, 배는 맹렬한 기세로 바위에 부딪혀 산산조각이 나고 마는 것이었다.

마르켈루스가 배의 브리지에 싣고 오던 기계는 악기와 비슷하게 생긴 삼부카라는 것이다. 그것은 아직도 성벽 쪽으로 다가오고 있었는데, 10탈렌트나 되는 중량의 돌이 연방 벼락치는 소리를 지르며 떨어져 대단한 힘으로 부딪히는 바람에 기계를 실은 배가 산산조각으로 부서졌고, 기계를 붙들어맨 밧줄이 모두 끊어져 브리지에서 기계가 완전히 떨어져나갔다. 그러므로 어떻게 해야 좋을지 그 방도가 막연한 마르켈루스는 그의 군함들을 보다 더 안전한 곳으로 철수시키고, 그의 지상군에게도 후퇴명령을 내렸다. 그리고 가능하다면 밤에 성벽 아래로 몰래 접근하기로 결정하였다. 왜냐하면 아르키메데스는 긴 로프를 사용하여 기계에서 물건을 던지게 하였기 때문에 성벽 밑으로 바싹 다가가면 던지는 물건이 모두 머리 위를 지나가게 될 터이므로 그러한 기계는 아무 소용도 없게 되리라고 생각하였던 것이다. 그러나 아르키메데스는 오래 전에 어떠한 거리에도 적용되는 기계와 더 짧은 무기를 이러한 경우를 대비하여 만들어 두었던 것만 같다. 성벽에 무수히 많은 작은 구멍을 만들어 이 구멍을 통해 기계로써 적에게 짧은 거리의 뜻하지 않은 타격을 끼칠 수 있었다.

이렇듯 로마 군이 적을 속였다고 착각하고서 성벽 가까이 접근하였을 때 별안간 긴 창과 화살의 소나기가 또다시 그들 위로 쏟아져 내리기 시작했다. 그리고 또 머리 위에서 수직으로 돌늘이 굴러떨이졌고, 성벽 전체에서 화살이 그들에게로 날아왔다. 그래서 하는 수 없이 도망을 치는데, 이번에는 먼 거리에 이르는 화살과 긴 창이 날아와 많은 살상자를 내게 하였다. 마치 죽음의 소나기같이 쏟아지는 공격에 많은 병사들이 죽고, 배들은 줄을 지어 도망쳤다. 로마 군에게는 어떠한 방법으로도 보복할 길이 없었다. 왜냐하면 아르키메데스가 성벽 바로 아래에 그의 대부분의 기계를 가설하여 비치해 놓았기 때문이다. 그러므로 로마 군은 예측할 수 없는 곳에서 불쑥 튀어나와 그들을 괴롭히는 그 불가사의한 힘에 압도되어 자기들은 인간이 아니라 신을 상대로 하여 싸우고 있는 것만 같이 생각되었다.

그러나 마르켈루스는 상하지 않고 도주하여 그의 부하 기술자들을 조롱하며 다음과 같이 말하였다.

"그놈의 기하학자가 우리 배를 장난감처럼 뒤집으며 장난을 치고 있다고 해서 우리가 싸움을 단념할 순 없지. 하기야 손이 백이나 된다는 신화 속의 거인이 창살의 소나기를 쏟아부어도 이렇게 심하진 않을 거야."

과연 시라쿠사의 병사들은 모두가 아르키메데스의 수족과 같아서 만사가 다 그의 생각에 따라 움직였다. 왜냐하면 다른 모든 무기는 버리고 그의 기계만으로 로마 군을 쳐부수고 자신을 지켰기 때문이다. 결국 로마 군은 너무 겁에 질려서 성벽에서 무슨 장대나 조그만 밧줄 하나만 보여도 아르키메데스가 자기들에게 무슨 기계를 던지려고 한다며 등을 돌리고 도망을 쳤다. 마르켈루스는 하는 수 없이 공격을 단념하고 모든 것을 시간에 맡겼다.

이러한 발명이 이제는 인간의 지혜로는 도저히 이룩할 수 없다는 명성을 떨치게 하였지만 아르키메데스는 고상한 정신과 심오한 사상과 과학적 지식의 보고에만 사로잡혀, 기계니 기술이니 하는 것을 모두 천하고 속된 것으로 생각하고서 그것들에 관한 해설서나 책을 전혀 남기지 않았다. 그는 모든 실용과 물질적 이득을 주는 온갖 종류의 기술을 야비하고도 천한 것으로 여겨 이것을 부인하고, 그의 열성과 야심 전체를 속된 인생의 필수품과는 전혀 관계가 없는 보다 더 순수한 명상에만 바쳤다. 학문연구야말로 인생의 모든 분야에서 가장 가치 있는 것임은 말할 것도 없으며, 먹고 사는 일을 떠난 절대적 미와 진리 탐구야말로 인생 최고의 희열이라는 것이다. 물론 그의 이론은 구체적인 대상을 훨씬 초월하고 있었다. 왜냐하면 후자는 부피와 형상에 한정된 일이나 전자는 추리의 정확성과 놀라운 힘을 기할 수 있기 때문이다. 그러므로 그렇게도 어렵고 복잡한 문제를 아르키메데스보다 더 간단하고도 명석하게 푼 사람은 일찍이 아무도 없었다. 어떤 사람들은 그 원인을 그의 선천적인 천재성에 두고 있는가 하면, 어떤 사람들은 보기에는 쉽고도 힘들이지 않은 결과처럼 보이지만 그렇게 되기까지에는 피눈물나는 노력이 있었다고 한다.

그가 푼 문제는 다른 사람이 볼 때에는 아무리 노력을 경주해도 도저히 풀 수 없다고 생각케 한다. 그러나 그가 설명한 것을 보면 자기도 간단하게 풀 수 있는 것을 가지고 괜히 그렇게 고생하였구나 하고 생각케 한다. 그렇게도 쉽고 빠르게 그는 우리가 요구하는 결론으로 우리를 이끌어준다. 그러므로 우리는 그에 관하여 보통 전해지는 다음과 같은 이야기를 믿게 된다. 즉 시렌(아름다운 노랫소리로 근처를 지나가는 뱃사람을 유혹하여 파선시켰다는 그리스 신화에 나오는 바다의 요정)의 매력에 끌려 음식도 자기 자신도 아주 잊어버리고 있었으므로, 때로는 억지로 사람들이 목욕도 시키고 몸에 향유도 발라주었다. 그런데 그때에도 그는 불의 잿더미 속에다 기하학의 도형을 그리거나, 자기 몸에 바른 기름 위에다 손가락으로 도형을 그리곤 하였다. 이토록 그는 완진히 무아의 경지에 있었고, 가장 진정한 의미에서 학문연구에 신들려 있었다는 이야기다.

그의 발견은 그 수가 많았고 놀라울 만한 것이었다. 그러나 전해지는 말에 의하면 친구들과 친척들에게 부탁하기를 자기가 죽으면 원기둥이 들어 있는 공 모양을 자기 무덤 위에 놓고 곁에는 원기둥에 꽉 차는 공 모양의 입체비(立體比)를 새겨달라고 하였다고 한다.

아르키메데스는 이러한 인물이었다. 그가 살아 있는 한 시라쿠사 시는 난공불락이라는 것을 몸소 보여주었다. 그러므로 시라쿠사를 포위하고 있는 동안 마르켈루스는 시칠리아에 그리스인이 세운 도시 중 가장 오래 된 도시인 메가라를 점령하였다. 또 아킬라이에 있는 히포크라테스의 진지를 점령하여 8천 명 이상이나 적의 병사를 살해하였다. 이때 그들은 한창 요새를 구축하고 있는 중이었다. 그는 시칠리아의 거의 전역을 침략하였고 카르타고 군으로부터 많은 도시를 빼앗았다. 또 그에게 감히 저항하는 군대는 모두 쳐부쉈다.

포위가 진행되는 동안 다미푸스라는 스파르타 인이 시라쿠사에서 배를 타고 빠져 나가려는 것을 붙잡았다. 시라쿠사 인들이 보석금을 낼 테니 이 사람을 놓아달라고 몹시 간청하였으므로, 마르켈루스는 이 문제를 협의하려고 여러 번 시내로 드나들다가 망루 하나를 주목하게 되었다. 그런데 그 망루 근처의 성벽은 올라가기가 그리 힘들지 않고 또 경비도 소홀하였으므로 일단 병사들을 몰래 잠입시킬 수 있겠다고 생각하였다. 여러 번 그 옆을 지나다닌 일도 있고 해서 높이도 잘 알고 있었으므로 사다리도 준비해놓았다가 시라쿠사 시가 디아나 신에게 제사를 드리는 날을 기다려 시민들이 술을 먹고 유흥에 빠져 있는 틈을 타 행동을 취하였다.

시민들이 이것을 알기 전에 마르켈루스 자신이 망루를 점령하였을 뿐만 아니라, 날이 밝기 전에 병사들을 성에 배치한 다음 헥사필롬으로도 군을 투입시켰다. 시라쿠사 인들이 이 소동으로 깜짝 놀라 동요하기 시작하였을 때 그는 사방에서 나팔을 불어대라고 명령하였다. 이렇듯 이 요란스러운 나팔소리에 가장 잘 방비가 되어 있고, 또 가장 아름답고 가장 견고한 구역은 아직도 점령되어 있지 않았지만 전 시가 이미 점령된 줄로만 알고 시라쿠사 군은 도망쳤다. 이 구역은 아크라디나라고 불리는 곳이고, 네아폴리스와 티카라는 두 구역을 포함하는 견고한 성이었다.

마르켈루스가 이 지대를 점령한 후 먼동이 틀 무렵에 헥사필롬을 지나 이 곳에 당도하자 그의 수하에 있는 모든 장교들이 축하해주었다. 그러나 높은 곳에서 저 아래에 있는 아름답고도 광활한 도시를 내려다보며, 자기 부하들이 약탈을 자행하여 이 도시의 모습이 몇 시간 내에 이루 말할 수 없을 정도로 처참한 꼴로 변할 것을 생각하자, 닥쳐올 재난 앞에 꼼짝없이 서 있는 도시가 불쌍하게만 여겨져 눈물이 저절로 쏟아졌다. 왜냐하면 그의 군대의 장교 중에는 점령한 도시를 약탈하겠다고 병사들이 나섰을 때, 그것을 막기는커녕 오히려 방화하고 파괴하라고 사주하는 자가 많았기 때문이다. 그러나 마르켈루스는 이것에 귀를 기울이지 않았다.

그는 무척 마음이 내키지 않고 못마땅하였지만 할 수 없이 돈과 노예만은 약탈해도 좋다고 허용하였다. 그러나 동시에 어떠한 자유시민도 이를 침범해서도 안 되고, 시라쿠사의 시민 하나라도 죽이거나 학대하거나 노예로 삼아서는 절대로 안 된다는 명령을 내렸다. 그는 이러한 신중한 태도를 견지했지만 이 도시의 상태를 불쌍히 여겼으며, 축복과 기쁨 속에서도 오랫동안 축적된 모든 부가 일순간에 소멸되는 것을 보고서 강한 동정심과 연민을 금할 길이 없었다. 나중에 카르타고에서 자행된 것보다 더 크면 컸지 결코 적지 않은 약탈이 자행되었기 때문이다. 얼마 후에 모략을 써서 함락시킨 시라쿠사 시의 다른 곳에서도 왕실의 재산만 남겨놓고 약탈이 자행되었다. 마르켈루스는 이 왕실의 재산을 국고에 편입시켰다.

그러나 아르키메데스의 죽음만큼 마르켈루스의 마음을 괴롭힌 것은 없었다. 그때 그는 숙명이라고나 할까 무슨 도형을 그려놓고 문제를 풀고 있느라 명상에 잠겨 있었으므로, 로마 군이 쳐들어와서 도시를 점령한 것도 모르고 있었다. 이렇듯 연구에 몰두하고 있는데 뜻밖에도 군인 하나가 나타나 장군께서 부르시니 따라오라고 명령하였다. 그가 풀고 있는 문제를 모두 풀기 전에는 그렇게 할 수 없다고 거절하자 군인은 화가 나서 칼을 뽑아 그를 베어 죽였다. 또 다른 설에 의하면 로마 군인 하나가 칼을 뽑아 들고 그에게로 달려들어 그를 죽이겠다고 하였다. 그러자 아르키메데스는 그 병사를 돌아다보며 이 문제를 다 풀 때까지 잠깐만 기다려달라고 열심히 간청하였으나, 그 간청이 조금도 통하지 않은 병사는 그 자리에서 그를 죽이고 말았다.

또 다른 설에 의하면 그는 수학에 쓰는 여러 가지 기구, 해시계, 구, 해의 크기를 재는 기계 등과 함께 실려 마르켈루스에게 가는 도중에 병사들이 그 상자 속에 금이라도 들어 있는 줄로 생각하고서 그를 죽였다는 것이다. 확실한 사실은 아르키메데스의 죽음이 마르켈루스의 마음을 크게 아프게 하였다는 것이다. 마르켈루스는 그 후 늘 그를 죽인 병사를 천인공노할 살인자라고 간주하였으며, 아르키메데스의 친척을 찾아가 잘 돌보아주었다는 것이다.

정말로 로마 군은 우수한 병사들이며 싸움터에 있어서는 무서운 존재라고 생각하고 있었으나, 온순하다든가 인정미가 있다든가 사회적 미덕이라든가 하는 데 있어 기억에 남을 만한 본보기를 보여준 적이라곤 아직껏 없었다. 로마 인들도 그들의 정의감에 있어서는 남에게 지지 않을 만큼 가장 유명하다는 것을 그리스 인들에게 보여준 것은 아마도 마르켈루스가 최초였던 것만 같다. 어떠한 사람에게도 그는 항상 공손하게 굴었고, 개인에게나 많은 도시에서 항상 인자하게 대했다. 그렇기 때문에 엔나, 메가라, 시라쿠사 같은 도시의 주민들에게 무슨 가혹한 정령이 내려지는 경우, 그것은 그 곳 주민들에게 잘못이 있기 때문에 그렇게 된 것이지 그 잘못이 가혹한 정령을 내린 사람들에게 있다고는 생각하지 않았다. 많은 보기 가운데 하나만 여기서 들어보겠다.

시칠리아 섬에 엔기움이라는 도시가 있었는데, 그다지 큰 도시는 아니었지만 아주 오래 된 도시였다. '어머니들'이라는 여신들이 나타난 일이 있어서 유명한 곳이다. 이 곳에는 크레타 인들이 세운, 이 여신들을 모신 신전이 있었는데 거기에는 또한 메리오네스나 율리시스 등의 이름이 새겨진 창과 청동투구도 보존되어 있었다고 한다.

이 도시가 카르타고의 세력을 몹시 지지하고 있었으므로, 시민 중에서도 가장 유력한 니키아스라는 사람이 그들에게 로마군에 가담하라고 권고하였다. 이 목적을 위하여 그는 집회에서 자유롭고도 솔직한 열변을 토하여, 반대파 사람들이 나라를 위하지 않고 경거망동을 일삼고 있다고 공격하였다. 그러므로 반대파에서는 세력과 명성이 큰 그가 두려워서 납치하여 카르타고 군에게 넘기려고 공작하였다.

니키아스는 자기가 몰래 감시의 대상이 되어 있다는 사실을 깨닫고서, 여신들이 나타났다는 정설을 부정하고 경멸하는 듯이 일부러 '어머니들'에 대하여 불경한 말을 퍼뜨리며 여신들을 존경할 수 없다는 많은 증거를 들었다. 그의 적들은 그가 제 손으로 자기의 무덤을 팠다고 하며 기뻐하였다.

그를 체포할 만반의 준비를 갖추고서 시민대회를 소집하였다. 여기서 니키아스는 그때 심의중인 어떤 사건에 관하여 연설을 하고 있었는데, 연설 도중 갑자기 땅에 고꾸라졌다. 이러한 경우에 으레 그렇듯이 청중들은 깜짝 놀랐고 장내는 잠잠해졌다. 잠시 후에 그는 다시 일어나서 사방을 둘러보고 기어들어가는 목소리로 떨면서 말을 하다가 차츰 목소리가 높아지더니 날카로워졌다. 장내는 공포에 눌려 죽은 사람들의 나라 같았다. 이때에 그는 별안간 겉옷을 벗어 반나체가 된 채 밖으로 뛰어나가면서 여신들이 자기를 잡으러 쫓아온다고 고함을 질렀다. 그 여신들이 두려워서 아무도 감히 그를 잡으려거나 길을 막는 사람도 없었다. 그는 마귀에게 홀린 사람처럼 계속 고함을 지르며 일부러 몸을 와들와들 떨면서 시의 성문을 무사히 빠져나갔다.

남편의 연극을 의식하고, 남편의 음모를 눈치챈 아내는 아이들을 데리고 와서 처음에는 신에게 무엇을 비는 사람처럼 여신들을 모신 신전 앞에 엎드려 비는 시늉을 하다가, 다음에는 정신없이 도망치는 남편을 찾으려는 듯이 누구의 제지도 받지 않고서 무사히 남편 뒤를 따라 성문 밖으로 나갔다. 그들은 모두 시라쿠사에 있는 마르켈루스에게로 도망쳤다.

엔기움 사람들이 던지는 이 밖의 많은 모욕을 받은 후에 마르켈루스는 그들을 모두 잡아서 가두고 사형에 처할 준비를 하고 있었다. 그때 니키아스는 눈에 눈물을 가득 담고 간청하다가 마침내는 마르켈루스의 발밑에 엎드려 그의 동포들의 목숨을, 특히 그의 적들의 목숨을 살려달라고 열심히 간청하였다. 그들을 측은하게 여긴 마르켈루스는 모두 석방하고, 니키아스에게는 충분한 땅과 값진 선물을 주었다. 이 이야기는 철학자 포시도니우스가 전해주는 이야기다.

국내전에 대비케 하기 위하여 정부가 그를 본국으로 소환하자 드디어 마르켈루스는 자기의 개선식을 빛낸 다음, 그것으로 로마 시를 장식하기 위하여 시라쿠사에서 거둔 가장 값진 아름다운 장식물을 배에 잔뜩 싣고 왔다. 왜냐하면 이때까지 로마에는 이렇게 훌륭하고도 정교한 예술품이라고는 없었고, 또 보지도 못하였기 때문이다. 우아하고도 품위 있는 세공품에 대한 취미도 없었다. 야만인의 무기와 피로 더럽혀진 전리품, 그리고 도처에 승리의 기념물과 트로피로 가득 찬 로마는 평화를 즐기는 세련된 구경꾼의 눈으로 볼 때에는 유쾌하거나 즐거운 광경은 아니었다. 에파미논다스가 보이오티아의 들판을 '군신의 무대'라고 부르고, 크세노폰이 에페소스를 '전쟁공장'이라고 부른 것처럼 이 시대의 로마는 핀다로스의 말을 빌어 '평화가 없는 군신의 영역'이라고 불러도 좋을 것이다. 이것이 나의 생각이다.

그러므로 그리스적인 우아함과 균형의 매력을 갖춘 예술품으로 시내를 장식한 마르켈루스는 국민 전체의 인기를 끌고도 남음이 있었다. 그러나 파비우스 막시무스가 타렌툼을 점령하였을 때, 그 곳으로부터 이러한 종류의 것이라고는 무엇 하나 손도 대지 않았고 국내로 반입하지도 않은 것은 잘한 일이라고 로마의 귀족들의 칭찬을 받았다. 그는 돈과 귀중품은 가지고 왔지만 조각상의 반출만은 일체 금하였다. 그리고는 흔히 통용되는 이러한 말을 덧붙였다.

"자, 이러한 성난 신들은 타렌툼 인들에게 남겨두자."

그러므로 귀족들은 마르켈루스를 비난하였다. 자기의 승리와 개선의 행렬을 빛내기 위하여 사람들뿐만 아니라 신까지도 포로로 잡아 옴으로써 첫째, 로마로 하여금 모든 사람들의 빈축을 사게 하였다는 것이다. 또 전쟁과 농업 속에서 자라나서 사치와 안락이라고는 맛도 보지 못하여 에우리피데스가 그의 작품 속에 나오는 인물 헤라클레스에 관하여 말한 것처럼,

거칠고, 세련되지 않아, 오직 큰 일에만 능하던

평민들에게 마르켈루스는 나태를 알게 하였고, 이상한 예술품과 예술인들에 관하여 지껄이며 하루를 허송하게 하였다고 하였다. 그러므로 이제 로마 인들은 사소한 일들을 조사하고 비판하면서 그들의 많은 시간을 낭비하였다. 그러나 이러한 비난에도 불구하고 마르켈루스는 자기 나라의 무식한 동포들에게 그리스의 우아하고도 놀랄 만한 예술품을 존경하고 숭배하기를 가르쳐준 것은 그리스 인 자신들에 대한 그의 영광으로 삼았던 것이다.

시칠리아에서 아직 전쟁이 끝나지 않았고, 또 제3차 개선식은 허용할 수 없다고 반대하는 사람들이 있었기 때문에 마르켈

루스는 시내까지 개선식의 행렬을 이끌고 들어가려는 것을 양보하였다. 그는 알반 산에서 개선식을 거행하고, 거기서부터는 더 간략한 행렬로 시내로 들어갔다. 이러한 간략한 행렬의 개선식을 그리스 어로는 eua이라고 하고, 로마 어로는 ovation이라고 한다. 이러한 소규모의 개선식에는 전차를 타지도 않고 월계수 관을 쓰지도 않고, 나팔대를 앞세우고 들어오지도 않았다. 다만 많은 피리 소리와 플루트 소리가 울려 퍼지는 가운데 도보로 들어왔다. 한편 공포심보다는 오히려 사랑과 존경심을 자아내게 하는 평화스러운 광경으로 도금양(挑金孃) 관을 머리에 얹고 군중들 옆을 지나갔다. 그러므로 추측에 의하여 내가 얻은 결론이지만 약식 개선식과 본격적인 개선식 사이의 차이는 전공의 위대성에 있는 것이 아니라, 그것을 성취하는 양식에 있는 것이 아닌가 생각한다.

 정규전에서 싸우고 적을 죽이고 승리자로서 돌아온 장군들은 대개 정식 개선의 군사적 위용을 갖추고, 모든 장병들은 머리에 승리의 월계관을 얹고 월계수의 가지로 무기를 장식하고 입성한다. 그러나 무력에 호소하지 않고 협상과 웅변과 설득으로 일을 원만하게 해결한 장군들에게는 과거의 관습에 따라 평화적이고 즐거운 약식 개선식의 영광이 부여되었다. 왜냐하면 피리는 평화를 상징하는 악기며, 도금양 나무는 어느 신보다도 폭력과 전쟁을 싫어하는 베누스가 사랑하는 나무였기 때문이다. 이러한 약식 개선식을 ovation이라고 부르는 이유는, 개선식을 거행할 때 에우아(eua)하고 외치는데 그것은 그리스 어 euasmus에서 온 것은 아니다. 왜냐하면 정식 개선식을 거행할 때에도 에우아 하고 외치며 환호성을 지르기 때문이다. 그리스 인들은 이 낱말 또한 그리스 어로 Euius 또는 Thriambus라고도 불리는 바코스 신과도 어떤 관계가 있을 거라고 생각하고서 자기 나라 말이라고 억지로 우긴 듯싶다. 그러나 실은 그렇지가 않다. 정식 개선식에서는 사령관들이 신에게 황소를 제물로 바치는 것이 관례였고, 약식 개선식에서는 양을 제물로 바치는 것이 관례였다. 그래서 여기서 라틴어 ovis에서 ovation이라고 명명한 것이다.

　스파르타의 입법자가 제정한 제물과 로마 인들이 제정한 제물과는 아주 다르다는 것은 생각해볼 만한 가치가 있다. 스파르타에서는 설득이나 계략으로 목적을 달성한 장군은 소를 제물로 바치고, 싸워서 목적을 달성한 장군은 수탉을 제물로 바쳤다. 스파르타 인은 가장 호전적이었지만 협상을 통하여 얻어진 승리는 다만 무력이나 용기에 의하여 얻어진 승리보다는 인간적인 면에서 보다 더 우수하고 보다 더 타당한 것이라고 생각했기 때문이다. 어느 것이 낫고 어느 것이 못한 것인지는 독자의 결정에 일임하고 싶다.

　마르켈루스가 네번째로 집정관이 되었을 때, 그의 정적들은 시라쿠사 인들을 사주하여 로마로 사절단을 보내어 그들에게 허용된 조건에 위배되는 학대를 마르켈루스에게서 받았다고 원로원에 호소하게 하였다. 시라쿠사의 사절단이 마르켈루스를 고소하여 자기들의 불평을 들어줄 허가를 원로원이 내려주도록 원로원에 탄원했을 때, 마르켈루스는 공교롭게도 의사당에서 제사를 드리고 있었다. 원로원에 참석하고 있던 다른 한 사람의 마르켈루스의 동료 집정관이 본인도 없는데 이런 일을 심의하는 것은 불법이라고 마르켈루스를 열렬히 변호하여 심의를 제지시켰다.

　그러나 마르켈루스는 이 소식을 듣자 곧 원로원으로 돌아와서 집정관의 자리에 앉아 정무를 마친 다음, 재판을 받는 사람들이 서는 피고석으로 내려가서 개인의 자격으로 서서 시라쿠사의 사절단을 향하여 혐의 사실을 입증하라고 요구하였다. 그러나 그들은 그의 자신만만하고 늠름한 태도에 기가 꺾여 묵묵히 서 있을 뿐이었다. 그리고 이제 정복을 입고 왕자답게 행동하는 것을 보니 왕년의 명장이었을 때 행동하던 것보다도 훨씬 더 두렵고 엄격하게 보였다.

그러다가 그들은 정적들의 충동에 힘을 얻어 그를 규탄하기 시작하였는데, 정의의 항변인지 탄식인지 넋두리인지도 모를 소리를 길게 늘어놓았다. 로마의 우방이며 동맹군인데도 불구하고 시라쿠사는 다른 장군들 같으면 원수도 그렇게까지는 대하지 않았을 정도로 혹독한 대우를 받았다고 하였다.

이에 대하여 마르켈루스는 대답하기를, 그들이 로마 인들에게 대하여 여러 번 적대행위를 하였으나, 로마는 정복되어 포로가 된 적들에게 마땅히 해야 할 것 이외에는 아무런 벌도 주지 않았다고 말했다. 온화한 방법으로 그가 몇 번씩 설득하였지만 그 말에 귀를 기울이려고도 하지 않았기 때문에 그들이 포로가 된 것은 그들의 과오였으며, 전제자들의 강제로 마지못해서 전쟁 속으로 말려들어간 것이 아니라 그들이 오히려 전쟁을 하고자 하는 분명한 목적을 위하여 전제자들을 끌어들였다고 하였다. 양측의 진술이 끝나고 시라쿠사의 사절단이 관례에 따라 퇴장하자, 마르켈루스는 그의 동료 집정관에게 남아서 선고가 어떻게 내려지는가를 보아달라고 부탁하였다. 그리고는 시라쿠사의 사절단과 함께 퇴장하여 원로원 문 앞에서 어떻게 판결이 내려지는가를 기다리고 있었다. 자기가 기소된 사실에 놀라거나 시라쿠사 인들에게 노하여 의기소침하는 일도 없이 태연한 태도로 원로원의 결정이 내려지기를 기다리고 있었다.

드디어 판결이 표결에 부쳐져 원로원의 정령이 마르켈루스의 승리를 선포하자, 시라쿠사의 사절단은 눈물을 흘리며 그의 무름 앞에 엎드려 자기들을 용서해달라고 애걸복걸하였다. 시라쿠사에 남아 있는 동포들을 불쌍히 여겨주면 그의 은혜를 늘 명심하는 감사의 마음을 잊지 않겠다고 약속하였다. 이렇듯 그들의 눈물과 번민하는 모습에 감동된 마르켈루스는 마음이 풀어져 사절단과 화해하였을 뿐 아니라, 그 후 시라쿠사를 돕는 데 늘 진정을 다하였다. 그가 그들에게 되찾아준 자유와 법과 그들의 권리와 남은 재산을 원로원도 승인하였다. 이 때문에 시라쿠사 인들은 그에게 뛰어난 여러 영광을 드린 외에도 마르켈루스 본인이나 그의 후손 중 누구라도 시칠리아에 올 경우 화환을 머리에 얹고, 신들에게 제사를 드려야 한다는 법을 만들었다.

이 일이 있은 후 그는 한니발과 싸웠다. 그러나 칸나이에서의 패배 이래 다른 집정관들과 사령관들은 모두가 한니발에 대하여 똑같은 정책을 썼다. 즉 그와의 대전을 기피하여 누구 하나 용기를 내어 싸움터에서 대적하여 무력으로 승부를 결정하려고 하지 않았다. 그러나 마르켈루스는 이와 반대되는 입장을 취하였다. 지연작전을 써서 한니발을 지쳐 떨어지게 하려다가 오히려 이탈리아 그 자체가 망하게 되고, 파비우스의 전쟁이 저절로 끝나기를 기다리는 신중책에만 의존하다가는 로마는 망할 수밖에 없다고 생각하였다. 파비우스의 이와 같은 지연작전은 마치 겁 많은 의사가 약 쓰기를 두려워하여 병세가 저절로 나아지기를 기다리다가, 오히려 환자의 기력만 소모시키는 것과 같이 병든 나라를 고치려고 정당한 시책을 취하지 않았다고 생각하였기 때문이다.

그러므로 그는 첫째 로마를 배신한 삼니움 인들의 여러 도시를 공격하여 많은 군량과 돈을 빼앗았고, 그 곳을 지키고 있던 한니발 병사 3천 명을 잡았다. 그 후 부집정관 크나이우스 풀비우스가 11명의 군단 지휘관과 함께 아풀리아에서 전사하고 동시에 군의 대부분을 잃었을 때, 그는 로마에 편지를 보내어 자기는 이제 한니발의 기개를 꺾으러 진격하고 있는 중이니 시민들은 상심하지 말라고 하였다. 리비가 전하는 바에 의하면, 이 편지를 읽자 로마 시민들의 사기가 고무되기는커녕 전보다도 더 떨어졌다는 것이다. 왜냐하면 풀비우스의 군보다 마르켈루스의 군은 그 수가 더 많았으니 남아 있는 군대마저 잃을까봐 걱정이 컸기 때문이다.

그러나 편지에 적어서 보낸 대로 마르켈루스는 루카니아 영토로 진격하여 한니발을 찾아 누미스트로 시까지 왔다. 적이 산에 진을 치고 있다는 것을 알게 되자, 그는 평지에 진을 치고 있다가 다음 날 군을 이끌고 적과 싸우러 먼저 도전하였다. 한니발은 이 도전을 피하지 않았다. 쌍방간에 쉽사리 승리가 결정될 것 같지도 않은 치열한 싸움이 계속되다가 밤이 되어 겨우 전투가 중단되었다. 다음 날 해가 떠오르자마자 마르켈루스는 또다시 부대를 이끌고 나와 전사자들의 시체 사이에 포진하고 한니발에게 도전하여 다른 전법으로 어제 풀다 못 푼 문제를 해결하려고 하였다. 그런데 한니발이 후퇴하고 말았으므로 마르켈루스는 적의 전리품을 거두고, 전사한 병사들의 시체를 매장한 다음 적을 바짝 추격하였다.

한니발은 가끔 새로운 전략도 써보고, 또 마르켈루스를 함정에 빠뜨리기 위하여 복병도 잠복시켰으나 뜻을 이루지 못하였다. 그 동안 소전투에서도 뛰어난 편이어서 마르켈루스는 높은 명성을 떨쳤으므로 로마에서는 집정관 선거일이 박두하여 시칠리아의 다른 집정관을 소환하는 것은 타당한 일이라고 생각하였지만, 마르켈루스 하나만은 그대로 유임시켜 한니발과 싸우게 하였다. 그가 로마에 도착하자 원로원은 그로 하여금 퀸투스 풀비우스를 군정관으로 지명하라고 명령하였다. 군정관은 시민이나 원로원이 임명하는 것이 아니라 집정관이 시민대회에서 지명하기로 되어 있었기 때문이다. 그러므로 이렇게 지명한 군정관을 dictator라고 불렀는데, 그것은 지명한다는 뜻인 dicere에서 온 말이다. 그러나 이설에 의하면 그의 말이 법이기 때문에 dictator라고 명명되었다는 것이며, 투표에 붙이는 일 없이 그의 마음대로 명령한다는 것이다. 로마 인들은 행정장관의 명령을 edict라고 부르기 때문이다.

시칠리아에서 소환된 마르켈루스의 동료 집정관은 다른 사람을 군정관으로 지명하고 싶은 생각이었으나, 그의 생각이 강제적으로 꺾이고 싶지 않았으므로 밤에 몰래 도로 시칠리아로 가 버렸다. 그래서 시민들은 퀸투스 풀비우스를 군정관으로 선출하라는 명령을 내렸고, 원로원은 마르켈루스에게 서신을 보내어 그를 지명하라고 명령하였다. 그는 이 명령에 복종하여 시민의 명령에 따라 퀸투스 풀비우스를 군정관으로 지명한다는 것을 선포하였다. 그러나 부집정관직은 유임되어 일년간 더 하기로 되었다. 그리고 파비우스 막시무스와 협의하여 파비우스가 타렌툼을 포위 공격하는 동안 자기는 한니발을 따라가서 이리저리 유인하여 타렌툼을 도우러 오지 못하게 지연작전을 쓰다가 쫓아가서 카누시움에서 한니발을 앞질렀다.

그러나 한니발은 자주 그의 진지를 바꾸며 아직도 싸우기를 회피하였으므로 마르켈루스는 아무데서나 그와 싸우려고 찾아 다녔다. 마침내 한니발을 진지에서 찾아내어 그에게 소전투를 걸어 그를 자극함으로써 싸우게 하였다. 그러나 격전중에 밤이 되어 또다시 양군은 헤어졌다. 다음 날 마르켈루스는 싸우기 위해 정렬을 지어 나섰다. 한니발은 극도로 불안해져 그의 장병들을 모아놓고 오늘만큼은 과거의 모든 승리에 못지않은 승리를 거두도록 열심히 싸우자고 호소하였다.

"여러 장병들도 알고 있듯이, 우리는 여러 번의 승리를 거둔 승리자이면서도 이번의 적을 격퇴하지 못하면 편히 쉴 자유도 없을 것이다."

그리고 나서 양군은 맞붙어 치열한 전투를 벌였다. 용병의 시기를 놓쳐 마르켈루스가 과오를 범했다는 것이 드러났다. 우익이 고전에 빠지자 전방에 배치된 군의 일부를 그 곳에 투입하였다. 그러나 이 이동으로 대열에 다소의 혼란이 생겨 적에게 승리를 안겨주는 결과가 되어 2천7백 명의 병사를 잃었다. 마르켈루스는 그의 진지 내로 군을 후퇴시킨 다음 장병들을 소집해놓고 그들에게 말했다.

"내 눈에는 많은 로마 군의 무기와 시체가 보이지만, 그 속에 단 한 사람도 진정한 로마 군이라고는 보이지 않는다."

용서를 비는 장병들의 간청에 그들이 진 채로 있는 동안에는 용서할 수 없으나 승리하는 날에는 용서해주겠다고 응수하였다. 아군의 패주 소식보다는 승리의 기쁜 소식을 조국에 전하기 위하여 마르켈루스는 군을 또다시 싸움터로 내보낼 결심을 하였다. 집회를 해산하면서 그는 적에게 등을 돌린 병사들에게는 밀 대신 보리를 주라고 명령하였다. 이 질책이 어찌나 장병들의 가슴을 아프게 했던지 병사들은 한결같이, 중상을 입었지만 자기들이 입은 부상보다도 장군의 말이 더 자기들의 가슴을 아프게 하였다고 했다.

먼동이 트자, 즉각 싸우라는 표시인 주홍색 토가가 사령관의 막사 위에 휘날렸다. 어제 치욕을 당한 부대들이 서로 다투어 자기들을 선봉에 서게 해달라고 간청하자 그 요청이 허락되었다. 그 다음 군단장들이 잔여부대를 이끌고 그 뒤를 따랐다. 이 소식에 접한 한니발은 이렇게 말하였다.

"오, 이상하도다! 이겨도 져도 물불을 가리지 않고 달려드는 이 사람은 도대체 어떻게 된 사람이냐? 이기고도 우리들에게 쉴 겨를을 주지 않고, 져도 쉬지 않는 사람은 그 사람뿐이다. 이러다간 이 사람과 죽을 때까지 싸우다 말 것만 같다. 이기면 자신을 가지고 덤벼들고, 지면 지는 대로 수치를 씻으려고 덤벼든단 말이다."

양군 사이에는 용호상박의 격전이 벌어졌다. 싸움이 자기 쪽에 불리하게 되자, 한니발은 코끼리부대를 투입시켜 로마 군의 선봉부대를 무찌르라고 명령하였다. 코끼리들이 사정없이 많은 병사들을 짓밟아버리는 바람에 로마 군은 곧 대혼란에 빠졌다. 이때 군단장의 하나인 플라비우스가 군기를 빼앗아 코끼리들과 맞서 군기 깃대 끝에 달린 창으로 맨 먼저 덤벼드는 놈을 찔렀다. 그러자 그놈은 혼비백산하여 도망치고 말았다. 코끼리는 돌아서서 뒤따르던 코끼리를 공격하여 그 코끼리와 그 뒤를 따르는 나머지 사람들도 격퇴하였다. 이것을 보고 있던 마르켈루스가 기병대의 강력부대를 코끼리들에게 투입시키자 코끼리들이 내빼는 바람에 적군은 대혼란에 빠졌다.

기병대는 맹위를 떨치면서 카르타고 군의 진지에까지 추격하였고, 부상을 입은 코끼리들이 놀라서 자기 군에게로 덤벼드는 바람에 많은 사상자를 내었다. 적의 피해는 8천 명 이상이나 되고, 로마 군은 3천 명이 전사하였다. 살아 남은 병사들도 모두 부상을 입었다고 한다. 이 기회를 이용하여 한니발은 밤에 조용히 후퇴하여 마르켈루스를 멀리 피할 수가 있었다. 그 많은 수의 부상병으로는 추격이 불가능하였으므로, 캄파니아 쪽을 향하여 천천히 이동하여 시누에사에 이르러 그들을 휴양시키며 그 곳에서 여름을 보냈다.

그러나 한니발은 마르켈루스의 추격에서 해방된 후, 그의 군대로 하여금 지방 각지를 돌아다니며 겁도 없이 약탈을 자행하게 하였으므로, 로마에서는 마르켈루스에 대한 비난이 자자하였다. 그를 시기하는 정적들은 이때다 싶어 시민측에서 나온 달변가이며 성질이 난폭한 호민관인 푸블리키우스 비불루스를 선동하여 그를 규탄하게 하였다. 그는 주도면밀한 웅변으로 시민을 설복하여 마르켈루스를 사령관직에서 몰아내려고 하였다.

"마르켈루스는 잠깐 전쟁에 참가하였다가 철수하고 말았으니, 말하자면 전쟁에 나간 것이 아니라 마치 씨름판에 나간 것으로 알고 온천에 가서 휴양하고 있는 격이 되었군요."

이 말을 들은 마르켈루스는 부관들에게 군을 맡기고 그에 대한 공격을 해명하기 위하여 급히 로마로 돌아왔다. 돌아와서 마르켈루스는 이러한 중상으로 자기가 탄핵을 받게 된 것을 알게 되었다. 시민들 중에서 미리 결정된 남자들이 플라미니우스 광장에 운집하였다. 비불루스가 일어서서 그를 탄핵하였다. 마르켈루스 자신은 짧고 간단하게 대답하였다. 그러나 로마 시의 가장 덕망이 높은 사람들은 긴 연설로 아주 허심탄회하게 시민들에게 충고하였다. 그를 찬양하며 모든 부관들 중에서 오직 마르켈루스 하나만은 두려워하여 차라리 다른 부장들과 싸우기를 좋아하는 적도 그 명장을 비겁하다고 비난함으로써 적보다도 더 나쁜 판단을 내리지 않도록 하라는 충고였다.

이러한 연설이 있은 후에 결국 탄핵자의 표결을 얻으려는 희망은 좌절되어, 마르켈루스는 무죄로 판명되었을 뿐 아니라 제5차 집정관으로 선출되었다.

집정관이 되자 마르켈루스는 반란 직전에 있었던 에트루리아의 큰 소요를 진압하고 여러 도시를 찾아가서 그 곳의 소요도 진정시켰다. 그 다음 그가 얻은 전리품을 '명예'와 '덕'이라는 신에게 바치기로 맹세하였으나 하나의 신전에 두 신을 모신다는 것은 율법에 어긋난다 하여 사제들의 반대를 받았을 때 분개하였지만, 이상한 징조가 나타났으므로 그런 신전 옆에 새 신전 하나를 짓기 시작하였다. 괴변이 또한 그를 놀라게 하였다. 즉, 몇 군데의 신전이 벼락을 맞았으며, 유피테르 신전에서는 생쥐들이 금을 갉아먹었다. 소가 말을 하였다는 소문도 떠돌았고, 아이가 코끼리의 머리 모양을 하고 태어났다는 소문도 떠돌았다. 정말로 모든 것에 괴변이 나타났지만 신들은 아무런 도움도 주지 않았다. 그러므로 사제들은 어서 일선으로 가고 싶이 안전부절못하는 그를 로마에 억류시켜 놓았다. 그만큼 일선에 나가서 한니발과 싸우고 싶어하는 열의에 불탄 사람은 일찍이 없었다. 꿈에 보는 것이나 친구들이나 친지들에게 그가 의논하는 모든 제목은 신들에게 다른 것을 기원하는 것이 아니라 한니발과 일선에서 만나 싸우는 것이었다. 단일한 진지 내에 갇힌 쌍방의 군대가 누가 이기나 끝장을 볼 때까지 싸워보는 것이 그가 가장 바라는 소원이었다. 그가 만약 많은 공훈을 세운 바도 없고, 어느 사령관에 못지않은 전략과 용병에 능함을 보여주지도 못하였다면 나잇값을 못하는 어리석은 야심가라는 평을 면치 못하였을 것이다. 왜냐하면 그가 제5차 집정관에 임명되었을 때 그의 나이는 60고개를 이미 넘고 있었으니 말이다.

사제들의 말대로 제사를 드리고, 또 신들의 노여움을 풀기 위한 모든 살풀이를 바친 다음, 그는 마침내 그의 동료 집정관과 함께 한니발과 싸우기 위하여 일선으로 나갔다. 그때 한니발은 반티아와 베누시아 사이에 진을 치기는 하였으나 싸우려는 의사를 전연 보이지 않았으므로, 마르켈루스는 모든 가능한 수단을 다 써서 한니발을 유인하려고 하였다. 한니발은 계속 응하지 않더니 마르켈루스의 군대가 로크리 에피제피리이 시로 진격중이라는 정보를 얻고서야 페텔리아라는 조그마한 산 아래에 복병을 잠복시켜 두었다가 2천5백 명의 로마 군을 살해하였다. 이 사건으로 화가 바싹 난 마르켈루스는 한니발 군에게 더욱 가까이 접근해 갔다. 양군 사이에는 군사적 가치가 상당히 높은 조그마한 산이 하나 있었는데 숲이 울창하게 덮여 있었고, 양쪽으로는 병풍처럼 내리깎은 절벽과 샘물들이 흘러내리는 것이 눈에 들어오는 산이었다.

한니발이 이 곳에 먼저 와 있으면서도 이런 전략적인 산을 점령하지 않은 까닭을 알 수 없어 마르켈루스는 궁금해 하였다. 사실 한니발도 여기에 진을 치는 것이 좋겠다고 생각을 하였으나 그보다는 복병을 잠복시켜 두는 것이 더 좋겠다고 생각한 것이다. 그래서 숲속과 산골짜기에 활 쏘는 많은 병사들과 창을 가진 병사들을 잠복시켜 두고 전략적 가치로 보아 반드시 로마 군이 끌려올 것이라고 확신하고 있었다. 과연 그의 기대가 어긋나지 않았다. 로마 군은 곧 참모회의를 열어 마치 그들이 장군이라도 된 것처럼 이 곳을 점령해야 할 이유, 그 곳을 점령함으로써 아군에게 올 이득, 특히 군을 그 곳으로 이동하였을 경우, 어쨌든 거기다 요새를 구축하여 지형을 강화하였을 경우 어떻게 될 것인가에 관하여 토론하였다. 마르켈루스는 소수의 기병을 데리고 가서 그 곳을 탐색하기로 결심하였다. 점술가를 불러 고사를 드리게 하였다.

제일 첫번째 제물로 쓸 짐승을 잡았더니 간의 윗부분이 달려 있지 않았다. 두번째 짐승에는 머리 부분이 이상할 정도로 컸으나 그 밖의 모든 기관은 매우 양호하였다. 이 두번째 제물은 첫번째 제물이 준 공포를 몰아내기에 족한 것처럼 생각되었으나 점술가들은 나중 제물은 한층 더 무섭다고 선언하였다. 매우 나쁘고 불길한 제물 다음에 유난히 좋은 제물이 나타나는

것은 그 갑작스러운 변화 자체가 매우 수상하기 때문이라는 것이었다. 그러나

　　불도 철벽도 운명을 막을 수는 없다

하고 핀다로스가 노래 불렀듯이, 마르켈루스는 동료 집정관 크리스피누스와 군단장인 그의 아들과 함께 고작 기병 220명을 데리고 탐색하러 나갔다. 그 중에는 로마 인이라고는 하나도 없었다. 40명의 프레겔라 인을 제외한 나머지는 모두가 에트루스카 인들이었는데, 이들은 그 용기나 충성에 있어 어떤 경우를 막론하고 마르켈루스의 신임을 전폭적으로 받고 있는 사람들이었다.
　이 산은 사방이 숲으로 덮여 있었다. 그 산꼭대기에 척후병 하나가 적의 눈에 띄지 않게 앉아 있었는데, 로마 군의 진지는 일목요연하게 그의 시야에 노출되어 있었다. 그로부터 신호를 받자 잠복하고 있던 병사들이, 마르켈루스가 접근할 때까지 꼼짝도 않고 기다리고 있다가 일순간에 나타나 사방에서 그들을 포위하였다. 창으로 그를 공격하고 도망치는 병사들의 등을 사방에서 찔렀다. 마르켈루스의 병사들은 적에게 저항하였다. 그들은 40명의 프레겔라 인들이었다. 에트루스카 인들은 복병이 쏟아져나오자 혼비백산하여 달아났으나, 이들은 한데 뭉쳐 집정관들을 호위하며 싸웠다. 크리스피누스는 두 곳에 창을 맞고 말을 몰아 퇴각하고, 마르켈루스는 허리에 창을 맞고 쓰러졌다. 아직 살아 남은 병사들은 가망이 없는 마르켈루스를 단념하고 부상당한 그의 아들만 말에 태우고서 진지로 도망쳐 돌아왔다.
　40여 명이 전사하고 5명의 호위병과 18명의 기병이 포로로

잡혔다. 크리스피누스도 며칠 후에 상처 때문에 사망하였다. 한 전투에서 집정관 두 명이 모두 전사한 예는 로마 사상 일찍이 없던 일이었다.

다른 사람들이 죽었을 때에는 그리 대단하게 생각하지 않던 한니발도 마르켈루스가 전사하였다는 소식을 듣자 곧 현장으로 달려갔다. 시체 옆에 서서 얼마 동안 그 체격과 풍채를 바라보며 오만무례한 말이라고는 한 마디도 하지 않았다. 다른 사람의 경우라면 난폭하고도 귀찮은 적을 무찔렀으니 희색이 얼굴에 넘칠 법도 한 일인데, 이렇게도 갑작스럽고 뜻하지 않은 종말에 놀라 그의 반지만을 빼고서 깨끗한 옷으로 갈아입힌 다음 명예롭게 화장하였다. 유해를 은항아리에 넣고 황금 관으로 덮어 그의 아들에게 보냈다. 그러나 누미디아 인 몇 사람이 항아리를 운반해 가던 사람들을 습격하여 강제로 그들로부터 그것을 빼앗아 유해를 땅에 던져버렸다. 이 소식을 전해 들은 한니발은 한탄하였다.

"하늘의 뜻이 그렇다면 어떻게 할 도리가 없구나!"

그는 누미디아 인들은 처벌하였으나 유해를 다시 모아 보내려고는 하지 않았다. 마르켈루스가 그렇게 죽은 것도, 매장도 되지 않은 채 그렇게 땅 위에 뿌려진 것도 어떤 운명의 장난이라고 생각한 것이다. 코르넬리우스 네포스와 바에리우스 막시무스는 이런 기록을 남겼으나, 리비와 아우구스투스 카이사르는 그 은항아리가 아들에게 전달되어 굉장한 장례식이 거행되었다고 단언하고 있다.

그를 기념하는 기념비가 로마에 세워졌고, 시칠리아의 카타나에도 그를 기념하기 위해 그의 이름을 따서 지은 훌륭한 체육관이 세워졌다. 시라쿠사에서 그가 가지고 온 것 중 조상과 그림들이 사모트라케 시에 보존되어 있다. 카비리 신전과 린두스의 미네르바 신전에도 그의 초상이 있는데 포시도니우스에 의하면 다음과 같은 비문이 새겨져 있다고 한다.

　　오, 나그네여, 이것은 한때 로마의 거룩한 별이었나니
　　오랜 가문인 클라우디우스 마르켈루스의 후예,
　　집정관을 일곱 차례 지내며 조국을 위하여 싸워
　　적을 무찔러 무덤 속 깊이 묻어버렸도다.

　이 비문을 쓴 사람은 마르켈루스가 집정관을 다섯 번 지낸 것에 부집정관을 두 번 지낸 것을 가산한 것이다. 그의 일가는 높은 영광을 누리며 대대로 내려오다가 아우구스투스 카이사르의 누이 옥타비아와 카이우스 마르켈루스와의 사이에서 난 아들인 마르켈루스의 대에까지 이르렀다. 마르켈루스는 아우구스투스 카이사르의 딸과 결혼하고 얼마 있다가 조영관(造營官)이 된 해에 젊은 나이로 세상을 떠났다. 그의 어머니 옥타비아는 그를 추모하여 도서관을 지었고, 카이사르는 극장을 세웠는데 모두 다 그의 이름을 따서 이름지었다.

마르켈루스와 펠로피다스의 비교

　이상에 기록한 것들이 마르켈루스와 펠로피다스에 관하여 역사가들이 발견한 것 중에서 내가 기록한 것으로 기억해둘 만한 이야기다. 이 두 위대한 사람들 사이에는 두 사람 다 용감하고 근면하고 대담하고 성미가 괄괄하였기 때문에 천성이나 품행에 있어 거의 서로 닮은 점이 있지만, 다만 한 가지 점에 있어 다르다. 그것은 마르켈루스는 그가 점령한 여러 도시에서 대학살을 자행했으나, 에파미논다스와 펠로피다스는 어떤 승리를 거둔 후에도 시민들을 죽이거나 노예로 삼지 않았다는 점이다. 만일 이 두 사람이 살아 있었다면 테베스 인들은 그들이 오르코메니아 시민들에게 나중에 했던 것 같은 그러한 조치는 취하지 않았을 것이라는 것이 중론이다.
　전공으로 말하면 마르켈루스가 갈리아 군을 무찌르고 얻은 전공은 존경할 만하고도 남음이 있다. 불과 얼마 안 되는 기병을 이끌고 무수히 많은 적의 기병과 보병을 함께 무찔러 패주시켰으며 적의 왕을 포로로 잡았다. 펠로피다스도 마음 속으로는 그것을 갈구하였으나 이루지 못하였다. 그것을 하려다 오히려 폭군에게 학살당하고 말았다.

그러나 이것과 정반대인 것으로는 펠로피다스가 레우크트라와 테기라이의 두 전투에서 거둔 대승리라고 할 수 있다. 펠로피다스가 망명생활로부터 귀국하여 테베스의 폭군들을 비밀작전과 잠복작전으로 살해했을 때, 그가 거둔 공적과 같은 공적을 마르켈루스의 경우엔 어디서도 찾아볼 수 없다. 실로 이러한 공적이야말로 비밀과 계략으로 여지껏 이루어진 모든 공적 중에서 가장 두드러진 공적이라고 할 수 있다. 실로 한니발은 로마 인들에게는 대단히 무서운 적이었다. 그러나 이와 마찬가지로 스파르타 인들도 테베스 인들에게는 무서운 적이었다. 그 스파르타 인들이 레우크트라와 테기라이의 전투에서 펠로피다스에게 지고 도망을 친 것은 사실이지만, 폴리비우스의 기록에 의하면 한니발은 마르켈루스에게 한 번도 정복된 일도 없었고, 스키피오에게 진 것이 처음이며 그때까지는 대소 전투를 통하여 한 번도 누구에게도 진 적이라고는 없었다.

그러나 리비, 카이사르, 코르넬리우스 네포스, 또 그리스 인으로는 유바 왕 등이, 한니발 군은 마르켈루스와 싸운 어떤 전투에서는 패배를 당하여 도망친 적이 있었다고 주장하는데 나 자신도 실은 그 설을 지지하고 싶다. 그러나 확실히 그러한 패배는 전쟁 축에도 들지 못하며, 카르타고 군으로서는 일부러 패한 척한 연극에 지나지 않았던 것처럼 보인다.

진정으로 감탄할 만한 일은 그렇게도 많은 병사들을 잃고, 그렇게도 많은 부관들이 학살을 당하고, 또 결국엔 로마 제국 거의 전체가 붕괴 직전의 혼란에 빠진 후에도 그것에 못지않은 용기를 보였고, 부하들의 사기를 북돋아 새로운 싸움터에서 적과 기꺼이 맞서게 한 점이다. 그리고 마르켈루스야말로 공포와 위협을 이겨내고, 의기소침한 병사들의 사기를 북돋아 용감하게 적과 맞서게 하여 승리자에게 쉽게 굴복하지 않고 그들로

하여금 끝까지 적과 승부를 겨루게 한 유일한 명장이었다. 왜냐하면 종래에는 한니발과 싸우다가 간신히 목숨만 건지고 도주하면 다행으로 알던 병사들을 고무하여, 싸움에 지고도 안전하게 돌아가기만 하면 된다는 생각은 야비하고도 불명예스러운 일이라고 생각하게끔 병사들을 가르쳤으며, 싸우기가 무서워서 물러섰다고 자백하는 것이 부끄러운 일이고 승리를 얻지 못하면 극도로 통탄할 일이라고 생각하게끔 병사들을 가르쳤기 때문이다.

요컨대 펠로피다스는 그가 사령관으로 참전한 어떠한 전투에서도 진 일이 없고, 또 마르켈루스는 로마의 어느 동시대인보다도 더 많은 승리를 얻었으니, 그의 많은 승리를 생각해볼 때 쉽게 정복될 수 없는 자와 결코 진 일이 없는 자는 동등하다고 할 수 있을 것이다. 마르켈루스는 시라쿠사를 점령하였다. 그러나 펠로피다스의 스파르타를 점령하고자 하는 생각은 좌절되었다.

그러나 필자의 판단에 의하면 시칠리아를 정복하는 것보다도 스파르타를 정복하려고 에우로타스 강을 건넌 최초의 장군이 되었다는 것은 더 어려운 일이다. 그러나 레우크트라에 있어서와 같이 이때에도 에파미논다스의 공이 더 컸다고 하지 않을 수 없다. 그러나 마르켈루스의 명성과 그의 용감한 행동의 영광은 오직 그가 단독으로 세운 것이었다. 왜냐하면 그는 단독으로 시라쿠사를 점령하였으며, 갈리아 군을 정복할 때에도 동료 집정관은 거기 없었다. 다른 모든 사람들이 거절하였을 때 혼자서 감히 한니발과 대적하였다. 그리고 전쟁의 양상을 일변시켜 감히 한니발을 공격할 모범을 비로소 보여주었던 것이다.

이들 두 위인의 죽음은 그 어느 쪽도 칭찬할 것이 못 된다. 그들의 종말의 갑작스러움과 이상함은 나에게 오히려 고통과

애석함을 준다. 나는 한니발에게도 경의를 표한다. 하루에도 이루 다 셀 수 없을 만큼 그렇게도 많은 격전에서도 부상 하나 입지 않았으니 말이다. 나는 크리산테스(크세노폰의 '키로파이디아' 중의 한 인물)에게도 경의를 표한다. 그는 칼을 뽑아들고 적을 치려던 순간 전투 중지의 나팔이 울렸으므로 칼을 도로 칼집에 집어 넣고 조용히 겸손하게 물러섰으니 말이다. 그러나 펠로피다스를 격분시켜 전투의 과열 속에서 원한을 풀려고 용기를 내어 한 일이니 다소 이해가 간다.

장군이 해야 할 최초의 것은 안전한 승리를 얻는 것이다.
다음은 명예롭게 죽는 것이다.

이 말은 에우리피데스의 말이다. 이때 그는 죽었다고는 말할 수 없으며 오히려 장한 행위를 했다고 불릴 수 있을 것이다. 그는 용감해서 그런 것뿐만 아니라, 전제자를 죽이기만 하면 승리는 자기 것이라는 생각으로 무모하게 내달린 것이니 있을 수 있는 일이었다.
그러나 마르켈루스는 자기에게 아무 이로울 것도 없고, 또 위기에 처한 사람으로 하여금 흔히 이성을 잃게 하는 흥분도 없이 무모하게 위험 속으로 뛰어들어, 다섯 번이나 집정관을 지내고 세 번이나 개선식을 올렸다. 또 왕들을 무찔러 갑옷을 벗기고, 전승비를 세운 영광을 누린 장군으로서 스페인과 누미디아 출신의 한니발의 용병들 손에 의하여 살해되고 말았다. 로마에서 가장 용감하고 가장 세력이 있고, 가장 명성이 높은 사람이 몇 명의 프레겔라 인 척후병에 의하여 당한 일은 적들 자신들도 수치로 여기고 불안한 생각을 금할 길이 없었다. 그러나 이것이 이들 위인들을 비난하는 뜻은 아니며, 그들을 위하여 변호하는 뜻으로 장군의 죽음이 오직 그 한 사람의 손실일 뿐 많은 친우와 나라 전체의 손실이 아니듯이 다른 모든 미덕을 버리고 생명을 내던지게 한 용기를 탓할 뿐이다.
　펠로피다스가 전사를 당하자 그가 목숨을 바친 그 동맹국 친구들이 장례식을 치러주었으며, 마르켈루스는 그를 죽인 적이 그의 장례식을 치러주었다. 전자는 참으로 고귀하고도 부러운 말로였다. 그러나 후자의 경우는 더욱 거룩하다. 그도 그럴 것이 그 때문에 곤욕을 겪은 적이 그 용기를 존경하는 존경심 속에는 친구가 친구에게 감사하는 것보다 더 거룩한 무엇이 있으니 말이다. 전자에 있어 존경심을 자아내주는 것은 오로지 펠로피다스의 공을 존중한 탓이며, 후자에 있어선 마르켈루스의 공뿐만 아니라 그의 인품 또한 존중한 탓이다.

아리스테이데스

기원전 530년? ~468년?

리시마코스의 아들인 아리스테이데스는 아테네의 안티오키스 부족의 사람으로 알로페케 구민이었다.

그의 재산에 관해서는 여러 가지 설이 있다. 어떤 설에 의하면 그는 가난의 밑바닥에서 일생을 보냈으며, 그의 두 딸은 가난해서 오랫동안 시집도 못 갈 형편이었다고 한다.

이 설을 지지하는 사람이 많다. 그러나 팔레롬 인 데메트리우스는 이것에 이의를 제기한다. 그는 저서 《소크라테스》에서, 자기가 아는 바에 의하면 아리스테이데스는 팔레롬에 땅을 가지고 있었으며 죽은 후에 거기에 매장되었다고 말하고, 그 살림살이가 부유하였다는 증거로 세 가지 정도를 들고 있다.

첫째는 그가 수석 아르콘의 요직에 있었다는 것이다. 이 요직에 뽑힐 수 있는 사람은 500석 이상의 수확을 거두는 최고의 평가재산을 가지고 있는 집안 출신자에게 한정되어 있었다.

다음에는 그가 패각재판으로 추방당하여 큰 고생을 겪었다는 것이다. 이 형벌을 받는 자는 명문출신으로서, 그 세도가 워낙 커서 대중의 공포와 시기를 받게 된 사람들뿐이었다.

그리고 맨 끝으로 거론되고 있는 증거는 다음과 같은 사실이다. 아리스테이데스는 디오니소스 축제에 출연하는 합창대를 후원하였으며, 우승을 기념하여 받은 상품인 세발솥을 디오니소스 신에게 바쳤다. 아직도 그 신전에 남아 있는 세발솥에는 다음과 같은 비문이 새겨져 있다.
 '안티오키스 부족 우승하다. 아리스테이데스가 합창대를 후원하고, 아르케스트라투스가 이것을 지휘하였다.'
 이 마지막 논거는 그가 부유하였다는 데 대한 가장 확고한 증거처럼 보이지만 실은 가장 미약하다. 왜냐하면 어떠한 사람들, 예를 들면 지독한 가난 속에 태어나서 일생을 그 속에서 살아온 에파미논다스나 철학자 플라톤도 피리놀이 패들과 원무하며 노래하는 소년들을 후원하여 야심적인 공연을 하도록 제공하였다. 그런데 그 비용의 출처가 어디인가 하면, 플라톤의 경우는 시라쿠사의 친구 디온 왕이었고, 에파미논다스의 경우도 그의 친구 펠로피다스였다. 도대체 군자라는 사람들은 친구가 주는 선물을 단호히 거절하지는 않는다. 이들은 선물을 많이 받아가지고 자기 주머니를 채우는 것은 경멸하지만, 그 선물에 벌벌 떨지 않고 받을 수 있는 극히 너그러운 것이라면 구태여 그것을 거절하지 않는다.
 그런데 세발솥에 관해서는, 그 비문에 남아 있는 이름이 똑같기 때문에 무심코 데메트리오스가 실수를 저지른 것이라고 파나이티우스도 설명하고 있다. 왜냐하면 기록에는 페르시아 전쟁에서 펠로폰네소스 전쟁이 끝날 때까지 디오니소스 축제에서 우승한 합창대를 후원한 사람 중에 아리스테이데스라는 이름을 가진 인물은 두 사람밖에 남아 있지 않다. 그리고 이 두 사람이 다 리시마코스의 아들이라고는 볼 수 없다. 둘 중 하나는 크세노필루스의 아들이고, 또 하나는 연대적으로 훨씬 나중 시대의 사람이다. 이것은 세발솥의 비문 그 자체에서 알 수 있다. 즉, 거기 사용되어 있는 글씨체는 에우클레이데스가 수석 아르콘이었던 시대(기원전 403-02년에 아테네에서는 이우 니아풍 알파벳이 공식으로 채용되었다.) 이후의 것이며, 또 거기 아리스테이데스의 이름과 나란히 새겨져 있는 아르케스트라투스라는 이름은 페르시아 전쟁 당시의 기록에는 없지만 펠로폰네소스 전쟁 중의 합창대의 지휘자로서 몇 번씩 기록에 남아 있는 이름이다.

파나이티우스의 생각이 과연 옳은지 그른지를 알기 위해서 좀더 자세히 조사해보지 않으면 안 된다. 세평과 가문 또는 웅변에 매우 능하다고 평가받던 인물은 모두가 다 패각추방형을 받았던 것이다.

예를 들자면, 페리클레스의 선생인 다몬은 보통 아닌 천재라는 이유로 이 형을 받아 추방되었다. 또 이도메네우스가 전하는 바에 의하면, 아리스테이데스가 아르콘이 된 것은 제비에 의해서 된 것이 아니라 아테네 인에 의하여 선출된 결과였다고 한다. 데메트리오스가 쓰고 있는 것처럼, 만일 아리스테이데스가 플라테아에서 페르시아 군을 격파한 후에 아르콘이 된 것이라면 그 정도의 빛나는 명성과 성공을 세움으로써 흔히 부자만이 차지할 수 있는 높은 지위를 그에게 준 것인지도 모른다.

사실 데메트리오스는 빈자유죄(貧者有罪)라고 생각하고 어떻게 해서든지 아리스테이데스뿐만 아니라 소크라테스까지도 이 처지에서 건져내려고 애쓴 것만은 분명하다. 그의 말에 의하면, 소크라테스는 자택을 가지고 있었을 뿐만 아니라 70미나이를 이자로 받는다는 조건으로 크리토(플라톤의 대학《크리토》의 본인)에게 꿔준 일이 있다.

아리스테이데스는 폭군들을 몰아낸 다음 아테네의 민주적 정권을 공고히 한 클리스테네스를 열렬히 지지하였다. 그러나 그는 정치가들 중에서는 특히나 스파르타의 리쿠르고스를 존경하여 자기도 이 사람에게 지지 않는 인물이 되겠다고 결심하였다. 이렇듯 그는 귀족적 정치에 밀착하여, 민중파인 네오클레스의 아들 테미스토클레스와 항상 대립하였다.

또 이렇게 말하는 사람도 있다. 이 두 사람은 어릴 때부터 라이벌 의식을 가지고 늘 대립하였다는 것이다. 즉 놀이에 있어서나 진지한 일에 있어서나, 말에 있어서나 행동에 있어서나 각자 그의 독특한 성격을 드러냈다고 한다. 그리고 이 대립 사이에서 각자의 천성이 뚜렷하게 그 모습을 나타내었다. 성격을 말하면 테미스토클레스는 저돌적이었으며, 수단과 방법을 가리지 않고 자기의지를 관철시키려고 하였다. 한편 아리스테이데스는 강직하고 공정하여 놀이를 할 때에도 결코 술수를 부리지 않았다.

이 밖에 키오스의 아리스톤이 전하는 바에 의하면, 이 두 사람의 갈등은 우선 애정문제에서부터 출발하여 마침내는 지독한 갈등으로까지 발전하였다는 것이다. 그 애정 관계의 대상은 케오스 태생의 스테실라우스인데, 그의 이목구비는 사춘기에 도달한 소년 중에서도 가장 아름답게 빛나고 있었다. 두 사람은 이 소년에게 반하여 사랑의 포로가 되어버렸다. 그리하여 이 소년의 아름다움이 사라진 뒤에도 마치 그것이 전초전이었던 것처럼 계속 대립하여 서로 정반대의 정견을 가지고 정계에 투신하게 되었다고 한다.

테미스토클레스가 정치에 뛰어들어 장악한 지지와 권력은 대단한 것이었다. 이를 보고 어떤 사람이 그에게 말했다.

"만일 당신이 누구에게나 공평하게 대하면 아테네를 멋지게 다스릴 수 있을 것이오."

이에 대하여 그는 다음과 같이 대답했다.

"그건 딱 질색이오. 나를 지지하는 사람들이 다른 사람들보다 더 이득을 보지 못할진대 그것은 싫소."

아리스테이데스는 정치가의 길이 천직인 양 오직 혼자서 천천히 그 길을 걸어갔다. 왜냐하면 그는 친구들과 한덩어리가 되어 나쁜 짓을 하거나, 그들의 요구를 물리쳐서 그들에게 실망을 주거나 할 생각이 전혀 없었다. 또한 친구의 덕택으로 수중에 넣은 권력은 항상 마음을 유인하여 부정을 행하게 하는 것이므로 스스로 경계하고 있었다. 그러므로 그는 선량한 사람이 자기에게 도움이 되는 좋은 말을 해주거나 행동으로 보여주는 것만을 필요로 했다.

테미스토클레스는 저돌적으로 여러 가지 개혁을 끌어내어 아리스테이데스의 정책에 낱낱이 반대하고 그의 의견을 묵살시키고 말았다. 이렇게 되고 보니 아리스테이데스도 자기 몸을 지키고 또 한편으론 민중의 인기를 얻어 점점 더 커져 가는 테미스토클레스의 세력을 억제하기 위하여, 비록 세평이 자기에게 불리하게 되는 한이 있더라도 테미스토클레스의 정책을 부득이하게 반대하지 않을 수 없는 입지에 몰리게 되었다. 때로 그는 시민에게 다소의 해를 끼치는 한이 있더라도 테미스토클레스의 세력을 무제한으로 자라게 해서는 안 되겠다고 생각하였다.

그리하여 마침내 어느 날, 테미스토클레스가 민회에서 아주 좋은 정책을 제안하였을 때 아리스테이데스는 반대를 위한 반대로 이것을 기각시켰다. 그리고 민회에서 돌아오는 길에서까지 분이 풀리지 않아 이렇게 쏘아붙였다.

"테미스토클레스와 이 몸을 아크로폴리스의 바라툼 속에 던져 넣지 않는 한, 아테네 시민들은 살 길이 없을 거요."

다른 회의가 열렸을 때 이번에는 아리스테이데스가 민회에 법안 하나를 제출하였다. 그러자 그 의견에 대하여 심한 반대 의견이 나왔는데, 그는 끝까지 밀고 나갔다. 마침내 의장이 민회에 그 의견의 찬반여부를 묻는 단계에 이르렀다. 아리스테이데스는 앞서 자신이 테미스토클레스에게 반대의견으로 대항했던 일 때문에 자기의 제안도 불리하게 되리라는 것을 깨달았다. 그는 법안이 결의에 붙여지기 전에 스스로 취하시키고 말았다. 그 뒤로 그는 자기 대신 다른 사람의 이름으로 법안을 민회에 제출한 경우가 여러 번 있었다. 자신과 테미스토클레스의 대립으로 시민이 해를 입게 될 것을 염려해서였다.

이러한 정치적 무상 속에서 아리스테이데스가 보여준 침착성에는 놀랄 만한 것이 있었다. 그는 세상사람들의 칭찬을 받아도 뽐내지 않았으며, 불행을 당하여도 평온하여 동요하지 않았다. 그리고 어떠한 경우에도 변함없이 아테네 시민에게 자기 몸을 바쳤으며, 명예나 돈을 구하는 일 없이 오로지 시민을 위하여 희생해야 한다고 생각하고 있었다.

이러한 까닭으로 무대 위에서 암피아라우스를 노래하는 아이스킬로스의 시구 '테베를 공격하는 일곱 장군'의 하나가 극장에서 낭독되었을 때 모든 관객이 일제히 아리스테이데스를 응시하였다는 이야기가 전해진다.

> 그 사람의 목표는 의인으로 생각되고자 함에 있지 않고
> 의인으로 있기를 갈망하며
> 그의 영혼의 깊은 밑바닥으로부터
> 현명한 분별의 과일을 거두어들여
> 올바른 사람이 되고자 함이로다.

시의 주인공에 어울리는 인물이 그를 빼놓고는 없다고 생각하였기 때문이었다.

아리스테이데스는 정의를 위한 일이라면 물불을 가리지 않는

호걸이었다. 그는 자기의 친절함과 온정에 대해서만이 아니라, 자기에 대한 분노와 악의에 대해서도 거의 동요하는 일이 없었다.

이러한 이야기가 있다. 그가 어떤 적을 법정에 고발하였을 때였다. 그의 고발이 끝나자 법관들은 피고의 진술을 들으려 하지도 않고 곧바로 판결의 투표를 요구하였다. 그러자 그는 그 자리에 우뚝 서서 법의 규정에 의하여 피고의 진술도 들어달라고 피고와 한편이 되어 간청했다는 것이다.

이 밖에도 그가 두 사람의 분쟁을 중재한 일이 있었는데, 한 사람이 이렇게 말했다.

"저자는 과거에 당신에게 나쁜 짓을 많이 했습니다."

그러자 아리스테이데스는 이렇게 대답했다.

"여보시오, 그것보다도 저자가 당신에게 무슨 나쁜 짓을 했는지 그것부터 말해보시오. 내가 여기서 중재를 맡은 것은 나에 관한 이야기를 듣자는 게 아니오. 당신 자신에 관한 일을 해결하려는 거요."

또한 그가 시의 세입감독관으로 선출되었을 때, 그는 그의 동료뿐만 아니라 선임관리들 중에서 '영리한 사람이었지만 다만 손버릇이 좋지 못하였던' 테미스토클레스가 몰래 공금을 횡령하고 있다는 사실을 폭로하였다. 이에 테미스토클레스는 아리스테이데스에게 정면으로 맞서 많은 사람들을 자기편으로 끌어들였다. 그리고 아리스테이데스가 결산서를 제출하였을 때 부정사건이 있다고 고발하여 오히려 공금횡령죄를 그에게 씌웠다고 이도메네우스는 전하고 있다.

그러나 아테네의 중요인사들이 이 이야기를 듣고 부당한 처사라고 분개하였기 때문에 아리스테이데스는 벌금이 면제되었을 뿐만 아니라 다시 그 자리에 재임되었다.

그러자 그는 지금까지 하던 행동보다 그 태도를 많이 누그러 뜨렸다. 그리고 공금을 횡령한 자들을 조사하거나 그 계산을 엄격하게 따지지 않았다. 그 결과 상습적으로 공금을 횡령해 온 사람들 사이에서 그의 인기가 매우 좋아졌다. 그리고 그를 칭송하여 다시 아르콘으로 선출하려는 운동이 일어났다.

그러나 막상 투표날이 되자 아리스테이데스는 아테네 시민들을 꾸짖으며 이렇게 말하였다.

"그 전에 이 사람이 성심껏 여러분이 맡겨주신 공무를 이행하였을 때는 톡톡히 망신을 시키더니 이제 공금횡령하는 것을 못 본 체하고서 내버려 둔 이 사람을 좋은 시민이라고 칭찬하시는군요. 부끄러운 생각이 드는 것은 전에 받은 죄의 선고가 아닙니다. 현재 받고 있는 이 명예입니다. 여러분들에게는 공금을 지키는 것보다도 나쁜 사람들을 도와주는 편이 더 훌륭한 일이라고 생각하십니까?"

이렇게 말하면서 공금 횡령한 자들을 폭로하였기 때문에, 그때까지 그를 칭찬하며 떠들어대던 자들의 입이 막히고 말았다. 그 반면에 성실하고 정직한 모든 사람들로부터는 참된 칭찬의 말을 듣게 되었다.

페르시아 왕 다리우스가 파견한 장군 다티스는 말로는 사르디아 시에 불을 지른 죄로 아테네 인에게 벌을 주는 것이라고 하면서도, 사실은 그리스 전토를 전복시키려는 생각으로 군대를 이끌고 마라톤에 상륙하여 그 지방 일대를 유린하기 시작하였다. 이것을 맞아 싸우라고 아테네 인이 임명한 장군은 10명이었다. 그 중에서 가장 존경받는 사람은 밀티아데스였고, 명성과 권력에 있어서 그 뒤를 이은 사람은 아리스테이데스였다. 당시 그가 전쟁에 관한 밀티아데스의 생각을 지지하였던 것은 전쟁을 유리하게 이끄는 데 적지않은 역할을 하였다. 장군들은 날마다 교대로 군의 지휘를 맡았는데, 아리스테이데스는 자기 차례가 오면 이것을 밀티아데스에게 양보하였다. 그리고 동료 장군들에게 이렇게 가르쳤다.

"군을 잘 지휘하는 사람에게 일을 맡기고 그것을 좇는 것은 수치가 아니라 국가적으로 고상하고 매우 이로운 행동이다."

이렇게 하여 아리스테이데스는 장군들 사이의 경쟁의식을 불식시키고, 최상의 정책에는 기꺼이 동조해야 한다는 생각을 권장하였다. 따라서 밀티아데스의 힘이 강화되고 권력은 한 손 안에 들게 되어 강대한 것이 되었다. 나머지 장군들이 지휘권을 내놓고 밀티아데스의 지휘를 받게 되었기 때문이다.

싸움이 시작되자 특히 고전한 것은 중앙군이었다. 이 전선에는 레온티스 부족과 안티오키스 부족이 배치되어 있었다. 이와 대치하여 길게 페르시아 군이 포진하고 있었다. 테미스토클레스와 아리스테이데스는 어깨를 나란히 하여 눈부시게 싸웠다. 테미스토클레스는 레온티스 부족, 아리스테이데스는 안티오키스 부족 출신이었다. 마침내 아테네 군은 페르시아 군을 패주시켜 배로 쫓아버렸다. 그러나 그 선박이 바다 한가운데로 가지 않고 파도에 밀려 아티카 쪽으로 떠내려가는 것을 보고, 적이 무방비 상태에 있는 아티카로 갈 것을 두려워하여 아홉 부족은 앞다투어 그 날 안으로 아테네로 돌아왔다.

그러나 아리스테이데스는 자기 부족과 함께 마라톤에 남아 포로와 전리품을 감시하는 역할을 맡았다. 그는 자신의 명성에 어긋남이 없이, 그 진영과 나포한 적의 함선 안에 무더기로 쌓여 있는 금은과 갖가지 종류의 옷, 그 밖에 이루 다 말할 수 없는 재물과 보화에 자기는 물론 부하들도 손대지 못하게 하였다. 그러나 그 중에는 몰래 훔쳐낸 자도 없지는 않았다. 그런 자 가운데는 엘레우시스 행사 때 횃불을 드는 직분을 가진 칼리아스라는 자가 있었다.
 그런데 이 칼리아스라는 인물은 다른 사람보다 유난히 머리가 길 뿐 아니라 이상한 것을 쓰고 있었으므로, 포로 하나가 '이분이 왕이다' 하고 생각하였는지 황급히 달려와서 그의 앞에 엎드려 살려달라고 애걸하였다. 그가 약속의 뜻으로 손을 잡아 주었더니, 포로는 그를 금을 많이 묻어둔 어느 굴로 데리고 갔다. 그 안에는 굴이 터질 정도로 황금이 가득 차 있었다. 칼리아스는 참혹하고 흉악한 인물이었으므로 그 금을 자기가 가지고 비밀이 누설될 것이 두려워 그 사나이를 죽여버렸다. 그래서 그의 후손은 희극작가들로부터 굴에서 금을 훔쳐낸 족속이라는 조롱을 받게 되었다.
 이 일이 있은 직후 아리스테이데스는 수석 아르콘에 선출되었다. 그러나 팔레롬의 데메트리오스에 의하면, 그가 그 지위에 오른 것은 사망하기 직전이며 플라타이아 전쟁이 있은 뒤라고 한다. 그러나 아테네의 공식기록에 의하면, 페르시아의 장군 마르도니우스를 플라타이아에서 격파하였을 때의 아르콘은 크산티피데스였으며, 그 후의 아르콘 가운데 아리스테이데스라는 이름은 눈에 띄지 않는다. 그리고 마라톤에서 승전했을 때의 아르콘이었던 파이니포스 바로 다음에 이 아리스테이데스의 이름이 눈에 띈다.
 아리스테이데스의 여러 가지 미덕 가운데 특히 사람들의 마음에 가장 강하게 새겨진 것은 그 정의감이었다. 그 영향은 어디까지나 퍼져 그칠 줄을 몰랐다. 그러므로 그는 가난한 가정에 태어난 사람이면서도 '정의의 사람'이라는, 더할 나위 없이 왕자다운 칭호를 받았다. 그러나 그러한 이름은 왕도 전제자도 그 어느 누구도 부러워하지 않았다. 그들이 부러워한 칭호는 '성 약탈자', '벼락왕', '정복자' 때로는 '독수리', '솔개'라고 하는 호칭이었다. 그들은 덕성에 의하기보다는 완력과 권력으로 얻은 명성을 더 좋아한 것 같다.

그러나 그들이 어떻게 해서든지 끼이고 싶어하는 속성으로 평가받는 신의 성격에는 다음과 같은 세 가지 특성이 두드러지는 것으로 생각된다. 그것은 영원성과 권력과 선이라는 세 가지다. 그 중에서 선은 가장 거룩한 특질이다. 왜냐하면 영원성은 허공과 원소에도 있는 성격이며, 큰 권력은 지진, 벼락, 태풍, 홍수에도 있기 때문이다. 그러나 신처럼 도량이 넓은 자가 아니라면 정의와 법의 혜택을 받을 수는 없다. 많은 사람들이 신에 대하여 경탄하고 두려워하고 존경한다는 세 가지 생각을 가질 때 비로소 신들은 영원불멸하고 행복하다고 생각한다. 그리고 신에게 힘과 권위가 있기 때문에 넋을 잃고 무서워하는 것이며, 정의롭기 때문에 사모하고 존경하고 받드는 것이 아닌가 싶다.

사람들의 마음은 이렇게 생각하고 있음에도 불구하고 우리들은 선천적으로 소유하고 있지도 않은 영생을 탐내며, 권력을 탐내고 이것을 수중에 넣으려고 안달한다. 그러나 신들의 특성 가운데 덕성이라고 하는, 우리가 얻을 수 있는 유일한 것을 전혀 소홀히 하고 있는 것은 칭찬할 만한 생각은 아니다. 행운을 타고나서 권력과 지위를 다 누리는 생활을 거룩한 것으로 만드는 것은 정의이며, 짐승과 같은 것으로 만들어버리는 것은 부정이기 때문이다.

다시 먼저 이야기로 돌아가자. 아리스테이데스는 처음에 정의의 사람이라는 호칭으로 경애의 대상이 되었지만 나중에는 사람들의 반감을 사게 되었다.

이렇게 된 것은 뭐니뭐니 해도 테미스토클레스가 세상에 퍼뜨린 악선전 때문이었다. 즉 아리스테이데스가 모든 사건의 중재를 맡아 법정이 필요 없게 만들었으며, 친위대는 없었지만 사실상의 독재정치를 남몰래 준비하고 있다는 것이었다.

그 무렵에는 시민들도 페르시아 전쟁의 승리에 도취되어 안하무인이 되어 있었다. 그들은 자기들에게도 큰일을 완수할 역량이 있다고 생각하며, 다른 사람이 성품이나 덕성에서 자기보다 뛰어나다는 소리를 들으면 매우 불쾌하게 여겼다. 그래서 그들은 전국에서 아테네 시로 모여들어 아리스테이데스를 패각재판으로 추방하려 하였다. 그의 명성에 대한 자기들의 시기심을 독재지배의 공포라는 명분 밑에 감추려는 수작이었다.

이 패각추방이라는 제도는 본시 범죄에 대한 벌이 아니라 권력의 독점을 억제하기 위한 수단이었다. 그것은 시민들의 불안감을 진정시키기 위한 것으로, 세력이 너무 커져서 불안을 자아내는 사람에 대하여 사용하는 일종의 안전장치였다. 그리고 전혀 회생할 길이 없는 사형이 아니라, 10년간의 추방을 선고함으로써 그를 죽이려고 하는 시민의 적개심에 돌파구를 제공한 것이었다. 그러나 이 제도가 미천한 지위의 사람에게까지 적용될 수 있게 되자, 히페르볼루스를 마지막으로 이 제도는 폐지되었다.

그런데 이 히페르볼루스라는 사나이가 패각추방에 걸리게 된 데에는 다음과 같은 경위가 있다고 전해진다.

알키비아데스와 니키아스는 둘 다 아테네 시에서 권력에 있어서는 타의 추종을 불허하였으나, 각기 두 파로 갈라져 싸우고 있었다. 시민들은 이 두 사람에게 패각재판을 적용하기로 결정하였다. 이것을 알게 된 두 사람은 서로 의논하여 자신들의 당파를 하나로 통합하여 오히려 히페르볼루스가 추방의 고배를 마시도록 하였다. 그러자 시민들은 이 제도가 타락해버렸다고 분개하면서 이 제도를 없애버렸다.

패각추방의 제도는 간단히 말하여 다음과 같은 것이다. 우선 시민들이 오스트라콘(ostracon)이라고 불리는 도자기의 파편에 자기가 추방하려고 생각하는 사람의 이름을 적는다. 그리고 광장에 설치된 나무판자로 둘려진 투표장소로 가서 그것을 던진다. 이 일이 모두 끝나면 행정관들은 투표총수를 계산한다. 이때 만일 투표자의 총수가 6천 명에 미달할 경우는 무효가 된다. 그리고 패각을 이름대로 선별하여, 그 중에서 가장 수가 많이 나온 사람을 10년 동안 추방하는 것이다. 그러나 추방된 사람이라 할지라도 자기의 재산을 사용할 권리는 인정받는다.

그런데 아테네 시민들이 아리스테이데스의 추방을 결정하기 위하여 패각에 이름을 적고 있을 때였다. 낫 놓고 기억자도 모르는 무식한 시골사람 하나가 아리스테이데스를 그냥 지나가는 사람으로 알고서 패각을 내밀며 부탁하였다고 한다.

"저, 여기다 아리스테이데스라고 써줄 수 없겠소?"

이 말에 깜짝 놀란 아리스테이데스는 이렇게 물었다.

"아리스테이데스가 당신에게 무슨 몹쓸 짓이라도 하였소?"

그러자 그 사람은 태연한 표정을 지으며 이렇게 대답했다.

"아뇨, 아무 짓도 한 적이 없어요. 난 그런 사람을 알지도 못하는데, 그저 어딜 가더라도 정의의 사람, 정의의 사람 하는 소리에 그만 역정이 났단 말이오."

이 말을 들은 아리스테이데스는 아무 말 없이 조개껍질에 자기 이름을 적어 그 사나이에게 넘겨주었다는 것이다.

이렇게 하여 추방이 결정된 그가 마침내 아테네 시를 떠날 때가 되었다. 그는 하늘을 향해 두 손을 뻗어, 영웅 아킬레스와는 전혀 반대로 이렇게 기도를 올렸다.

"신이시여, 제발 이 아테네 시민들에게 또다시 아리스테이데스가 그리워서 견딜 수 없는 때가 찾아오지 말게 하옵소서."

그 후 3년이 지났을 때였다. 페르시아 왕 크세르크세스가 테살리아와 보이오티아를 거쳐 아티카로 진군해 오자 아테네 인은 패각추방의 법을 파기하여 추방자의 귀국을 결의하였다. 그들은 특히 아리스테이데스가 적과 결탁하여 아테네의 많은 시민들을 충동질하고 이들을 페르시아측에 가담시키지나 않을까 두려워하였다. 그들은 진정으로 아리스테이데스라는 인물을 몰랐던 것이다. 그는 그 결의 이전에도 계속 자유를 수호하라고 그리스 인을 격려하였고, 귀환한 다음에는 테미스토클레스가 아테네의 전권을 장악한 장군이 되자 모든 일에 그의 힘이 뇌였으며 의논상대가 되기도 하였다. 그리고 국가의 안전을 위해서 과거 숙적을 도와 나라에서 가장 높은 지위에 올려 모셨던 것이다.

예를 들자면, 그리스 연합함대의 총사령관인 에우리비아데스가 살라미스 섬에서 후퇴하려고 생각하고 있을 때였다. 페르시아 함대는 야음을 타서 출동하여 에우리비아데스 군을 포위하고, 살라미스 해협과 섬들을 점령해버렸다. 그리스 군은 아무도 상황이 이렇게 된 줄 몰랐다. 아리스테이데스는 한밤중에 살라미스의 남쪽에 있는 섬 아이기나에서 배를 타고는 구사일생으로 포위망을 뚫고 테미스토클레스의 막사를 찾아갔다. 그는 테미스토클레스만을 밖으로 불러내어 이렇게 말하였다.

"테미스토클레스, 만일 우리 두 사람에게 분별이라는 것이 있다면 이제까지의 어린애 장난처럼 쓸데없는, 네가 잘났다 내가 잘났다 하는 따위의 싸움을 그만두기로 합시다. 이제는 우리가 아테네 시를 위하여 서로 남자답게 돕도록 합시다. 당신은 장군이 되어 군을 지휘하고 나는 당신을 도와 나라를 구합시다. 내가 새삼스럽게 이런 말을 하는 것은 오직 당신만이 최상의 전략을 짤 수 있다는 것을 내가 분명히 알고 있기 때문이오. 당신은 한시라도 빨리 이 해협에서 적과 대결하는 것이 상책이라고 아군에게 촉구하고 있소. 그런데 동맹국 장군들은 당신의 정책을 반대하고 있으며, 도리어 적이 당신을 도우려는 것만 같소. 적이 선수를 써서 앞뒤를 다 봉쇄하였고, 이제 바다에는 적의 배가 우굴거리고 있으니, 이렇게 된 이상 아무리 싫다고 해본들 무슨 소용이 있겠소? 결사적으로 적과 싸우는 수밖에 없소. 이젠 도망갈 길이라곤 전혀 없어요."

이에 대하여 테미스토클레스는 이렇게 대답하였다.

"아리스테이데스, 당신이 그렇게까지 도량을 보여주니 나도 그 점에 있어서 지지않을 각오요. 당신의 멋진 제의에 지지 않기 위해서 나도 분발하겠소. 당신을 이기려는 각오를 가지고 큰 공을 세워보겠소."

테미스토클레스는 아리스테이데스에게 적을 빠뜨릴 함정을 이미 파놓고 있다는 것까지 털어놓았다. 그리고 총사령관 에우리비아데스에게 해상에서 적과 싸우는 것 외에는 살아날 길이 없다는 사실을 일깨워달라고 부탁하였다. 왜냐하면 자기보다는 아리스테이데스 쪽이 훨씬 에우리비아데스의 신뢰가 두텁기 때문이라는 것이었다.

그리하여 이를 위한 장군회의가 열렸고, 코린트 인 장군인 클레오크리투스가 테미스토클레스에게 달려들며 다음과 같이 말하였다.

"아리스테이데스 장군도 저렇게 잠자코 앉아 계시는 것을 보니 당신 의견이 못마땅하다는 증거요."

그러자 아리스테이데스는 이렇게 대답하였다.

"만일 테미스토클레스 장군의 전략이 적절하지 않다면 어찌 이렇게 침묵을 지키고 있겠소. 내가 가만히 있는 것은 그분과 친해서가 아니라 그분의 의견이 가장 옳다고 생각하였기 때문이오."

그리스 제독들이 이러한 토론에 열중하고 있을 동안에 살라미스 섬에서 멀지 않은 프시탈레아라는 작은 섬에는 적군이 벌써 몰려와 있었다. 이것을 탐지한 아리스테이데스는 아테네 군 가운데서 가장 용감하고 애국심이 드높은 병사들을 뽑아 작은 배에 태우고 이 섬에 상륙하였다. 아리스테이데스 군은 페르시아 군과 교전하여 장교 몇 명을 포로로 잡은 뒤 모두 죽이고 말았다.

그 포로 가운데에는 페르시아 왕의 누이인 산다우케의 이들 3형제도 있었다. 아리스테이데스는 이들을 테미스토클레스에게로 보냈다. 어떤 신탁에 의하여 테미스토클레스는 이들을 예언자 에우프란티데스의 말을 좇아 오메스테스 디오니소스 신에게 제물로 바쳤다고 한다. 이렇듯 프시탈레아 섬을 되찾은 아리스테이데스는 섬 주위를 무장병으로 둘러쌌다. 이들은 바다를 감시하고 있다가 아군을 받아들이고, 적을 격퇴시키기 위한 병사들이었다. 실제로 쌍방의 함대가 충돌하여 격전이 벌어진 것은 이 섬 근처였던 것 같다. 따라서 나중에 전승기념비는 이 섬에 세워졌다.

살라미스 싸움이 끝나자 테미스토클레스는 아리스테이데스의 생각을 떠보려고 이렇게 말하였다.

"우리 그리스 군이 이제까지 거둔 전과는 이것만으로도 훌륭하오. 그러나 우리들에게는 이 밖에도 해야 할 큰일이 남아 있소. 지금 당장 우리는 헬레스폰트 해협으로 가서 거기 걸려 있는 아시아와 유럽 사이를 잇는 배로 만든 부교를 끊어버려야 하오. 페르시아 군의 퇴로를 차단하여 유럽에 있는 아시아 세력을 근절시키는 일이오."

이 말을 듣자 아리스테이데스는 큰 소리로 테미스토클레스에게 대들었다.

"그 계획은 백지화하는 것이 좋겠소. 그런 일보다도 어떻게 하면 한시라도 빨리 그리스 땅에서 페르시아 군을 내쫓을 수 있을까 하는 것이 급선무요. 만약 그들이 대군을 거느린 채 퇴로를 잃고 이 땅에 그대로 있게 된다고 생각해보시오. 고양이에게 물린 쥐 격으로 아군에게 목숨을 던질 각오로 덤벼들 것이 아니겠소?"

그래서 테미스토클레스는 포로의 하나인 아르나케스를 남모르게 페르시아 왕에게로 보내 이렇게 전하였다.

"테미스토클레스는 헬레스폰트 해협에 걸려 있는 부교를 끊어버리려고 떠났던 그리스 군을 도로 회수했습니다. 그것도 오로지 대왕님을 위하는 마음으로 테미스토클레스가 그 계획에 반대하여 취한 조처였습니다."

이 말을 들은 크세르크세스는 겁이 나서 허겁지겁 헬레스폰트를 향하여 도망쳤다. 뒤에 남은 것은 약 30만 명의 정예군을 이끌고 있는 장군 마르도니우스였다. 그는 그리스에 있어서 가공할 만한 적이었으며, 자기 군대에 대하여는 절대적인 기대를 걸고 있었으므로 다음과 같은 편지를 보내 그리스 군을 위협하였다.

"과연 그대들은 바다에 뜬 일엽편주로 노젓는 것이 서툰 육지 사람인 우리들을 격파하기는 하였소. 그러나 이번에는 그렇게 되지 않을 것이오. 그러나 테살리아는 땅이 광활하고, 보이오티아 평원도 용감한 무장병과 기병에게는 안성맞춤의 싸움터니까 말이오. 여기서 결전을 하여 끝장을 내도록 합시다."

그리고 별도로 아테네 인에게 조서를 보내어 만일 아테네가 싸움에서 물러선다면 아테네를 재건해주고 거액의 돈을 줄 것이며, 온 그리스를 지배하게끔 만들어주겠다고 약속하였다.

이 소식을 듣고서 덜컥 걱정이 된 것은 라케다이몬이었다. 그래서 곧 아테네로 사절단을 파견하여 부녀자와 아이들은 스파르타로 보내고, 노인용 식량은 스파르타에서 보내주겠노라고 제의하였다. 왜냐하면 그때 이미 아테네의 지방도 페르시아 군에게 약탈당하여 시민들의 비참한 생활상은 이루 말할 수 없을 정도였기 때문이다.

그럼에도 불구하고 스파르타 사절단의 말을 들은 아테네 인들은 아리스테이데스의 제의에 대하여 이렇게 통쾌한 대답을 하였다.

"우리의 적 스파르타는 무지몽매한 족속이니 돈이면 무엇이든지 다 할 수 있다고 생각하고 있는데, 그들은 돈 이상으로 가치 있는 것을 모르니까 그것도 탓하지는 않겠다. 그러나 적어도 스파르타 인쯤 되는 자가 지금 우리들 아테네 인이 약탈을 당하여 궁핍에 몰려 있는 것만을 보고 우리들의 씩씩한 야망 같은 것은 다 잊고서 그저 식량 얼마를 얻기 위하여 그리스를 지키고 싸우라고 격려하는 데에는 분노를 금할 길이 없다."

아리스테이데스의 이 제안이 채택되자 라케다이몬의 사절단을 민회로 불러다 놓고 본국으로 돌아가서 이렇게 전하라고 명령하였다.

"우리들 아테네 인이 그리스 인의 자유를 팔아서까지 수중에 넣고 싶다고 원할 만큼의 돈은 이 천상천하 어디를 찾아도 없다."

또 마르도니우스로부터 온 사절단에게는 태양을 가리키면서 이렇게 말하였다.

"저 태양이 정해진 궤도를 돌고 있는 한 아테네는 국토와 신전을 유린한 페르시아 군을 원수로 알고서 끝까지 싸우겠다."

그리고 또 이렇게 결의하였다.

"그 누구인들 페르시아 인과 화해의 이야기를 꺼내거나, 그리스 인의 동맹을 버리고자 하는 자가 있다면 저주받을지어다."

이윽고 마르도니우스가 또다시 아티카로 침입해 들어오자, 아테네 시민들은 살라미스 섬으로 건너가서 난을 피하였다. 그때 라케다이몬에 사절로 파견된 아리스테이데스는 그들이 성의가 부족하고 매사에 느린 까닭으로 아테네 시가 또다시 페르시아 군의 수중에 넘어가고 말았다고 규탄하며, 그리스에 아직 남아 있는 부분이라도 어서 구하라고 스파르타에게 촉구하였다.

이 말을 들은 스파르타의 에포리들은 그때 마침 히아신스의 기념일이었으므로 낮에는 축제기분에 젖어 빈들빈들 놀고 있었다. 그런데 밤이 되자 아네테도 모르는 사이에 5천 명의 스파르타 인을 뽑아서 각기 7명의 헬롯을 붙여서 출전케 하였다. 그 후 또다시 아리스테이데스가 항의하러 오자 에포리들은 웃으면서 이렇게 말하였다.

"귀하는 잠꼬대를 하고 계시는군요. 우리들의 군대는 손님을 맞으러 나가 지금쯤은 오레스테옴에 도착해 있을 텐데요."

이 말에 아리스테이데스는 이렇게 응수하였다.

"적 대신 맹방을 속이는 것은 시기를 깨닫지 못한 장난이 아니오?"

이 이야기는 이도메네우스가 전하는 것인데, 아리스테이데스가 민회를 통과시킨 결의에 의하여 보내게 된 사절단의 명단에는 그의 이름은 없고 키몬, 크산티포스, 미로니데스의 이름이 기록되어 있다.

아리스테이데스는 전쟁의 전권을 장악하는 장군으로 선출되어 아테네의 무장병 8천을 이끌고 플라타이아로 갔다. 여기에 그리스 군 총사령관인 파우사니아스가 스파르타 군을 이끌고 와서 가담하고, 나머지 그리스 군대도 이에 합세하였다.

한편 페르시아 군은 모두 다 아소푸스 강을 따라 진을 치고 있었는데, 그 병력 수는 막대하여 이루 다 셀 수도 없을 정도였다. 또 진지를 구축하지 않고 사각형으로 담을 쌓아 그 안에 군량과 물자를 보관하고 있었다. 그 담의 한편 길이는 10펴얼롱이나 되었다.

그런데 엘레아 출신의 예언자 티사메누스는 파우사니아스와 그리스 전군에게 이렇게 예언하였다.

"먼저 공격하지 마라. 방어만 하고 있는 자에게 승리가 있을 것이다."

그러나 아리스테이데스가 델포이에 사람을 보내어 신탁을 물었더니, 아테네 군은 제우스 신, 키타이론의 헤라 신과 판 신, 그리고 스프라기티데스라는 님프들에게 기도를 올리고, 또 안드로크라테스, 레우콘, 피산데르, 다모크라테스, 히프시온, 아크타이온, 폴리이두스 등의 영웅신들에게 제사를 드리고, 자기 나라 땅에서 엘레우시니아의 두 신 케레스 신과 그의 딸 되는 여신 프로세르피네의 평원에서 먹느냐 먹히느냐의 결전으로 나간다면 이길 것이라는 것이었다.

그러나 이러한 신탁을 받은 아리스테이데스는 매우 당황하였다. 왜냐하면 이 신탁에 의하여 제사를 드려야 할 영웅신들은 모두가 플라타이아 시를 창건한 조상들이었으며, 또 스프라기티데스의 님프들의 동굴도 플라타이아의 남쪽, 키타이론 산맥의 한 산꼭대기에 있고, 여름 해가 지는 쪽을 향하고 있었다. 옛날에 그 안에 신탁을 드리는 장소도 있고, 이 곳 사람으로 신들린 사람이 많으며, 그들은 '님프에 홀린 사람들'이라고 불리고 있었다는 것이다. 그런데 같은 신탁에 있었던 케레스 여신을 모신 엘레우시니아의 평원이나, 또는 아테네 인이 자기 나라 땅에서 싸우면 승리를 얻으리라는 신의 약속은, 말하자면 아테네 인을 플라타이아가 아닌 아티카로 또다시 불러들여 거기서 싸우라는 말과 다름없었다. 그것은 결국 전쟁에서 손을 떼라는 말이었다.

그런데 이때 플라타이아의 장군 아림네스투스의 꿈에 구원의 신 제우스가 나타나 이렇게 묻는 것이었다.

"그리스 인들은 어떻게 하기로 결정하였느냐?"

이 말에 그는 다음과 같이 대답하였다.

"신이여, 내일 우리들은 엘레우시스로 회군하여 아폴론의 신탁에 따라 거기서 페르시아 군과 싸울 각오입니다."

그러자 제우스 신은 말하였다.

"그것은 신탁을 잘못 해석한 것이다. 델포이의 아폴론 신의 신탁을 받는 장소는 플라타이아의 근처이니 너희들은 그것을 찾아보라. 그러면 찾아낼 수 있을 것이다."

이 꿈이 너무도 생생하였기 때문에 아림네스투스는 잠에서 깨어 즉시로 플라타이아 시의 시민 중에서 나이가 많고 덕망 높은 사람을 불러오라 하였다. 아림네스투스는 이 사람으로부터 키타이론 산 기슭에 있는 히시아이 근처에 엘레우시니아의 두 신, 즉 케레스 신과 그의 딸 프로세르피네 여신을 모신 오랜 사당이 있음을 알아냈다. 그래서 곧 아리스테이데스를 그곳으로 데리고 가서 보니, 기병력을 갖춘 적에 대하여 보병의 병력으로 밀집작전을 쓰기에 안성맞춤의 지형이었다. 왜냐하면 사당은 들판 한끝에 있고, 그 근처는 키타이론 산 기슭이어서 기병이 달리지 못하게 되어 있는데다, 근처에 있는 영웅신 안드로크라테스의 사당이 울창하게 우거진 숲에 둘러싸여 있었기 때문이었다.

그리고 플라타이아 인은 신탁이 약속하는 승리에 필요한 조치는 무엇 하나 빼놓지 않고서 완수하려는 생각으로 아림네스투스의 제안에 따라 다음과 같이 결의하였다. 즉, 신탁에 따라 아티카 쪽의 국경을 없애고 국토를 아티카와 병합시켜 아테네 군이 신탁 그대로 자기 나라 땅에서 그리스를 위하여 싸울 수 있게 하기로 결의하였다. 플라타이아 인들의 이 고결한 행동은 널리 세상에 알려지게 되어 훨씬 뒤의 이야기이지만, 이미 아시아 전역을 정복한 알렉산드로스 대왕도 플라타이아 시에 성벽을 다시 쌓아주고, 올림픽 경기대회가 열렸을 때 전령을 보내어 이렇게 모두에게 알리게 하였다.

"왕은 이 은전을 플라타이아 시민에게 바치노라. 그 까닭은 저 페르시아와 싸울 때에 자기 국토를 아낌없이 그리스 전체를 위하여 내놓고 생명마저 바친 그 용기와 도량 때문이니라."

이때 테게아 군은 전열의 문제를 가지고 아테네 군과 다투었다. 그리고 선례에 따라 라케다이몬 군이 우익을 차지하고 있으니까 자기들은 좌익을 맡고 싶다고 하였다. 그 주장을 관철시키기 위하여 그들은 연방 자기들의 조상들이 세운 공훈을 내세웠다.

이에 아테네 인이 화를 내자 아리스테이데스는 앞으로 나와 이렇게 말하였다.

"지금은 가문이나 용기의 문제를 내세워 테게아 인과 다툴 때가 아닙니다. 스파르타 여러분, 그리고 그 밖의 그리스의 여러 형제들에게 분명히 한마디 해두겠습니다. 전열이 어디에 있건 그것은 용기와는 아무런 관계가 없는 일입니다. 여러분이 어떠한 전열을 우리에게 주건 우리는 그 전열을 갖추고 고수하여 적을 무찔러 지금까지의 전투에서 얻은 명예를 훼손하지 않으렵니다. 우리가 여기 온 것은 동맹군인 여러분과 다투기 위해서가 아닙니다. 오직 적군과 싸우기 위하여 온 것입니다. 조상을 자랑하기 위해서가 아니라 그리스 땅을 지키며 싸우는 우리의 용맹성을 보이기 위해서입니다. 이번 싸움이 개개의 도시, 장군, 병사의 진가를 전 그리스에 보여줄 것입니다."

이 말을 듣자 장군들과 그 밖의 군사회의에 참가한 사람들은 모두 아테네 인의 발언에 찬성하여 그들을 좌익에 배치하였다.

이렇듯 그리스의 정세는 흔들리고, 그 중에서도 아테네의 경우가 가장 위태로웠다. 아테네의 돈 많은 귀족들 가운데에는 전쟁 때문에 고통을 받는 사람이 생기게 되었다. 그들은 자기들의 권력과 명성과 재산이 자기들도 모르는 사이에 자취를 감추고 그 대신 다른 자들이 세상을 만났다는 듯이 권좌의 자리에 앉는 것을 보자, 비밀리에 플라타이아의 어느 집에 모여 아테네의 자유정권을 전복시킬 음모를 짜고 있었다. 그리고 만일 성사하지 못할 경우에는 아테네의 이익을 짓밟는 한이 있더라도 아테네 시를 페르시아 군에게 넘겨줄 결심이었다.

그리고 아리스테이데스가 그것을 눈치챘을 때 이 음모는 아테네 군의 진영에까지 퍼져 벌써 많은 동조자들을 얻게 되었다. 그는 이제야말로 극한상황에까지 이르렀다고 판단하게 되어 이 이상 음모를 내버려둘 수는 없다고 결심하게 되었다. 그러나 동시에 이 위기에 단호한 조처를 취할 수도 없고 해서 그 동향을 예의 감시하고만 있었다. 왜냐하면 이 사건을 만일 이해득실에 의지하지 않고 다만 정의만을 기준으로 하여 조사해 간다면 어디까지 그 여파가 미칠지 알 수 없었으므로, 일망타진하기를 보류하고 있다가 음모자 중 8명만 체포하였다.

그러나 그 중 두 사람, 아테네의 람프라 구민 아이스키네스와 아카르나이 구민 아게시아스는 누구보다 먼저 재판을 받아야 할 사람들이었는데 도주하고 말았다. 그러나 아리스테이데스는 그 나머지 사람들을 모두 석방해주었다. 왜냐하면 아직 음모가 모두 탄로나지는 않았다고 생각하고 있는 자들에게 회개할 기회를 주기 위해서였다. 그리고 만일 그들이 자기 조국을 위하여 이 전쟁에 충성을 다 바쳐 나라를 배반하려고 하였다는 의혹을 완전히 씻도록 하라고 넌지시 암시하였던 것이다.

이 일이 있은 후 페르시아의 장군 마르도니우스는 스스로 최강이라고 믿고 있는 병력으로써 그리스 군의 힘을 시험해보려고 하였다. 즉, 키타이론 산 기슭 바위가 많고 공격하기 어려운 곳에 진을 치고 있는 그리스 군 공격에 기병 선봉대를 보냈다. 그런데 그리스 군 중 메가라 인으로 편성된 부대의 3천 명은 산악지대에 있지 않고 좀더 평지에 가까운 곳에 진을 치고 있었다. 그러므로 사방에서 쳐들어오는 적의 기병대 공격을 받고서 큰 고생을 겪고 있었다. 그래서 파우사니아스에게 사환을 보내어 자기만의 힘으로는 도저히 페르시아 대군을 막아낼 방도가 없다고 전하고는 도움을 요청하였다.

이 소식을 들은 파우사니아스는 아연실색하였다. 이미 메가라 군의 진영은 소나기 쏟아지듯이 퍼붓는 창과 화살로 하늘이 보이지 않고, 그 곳을 지키고 있는 병사들은 좁다란 협곡으로 몰려 꼼짝도 못 하고 있는 것을 바라보면서도 적의 기병을 몰아낼 방도가 서지 않았다. 그가 지휘하는 라케다이몬 밀집부대의 장비는 무거워서 기동성이 없었기 때문이다.

그래서 자기 주위에 있는 그리스 군의 장군과 부관들에게 용기와 힘을 내라고 선동하면서 이렇게 말하였다.

"누군가 자진하여 싸움의 선두에 서서 메가라 군 구출에 나설 사람은 없는가?"

이 말을 듣고 모두가 꽁무니를 빼는 가운데 오직 한 사람 아리스테이데스만은 그 영광을 아테네 군에게 달라며, 그의 부관

중 가장 용감한 올림피오도루스로 하여금 300명의 정예부대에 궁병을 섞어서 이끌게 하였다.

이리하여 그 일대가 재빨리 장비를 갖추고 발소리도 우렁차게 적진을 향하여 돌진해 갔다. 여기 페르시아 군의 기병대장으로 마시스티우스라는 인물이 있었는데, 그 무용은 기가 막힐 정도였고 체격도 늠름한데다 미남이었다. 그는 그리스 군이 밀려오는 것을 보고 말머리를 돌려 적을 향하여 돌진해 갔다. 이렇듯 양군 사이에 처절한 전투가 벌어졌다. 쌍방이 다 이번 전쟁의 승부는 이 싸움에 달려 있는 듯이 용전분투하였다.

그런데 마시스티우스의 말이 화살에 맞았다. 그는 말에서 굴러떨어져 땅바닥에 쓰러졌지만 무장의 무게로 꼼짝도 못한 채 일어설 수가 없었다. 그래도 밀물처럼 달려드는 아테네의 병사들은 쉽게 마시스티우스를 처치해버릴 수가 없었다. 그의 몸이 머리와 가슴뿐만이 아니라 팔, 다리까지도 금과 청동, 거기다 쇠장구로 온통 덮여 있었기 때문이다. 그러나 마침내 병사 하나가 투구의 구멍으로 창을 꽂아 그를 죽이고 말았다. 페르시아 군은 그 시체를 버리고 도망쳐버렸다.

이 대성과를 그리스 군이 알게 된 것은 적이 남겨놓은 시체의 수효로 보아서가 아니라 페르시아 군이 몹시 슬퍼하는 정도로써 알 수 있었다.

페르시아 군은 자기들의 머리와 말과 노새의 갈기를 잘라 마시스티우스의 상을 입었으며, 그 통곡하는 소리는 보이오티아의 벌판을 가득 메웠다. 그것은 용기와 힘에 있어 마르도니우스 다음 가는 인물을 잃은 탄성이었다.

이 기병과의 싸움이 끝나자 양군은 잠시 싸움을 중단했다. 그것은 양군의 점술사들이 드린 고사에서 나타난 대로 페르시아 군에도 그리스 군에도 다 같이 다음과 같이 예언하였기 때문이다.

"지키는 자는 이기고, 공격하는 자는 질 것이다."

그러나 페르시아의 장군 마르도니우스는 아군에게는 불과 며칠 분의 양식만이 남아 있을 뿐이었는데, 상대방의 그리스 군은 물이 흘러들어가는 것처럼 병력 수가 늘어가고 있으므로 마침내 조바심이 나게 되었다. 그래서 날이 밝기를 기다렸다가 아소푸스 강을 건너 그리스 군을 불시에 급습하기로 정하고, 장군들에게도 밤 사이에 명령을 내려두었다.

그 한밤중이었다. 사람의 눈을 피해 그리스 진영으로 다가오고 있는 말 탄 사람이 있었다. 그는 보초를 만나서 아테네 인 아리스테이데스를 불러다 달라고 하였다. 하라는 대로 하여 아리스테이데스가 나타나자 그 인물은 이렇게 말하였다.

"나는 마케도니아 왕 알렉산드로스인데, 그대들에게 호의를 가지고 큰 위험을 무릅쓰고 여기까지 온 것이오. 이렇게 내가 말하는 것은 그대들이 불의의 습격을 당하지 않도록 알려드리려는 것이오. 내일이 되면 반드시 마르도니우스가 그대들에게 쳐들어올 것이오. 그러나 그것은 뭐 제사를 드린 결과의 길조가 기뻐서 그러는 것도 아니고 용기에 넘쳐 있기 때문에 그러는 것도 아니오. 다만 남은 양식이 얼마 안 되기 때문이오. 점술가들은 흉조를 나타내는 제사와 신탁을 보여 마르도니우스를 싸우지 못하게 하려고 애쓰고 있고, 병사들도 기가 꺾여 당황하고 있소. 그래서 이제 마르도니우스에게 남겨진 방도라곤 오직 둘, 용기를 내어 운명을 시험해보거나, 아니면 가만히 앉아서 굶어 죽거나, 이 둘 중 어느 하나요."

왕은 이렇게 말하고서, 이 말은 그대만이 가슴에 새기고 아무에게도 말해서는 안 된다고 당부하였다.

그러자 아리스테이데스는 대답하였다.

"파우사니아스는 총사령관이니까 이 일을 그에게까지 감춰두는 것은 좋지 않다고 생각합니다. 그 밖의 사람들에게는 싸움이 시작될 때까지 이것을 감춰두고 있겠습니다. 그러나 그리스 군이 승리를 거두는 날에는 전하의 후의와 용기는 반드시 온 천하에 널리 알려지게 될 것입니다."

이렇게 이야기가 끝나자 마케도니아 왕은 말을 몰고 돌아갔다. 아리스테이데스는 파우사니아스의 막사로 가서 이 이야기를 하였다. 그리고 두 사람은 다른 장군들을 불러들여 이제부터 벌어질 싸움에 대비하여 부대를 전투태세로 편성하라고 명령하였다.

헤로도토스가 전하는 바에 의하면 그때 파우사니아스는 아리스테이데스에게 다음과 같이 제안하였다고 한다.

"아테네 군을 좌익으로부터 우익으로 이동하여 페르시아의 정규군과 싸우게 하는 한편 스파르타 군은 좌익을 담당하여 페르시아 군에 가담한 그리스 부대와 싸우게 해주시오. 당신들 아테네 군은 페르시아 군과 싸워 이긴 일이 있으니 자신도 있고 그들이 싸우는 방식도 잘 알고 있을 테니까 말씀드리는 것이외다."

이 제안을 들은 아테네의 장군들은 모두, 파우사니아스라는 사나이는 다른 전열은 그대로 내버려두면서 다만 자기들만을 스파르타의 노예부대처럼 이리 가라 저리 가라 하며 적의 가장 강한 부대와 싸우게 하니 정말 천인공노할 놈이라고 분개하였다. 그러나 아리스테이데스는 이렇게 말하였다.

"그대들의 생각은 아주 잘못된 것이오. 바로 며칠 전만 해도 테게아 인과 좌익을 담당하는 명예를 놓고 다툰 결과 그 우선권을 얻고서 좋아들하지 않았소? 그런데 지금은 라케다이몬 인들이 스스로 우익을 내놓아, 말하자면 그리스 군의 지휘권을 넘겨주었는데 그 명예를 마다하다니 알 수가 없소. 타국에서 온 야만인들과 싸우게 되어 같은 그리스 군을 죽이지 않게 된 것만 해도 얼마나 다행한 일이오."

이 말을 듣고 그들은 완전히 기분이 전환되어 기쁜 마음으로 라케다이몬 군과 전열을 바꿨다. 그리고 아테네 병사들 사이에서는 다음과 같은 말이 차례차례로 퍼져 나갔다.

"적은 마라톤 전투 때보다도 좋은 무기를 갖지도 않았고, 용기백배하지도 않아 쉽게 쳐들어오지 못한다. 그때와 똑같은 활과 화살을 가지고 있으며, 그 변변치 못한 체격에 값지게 수놓은 옷과 금으로 장식한 갑옷을 입고 있을 뿐이다. 그러나 우리들은 다르다. 비록 무기와 몸은 그때와 마찬가지라 할지라도 한번 이긴 경험으로 용기와 자신이 있다. 우리들은 선인들처럼 오로지 국토와 도시를 지키기 위하여 싸우는 것은 아니다. 선인들이 마라톤과 살라미스에서 거둔 승리의 기둥에 맹세코 명예롭게 싸우는 것이다. 이것은 그 승리가 그저 행운과 밀티아데스의 힘에 의한 것이 아니라, 우리 아테네 인 그 자체의 용기로 얻은 것임을 세상 사람들에게 널리 보여주어야 한다."

이렇듯 아테네와 라케다이몬의 양군은 진영의 편성을 서두르고 있었다. 그런데 페르시아 군에 가담해 있던 테베 인은 탈주병으로부터 이 이야기를 듣고 이것을 마르도니우스에게 알렸다. 그는 아테네 군이 무서워서였든지, 혹은 라케다이몬 군과의 일전을 무슨 일이 있어도 꼭 싸우고 싶어서였든지 곧 페르시아 군을 우익으로 돌리고 자기 지휘하에 있는 그리스 부대로 하여금 아테네 군과 싸우도록 위치를 바꾸었다.

그러나 적이 그와 같이 이동하는 것을 본 파우사니아스는 또 다시 먼저 전열대로 우익으로 돌아왔다. 그러자 마르도니우스도 처음대로 좌익으로 돌아와 라케다이몬 군과 맞섰다. 이렇듯 싸울 기세는 보이지 않은 채 그 날은 저물었다.

　여기서 그리스 군은 군사회의를 열고 훨씬 뒤로 진지를 옮겨 물이 충분히 있는 지점을 차지하기로 결정하였다. 그것은 진지 근처에 있는 샘이 우수한 기병대를 가지고 있는 페르시아 군에 의하여 유린되어 파괴되어버렸기 때문이었다.

　밤이 왔다. 장군들은 각기 자기가 맡은 진지로 병사들을 이끌고 갔다. 그러나 병사들은 한 곳에 모여 있기가 싫어 대다수는 전선에서 흩어져 나와 플라타이아 시내로 달려갔다. 거기서 각기 따로따로 막사를 치는 대혼란을 일으켰다. 그러나 라케다이몬 군만큼은 마음이 내키지 않았지만 어쩔 수 없이 마지막까지 남게 되었다. 거기에는 이러한 이유가 있었다.

　라케다이몬 군에 아몸파레투스라는 혈기왕성한 장교가 있었다. 안하무인인 그는 오래 전부터 싸우고 싶은 생각에서 몸이 근질근질했는데, 또 진지를 바꾸는 바람에 그만 짜증이 나서 견딜 수가 없었다. 그런데 이제 또 바꾼다는 말을 듣고 더 이상 참을 수가 없어 이렇게 외쳤다.

　"진지를 바꾸는 것은 몰래 후퇴하려는 것과 다를 것이 없다. 나는 이 진지를 떠나지 않는다. 끝까지 전우들과 함께 여기 버티고 서서 혼자서라도 마르도니우스 군과 싸울 각오다."

　그는 정말 버틸 각오였다. 그래서 파우사니아스까지 와서 타일렀다.

　"우리들의 이동은 전 그리스 군의 군사회의에서 투표로 결정한 것이다."

　그러자 아몸파레투스는 큰 돌을 번쩍 쳐들어 파우사니아스의 발밑에 던지며 고함을 질렀다.

　"이것이 전쟁을 결정하는 나의 투표석입니다. 다른 사람들이 무서워서 벌벌 떨며 가결한 결의안이 뭐 말라 죽은 겁니까?"

이에 파우사니아스도 어찌할 바를 몰랐다. 그래서 이미 그 곳을 떠나려 하고 있던 아테네 군에게 사자를 보내어 잠시 기다려 자기들과 행동을 같이하자고 요청하는 동시에, 그의 다른 부대들은 플라타이아를 향하여 출발시켰다.

이럭저럭 하는 동안에 날이 밝았다. 마르도니우스의 눈은 그리스 군이 진지를 버리고 떠나는 것을 놓치지 않았다. 그래서 대열을 갖추고서 요란한 함성을 지르며 라케다이몬 군에게 덤벼들었다. 그 모양은 서전(序戰)이라는 인상을 전혀 주지 않았으며 도망치는 그리스 군을 섬멸하려는 기세였고, 자칫하면 실제로 결과도 그렇게 될 뻔하였다. 상태가 이렇게 된 것을 본 파우사니아스는 진군을 중지시키고 각자 전투태세를 갖추라고 명령하였다. 그러나 아몸파레투스의 일 때문에 화가 나서 그랬든지, 아니면 적의 갑작스런 공격을 받고서 당황해서 그랬든지 나머지 그리스 군에게 싸우라는 신호를 보내는 것을 잊고 말았다. 그래서 싸움은 벌써 시작되었는데도 다른 그리스 군은 곧 전열을 굳히고 도우러 달려오지는 않고, 그저 조금씩 산발적으로 올 뿐이었다. 한편 파우사니아스는 제사를 드려도 길조가 얻어지지 않았으므로 싸울 수는 없었고, 라케다이몬 군에게 이렇게 명령하였다.

"방패를 옆에 내려놓고 가만히 앉아서 귀를 기울이고 명령을 기다려라. 쳐들어오는 적은 격퇴하지 말아라."

그리고는 자신은 또다시 제사를 드리기 시작하였다.

그때 적의 기병이 접근하여 그 사정거리에 들어선 스파르타 군의 병사 가운데에는 벌써 그 화살에 맞아 쓰러지는 자도 나왔다. 칼리크라테스가 화살을 맞고 쓰러진 것은 길조를 기다리며 앉아 있는 그때였다. 이목구비가 뚜렷하여 그리스 인 중 뛰어나게 잘생긴 미남이었고, 체격은 그 부대에서 이를 능가할 사람이 없었다고 하는데 그는 숨이 넘어갈 때에 이렇게 부르짖었다.
"나는 죽어도 울지 않는다. 조국을 위하여 목숨을 내던지고 집을 나온 이 몸이 아닌가? 그러나 나는 슬프다. 적과 싸워보지도 못하고 이대로 죽어야 하다니……."
병사들이 이런 처참한 고통을 꾹 참고 있는 모습은 보는 사람으로 하여금 고통을 느끼게 하였다. 그들은 덤벼드는 적병을 반격하려고도 하지 않고 창에 맞아 쓰러져도 오로지 신과 파우사니아스로부터 싸우라는 명령이 떨어지기만을 기다리며 자기 자리를 떠나지 않았다.
또 다음과 같이 전하는 사람도 있다. 파우사니아스가 전열에서 좀 떨어져서 제사를 드리며 신에게 기도를 올리고 있는데, 난데없이 리디아 병사들이 덤벼들어 제물로 바친 물건들을 빼앗아 던져버렸다. 파우사니아스와 제사를 드리던 사람들은 무기를 가지고 있지 않았으므로 막대기와 채찍으로 적을 물리쳤다. 그래서 오늘날의 스파르타에서는 이 기습을 모방하여 제단 주위에서 청년을 채찍으로 때리는 의식이 행해지고, 그 다음에 리디아 인의 행렬이 지나간다고 한다.
이 급보에 접한 파우사니아스는 분노를 느꼈다. 그리고 점술가가 길조가 얻어지지 않아 차례차례 제물을 바꾸는 동안 옆에 서서, 눈물에 젖은 눈으로 헤라 여신의 신전 쪽을 향하여 두 손을 쳐들고 키타이론 산의 헤라와 이 곳 플라타이아의 다른 신들에게 기도를 올렸다.
"오, 신이시여. 만일 이 싸움에 지는 것이 우리들 그리스 인의 운명이라면 죽기 전에 최선을 다하여 적에게 맞섰다는 것을 적에게 알린 다음 쓰러지고 싶습니다."
이렇게 신들에게 기도를 올리고 있는데 그 기도 한가운데서 제물이 좋은 징조를 보였다. 점술가는 승리를 예언하였다. 전 군에게 전투개시의 명령이 내려졌다. 라케다이몬의 밀집부대는 그 즉시 성난 짐승처럼 돌아서서 전투태세를 갖추었다. 이때 페르시아의 병사들은 결사적으로 싸우려는 적과 맞서게 되었다 는 것을 알게 되었다.

 그래서 그들은 버드나무로 만든 방패를 앞에 나란히 세워놓 고 그 뒤에 숨어 라케다이몬 군 쪽으로 화살세례를 퍼부었다. 그러나 스파르타 군은 무리가 되어 방패를 일제히 나란히 쳐들 고 전진하여 그대로 적에게 부딪쳤다. 우선 적들의 방패의 벽 을 허문 다음 그 머리와 가슴을 창으로 찔러 많은 적병을 죽였 다. 그러나 페르시아 병도 그리 만만하게 당하고만 있지는 않 았다. 맨손으로 적의 창을 붙잡아 그 태반을 부러뜨리고 달려 들어 백병전을 벌였다. 단검을 휘두르며 달려들어 난투극을 벌 였는데 좀처럼 굴복할 기미를 보이지 않고 싸웠다.

 한편 아테네 군은 숨을 죽이고서 라케다이몬 군이 오기만을 기다리고 있었다. 그러자 갑자기 요란한 전투가 벌어진 함성이 울려 퍼졌다. 또 이 밖에 전하는 바에 의하면, 파우사니아스가 보낸 사자가 달려와서 급황을 전하였으므로 이것을 구원하러 그 즉시로 행동을 시작하였다고 한다. 그리고는 함성이 들려 온 쪽을 향하여 평원을 가로질러 전진해 가자 덤벼든 것은 페 르시아 군에 붙은 그리스 군이었다. 이것을 본 아리스테이데스 는 우선 전열 앞으로 쑥 나가 그리스 신들에게 기도를 올린 다 음 높은 목소리로 외쳤다.

 "싸움을 그만두어라! 하늘이 무서운 줄을 알면 그리스를 위 하여 생명을 걸고 싸우는 군대를 도우러 가는 아테네 군을 방 해하지 마라."

 그러나 상대방이 이 쪽 말을 귓전으로 흘리고 벌써 싸울 준비를 갖춘 것을 보자, 라케다이몬 군을 도우는 것은 일단 중지하기로 하고 5만을 헤아리는 페르시아 군과 싸웠다.

그러나 곧 적이 후퇴한데다가 페르시아 군 또한 그 뒤를 따랐기 때문에 싸움은 주로 테베 군만을 상대로 하게 되었다는 것이다.

이 무렵 테베 귀족들은 열렬히 페르시아 쪽에 가담하였는데 귀족들에게 늘 복종해온 버릇으로 평민들까지도 행동을 같이 하였다.

이리하여 싸움은 두 곳에서 벌어졌다.

첫째로 라케다이몬 군은 페르시아 군을 무찔렀다. 그때 라케다이몬의 병사 아림네투스가 적장 마르도니우스의 머리를 돌로 때려 죽였다. 그것은 암피아라우스 신전에서 신탁을 받은 대로 된 것이다. 마르도니우스는 그 신전엔 리디아 인 하나를, 트로포니우스의 동굴에는 따로 카리아 인 하나를 보내어 신탁을 받아오게 하였다. 카리아 인에게는 예언자가 카리아 말로 신탁을 주었다. 그런데 리디아 인이 암피아라우스의 신전에서 누워 자고 있자니까 신의 사자가 베갯머리에 와서 명령하였다.

"여기를 떠나라."

그러나 아직도 거기를 떠나지 않으니까 큰 돌이 날아와 그것에 맞아 죽는 꿈을 꾸었다. 이것이 전해 내려오는 이야기다.

라케다이몬 군은 도망치는 적을 목책 진지 속으로 몰아넣었다. 한편 아테네 군은 얼마 후 테베 군을 격파하여 그 싸움에서 귀족도 300명을 죽였다. 적이 도주하였을 때 그들에게도 라케다이몬 군에서 보낸 사자가 와서 페르시아 군을 목책 안으로 몰아넣고 이것을 포위중이라고 보고하였다.

그래서 아테네 군은 자기들이 싸우고 있던 그리스 군을 도주하는 대로 내버려 두고 라케다이몬 군을 도우려고 목책 속에 갇힌 페르시아 군을 공격하기 위해 그 쪽으로 달려갔다. 현장에 도착하여 보니, 라케다이몬 군은 공성전(攻城戰)에는 경험이 없어 모처럼 자기들이 포위한 적에게 공격을 가하지 못하고 쩔쩔매고 있는 중이었다. 때마침 여기 나타난 아테네 군이 목책 안에 갇힌 적을 무찌르고 들어가 적의 진지를 점령하고 말았다.

 이렇듯 30만의 페르시아 군 중 아르타바주스와 함께 도주한 병력 수는 겨우 4만, 그리스 군의 손해는 1천3백6십 명에 지나지 않았다고 한다.

 클레이데무스가 전하는 바에 의하면 그 중 아테네 인은 52명, 그것도 두드러지게 용감히 싸운 아이안티스 부족 출신이었다. 그래서 아이안티스 부족 사람들은 스프라기티데스의 님프들에게 그 승리를 기념하여 델포이의 아폴론이 신탁을 주신 데 대한 사례로 공금으로 제사를 드리게 하였다. 또 라케다이몬 인은 91명, 테게아 인은 16명이 전사하였다.

 그렇다면 헤로도토스가, 아테네와 라케다이몬과 테게아 인들만이 적과 싸우고 다른 도시의 그리스 인들은 거기에 참가하지 않았다고 전하는 것은 아무리 생각해도 믿기 어려운 이야기다. 왜냐하면 전사자의 총수도 또 기념비도 그 승리는 그리스 인이 총력을 기울여서 쟁취한 것이라는 증거가 되며, 또 이 세 도시만이 싸우고 다른 도시는 수수방관하고 있었다면 제단에 다음과 같은 문구가 새겨져 있을 리가 만무하다.

 그 옛날 그리스 인들은 용기와 힘으로써
 페르시아 인을 쳐부숴 이를 쫓아버렸도다.
 이렇듯 해방된 그리스의 온 국민은
 해방을 내려주신 제우스 신의 제단을 여기 세우노라.

이 싸움이 있었던 것은 아테네력으로는 보에드로미온 달의 제4일, 보이오티아력으로는 파네무스 달의 27일이었다. 이 날에는 전 그리스 민족대회가 플라타이아 시에서 소집되어 승리를 기념하며 플라타이아의 해방신 제우스에게 제사를 드린다. 이처럼 날이 서로 일치하지 않는 것은 이상한 일이 아니다. 오늘날의 천문학은 그때보다는 훨씬 정확해지기는 하였지만 그래도 달의 처음과 끝을 어느 날에 결정하는가는 도시에 따라 서로 다르기 때문이다.

전쟁 후에 아테네 인은 싸움의 수훈상을 라케다이몬 인에게 주지 않았으며, 또 승리의 기념비도 세우는 것조차 허용하지 않았다. 그래서 만일 아리스테이데스가 동료 장군들 중에서 레오크라테스와 미로니데스를 여러 가지로 설득하고 또 간청하여 그 일의 판정을 그리스 전체에 일임하기로 하지 않았다면, 그리스는 서로 무기를 들고 싸우게 되어 삽시간에 멸망의 길을 걸었을 것이 분명하다.

이렇게 하여 개최하기로 한 그리스 전체회의 석상에서 메가라 인 테오기톤이 다음과 같은 안을 제시하였다.

"만일 아테네도 스파르타도 서로 집안싸움을 원하지 않는다면 수훈상은 다른 나라에 주는 것이 마땅할 줄로 압니다."

이때 코린트 인 클레오크리투스가 일어섰다. 사람들은 그 상을 코린트에게 주라고 말할 것으로만 생각하였다. 그때 코린트의 명성은 스파르타와 아테네 다음가는 것이었기 때문이다. 그런데 뜻밖에도 그는 그 자리에 있는 전원이 기뻐하고 놀랄 만한 안을 내어 다음과 같이 권유하였다. 그것은 플라타이아 인을 위한 것이었다.

"수훈상은 플라타이아 인에게 주기로 하고 집안싸움은 이제 그만두기로 합시다. 플라타이아 인이 상을 받게 되었다 하여 아테네측도 스파르타측도 별로 손해되지는 않을 것입니다."

이 제안에는 우선 아리스테이데스가 아테네 인을 대표하여 찬성하고, 그 다음에는 스파르타 인을 대표하여 파우사니아스가 찬성하였다. 이런 모양으로 이야기가 잘 결말이 나고 화해도 이루어졌기 때문에 플라타이아 인에게는 전리품 중에서 80 탈렌트가 주어졌다. 그들은 그 돈으로 아테네 여신의 신전을 짓고 신전을 그림으로 장식하였다. 그 그림은 아직까지도 퇴색되지 않고 남아 있다. 그 후 스파르타 인은 자비로 전승비를 세우고, 아테네 인도 따로 자비로 전승비를 세웠다. 그리고 신에게 바칠 세물에 관하여 델포이의 신탁을 물었더니 이런 신탁이 있었다.

"해방신 제우스의 제단을 세워라. 그러나 페르시아 군에게 더럽혀졌다고 생각되는 나라 안에 있는 모든 불을 꺼라. 그리고 델포이의 더럽혀지지 않은 불을 일어나 켜기 전에는 그 제단에 제물을 바쳐선 안 된다."

그래서 그 즉시로 그리스 군의 지휘관들은 플라타이아 전역으로 돌아다니며 불이 켜져 있는 것이 눈에 띄면 모두 강제로 끄게 하였다.

한편 플라타이아 인의 한 사람 에우키다스는 전속력으로 델포이에서 성화를 가지고 오겠다고 자청하고는 델포이를 향하여 달려갔다.

거기 도착한 에우키다스는 깨끗한 물로 몸을 정결하게 씻고 월계수 관을 쓰고는 제단으로부터 성화를 얻어 가지고 곧바로 플라타이아를 향하여 달려 돌아왔다. 이렇듯 하루에 1천 퍼얼롱을 달려 플라타이아 시에 도착하였을 때 해는 아직 서산에 걸려 있었다. 그러나 시내 사람들과 인사를 나누고 성화를 건네준 순간 그는 그 자리에 쓰러져 절명하고 말았다.

이것에 몹시 감동된 플라타이아 시의 사람들은 그를 다이아나 에우클리아 신전에 매장하고 다음과 같은 비명을 새겼다.

　　에우키다스, 델포이까지 달려갔다가 그 날로 다시 돌아왔노라.

그런데 많은 사람들은 이 에우클리아를 여신 아르테미스와 동일시하며 또 그렇게 부르고 있지만 개중에는 이렇게 말하는 사람도 있다. 에우클리아는 헤라클레스와 미르토의 딸이며, 미르토는 메노이티우스의 딸이며 파트로클루스와 자매간이었다. 그리고 에우클리아는 일생을 독신으로 보냈으며, 보이오티아와 로크리안 사람들은 그녀를 신으로 모셨다. 왜냐하면 어느 광장에든지 그녀를 위한 제단과 신상(神像)이 세워졌고, 이제부터 결혼하게 되는 신랑 신부는 결혼하기 전에 거기다 제물을 바치기 때문이다.

　그 후 그리스 인의 전체회의가 열렸다. 아리스테이데스는 거기서 다음과 같이 제안하였다. 그리스의 모든 도시는 해마다 대표와 사제들을 플라타이아로 보낼 것과 4년마다 엘레우테리아 경기대회를 개최할 것, 외국과의 전쟁에 대비하여 1만의 병사, 1천의 군마, 100척의 군함을 가진 그리스 동맹군을 창설할 것, 그 비용을 분담할 것, 그리스 전체를 위하여 해방신 제우스에게 제사를 드리는 플라타이아 인을 각별히 대우하고, 그 신성을 침범하지 말 것 등을 내용으로 하는 것이었다.

　이 제안이 정식으로 통과되었으므로 플라타이아 인은 그 땅에 매장되어 있는 그리스 인 전사자에게 해마다 제사를 드리는 일을 맡게 되었다. 이것은 오늘날까지도 다음과 같은 방식으로 행해지고 있다. 즉, 아테네의 마이마크테리온 달—이 달은 보이오티아의 알알코메누스 달에 해당한다—16일에 제사 행렬이 시작된다. 날이 밝자 나팔수가 싸움 시작을 알리는 신호 나팔을 불며 행렬 앞에 서고, 그 뒤에는 몰약(沒藥)과 꽃다발을 가득 실은 수레들, 검은 황소, 그 밖에 또 제사에 쓸 포도주와 우유가 들어 있는 두 뿔 항아리와 올리브 유와 향유가 들어 있는 항아리를 나르는 자유인의 청년들이 따라간다. 영령은 자유를 위하여 싸우다 쓰러졌으니까 노예들에게는 참가자격이 부여되지 않는다.

그리고 그 맨 뒤를 따르는 것은 플라타이아의 집정관이다. 그는 평소에는 쇠붙이에 손을 대거나 흰색 이외의 옷을 입거나 하는 일은 허용되지 않았지만, 이때만은 빨간 겉옷에다 시의 공기보관소(公器保管所)에 두었던 항아리를 한 손에다 들고 다른 손에는 칼을 잡고 시가지의 중앙을 거쳐서 묘지로 걸어간다. 거기 도착하면 손수 우물물을 길어서 묘석을 닦고 향유를 바른다. 그리고 불을 지르고 그 속에다 황소를 던져 제우스와 헤르메스 신에게 기도를 올린 다음, 그리스를 지키다 쓰러진 용사들의 혼을 불러 술과 음식을 바친다. 그 다음에는 큰 그릇에 포도주와 물을 섞어 따른 다음 그 한 잔을 자기가 마시면서 이렇게 말한다.

"그리스의 자유를 지키다 쓰러진 분들의 명복을 빌며 이 잔을 듭니다."

이 의식은 지금까지도 플라타이아 인들에 의하여 지켜지고 있다.

전쟁도 끝나 아테네 인들은 아테네로 돌아왔다. 아리스테이데스는 그들이 열심히 민주제도를 갈망하고 있다는 것을 잘 알고 있었다. 아리스테이데스는 이번 전쟁에서의 공으로 보아 평민도 정치에 참가할 자격이 있음을 인정하였다. 또한 그들은 무기를 가지고 있을 뿐 아니라 승리의 결과 힘에 대한 자신도 생겼으므로 그들의 의사를 무시할 수가 없다고 생각하고, 모든 시민에게 참정권을 줄 것과 전 시민 중에서 집정관을 선출하기로 정령을 채택하였다.

이 무렵 테미스토클레스는 민회에서 이렇게 말하였다.

"나는 여기서는 입에 올리기를 꺼리지만 좋은 안을 가지고 있습니다. 그것은 반드시 아테네에 커다란 이익을 가져다주고, 그 안전을 지키는 결과가 될 것입니다."

그러자 민회는 그렇다면 그 안이라는 것을 아리스테이데스에게만은 털어놓고 함께 검토해보도록 하라고 명령하였다. 그래서 그는 아리스테이데스에게 이야기를 털어놓았다.

"내가 계획하고 있는 것은 그리스 동맹함대의 해군기지에다 불을 지르자는 것이오. 그렇게 하면 아테네 인은 그리스 전 국토에서 가장 강한 무적의 나라가 될 것이오."

이 말에 놀란 아리스테이데스는 민회에 나와 이렇게 보고하였다.

"이제 테미스토클레스가 제안하고 있는 계획이라는 것은 그 이상 아테네에게 유리한 것은 없지만, 또한 그 이상으로 부정스럽기 짝이 없는 사악한 것도 없습니다."

이 말을 들은 아테네 인들은 그 계획을 철회하라고 테미스토클레스에게 명령하였다.

이처럼 민중은 정의를 사랑하였으며, 민중에 있어 아리스테이데스는 성실하고 신뢰할 수 있는 사람이었다.

그 후 아리스테이데스는 계속되는 페르시아와의 싸움에 장군으로서 키몬과 함께 파견되었다. 그는 거기서 스파르타의 파우사니아스와 그 밖의 지휘관들이 그리스의 동맹군 장병들에게 오만불손하게 대하고 있는 것을 보았다. 그러나 그는 이 장병들에게 부드럽고도 다정하게 대하였을 뿐 아니라, 키몬에게도 그들과 잘 사귀어서 작전행동을 같이 하게끔 하라고 타일렀다. 이리하여 군사력으로서가 아니라 예절과 지혜로운 정치력을 작용시켜 스파르타의 장군들이 모르는 사이에 스파르타의 장군들보다 더 높은 최고의 존경을 받았으며 그들로 하여금 심복케 한 것이다.

아테네 인들은 아리스테이데스의 정직함과 키몬의 분별력이 있는 태도 덕택으로 다른 그리스 인들로부터 호감을 사고 있었다. 게다가 한술 더 떠서 아테네 인을 따르게 할 기분을 고조시킨 것은 파우사니아스의 오만무례하고도 몰인정한 태도였다.

파우사니아스는 여러 동맹국의 장군들과 만나게 될 때에는 늘 무례하게 화를 내었으며, 병사들을 채찍으로 때려서 벌을 주거나 하루 종일 무거운 무쇠탈을 쓰고 서 있으라고 하는 것이 예사였다. 심지어 말에게 먹일 짚이나 풀 또는 샘의 물도 스파르타 군이 먼저 사용하기 전에는 아무도 손을 대지 못하도록 스파르타 병사들로 하여금 채찍을 들고 지키게 하였다. 아리스테이데스는 이러한 처사에 대하여 한번은 파우사니아스를 나무라며 충고하려고 하였으나 파우사니아스는 이맛살을 찌푸리며 들으려고도 하지 않았다.

이러한 경위에서 그리스 군, 특히 키오스, 사모스, 레스보스 군의 감독과 장군들은 아리스테이데스에게로 와서 애원하다시피 이렇게 부탁하였다.

"제발 우리들의 지휘를 맡으시고, 스파르타를 떠나 아테네측에 붙으려고 오래 전부터 갈망하고 있는 동맹군을 장군 주위에 집결시켜주시지 않겠습니까?"

그러자 아리스테이데스는 이 부탁에 답하여 말하였다.

"귀관들의 부탁이 나오게끔 된 데에는 그럴 만한 이유도 있겠고 또 지극히 당연한 것이라고 생각은 되나, 그 의사가 과연 진지한 것인지 행동으로 보여주시오."

그래서 사모스 인 울리아데스와 키오스의 안타고라스는 서로 모의하여 비잔티움 근해에서 선두에 서서 전진하고 있던 파우사니아스의 군선을 뺑 둘러싸고서 이것을 격침하려고 하였다. 이것을 본 파우사니아스는 분해서 펄펄 뛰었다.

"조금만 시간이 지나봐라. 꼭 세상에다 폭로할 테니. 이제 내 배를 빼앗을 셈인가 보지만 나는 오히려 너희들의 본국까지 멸망시키고 말 테니 두고 보자."

이렇게 위협하자 상대방들도 지지 않고 응수하였다.

"네놈이야말로 어서 꺼져버려! 과거에 플라타이아에서 승리한 군대를 지휘한 것을 다행으로 생각하라. 그것을 생각하고 이 정도로 그친다."

왜냐하면 이제까지 그리스 인이 파우사니아스의 비행에 어울리는 벌을 주지 않았던 것은 아직도 그를 도운 행운의 여신을 섬기고 있었기 때문이었다.

이렇듯 마침내 그들은 스파르타를 배반하고 아테네를 섬기게 되었다. 그러나 이때 스파르타 인들이 분명히 보인 그들의 기개에는 놀라울 만한 것이 있었다. 그들은 스파르타의 장군들이 너무도 커진 자기들의 세도에 도취하여 안하무인 격인 것을 깨닫고서 자진하여 그리스 군의 지휘권을 포기하고, 싸움에 장군을 파견하지 않기로 하였다. 그들은 그리스 영토를 지배하기보다는 온전하게 법을 잘 준수하는 사람들을 선출하여 본국을 잘 다스리게 하였다.

그리스 인은 스파르타의 지휘하에 있었을 때에도 일종의 전시공납금을 바치고 있었다. 그러나 이제야말로 때마다 알맞은 공납금의 할당이 이루어질 것을 기대하였다. 그래서 아테네 인

아리스테이데스 145

에게 부탁하여 아리스테이데스를 파견해줄 것을 요청하여, 시의 토지와 수입을 조사하여 각 시의 격식과 지불능력을 고려한 공납액을 결정하는 일을 그에게 맡겼다.

아리스테이데스는 이러한 큰 권한을 마음껏 휘둘러 마치 그리스의 전 재산이 자기 수중에 들어온 것처럼 행동하였다. 그러나 그는 이 일을 맡고 각지를 조사하기 위하여 돌아다녀야만 하였는데, 모든 나라가 다 만족하도록 액수를 책정하고 그 직책을 내놓을 때에는 맡을 때보다 더 가난해졌다. 이러한 모양이었으니 그가 책정한 공납금의 사정은 올바르고도 깨끗하였고 관계된 나라 전체가 만족할 만한 사려에 넘친 것이었다.

그래서 옛 사람들이 크로노스의 시대를 황금시대라고 구가하였듯이, 아테네와 동맹을 맺은 나라의 사람들도 아리스테이데스 시대의 공납금을 칭찬하여 이것을 그리스의 행운시대라고 불렀다. 그러나 나중에 그 액수가 2배가 되고 또 3배로 늘었을 때 그들은 특히 아리스테이데스 생각이 간절해졌을 것이다. 왜냐하면 아리스테이데스가 책정한 공납금은 그 액수가 고작 460 탈렌트 정도였는데, 페리클레스는 이것에 3분의 1을 추가하였다. 사학자 투키디데스에 의하면 펠로폰네소스 전쟁이 시작되었을 때에는 동맹국으로부터 아테네가 일년에 600탈렌트의 전비를 받았다고 한다. 페리클레스의 사후 민중지도자들은 이 액수를 자꾸 더 높여 1천3백 탈렌트까지 끌어올렸다. 그것은 전쟁이 오래 끌었다거나 전운이 시원치가 않았다거나 하여 전비가 많이 필요하였기 때문은 아니었다. 그것은 오히려 이민의 구제사업과 인민에게 주는 극장 수당과 신상과 신전의 건설 공사에 그 돈을 썼기 때문이다.

이렇듯 공납금의 공정한 책정에 의하여 아리스테이데스가 받은 큰 칭송을 비웃은 사람은 오직 테미스토클레스 한 사람뿐이었다. 그는 사람들이 무턱대고 아리스테이데스를 칭송하는 것은 사람이 아니라 돈궤에 쏟는 것이 마땅하다고 빈정댔다. 그러나 기고만장한 그도 아리스테이데스의 다음과 같은 기지에 넘친 말에는 꼼짝도 못 하였다. 어느 때 그는 아리스테이데스에게, 생각건대 장군으로서 무엇보다 필요한 것은 적의 심중을 빨리 읽어내는 일이라고 말하였다. 이때 아리스테이데스는 이렇게 대답했었다.

"테미스토클레스 장군, 과연 그것은 필요하지요. 그러나 장군 된 사람은 손을 더럽히지 말아야 합니다."

아리스테이데스는 그리스의 모든 나라들로 하여금 페르시아에 대한 동맹을 굳게 지키기로 맹세케 하고, 자신도 또한 아테네 인을 대신하여 맹세한 다음, 새빨갛게 단 쇳덩어리를 바닷속에다 던지며 맹세를 지키지 않는 자에게는 이와 같은 벌을 내리라고 기도하였다.

그러나 그 후 정세가 험악하게 되어 아테네의 지배력을 한층 더 강화시킬 필요성에 몰리게 되자, 그는 맹세를 저버린 죄는 자기만이 질테니 국가에 이득이 된다면 어떤 수단을 써서라도 사태에 대처하도록 하라고 아테네 시민들에게 권고하였다.

테오프라스투스가 전하는 바에 의하면, 아리스테이데스라는 인물은 자기에 관한 일과 동포들을 대할 때의 행동에 있어서는 추상 같은 정의의 인사였으나, 일단 다른 나라들과의 관계에 있어서는 때때로 의를 버리고 나라의 이를 취하였다.

한 예를 들자면 델로스 동맹의 군자금을 협정과는 달리 델로스 섬으로부터 아테네로 이관하자는 사모스의 제안을 심의할 때였다. 이것은 동맹의 조약에 분명히 어긋나는 일이었지만, 그는 그렇게 하는 것이 옳지 않으나 아테네를 위해서는 유리한 방법이라고 말하였다.

이리하여 마침내 이렇게까지 많은 그리스 인을 지배하는 체제를 조국 아테네에게 바치면서도 본인은 여전히 타고난 청빈 속에서 살며, 그가 거둔 많은 전승에도 불구하고 가난뱅이로서의 명성에 자못 만족하고 있었다. 이것을 증명하는 것으로는 다음과 같은 일화가 있다.

횃불을 드는 칼리아스는 그의 먼 친척에 해당하는 사람이었다. 이 사나이를 그의 적들이 죽을 죄를 지었다고 하며 기소하였다. 재판이 열리자 그들은 처음에는 죄상에 관하여 웬만큼 진술하다가 이윽고 샛길로 빠져 나와 법관들에게 다음과 같이 말하였다.

"아시다시피 리시마코스의 아드님 되시는 아리스테이데스가 온 그리스 내에서 얼마나 칭송을 받고 있는 분인지 잘 알고 계실 것입니다. 그런 분이 저런 초라한 옷을 입고서 민회에 나오는 것을 보시고서 그분이 집에서는 어떻게 살고 계신다고 생각하십니까? 사람들 앞에서 추위에 부들부들 떨고 있는 그분은 아마 집에서는 그날그날의 의식주에도 곤란을 느끼며 주린 배를 움켜쥐고 있는 것이 아닐까요? 그런데 이제 우리들이 기소하고 있는 칼리아스라는 인물은 아리스테이데스의 사촌으로 아테네에서 제일 가는 부자이면서도 그 사촌이 처자를 거느리고 생활에 쩔쩔매고 있는 것을 보고서도 못 본 체하고 있습니다. 지금까지 얼마나 이 사촌을 이용하고, 그분이 당신들 법관들 사이에서 세도를 부리고 있을 때 이득을 얼마나 보았는지 모를 지경인데 말입니다."

칼리아스는 법관들이 이 말을 듣고 몹시 웅성거리며 자기에게 험악한 공기가 떠돌게 된 것을 의식하였다. 그래서 칼리아스는 아리스테이데스를 호출하여 법관들에게 다음과 같은 것을 증언해달라고 요청하였다.

"칼리아스는 이제까지 몇 번씩 금품을 내밀며 그것을 받아 달라고 졸랐지만 나는 그것을 거절하였다. 그리고 사촌의 부를 자랑하기보다도 내가 가난을 자랑하는 쪽이 훨씬 더 어울린다. 재산을 훌륭히 쓰는 사람을 찾기란 쉽지만 가난을 당당히 참아 내는 사람을 찾기란 그리 쉬운 일이 아니다. 억지로 가난한 살림을 하고 있는 자는 가난을 부끄러워할 뿐이다."

아리스테이데스가 칼리아스를 위하여 이렇게 증언하자 이것을 들은 사람들은,

"칼리아스 같은 부자가 되기보다는 차라리 아리스테이데스 같은 가난뱅이가 되고 싶구나."

하고 생각하면서 법정을 떠나지 않는 사람은 하나도 없었다. 이 이야기는 소크라테스의 일파인 아이스키네스가 전하는 이야기다.

또 플라톤은 이런 생각을 말하고 있다.

"아테네에서 높은 명성에 빛나는 인물 중 머리가 숙여지는 사람은 오직 한 사람 아리스테이데스뿐이다. 테미스토클레스와 키몬, 거기다 페리클레스 등은 과연 아테네를 공공건물과 돈과 그 밖의 잡동사니 등으로 가득 차게 하였으나, 아리스테이데스는 나라의 정치를 덕의 경지에까지 끌어올린 사람이다."

아리스테이데스는 테미스토클레스에 대해서도 공평무사했으며 그것을 역력히 증명하는 증거가 있다. 그는 정치 생활의 거의 전 기간을 통하여 테미스토클레스와는 정적 관계에 있었고, 패각재판으로 그를 추방한 것도 이 사람이었다. 그러나 이번에는 그 반대로 테미스토클레스가 같은 판국에 빠져 고소를 당한 신세가 되자 알크마이온과 키몬, 그 밖의 많은 사람들이 그를 추방하려고 온갖 수단을 다 써서 그를 공격하였다. 그래도 아리스테이데스 하나만은 그 전에 자기가 그에게서 당한 분함을

잊은 듯이, 비열한 말이나 행동이라고는 일체 하지 않고 도리어 자기의 적이 영달을 극할 때에 시기하지 않았듯 이제 그의 불행을 보고도 이를 공격하지 않았다.

아리스테이데스의 죽음에 관해서는, 공무 때문에 폰투스로 갔다가 그 곳에서 사망하였다고도, 또 아테네에서 시민들의 존경을 받고 칭송을 받으면서 늙어서 죽었다고도 한다.

마케도니아 사람 크라테루스는 그의 죽음에 관하여 다음과 같은 이야기를 전하고 있다.

테미스토클레스가 추방당한 후 아테네 시민은 고삐를 늦춘 말처럼 난폭해져 많은 정치깡패가 창궐하였다. 그 무리들은 신분이 높은 유력자라면 까닭없이 시기하며 몹시 공격하였다. 그러한 정세 속에서 아리스테이데스도 뇌물을 받았다는 죄과로 기소되었다. 즉, 아테네의 암피트로페 구민 디오판토스는 아리스테이데스가 델루스 동맹의 공납금 책정을 하고 있을 때 이오니아 사람들로부터 돈을 받았다고 기소하였다. 그런데 그는 법정에서 언도받은 벌금 50미나이를 낼 수가 없어서 배로 도망친 채 이오니아의 어느 곳으로 가서 그 곳에서 세상을 떠났다고 했다.

그러나 이것에 관하여 크라테루스는 판결문과 결의문 따위의 증거 문제는 하나도 들지 않고 있다. 보통 때의 그라면 이럴 때에는 늘 증거품을 꽤 많이 들고 있고, 역사가의 설을 예로 들었을 것이다.

그 밖에 크라테루스 외의 다른 모든 저술가들은 장군들이 시민에게 단단히 혼이 난 실례를 자세히 들고 있다. 예를 들자면 테미스토클레스가 추방당하고, 밀티아데스가 투옥된 일, 페리클레스가 벌금을 낸 일, 파케스가 언도받고 법정에서 자살한 일 등을 언급하고 있으나, 아리스테이데스에 관해서는 추방당한 사실은 전해지지만 재판을 받았다거나 언도를 받았다는 기록은 전혀 없다.

이 밖에 또 팔레룸에 있는 것이 아리스테이데스의 무덤이라고 한다. 그는 장례를 치를 재산도 남기지 않아서 장례식을 국가에서 치러주었다는 것이다. 그리고 그의 딸들의 결혼 비용도 아테네 시가 국비로 보조하여 일인당 3천 드라크마의 지참금으로 치러준 다음 프리타네움에서 결혼식을 올렸다고 한다.

또 민회는 아들 리시마코스에게는 돈 100미나이, 몇 에이커의 경작지, 이 밖에 또 생활비로서 매일 4드라크마씩을 주었다. 이것은 알키비아데스의 제안에 의한 것이었다.

이 밖에 또 칼리스테네스에 의하면 리시마코스가 그의 딸 폴리크리테를 남겨놓고 세상을 떠나자, 민회는 그 딸에게 올림픽 우승자와 마찬가지로 식사를 제공하기로 결정하였다.

팔레리아 인 데메트리오스, 로데스 사람 히에로니무스, 음악가 아리스토크세누스, 아리스토텔레스(《귀족론》이 과연 그의 진짜 작품이라면) 등은 다음과 같이 전하고 있다.

아리스테이데스의 손녀 미르토는 철학자 소크라테스와 함께 살았다. 그는 다른 여자와 이미 결혼한 몸이었으나(소크라테스에게는 크산티페라는 유명한 악처가 있었다.), 이 미르토가 가난한데다 과부로 그날그날의 호구에도 고생을 하고 있었으므로 불러들였다고 한다.

그러나 파나이티우스는 그의 소크라테스에 관한 책에서 이를 부정하고 있다.

또 데메트리오스는 그의 저서 《소크라테스》에서 이렇게 말하고 있다. 자기는 아리스테이데스의 딸의 아들로서 돈이 없어 쩔쩔매고 있던 리시마코스를 기억하고 있다. 이 사람은 이아쿠에움에서 해몽 같은 것을 업으로 삼고 겨우 호구하고 있었는데, 자기는 이 리시마코스의 어머니와 자매에게 매일 반 드라크마의 생활비를 주자는 안을 민회에 제출하여 통과시켰다. 하기야 그 자신은 나중에 입법위원이 되었을 때 이 여자들에게 각 1드라크마를 주었다고 한다.

　아테네 민회가 그 시민들에게 이처럼 마음을 썼다는 것은 별로 놀랄 것도 없다. 예를 들면 아리스토기톤의 손녀가 렘노스의 천한 처지가 되어 가난하여 시집도 못 가고 있다는 말을 듣고서 그녀를 아테네로 데려다가 가문이 좋은 집으로 시집을 보내고, 지참금으로서 포타무스에 있는 땅을 준 일도 있다. 아테네는 오늘날에도 이와 같이 인자하고 착한 실례를 많이 보이고 있기 때문에 세상 사람들이 깜짝 놀라고 칭송이 자자한 것도 당연한 일이다.

마르쿠스 카토

기원전 234년~149년

마르쿠스 카토는 투스쿨룸에서 태어났으나 그가 군무에 봉사하고 정치생활에 들어가기 전까지는 사비니 인의 지방에 있는 부친의 농장에서 성장하였다고 한다. 그의 조상에는 유명한 사람이라고는 전혀 없었던 것처럼 생각되지만, 카토 자신은 아버지인 마르쿠스를 용감한 군인형의 사람이라고 자랑하였다. 증조부인 카토는 가끔 무공상을 탔으며, 싸움에서 자기가 타고 있던 군마를 다섯 필이나 잃었기 때문에 용감히 싸운 대가로 특별히 국가에서 그 보상을 받은 일도 있었다고 자랑하고 다녔다.

로마 인들 사이에선 가문으로 봐서 명문출신도 아니고 자수성가한 사람을 신인이라고 부르는 관습이 있어서 사실 카토도 그렇게 불렸는데, 카토 자신은 관직과 명성이라는 점에서 보면 자기는 확실히 신인이지만 선조의 공적과 덕망으로 봐서는 확실한 구인이라고 불렀다. 그의 제3명(로마 인의 이름은 Marcus Porcius Cato처럼 개인명, 씨족명, 가족명의 셋으로 되어 있었다.)은 처음에는 카토가 아니라 프리스쿠스였으나 나중에 그의 능력으로 해서 카토라는 제3명을 얻게 된 것이다. 로마 인들은 유능한 사람 또는 경험을 쌓은 사람을 카투스라고 부르기 때문이다.
  그 외모를 말하자면 머리는 붉은색이고 눈은 회색이어서 그에게 악의를 품은 어느 시인은 다음과 같이 조롱하고 있다.

    회색 눈과 사나운 얼굴로
    아무 곳에서나 닥치는 대로 모두에게
    으르렁거리는 포르키우스
    죽은 후에도 헤카테가 맞아주지 않으리.

  처음부터 근로와 절제 있는 생활과 여러 번의 출정으로 단련된 그의 몸은 항상 강건하여 힘든 일을 하기에 매우 적합하였다. 그리고 그는 변론이라는 것을 마치 제2의 신체처럼 생각했으며, 또 이름도 없이 그저 평범하게 살다 갈 사람이 아니므로 훌륭한 일을 위한 여러 방면의 행위와 기술을 습득하고 연마하는 데 힘썼다. 그리고 이웃 촌락이나 도시에서 부탁하는 사람이 있을 때에는 언제나 변호에 나섰기 때문에 처음에는 열성적인 논객으로서, 나중에는 유능한 변론가로서 알려지게 되었다.
  그 후 그와 사귀는 사람들에게 그의 건실한 성품과 깊이가 한층 더 분명해졌으며, 장차 정계에서 큰 활동을 할 인물이라고 알려지게 되었다. 왜냐하면 재판이나 분쟁을 조정해준 대가로 사례를 받을 생각은 염두에도 두지 않았을 뿐 아니라, 이와 같이 분쟁에 이긴 것을 대수롭게 생각하지도 않았다. 오히려 외적에 대한 전쟁과 군무에서 이름을 떨칠 것을 바랐으며, 젊었을 때에 벌써 출정하여 온몸에 명예로운 상처를 입고 있었기 때문이다. 그 자신의 말을 들어보자면 17살의 나이로 비로소 종군하였는데, 그것은 때마침 한니발이 행운에 편승하여 이탈리아를 유린하던 때였다.

 싸울 때 그는 칼을 손에 들고 적을 쳤으며, 발로는 땅을 꽉 밟고, 얼굴은 적을 내려다보고 있었다. 또 적을 보고는 거친 음성으로 위협하였는데, 이러한 행동이 때로는 칼 이상으로 효과가 있다는 것을 경험으로 알게 되어 남에게도 그렇게 하라고 가르쳤다. 행군시에는 손수 무기를 메고 다니고 식량은 병졸이 들고 다녔는데, 병졸이 아침식사나 저녁식사를 내놓을 때 불만을 말하거나 꾸짖는 일이 없었으며, 군무가 끝나 바쁘지 않을 때에는 대개 이 병졸을 도와서 함께 준비하였다고 한다. 행군 중에는 물만 마셨는데, 갈증이 심하여 목이 탈 것만 같을 때에는 식초를 조금 물에 타서 마셨으며, 또 몹시 몸이 피곤할 때에는 소량의 싼 술을 마셨다.

 그의 농장 근처에 세 번이나 개선식을 올린 마니우스 쿠리우스 소유의 초라한 집이 있었다. 카토는 이 집을 자주 찾아갔는데 집에 딸린 땅이 아주 좁고 집이 초라한 것을 보고, 로마에서 가장 위대한 인물이고, 가장 전투적인 여러 부족을 정복하여 피루스를 이탈리아에서 격퇴한 이 인물이 세 번 개선식을 올린 다음에 이 좁은 땅을 몸소 경작하고 그와 같이 초라한 시골집에서 살고 있는 것에 생각이 미치자 가슴이 아팠다.

 또 마니우스가 여기서 아궁이 앞에 앉아서 무를 삶고 있는 것을 발견한 삼니테스 사절들이 그에게 거액의 황금을 제공하려고 하였으나, 그는 '이러한 저녁 식사로 충분한 자에게 황금은 소용없소. 나는 황금을 가진 사람이 되는 것보다 황금을 가진 사람을 정복하는 것을 더 명예로 생각하오.' 하고서 그들을 돌려보냈다는 것이다. 이러한 것을 마음에 새기고 그 곳을 떠난 카토는 자기 집과 땅과 하인들과 자기들의 살림살이를 다시

한 번 되돌아보고 점점 더 일을 하고 사치를 삼갔다.

파비우스 막시무스가 타렌툼 시를 점령하였을 때 카토는 아주 어렸지만, 그의 휘하에 있는 장병을 따라 종군하였다. 그리고 피타고라스파의 네아르코스라는 사람과 가까이 지내며 그의 학설을 열심히 배웠다. 이 사람은 플라톤이 주장한 것과 똑같은 것을 주장하였는데, 악에 이끌리는 가장 큰 유혹은 쾌락이며, 심령에 대한 큰 장애는 정욕이므로, 심령의 자유와 정결을 이룩하려면 육신의 욕망을 초월해야 한다고 말하는 것을 듣고 카토는 절제와 극기를 한층 더 좋아하게 되었다. 이것을 제외하고는 그리스적 교양에 관해서는 만학이었다는 것이며, 훨씬 나이를 먹고 나서 그리스 인의 책을 손에 들었다고 한다. 또 변론술에 있어 투키디데스에게서 얻은 바가 없지는 않았지만, 주로 데모스테네스로부터 얻은 바가 많았다고 한다. 그러나 그의 저작에는 그리스의 사상과 역사가 적당히 윤색되어 있고, 그의 경구집과 격언집에는 그리스의 그것을 그대로 번역한 것이 적지 않다.

당시 로마 인 가운데 명문가에 태어나 세력을 가지고 있는 발레리우스 플라쿠스라는 사람이 있었는데, 장래가 촉망되는 인재를 보호육성하는 데에 많은 관심을 가지고 있었다. 이 사람이 카토의 땅 바로 옆에 땅을 가지고 있었으므로 하인들의 입을 통하여 카토의 근면한 생활태도를 들었으며, 또 그들이 다음과 같이 말하는 것을 듣고 감탄하였다. 카토는 아침 일찍 법정으로 가서 부탁한 사람들을 위하여 변호해주고, 그것이 끝나면 이번에는 농장으로 돌아와서 겨울이면 소매가 없는 저고리를 입고, 여름이면 셔츠 바람으로 노예들과 함께 농사일에 종사하며 그들과 함께 앉아서 같은 빵을 먹고 같은 술을 마시는 것이었다. 하인들은 이 밖에 또 카토가 공정하며 절도가 있다는 것과 그의 경구 비슷한 말을 몇 개 이야기하였으므로 발레리우스는 그를 식사에 초대하였다.

그 후부터 카토와 친하게 지내는 동안 그 온화하고도 세련된 성격을 알게 된 발레리우스는 더욱 가까이 사귀며, 넓은 곳에 옮겨 심고 잘 가꿔주면 잘 자랄 수 있는 나무처럼 손질과 사람의 눈에 띄는 장소가 필요하다고 생각하고 로마 시의 정계에 나서라고 권유하였다. 그리하여 카토는 로마 시로 옮겨 간 그 즉시로 자기의 변호연설에 의하여 숭배자와 지기를 얻었다. 또 발레리우스의 도움으로 성과가 오르고 힘도 생겼으므로, 처음에는 고급장교가 되었다가 이어 재무관이 되었다. 그 후 점점 더 유명해지게 되어 발레리우스와 함께 최고 관직에 오르고 나란히 집정관이 된 뒤 대정관으로도 승진하였다.

카토는 선배 시민 중에서 파비우스 막시무스를 가장 흠모하였다. 그는 당시 명성이 가장 높고 최대의 권력을 장악하고 있었지만, 카토는 특히 그의 사람됨과 생활태도를 가장 훌륭한 모범으로 삼았던 것이다. 그러므로 그는 아직 나이는 젊었으나 파비우스와 세력을 다투던 스키피오에 대해서는 서슴지 않고 반대하였다. 리비아 전쟁에 스키피오와 함께 재무관으로 파견되었을 때에는 스키피오가 습관처럼 낭비가 심하여 병사들에게 아낌없이 돈을 뿌리고 있는 것을 보고 놀랐다. 돈 지출은 그리 대단한 것은 아니지만, 병사들이 필요 이상으로 쾌락과 사치를 즐기게 되어 검소하게 살던 병사들의 생활방식을 파괴하는 결과가 되었다고 기탄 없이 스키피오를 공격하였다. 스키피오는 "순풍에 돛을 달고 전쟁에 돌진하는 자에게는 터무니없이 쩨쩨하게 구는 재정관은 필요 없다, 자기가 국가에 보고해야 할 일은 돈 문제가 아니라 전쟁에 이겼다는 것이다"라고 말하였다. 이에 카토는 시칠리아에서 로마로 돌아와 원로원에서 파비우스와 협력하여 스키피오가 이루 말할 수 없을 정도로 국비를 낭비하고 있다는 것, 또 그가 체육관과 극장에서 소년과 같은 짓을 하고 있다는 것을 폭로하였다. 그것은 군대를 통솔하는 자로서 어울리는 행동이 아니며, 마치 축제기분으로 소란을 피우는 짓에 진배 없다고 목청을 높여 스키피오를 공격하였다. 그래서 호민관을 스키피오에게 파견하여, 그 비난이 사실이라면 그를 로마로 데려오라고 하였다. 그런데 스키피오는 이미 해명할 준비를 갖추고 있었다. 그는 여가가 있을 때 친구들과 함께 즐기기는 하였지만 군무를 소홀히 할 정도로 그것에 빠지지는 않았다는 점을 분명히 하였으므로 조사단도 이 해명에 만족하고, 스키피오는 또다시 새로운 싸움터를 향하여 아프리카로 출범하였다.

카토는 이때에 한 연설로써 대단한 명성을 떨치게 되어 로마 시민들 가운데에는 그를 로마의 데모스테네스라는 별명으로 부르는 사람들도 많았지만 그의 사생활도 유명하게 되어 칭송을 받았다. 왜냐하면 당시 변론에 두각을 나타내려는 기풍은 젊은이 모두가 서로 다투어 찾던 목표가 되어 있었고, 스스로 옛날식으로 근로하는 습관을 지키고 간소한 저녁식사, 불에 데우지 않은 찬 아침식사, 초라한 옷과 서민과 똑같은 집에서 살며 필요 이상의 것을 가지고 있기보다 그러한 것을 부러워하지 않는 태도를 존중하는 자는 드물었기 때문이다. 당시 로마는 강대해져서 옛날의 청순한 생활방식을 고수하지 못하고 많은 국가와 인간을 지배하게 되었으므로 여러 가지 잡다한 습관과 생활양식이 흘러들어왔기 때문이다.

그러니 사람들이 카토의 생활태도에 경탄의 눈길을 보내게 된 것도 당연했다. 세상의 보통 서민을 보면 힘든 일에 쪼들리고 쾌락 때문에 생활양식에 균열이 생기게 마련인데, 이 인물만은 그 어느 쪽에도 기울지 않고, 그러한 생활태도가 아직 젊어서 공명심에 불타고 있을 때뿐만이 아니라 집정관이 되고 개선식을 치른 후 아주 노경에 들었을 때에도 마치 우승한 운동선수가 규칙 바른 연습에 의하여 언제까지나 늘 심신을 단련하듯 죽는 날까지 그 태도를 바꾸지 않았기 때문이다.

카토 자신이 말한 바에 의하면 100드라크마 이상의 값비싼 옷을 입어본 적이 없었으며, 법무관이 되고 집정관이 된 후에도 노예들이 마시는 술을 마셨으며, 저녁식사를 위해서 시장에서 30아세스의 고기를 샀지만 그것도 국가를 위하여 몸의 건강을 유지하는 방법으로 취한 소치라고 하였다.

선물로 바빌로니아제 융단을 받았을 때에도 그 즉시 그것을 팔아버렸으며, 그가 사는 집에는 벽에 회칠도 하지 않았다. 1천5백 드라크마 이상의 노예는 산 예가 없으며, 그에 의하면 필요한 것은 유약하거나 아름다운 노예가 아니라 마부나 소치기처럼 일을 잘하는 몸이 튼튼한 노예였다. 그러나 이러한 노예라도 나이가 들면 팔아버려야 하며 쓸모 없는 자를 먹여 살릴 필요는 없다고 생각하고 있었다. 그의 원칙으로는 필요 없는 것은 모두가 비싼 것이다. 필요 없는 것이라면 1아세스를 주고 산다 하더라도 비싸다고 생각하고 있었다. 그리고 그는 물을 뿌리거나 쓸고 가꾸거나 하는 정원보다도 씨를 뿌리는 밭과 가축을 기르는 목초지가 더 낫다고 생각하였다.

이것을 어떤 사람들은 그의 인품이 작은 데서 온 소치라고도 보았고, 또 어떤 사람들은 일반인의 생활방식을 그치고 절제를 가하기 위하여 지나칠 정도로 인색하고 탐욕스럽게 산 것이라고 보았다. 그저 하인들을 짐승처럼 혹사하고, 그들이 나이를 먹으면 내쫓거나 팔아버리거나 한 것은 옹고집의 성격에서 온 소치이며, 인간과 인간 사이의 관계는 이익 이외에는 없다고 생각하였기 때문이다. 그러나 인정이란 정의보다도 더 광범위한 것이다. 우리들은 법과 정의를 오로지 인간에 대하여 적용하지만, 친절이니 자비니 하는 것은 마치 넘치는 샘물과 같은 것이어서 이성이 없는 짐승에까지 미치는 것이기 때문이다. 오랫동안 부리던 폐마를 먹여 기르거나 강아지를 기를 뿐만 아니라 늙은 뒤에도 부양하는 것은 당연한 일이 아닐까?

아테네의 시민들이 기원전 480년에 페르시아 군에게 파괴당한 미네르바 신전 헤카톰페돈을 재건할 때였다. 노동을 가장 잘 참아냈다고 생각한 노새들을 자유로이 해방하여 풀을 뜯게 하였던바 그 중 한 명이 전하는 바에 의하면, 그들은 자진하여 일터로 돌아와서 짐을 올리는 노새들을 따라 마치 격려하며 길을 안내하려는 듯이 아크로폴리스 신전을 따라 오르내렸다. 아테네 인들은 이 노새를 죽을 때까지 국비로 먹여 살리도록 결의하였다.

키몬에게 올림픽 경기에서 두 번이나 우승을 안겨준 그의 말의 무덤은 키몬의 묘소 곁에 있다. 정답게 기른 개를 따뜻하게 매장해 준 사람은 이 밖에도 또 있는데, 늙은 크산티포스는 아테네 시민이 아테네 시를 포기하고 모두 살라미스 섬으로 피난 갈 때 주인이 탄 범선을 따라 나란히 헤엄쳐 가다가 지쳐서 죽었다. 이 애견을 해안에다 묻어주었는데 이 해안을 오늘날까지도 '개무덤'이라고 부른다.

목숨이 있는 짐승을 신발이나 무슨 그릇처럼 쓰다가 다 늙어 빠져 기력이 없어지게 되면 내버리는 것은 좋지 못한 행동이다. 그 밖에 이유는 없다 하더라도 박애정신을 기르기 위해서도 이러한 일에 있어서는 온화하고도 다정하게 구는 습관을 길러야만 한다. 어쨌든 나로서는 일하는 소가 늙었다고 해서 팔아버릴 생각은 통 없고, 하물며 노령에 이른 인간을 그가 자란 장소와 정든 생활로부터 그 고향으로부터 얼마 되지 않는 돈 때문에 떼어놓고, 파는 사람에게 그러했던 것처럼 사는 사람에게도 아무 쓸모가 없는데도 불구하고 팔아버릴 생각은 영 없다. 그런데 카토는 이러한 일에 화라도 난 것처럼 집정관으로서 출정중에 타고 다니던 말을 이베리아에다 버리고 귀국하였는데, 그것은 말의 운임이 국가의 부담이 되지 않도록 하기 위한 조처였다고 말하였다. 이러한 태도를 너그러운 소치라고 해야 좋을지 또는 인색하다고 보아야 할지 독자들의 판단에 맡기겠다.

그러나 이 사람은 그 밖의 극기라는 점에서는 참으로 놀랄 만한 점이 있다. 예를 들자면 그가 장군으로 있을 때에 자기와 막료들을 위하여 한 달에 밀 3부셸 이상은 타지 않았으며, 말을 위해서는 매일 1부셸 반 이하의 보리밖에 타지 않았다.

사르디니아의 관리로 있을 때 그의 역대 전임자들은 국고에 의한 주택과 침대와 의류를 사용하고 많은 종들과 친구들과 음식을 위한 비용과 여러 가지 준비를 위하여 주민들에게 이만저만이 아닌 폐를 끼치고 있었는데, 그의 절약은 믿기 어려울 정도로 그것과는 달랐다. 무슨 일에도 국고로부터의 지출을 요구하지 않았으며, 수레를 타지 않고 걸어다니며 여러 도시를 순찰하였고, 단 한 사람의 국유노예가, 옷과 제사를 드리게 되면 쓸 제기 등을 메고 따라다녔다. 이러한 점에서는 사람들에게 온화하고도 소박한 면을 보였지만, 한편 정의에 관한 일에 있어서는 절대로 공정을 기하여 통치를 위한 명령이 엄정하고도 바르게 시행되는가 철저히 감독하였다. 따라서 그 곳 주민들이 로마 정부에 두려움을 느끼고 복종한 것은 그가 관리로 있을 때와 같은 적이 없었다.

그가 연설하는 태도 그 자체 또한 이러한 성격을 띠고 있었던 것만 같다. 우아하면서도 위엄이 있었고, 농담 속에도 성실성이 들어 있었으며 상쾌하면서도 남을 누르려는 점이 있었고, 경구적이면서도 열정적이었다. 그것은 마치 플라톤이 소크라테스를 평하여 외모를 보면 괴물 같은 얼굴을 하고 있는 바보처럼 보이며 누구한테도 무뚝뚝하지만 마음속은 진지함과 듣는 사람의 눈물을 자아내며 마음을 흔들어놓는 의미심장한 생각으로 가득 차 있었다고 한 말과 같았다.

그러므로 카토의 웅변이 리시아스의 그것에 가장 근사하다고 칭하는 사람은 도대체 어떠한 생각에서 그런 말을 하였는지 나는 모른다. 하기야 이러한 문제는 로마 인의 변론의 성질을 판단할 수 있는 사람들의 생각에 맡길 수밖에 없다. 우리로서는 사람들의 입에 자주 오르내리는 것 중에서 몇 가지를 예로 들어볼까 한다. 어떤 사람들의 설에 의하면 사람의 성격이란 용모에 가장 잘 나타난다고 하지만 우리들은 그 이상으로 말에 더 잘 나타난다고 생각하기 때문이다.

언젠가 로마 시민들이 때아닌 때에 곡식의 분배를 요구하고 나섰다. 이때 이 짓을 저지하려고 다음과 같은 말로 시작되는 연설을 하였다.

"시민 여러분, 귀가 없는 배에다 대고 따지는 것은 어렵습니다."

또 사치를 비난하여 쇠고기보다는 물고기가 더 비싸게 팔리는 나라는 곤란하다고 말하였다. 또 그는 로마 인은 양을 닮았다고 말한 적이 있다. 즉, 양은 혼자서는 말을 듣지 않지만 여럿이 있을 때에는 이끄는 대로 잘 쫓아간다고 하며 이렇게 말하였다.

"여러분도 이것과 마찬가지로 개인적으로는 그 말을 들으려고도 하지 않는데 함께 모였을 때에는 끌려갑니다."

또 여자의 권력을 논하여 다음과 같이 말하였다.
"모든 사람은 여자를 지배한다. 우리들 로마 인은 만인을 지배한다. 그리고 우리들을 지배하는 것은 여자들이다."
그러나 이것은 테미스토클레스의 경구를 하나 빌린 것이다. 왜냐하면 테미스토클레스는 자기 아들이 어머니를 통하여 그에게 이것저것 지시하였을 때 아내에게 이렇게 말하였다.
"여보, 아테네 인은 그리스 인을 지배하고, 나는 아테네 인을, 당신은 나를, 아들은 당신을 지배하고 있구려. 그러고 보니 철없는 저 녀석이 그리스에서 제일 가는 권력을 가지고 있는 셈이구려. 그러니까 아들에게 권력을 남용시키지 마오."
또 카토는 로마 시민이 여러 가지 물감의 가격뿐만 아니라 여러 가지 행위에도 값을 먹인다고 말하였다. 그는 다음과 같이 말하였다.
"염색공이 기꺼이 손님들이 원하는 색으로 옷감에 물을 들이듯이 젊은이들은 우리들에게 칭찬받을 만한 것을 골라서 한다."
그는 또한 로마 시민에게 다음과 같이 권고하였다.
"만일 로마가 덕과 분별에 의하여 강대하게 되었다면 타락하지 않도록 조심할 것이며, 만일 악과 비행으로 대국을 이루었다면 이만하면 되었으니 앞으로는 좋은 쪽으로 나가도록 합시다."
악과 비행으로 위대해지기는 딱 질색이라고 말하고 싶었던 것이다.
또 고관이 되려고 운동하는 자를 거듭 평하였다.
"그들은 길을 모르는 사람처럼 미아가 되고 싶지 않아서 늘 선도자를 앞세우고 다니거든."
또 그는 시민들이 거듭 똑같은 사람을 고관으로 선출하는 것을 비난하고 있었다.

"당신들의 처사는 고관 자리를 그리 대단하게 보지 않는 것이 아니라면, 다른 쓸 만한 사람이 없다고 여기기 때문이겠군요."

정적 중의 하나가 체면에 걸리는 부끄러운 생활을 하고 있다는 소문이 자자한 것에 관해서는 이렇게 말했다.

"그자의 어머니는 아들이 더 오래 사시라고 기도를 해주면 오히려 욕으로 생각할 것이오."

조상으로부터 물려받은 바닷가에 있던 땅을 팔아버린 사에게는 바다보다 더 강하다고 칭찬하는 척하면서 다음과 같이 말하였다.

"바다도 쉽게 침식할 수 없는 것을 이자는 거침없이 먹어치웠군."

에우메니스 왕이 로마에 체류하고 있었을 때 원로원이 지나칠 정도로 예우하고, 귀족들이 서로 다투어 그를 만나려고 하였을 때 카토는 그에게 공공연히 의혹을 표시하며 그를 피하였다. 어떤 사람이 이렇게 말했다.

"하지만 그 사람은 훌륭한 인물이며 로마를 좋게 봅니다."

이에 대해서 그는 이렇게 답하였다.

"그렇겠지. 그러나 왕이라고 하는 동물은 본래가 육식동물이니까."

그리고 그는 이 말을 덧붙였다.

"왕이란 칭호를 가진 자로서 에파미논다스와 페리클레스와 테미스토클레스와 마니우스 쿠리우스와 하밀카르, 바르카스와 같은 인물과 비교할 만한 자는 아무도 없소."

그는 정적이 자기에게 악의를 품는 것은 자기가 날마다 날이 밝기 전부터 일어나서 자기 일은 돌보지도 않고서 공사에만 진력하기 때문이라고 말하였다. 그리고 자기는 나쁜 짓을 해서 벌을 면하기보다 좋은 짓을 하고도 상을 못 타는 편이 낫고, 남의 죄는 모두 용서하되 자기가 진 죄는 용서하고 싶지 않다고 하였다.

로마가 비티니아로 보낼 사절 3명을 뽑았을 때, 그 중 하나는 통풍으로 다리를 못 썼고, 하나는 두개골에 절개수술을 받아 머리가 비틀어져 있었고, 세번째 사람은 바보라고 평판이 높은 사람이었으므로, 카토는 이것을 비웃어 다리도 머리도 심장도 없는 사절을 로마가 보냈다고 말하였다.

아카이아에서 추방되어 와 있는 망명자들을 위하여 사학자 폴리비오스의 요청으로 스키피오의 부탁을 받은 카토는, 원로원에서 그들에게 귀국을 허용하라는 자와 반대하는 자와의 사이에서 긴 논쟁이 이루어졌을 때 일어서서 이렇게 말하였다.

"마치 아무 할 일도 없는 것처럼 우리들은 여기 하루 종일 앉아서 그리스의 늙은이들이 로마와 아카이아 중 어느 나라 장의사의 신세를 지는 것이 좋은지를 따지고 있는 것입니까?"

그 사람들을 돌려보내기로 결의한 후 2~3일이 지나서 폴리비오스와 그 동료들은 망명자들이 그 전에 아카이아에서 가지고 있던 지위의 회복을 도모하여 또다시 원로원에 나갈 생각을 가지고 카토의 의견을 물었다. 그러자 그는 웃으면서, 폴리비오스는 예를 들자면 율리시스가 모자와 허리띠를 잊어버리고 왔다고 해서 괴인 키클롭스의 동굴로 다시 한 번 들어가려고 하는 것과 마찬가지라고 말하였다.

또 그는 '영리한 사람이 어리석은 사람으로부터 받는 이득이 어리석은 사람이 영리한 사람으로부터 받는 이득보다 크다. 영리한 사람은 어리석은 사람의 과오를 보고서 조심하지만 어리석은 사람은 영리한 사람의 훌륭한 행동을 흉내낼 수가 없기 때문이다'라고 말하였다.

그는 젊은이는 창백한 얼굴보다는 붉은 얼굴이 더 바람직하고, 군인은 행군중에는 손이 빠르고 싸울 때에는 발이 빨라야 하며, 싸움터에서 지르는 함성보다 코 고는 소리가 커서는 딱 질색이라고 말하였다.

지나치게 비대한 사람을 보고는 이렇게 말하였다.

"목과 살 사이를 배가 전부 차지하고 있는 몸이 도대체 국가에 무슨 도움이 있겠는가?"

어느 향락적인 사람이 그와 교제히기 원하는 것을 딱 거절하며, 심장보다도 입이 더 민감한 사람과 함께 지낼 수는 없다고 말하였다. 또 사랑하는 사람의 영혼은 상대방의 가슴 속에서 살고 있다고도 말하였다.

자기는 전생애를 통하여 세 번 후회를 맛보았다는데 한 번은 아내에게 비밀을 털어놓았을 때, 한 번은 걸어서 갈 수 있는 곳을 배를 타고 갔을 때, 한 번은 일을 처리하지 않고서 하루를 보냈을 때라고 말하였다.

행실이 좋지 못한 노인에게는 다음과 같이 말하였다.

"노인장, 사람이란 그렇지 않아도 늙으면 추한 데가 많은 법인데 게다가 행실마저 좋지 못하니 어떻게 하십니까?"

독약을 먹였다는 비난을 산 호민관이 나쁜 법안을 제출하여 통과시키려고 할 때에는 이렇게 말하였다.

"젊은이, 그대가 조제하는 약을 마시는 것과 그대의 제안을 승인하는 것 중 어느 쪽이 더 해가 큰지 나로선 모르겠군."

생활이 방종하고도 주책이 없는 사람의 비난을 받고는 이렇게 답하였다.

"나와 당신의 싸움은 대등한 것이 못 되오. 당신은 욕을 하는 것도 듣는 것도 보통이지만 나는 욕을 하면 불쾌하기 짝이 없고, 별로 들어본 적도 없으니까."

 기억나는 그의 말로는 이러한 것들이 있다.

 친한 벗 발레리우스 플라쿠스와 함께 집정관으로 임명되어 그는 로마 인이 '가까운 스페인'이라고 부르는 지방으로 부임하게 되었다. 여기서 그는 어느 부족은 무력으로 또 어느 부족은 설득으로 굴복시키려고 노력하고 있던 중 야만족의 대군의 습격을 받아 불명예스럽게도 그 지방에서 축출될 위험에 빠졌다. 그래서 이웃의 켈티베리아 족의 원조를 요청하게 되었다. 그런데 그들이 원조의 보수로서 200탈렌트의 돈을 요구하였을 때, 많은 사람들이 로마 인이 야만족에 대하여 원군의 보수를 승인하는 것은 참을 수 없는 수치라고 말하였으나 카토는 그다지 걱정할 것이 못 된다고 하였다. 이겼을 때에는 자신들이 아니라 적으로 하여금 지불케 하고, 일단 지고 나면 지불을 요구하는 쪽도 지불해야 할 쪽도 다 같이 없어지고 말 것이 아니냐는 것이었다. 그는 이때의 싸움에는 강습에 의하여 대승을 거두었고, 그 밖의 일도 보기 좋게 성공하였다.

 폴리비우스는 베티스 강 이 쪽의 도시들의 성벽을 그의 명령으로 하루 사이에 파괴해버렸다고 전하고 있다. 이들 도시들은 그 수가 많았고, 호전적인 사람들이 많이 살고 있었다. 카토 자신은 그가 스페인에 가 있던 날짜 이상의 도시들을 빼앗았다고 말하고 있지만, 정말로 그 수는 400에 이르고 있었으니 그 말이 거짓말은 아닌 것이 확실하다.

 이 싸움에서 많은 전리품을 받은 병사들에게 그는 이 밖에 또 일인당 1파운드의 은을 나누어주었으며, 소수의 로마 인이 금을 가지고 귀국하기보다는 다수의 로마 인이 은을 가지고 귀국하는 편이 더 좋다고 말하였다. 그러자 그 자신은 먹고 마신 것 이외에는 전리품에 전혀 손도 대지 않았다고 한다.

"나는 전리품의 혜택을 보려는 사람을 탓할 생각은 없지만, 재산이 가장 많은 사람과 재산을 다투거나 욕심이 가장 많은 사람과 다투기보다는 가장 용감한 사람과 용기를 다투고 싶다."

그는 그 자신뿐만 아니라 주변 사람들에게도 모든 이득에 관하여 결백해야 한다고 경계하였다. 전쟁 중 그에게는 병졸 다섯이 있었는데, 그 중의 하나 파쿠스라는 자가 포로 중에서 소년 셋을 샀다. 이 사실을 카토가 알게 되자 그는 카토와 대면할 것이 두려워 목을 매어 자살하였다. 카토는 소년들을 노예로 팔아 그 돈을 국고에 넣었다.

그가 스페인에 재임하고 있을 때 그의 정적이며 그의 성공을 방해하여 스페인의 경영권을 그에게서 빼앗으려고 노리고 있던 대 스키피오가 여러 가지 방법으로 공작하여 드디어 그의 후임으로 임명되었다. 그리고 되도록 빨리 카토의 직무를 정지시켰다. 카토는 무장보병 5연대와 호위용 기병 500기를 이끌고 라케타니아 족을 정복하고 로마 군의 탈주병 600명을 인수하여 사형에 처하였다. 이 처사에 분개한 스키피오는 빈정대며, 명성이 드높은 위대한 분들이 그다지 이름도 없는 자에게 무훈의 일등상을 양보하려고 하지 않는다고 말하고, 자기와 같은 민중 출신이 무공으로 가문과 명성에 뛰어난 분들과 다툴 때 로마는 가장 위대한 국가가 될 것이라고 하였다.

이러한 경위에도 불구하고 원로원은 그 지방에서 카토가 한 일을 절대로 변경하지 않겠다고 결의하였으므로 손해를 본 것은 카토가 아니라 스키피오 자신이라는 것을 알게 되었다. 그런데 일반적으로 미덕을 위해서가 아니라 명성을 위하여 사는 사람의 대다수는, 일단 최고의 영달을 얻어 집정관이 되고 개선식을 거행하면 그 후로는 자기 생활을 쾌락과 유희에 바치고는 공적인 생활에서 은퇴한다. 그러나 카토는 개선식을 거행한 뒤에도 이러한 선례에 따라 덕성을 포기하거나 하지 않고, 처음으로 정계에 투신하여 명성을 갈망하는 사람들처럼 청운의 뜻을 품고 동포들을 위하여 노력하기를 주저하지 않았으며, 법정변론도 군무도 사양치 않았다.

  그래서 집정관인 티베리우스 셈프로니우스의 부관으로서 트라키아와 다뉴브 강 유역의 전쟁에 협력하였고, 마니우스 아킬리우스와 함께 군사위원으로서 안티오코스 대왕 토벌을 위하여 그리스에 출정하였다. 한니발 이후 그만큼 로마 인들을 공포에 떨게 한 인물은 없었다. 이 왕은 셀레우쿠스 니카토르가 점유하고 있던 아시아의 거의 전체를 새로 회복하고, 여러 호전적인 민족을 정복한 다음 로마를 자기에게 남겨진 유일한 호적수로 알고서 이것과 일전을 맞이하려고 단단히 벼르고 있었기 때문이다.

  그는 전쟁의 구실로 그리스를 해방한다는 명분을 내세웠으나 그것은 당치도 않은 소리였다. 왜냐하면 로마는 이미 마케도니아 필리포스 왕의 학정으로부터 그리스를 구하여 자유와 독립을 주었기 때문이다. 안티오코스 대왕이 군을 이끌고 그리스로 건너오자, 그리스는 대번에 동요하여 선동정치가들의 선동에 의하여 벌집을 쑤셔놓은 꼴이 되고 말았다. 마니우스는 그리스 각 시로 사절단을 파견하여, 티투스 플라미니누스로 하여금 혁명파의 대부분을 아무런 혼란도 없이 진압하였다는 것은 그의 전기에 자세히 나온다. 카토는 코린트와 파트라이와 아이기움을 자기편으로 끌어들였다.

  그는 그때 대부분을 아테네에서 보내고 있었는데, 그가 아테네 시민에게 그리스 말로 연설한 연설문이 아직까지도 남아 있다고 한다. 그 속에서 그는 옛날의 아테네 인의 미덕을 칭찬하고, 아테네 시의 아름다움과 위대함을 극구 찬양하였다. 그러나 이것은 사실이 아니라 통역을 통하여 아테네 인에게 접한 것이며, 비록 자기가 그리스 말을 할 수 있었다 하더라도 조상 전래의 로마 전통을 존중하여 그리스 문물에 심취하고 있는 사람들을 비웃고 있었기 때문이다. 예를 들자면 포스투미우스 알비누스가 그리스 어로 역사를 저술하고 독자의 양해를 구하고 있는 것을 조소하여 '만일 그리스 연방회의의 결의에 의하여 부득이 그렇게 한 일이라면 독자도 양해해도 좋겠지' 하고 말하였고 또 그는 아테네 인이 그의 말이 간결하고 신랄한 데 놀라더라고 말하였다. 그가 간결하게 말한 것을 통역은 길게 많은 말을 사용하여 전하였기 때문이다. 일반적으로 그리스 말은 입술에서 새어 나오는데 반하여 로마 인의 말은 심장에서 새어 나온다고 그는 말하였다.

안티오코스는 테르모필라이 산협을 군대로 막고, 그 곳의 천연적인 요새에 인공적인 방책과 성벽을 가하여 마침내 난공불락의 요새를 이루었기 때문에 로마 군도 정면으로 뚫고 들어가는 것은 완전히 단념하고 있었다. 카토는 그 옛날 페르시아 군이 우회작전을 써서 그리스 군을 포위했던 것을 상기하여 일부의 부대를 이끌고 밤에 출발하였다.

산을 오르는 동안 안내자인 포로가 그만 길을 잃고, 보행이 곤란한 험준한 곳에서 헤매기 시작하였기 때문에 병사들을 몹시 낙담시키고 겁먹게 하였다. 위험을 간파한 카토는 부하들에게 가만히 기다리고 있으라고 명령하고서 자기 자신은 산을 잘 타는 루키우스 만리우스라는 사람을 데리고 달도 뜨지 않은 한밤중에 매우 힘들고도 위험한 탐색을 시작하였다. 야생 올리브 나무와 튀어나온 암벽이 시야를 가려 앞이 보이지 않았지만 마침내 아래쪽 적의 진영으로 통해 있는 것으로 생각되는 좁은 산길로 나와 칼리드로몬 산 꼭대기에 있는 어떤 바위 위에다 표를 해 놓았다. 이렇게 해 놓고서 또다시 본대로 돌아와 군대를 데리고 표를 해 놓은 지점을 향하여 전의 그 좁은 산길에 이르러 다시 전진하였으나 조금 가다 보니 길은 끊어지고 앞에 우뚝 절벽이 길을 가로막고 있었다. 보이지도 않고 아무 소리도 들리지 않아 적에게 얼마나 접근하였는지도 알 수가 없었다.

병사들은 또다시 당황하고 공포에 빠졌다. 그러나 벌써 날이 훤히 밝아, 누군가가 사람의 목소리를 들은 것 같고, 이윽고 절벽 아래에 그리스풍의 방책과 보초가 보인 것처럼 생각되었다. 그래서 카토는 군대를 거기에 남겨 놓고 믿음직하고 용감한 피르뭄 출신의 병사들만 자기 앞으로 나오라고 명령하였다. 그들이 그의 앞으로 달려나오자 그가 말하였다.

"적 하나를 생포하여, 여기를 지키고 있는 것은 무슨 부대 소속의 병사들이고 그 수는 얼마나 되며, 우리들을 맞아 싸울 잔여부대의 배치와 장비는 어떠한지 탐지하라. 이 작전은 무기를 갖지 않은 사자가 겁 많은 짐승을 날쌔게 습격할 때처럼 신속하고도 대담하게 해야 한다."

카토가 이렇게 말하자 피르뭄 출신병들은 그대로 곧 일어서서 적의 보초병들을 향하여 산을 달려내려가 적에게 기습을 가하여 도주시켰다. 그 중 하나를 무기와 함께 생포하여 카토에게 인도하였다. 이 포로의 입을 통하여 적의 주력부대는 왕 자신과 함께 그 좁은 길에 진을 치고 있다는 것과 이 고개를 지키고 있는 보초들은 아이톨리아 출신의 선발병 600명이라는 것을 알았다. 카토는 적의 수가 얼마 되지 않는데다 이 쪽을 깔보고 있다고 생각하고서 즉시로 나팔을 불고 함성을 올리며 돌격케 하고, 손수 앞장 서서 칼을 뽑아 들고 적진을 향하여 돌진해 갔다. 적은 상대가 절벽으로부터 습격해 온 것을 보고 주력부대가 있는 곳으로 후퇴하는 바람에 전군이 혼란에 빠졌다.

그 사이 평지에 있는 마니우스는 전군을 동원하여 방벽을 강습하고 그 좁은 길로 전군을 투입하였는데, 안티오코스는 날아오는 돌에 맞아 이가 부러졌다. 그 고통에 못 이겨 그는 말머리를 돌려 뒤로 후퇴하였다. 그의 군대 어느 부대도 로마 병에게는 상대가 되지 않았으며, 퇴각로는 험준하기 짝이 없어서 미로에 빠지기가 일쑤였고, 게다가 병사들은 늪지에 빠지고 절벽을 기어오르다가 미끄러졌다. 그들은 겨우 그 좁은 길을 빠져나와 거기까지 밀려나오기는 하였지만, 적의 칼에 쓰러질 것을 두려워하여 서로 엎치락뒤치락하다가 결국 자멸하고 말았다.

카토는 늘 자기 자신을 서슴지 않고 자랑하였는가 보다. 그는 공공연히 남의 앞에서 자랑하는 것을 위대한 공적의 부속물로서 사양치 않았지만, 이때의 공적은 특히 자랑하였다. 카토가 말한 바에 의하면, 이때 그가 적을 추격하여 죽이는 것을 본 사람들은 카토가 받은 로마의 은혜보다 로마가 받은 카토의 은혜가 더 크다고 생각하였을 것이라고 말하였다. 승리로 인해 흥분한 집정관 마니우스는 아직도 몸이 훅훅 단 카토를 오랫동안 꽉 껴안고서 놓을 줄을 몰랐으며, 기쁜 나머지 그도 전체 로마 시민도 카토가 베푼 은혜에 알맞은 보답을 할 수 없다고 외쳤다.

싸움이 끝난 후 카토는 그 길로 로마에 돌아가 손수 전투경과를 보고하기로 되어 있었다. 무사히 바다를 건너 브룬두시움에 도착한 다음 거기서부터 하루 종일 걸어서 육지를 횡단하여 타렌툼에 도착하였고, 다시 사흘 동안 바다를 통한 여행을 계속하여 닷새째 되는 날에 로마에 도착하여 승리의 제1보를 전하였다. 이렇듯 그는 시 전체를 환희와 제사로 가득 차게 하였고, 시민들에게 육지뿐만 아니라 바다도 지배할 수 있다는 자신감을 주었다.

이상이 카토의 군사상의 업적 중에서 대체로 가장 중요시해야 할 것들이다. 정치활동에 있어서는 악한 자들을 비난하고 심사하는 것이 가장 중요한 임무라고 생각하고 그 자신도 많은 사람들을 고발하였을 뿐 아니라 다른 사람들에게도 이렇게 하라고 권고하였다. 또 페틸리이가 스키피오를 고발한 것처럼 처음부터 고발자의 입장에 선 적도 있었다. 그러나 명문 출신이고 담이 큰 스키피오가 그러한 비난에는 끄떡도 하지 않았으므로 그를 사형에 처할 수도 없어 놓아주었으나, 스키피오의 동생 루키우스에 대해서는 다른 고발자들과 협력하여 국고에 손실을 끼친 혐의로 기소하였다. 본인은 그것을 변상할 능력이 없어 투옥될 판이었으나 호민관들의 진력으로 겨우 사면되었다. 전하는 바에 의하면 돌아간 자기 아버지의 정적의 시민권 박탈에 성공하고서 재판이 끝난 다음 광장을 지나가는 어떤 젊은이를 만난 카토는 그에게 인사하며, 돌아가신 망부에게는 양이나 염소가 아니라 이제 당신이 한 것처럼 아버지 원수의 눈물과 법으로써 복수해야 한다고 말하였다고 한다.

그러나 그 자신도 그 정치생활을 통하여 늘 무사한 것만은 아니었다. 정적에게 꼬투리를 잡히는 날에는 늘 재판문제를 일으켰으며, 위험한 지경에 빠지는 때도 있었다. 거의 50회 가깝게 피소되어 법정에 선 적이 있었다고 하며, 마지막으로 섰을 때에는 86세의 고령이었다고 한다. 그때 그는 유명한 말을 남겼다.

"한 세대에 살던 사람이 다음 세대를 상대로 하여 자기변명을 하기란 쉬운 일이 아니다."

그러나 이것이 법정에 선 마지막 케이스가 아니라 다시 4년 후 90세에 이르렀을 때 또 세르빌리우스 갈바를 고발하였다. 즉 네스토르처럼 3대에 걸쳐 활동한 것이 된다. 상술한 바와 같이 대 스키피오와 정치 문제를 가지고 크게 싸운 다음 소 스키피오, 즉 페르세우스 및 마케도니아를 굴복시킨 아이밀리우스 파울루스의 아들로서 대 스키피오의 양자가 된 사람의 대에까지 미친 것이다.

집정관을 지낸 지 10년 후에 카토는 대정관에 입후보하였다. 이 자리는 말하자면 모든 영예의 절정이고 정치생활의 종점이며, 그 밖에도 여러 가지 권한이 부여되었지만 풍속과 사람들의 사생활을 감독하는 직책이었다. 로마 인은 결혼에 있어서건 아이를 낳는 일에 있어서건 생활양식에 있어서건 향연에 있어서건 그것을 각자의 욕망과 선택에 맡겨 비판과 통제를 가하지 않고 내버려두는 것은 좋지 못한 일이라고 생각하였다. 도리어 이러한 점에서 공공연한 정치적 행동 이상으로 개인의 성격을 엿볼 수 있다고 생각했으며, 사람이 쾌락을 추구하여 로마 고유의 전통적 생활을 이탈하는 것을 방지하기 위한 제도적 감독자로서 귀족과 평민 중에서 각기 한 명씩의 대정관을 선출하였다.

그들은 시민의 기강을 바로잡고, 무릇 중도를 벗어나지 못하도록 억제하였으며, 기사들의 말을 빼앗을 권한과 원로원 의원이라 할지라도 방종한 생활을 하는 자를 제명할 수 있는 권한을 가지고 있었다. 그들은 또한 신고를 받고 재산평가를 감독하고, 또 각 족속의 족보와 시민의 호적사무도 관장했으며 이외에도 큰 권한을 가지고 있었다. 그렇기 때문에 카토의 입후보를 원로원 의원 중에서 가장 저명인사며 일류라고 할 수 있는 사람들이 반대하고 나섰다.

귀족들은 이름도 없는 집안에서 나온 인간이 최고의 영예와 권력의 지위에 오르는 날에는 귀족태생인 자기들의 얼굴에 먹칠을 하는 격이 될 것이라 생각하고 질투에 불탔다. 사악한 행위와 조상 전래의 미풍양속을 벗어나 방종한 생활에 물이 든 자들은 카토라는 사람의 대쪽 같은 성격이 일단 권한을 잡게 되면 가차없이 엄하게 될 것을 두려워하고 있었기 때문이다. 그래서 그들은 서로 결탁하여 카토와는 정반대 되는 7명의 입후보를 내세웠다. 그들은 대중이 부드럽고도 그들의 마음에 들게끔 다스려줄 것을 바란다고 잘못 생각하고서 대중의 환심만 사려고 애썼다.

한편 카토는 조금도 그의 엄격성을 늦추는 법이 없이 연단으로부터 사악한 무리들을 여봐란 듯이 꾸짖으며, 국가는 대청소를 필요로 하고 있다고 외쳤다. 그리고 많은 시민들에게 만일 당신들이 현명하다면 가장 달콤한 의사가 아니라 가장 엄한 의사를 택하라고 요구하였다. 바로 그러한 사람은 자기와 발레리우스 플라쿠스라고 하였다. 그는 이 사람과 함께 대정관이 되면 괴물 같은 사치와 타락을 휴지조각처럼 잘라 태워 죽이고 국가에 유익한 일을 할 수 있다고 믿지만, 자기가 보는 바로는 다른 후보자들은 모두가 다 선정을 베푸는 사람을 두려워하기 때문에 그 자신이 무슨 일이 있어도 그 자리에 앉아 악정을 베풀려 하고 있다고 하였다.

그런데 로마 시민들은 진정으로 위대하였고 또 위대한 지도자를 알아볼 줄 아는 슬기를 가지고 있었기 때문에 카토의 엄격함과 그 성실성을 두려워하지 않았다. 시민들은 그들에게 아첨하며 듣기 좋은 소리만 늘어놓는 다른 후보자들을 물리치고 카토와 더불어 발레리우스를 대정관으로 선출하였는데, 그것은 마치 그 자리를 노리고 있는 사람이 아니라 벌써 그 자리로 선출되어 명령을 내리는 사람의 말에 귀를 기울이고 있는 것만 같았다.

　대정관에 선출된 카토는 그의 동료인 루키우스 발레리우스 플라쿠스를 원로원 의장으로 임명하고, 원로원에서 루키우스 퀸티우스를 포함한 여러 의원을 제명하였다. 이 사람은 7년 전에 집정관을 지낸 사람인데, 집정관이었던 것보다 더 그의 명성을 떨친 것은 필리포스를 굴복시킨 티투스 플라미니누스와 형제간이었기 때문이다. 카토가 제명한 이유는 다음과 같은 사정에 의한 것이었다. 루키우스는 젊은이 히니를 그가 아주 어릴 때부터 늘 곁에서 떼어 놓지 않고 데리고 다녔으며 싸우러 나갈 때에도 이 아이를 데려 갔다. 또 그의 가장 중요한 친구와 친척의 누구도 누리지 못하는 명예와 권력을 이 젊은이에게 주었다. 그런데 루키우스가 부집정관으로서 어느 지방에 지사로 가 있을 때, 어느 향연에서 젊은이는 언제나처럼 루키우스 옆에 붙어 앉아서 술을 마시면 격분하기 쉬운 루키우스에게 여러 가지로 알랑거리고 있었다. 그런데 자기가 루키우스를 너무나도 사랑한 나머지 이렇게 말하였다.

　"로마에서 진짜 결투 시합이 곧 열리기로 되어 있어 사람이 죽는 것을 보고 싶었지만, 그것을 단념하고 이렇게 당신에게로 달려왔어요."

　그러자 루키우스는 자기도 애정을 보이려고 다음과 같이 답하였다.

　"그런 것이라면 그리 걱정할 것 없어. 내가 보여줄 테니."

　그리고는 사형선고를 받은 죄수를 하나 술좌석으로 데려오라고 하여 시종 하나에게 도끼를 들려 그 옆에 세우고서 다시 한번 사랑하는 젊은이에게, 정말 사람이 맞아 죽는 것이 보고 싶으냐고 물었다. 그가 보고 싶다고 하였으므로 그는 그 죄수의 목을 치라고 하였다. 많은 역사가들은 이상과 같이 전하고 있으며, 키케로는 그의 '노인론'에서 카토 자신에게 그렇게 말하게 하고 있다. 그러나 리비의 말에 의하면 피살된 것은 갈리아 군의 탈주병이며, 루키우스는 시종을 시켜 그를 죽인 것이 아니라 그 자신이 실제로 죽였다고 한다. 그 이야기는 카토의 연설문에 기록되어 있다는 것이다.

그런데 루키우스가 원로원에서 카토에 의하여 제명되자, 그의 형은 분개하여 민중에게 호소하여 카토에게 제명의 이유를 설명하라고 요구하였다. 그가 설명하여 그 술좌석에서 있었던 사건의 자초지종을 이야기하자 루키우스는 그것을 부인하려고 애썼다. 그러나 카토가 정식으로 조사받게 하자고 요구하자, 그는 꽁무니를 빼고서 그것에 응하려고 하지 않았으므로 원로원에서 제명된 것은 당연한 일이었다. 그러나 극장에서 무슨 공연이 있었을 때 루키우스가 집정관급의 사람들이 앉는 자리를 지나 가장 먼 끝에 있는 자리에 가서 앉자 사람들은 그를 측은히 여겨 큰 소리로 그에게 종래에 앉던 자리에 가서 앉으라고 하였다. 이렇듯 이번의 사건을 되도록 원만하게 수습하여 그를 복권시킨 것이다.

카토는 이 밖에 또 집정관이 되기로 되어 있던 마닐리우스를 낮에 딸이 보는 앞에서 아내를 껴안았다는 이유로 제명하였다. 카토 자신은 자기 아내는 벼락이 치는 때 이외에는 자기에게 안기는 예가 없다고 하며, 자기는 유피테르 신이 벼락을 치면 행복하게 된다고 농을 하였다.

스키피오의 동생인 루키우스도 카토에게 원망스러운 비난을 퍼부은 적이 있었는데, 이 사람은 개선식을 치렀을 정도의 대인물이었지만 카토에게 걸려 말을 빼앗긴 적이 있었다. 카토는 이미 세상을 떠난 스키피오에게 복수하려는 뜻에서 이런 일을 저질렀다는 비난을 받았다.

카토가 일반인들을 가장 괴롭힌 것은 사치를 억제한 것이었다. 그러나 많은 사람들이 벌써 사치라는 병이 들어 부패해 있었으므로 그것을 정면으로 공격하지는 못하고, 우회작전을 써서 의복, 수레, 부인들의 장신구, 일상생활의 도구, 그 하나하나의 값이 1천5백 드라크마를 넘는 경우에는 세금을 붙여 값을 10배로 만들었다. 평가액의 증대에 따라서 사람들이 내는 세금도 많이 내야 한다고 생각한 것이었다. 게다가 1천 아스에 대하여 3아스의 부가세를 붙였으며, 세금이 무거워서 견디지 못하는 사람들이 아주 검소한 생활을 하면 똑같이 적은 세금을 내게 하였는데, 이것은 같은 재산이라도 세금이 가벼운 것을 보고서 사치를 억제하자는 것이 그 목적이었다.

그래서 사치 때문에 많은 세금을 물어야 하는 사람들이 그를 원망하고, 또 세금이 많아서 사치를 억제해야 할 사람들도 역시 그를 원망하였다. 많은 사람들은 부의 과시를 금하는 것은 부의 박탈과 다를 것이 없다고 생각하지만, 과시하는 것은 필수품이 아니라 필요치 않은 물건에 돈을 쓰는 데 있기 때문이다. 철학자 아리스톤은 필요하고 유용한 물건의 소유자가 아니라 쓸데없는 물건의 소유자를 행복하다고 보는 세상인심을 이상하기 짝이 없다고 말하였다. 테살리아의 스코파스는 친구 하나가 상대방에게 그다지 필요 없는 물건이 있으면 달라, 필요하고 쓸 만한 것은 원치 않는다고 말한 것에 대하여 이렇게 답하였다.

"그러나 나로서는 이러한 쓸데없고 필요치 않은 물건을 가지고 있기 때문에 행복하고 부자일세."

이렇기 때문에 부에 대한 욕구는 자연스러운 감정에 결부된 것이 아니라, 남이 이러쿵저러쿵하기 때문에 생기는 감정이다.

그러나 카토는 비난의 목소리에는 일체 아랑곳하지 않고 더욱 단속을 강화하여, 공공수로에서 자기 집이나 정원으로 물을 끌어들이는 수로를 모두 단절하였다. 또 공유지를 침범하고 있는 건물을 모두 헐어버렸으며, 공공토목공사의 시공비를 인하하여 단속하고 증세청부의 입찰에는 납입액을 최고로 인상하였다. 그 결과 그에 대하여 원성이 자자하였다.

티투스 플라미니누스 일당은 반대운동을 일으켰으며, 원로원에서는 이미 그가 체결한 신전과 공공건물의 입찰과 청부를 손해 보는 결정이라고 하여 무효화시켰다. 또 민회에서는 호민관 중에서 가장 괄괄한 사람들을 움직여 그 힘으로 카토를 소환하여 2탈렌트의 벌금을 부과하려고 하였다. 카토가 공금으로 광장의 원로원 의사당 아래에다 세운 바실리카 포르키아라고 명명한 바실리카 건축에 관해서도 시민들 사이에서 많은 반대론이 나왔다.

한편 그의 대정관으로서의 업적은 이상하다 할 만큼 일반시민의 호평을 받은 것으로 여겨졌다. 그들은 건강의 여신 신전에 그의 입상을 봉납하였으며, 그 비문에는 카토 군에 있어서의 업적과 개선식에 관한 말은 한 마디도 없이 다음과 같은 뜻의 문장을 새겼다.

악으로 기운 로마를 대정관이 되어 유익한 지도와 생각 깊은 교화 훈도에 의하여 또다시 정상으로 되돌려 놓았노라.

그러나 그는 그 전부터 이와 같은 것을 좋아하는 사람들을 조소하고 있었다. 그러므로 그들은 아무것도 모르고서 조각가와 화가의 일을 칭찬하고 있지만, 가장 아름다운 초상은 사람들의 마음 속에 남긴 초상이라고 말하였다. 유명하지도 못한 많은 사람들의 초상이 있는데 어찌하여 그의 초상이 없느냐고 의아스럽게 여긴 사람들에게 이렇게 말하였다.

"왜 초상이 없느냐는 말을 듣는 것이 어떤 초상이 있느냐는 말을 듣는 것보다 더 낫습니다."

요컨대 그에 의하면, 선량한 시민이라는 것은 자기가 칭찬을 받아도 그 칭찬이 공공을 위하여 유익하지 않으면 그것을 인정할 수 없다는 것이었다.

그러나 카토만큼 자기 자신을 예찬한 사람도 드물다. 그 자신이 말한 바에 의하면, 품행상의 과오를 범하여 비난을 받는 사람들은 우리들은 카토가 아니니 그럴 수밖에 없지 않느냐고 말하였고, 카토의 행실의 얼마를 서투르게 흉내낸 사람들은 '왼손잡이 카토'라고 불렸다. 또 카토는 위기에 처한 원로원은 광풍을 만난 사람들이 선장만 쳐다보듯이 자기에게 주목하여 자기가 없을 때에는 왕왕 중대한 의사결정을 연기하기까지 하였다고도 말하고 있다. 이것은 다른 사람들의 증언에서도 알 수가 있다. 그는 비단 사생활에 있어서만 훌륭했던 것이 아니고 웅변과 고령으로 말미암아 대단한 존경을 받고 있었기 때문이다.

그는 좋은 아버지였으며, 아내에게는 좋은 남편이었다. 이재 방면에도 일가견을 갖춘 사람이어서 돈벌이를 경시하거나 격이 떨어지는 일이라고는 생각하지 않았다. 그러므로 나는 이러한 것에 있어서의 그의 아름다운 점을 적어보는 것이 좋을 것만 같다. 그는 부자라기보다는 가문이 좋은 집의 여자와 결혼하였다. 어느 집안의 여자든지 위엄과 분별을 다 갖추고 있다고는 인정하면서도, 집안이 좋은 여자 쪽이 수치를 두려워하고 행동을 단정히 할 것이니 남편이 선한 일을 하도록 도와주리라고 생각하였기 때문이다.

그리고 아내와 아이들을 때리는 자는 가장 깨끗한 성물에 손을 대는 무엄한 놈이라고 하였다. 또 자기는 선량한 남편이 되는 것을 위대한 원로원 의원이 되는 것보다도 높이 평가한다고 말하였으며, 철학자 소크라테스의 가장 존경할 점은 성미가 까다로운 아내와 머리가 둔한 아이들에게 대하여 끝까지 온화하게 대한 점이라고도 하였다. 아이가 태어나자 중대한 공무가 있을 때에는 그렇지 않았지만, 아무리 필요한 볼일이 있을지라도 그 때문에 아내가 젖먹이를 목욕시키고 옷을 갈아입힐 때 곁에서 거들어주지 않은 때라고는 한 번도 없었다.

아내는 모유로 아이를 길렀기 때문에 종종 노예의 아이에게도 젖을 먹여, 노예의 아이가 함께 같은 어머니 젖으로 자랐기 때문에 자기 아이에 대하여 친밀감을 느끼게끔 하였다. 아이가 철이 들기 시작하자 카토는 손수 아이에게 글을 가르쳤다. 더구나 그에게는 선생으로서 많은 아이들에게 읽고 쓰기를 가르치고 있던 킬로라는 박식한 노예가 있었다.

카토 자신의 말에 의하면, 자기 아들이 노예에게 욕을 먹거나 기억력이 나쁘다고 해서 귀를 잡아당겨지거나, 또 이처럼 중요한 공부를 노예에게 맡겨 두는 것을 달갑게 생각하지 않았다. 카토 자신이 읽기, 쓰기의 선생, 법률의 선생이 되고, 체육선생도 되었다. 또 아들에게 투창과 무기 다루는 법과 말 타는 법을 가르쳐주었을 뿐만 아니라, 권투술과 더위와 추위를 견디어 내는 법과 강의 소용돌이와 급류를 헤엄쳐 건너는 기술도 가르쳐주었다. 또 그는 손수 큰 글씨로 사서도 저술하였다고 하는데, 그것은 아들에게 조상들의 위업을 알게 하는 데 도움을 주기 위해서 한 일이었다.

아이들 앞에서는 베스탈 성녀들 앞에서와 마찬가지로 천한 말을 삼갔으며, 또 아들과는 절대로 같은 목욕탕에 들어가지 않았다. 이것은 로마 인들의 일반적인 습관이었던 것만 같다. 예를 들면 장인과 사위는 혼욕을 피하였는데, 그것은 나체가 되는 것에 수치심을 느꼈기 때문이었다. 그런데 나중에 가서는 그리스 인으로부터 나체가 되는 것을 배우고, 나중에는 오히려 그리스 인에게 여자 앞에서도 나체가 되는 것을 가르쳐주기에 이르렀다.

이렇듯 아들에 대한 열성은 조금도 나무랄 데가 없었고, 정신도 나면서부터 온순하였으므로 카토는 아들의 인격과 덕성을 형성하고 연마시키는 아름다운 과업을 완성하였다. 그러나 아들의 몸은 심한 고생을 참아 내기에는 지나치게 허약하였으므로 그는 아들에게 자기의 긴장되고 엄격한 생활태도를 다소 완화시켜 주었다. 그러나 카토의 아들은 군무에 있어서는 용감한 무인으로서 마케도니아의 페르세우스 왕과의 싸움에서 아이밀리우스 파울루스의 휘하에서 빛나는 활약을 보였다.

그러나 그 후 적에게 맞아서 그랬는지, 아니면 손에 땀이 나서 미끄러졌는지 칼을 잃었기 때문에 기가 꺾여 동료 쪽을 돌아다본 다음 그들을 데리고 다시 한 번 적진 속으로 뛰어들어 갔다. 대격투 끝에 아주 애를 써서, 그 곳을 빼앗은 후 무기더미와 쌍방의 병사들의 시체더미 속에서 가까스로 칼을 발견하였다. 이 일로 해서 파울루스 장군의 칭찬을 받았고, 또 카토 자신이 아들의 칼을 찾아 낸 노력과 그 숭고한 정신을 극구 칭찬하여 아들에게 편지를 보냈는데 아직도 그 편지가 전해지고 있다. 이 청년은 그 후 파울루스의 딸이며 스키피오의 누이인 테르티에와 결혼하였는데, 이러한 명문집안과 맺어진 것은 아버지 카토의 후광도 있었지만 그의 실력 때문이었다. 이렇듯 카토는 아들의 교육에 정성을 쏟은 그 보람을 보게 된 셈이다.

카토는 많은 노예를 가지고 있었는데, 그것은 대부분의 경우 포로 중에서 아직 어려서 강아지나 망아지처럼 앞으로 양육과 훈련이 가능한 것만을 골라서 산 것이었다. 카토나 그의 아내가 심부름을 보낸 경우를 제외하고는 노예를 절대로 남의 집에 가게 하지 않았다. 남이 노예들에게 집 주인이 이제 무엇을 하고 있느냐고 물었을 경우 모른다고 대답하라고 일러두었다. 노예는 집에서는 무슨 일을 하고 있거나 자고 있는 것이 원칙이었으며 카토는 잘 자는 노예를 특히 좋아하였다. 그것은 그러한 노예가 눈치가 빠른 노예보다 온순하며, 잠을 잘 잔 자는 잠이 부족한 자보다는 어떠한 일에도 부리기 쉽다고 생각하였기 때문이었다. 또 노예들이 일에 성의를 내지 않는 최대의 이유는 성욕 때문이라고 생각하고, 노예들에게 자기의 계집노예와 일정한 값으로 짝을 지워주고 다른 여자에게는 일체 접근하지 못하게 하였다.

카토는 젊었을 때에는 가난하고 군무에 종사하고 있었으므로 음식으로 불만을 표시하는 일은 전혀 없었고, 음식 맛이 나쁘다고 투정하는 것은 가장 수치스러운 일이라고 공언하고 있었다. 그 후 그의 형편이 나아져서 가끔 친구와 동료들을 대접하였는데, 식사가 끝나면 그 즉시로 무슨 실수를 하였거나 요리를 서투르게 한 노예를 채찍으로 벌을 주었다. 그리고 계속 노예들을 이간질하여 서로 싸우게 하였는데 그것은 그들이 일치단결해서 주인에게 반항하는 일이 있을까 봐 그것이 두려웠기 때문이다. 사형을 받을 만한 죄를 저질렀다고 생각되는 노예는 모든 노예들 앞에서 재판하여 유죄라고 판결이 나면 노예들 앞에서 사형에 처하였다.

그 전부터 이재에 적극적으로 관심을 두게 되어, 그는 농업은 수익원이라기보다는 심심풀이로 할 일이라고 생각하였고, 자본을 안전하고도 확실한 사업에 투자하기 위하여 연못, 온

천, 세탁업자의 사용지 같은 것에 투자하였다. 땅을 사더라도 가축을 기를 수 있는 풀밭이나 나무를 채벌할 수 있는 산을 사서 많은 이득을 보았으며, 그것은 그의 표현에 의하면 유피테르 신조차도 손해를 줄 수 없는 재원이었다.

또 대금업 중에서도 가장 비난을 받는 해상무역에 투자하였는데 다음과 같은 방법으로 하였다. 돈을 꾸고자 하는 사람들에게 되도록 많은 동업자를 불러들여, 그들의 수가 50명에 이르고 배도 50척이 되면 자기도 그 중에 한몫 끼고 과거에 노예로 있다가 이제는 사유의 몸이 된 퀸티오로 하여금 그 배들을 거느리고 다니며 장사를 하게 하였다. 그래서 대금의 전액이 위험에 빠질 리도 만무하였으며, 조그마한 위험으로 이익은 매우 컸기 때문이다. 카토는 또 노예들 가운데 희망하는 자에게는 돈을 꾸어주었다. 그들은 그 돈으로 아이 노예를 사서 카토의 집에 두고 훈련시키고 교육시킨 다음에 팔아버렸다.

그리고 카토 자신이 많은 아이들을 사서 부렸는데 이때에 그는 다른 사람이 주겠다는 최고의 값으로 사되, 미리 꾸어준 금액을 그 값에서 공제하였다. 카토는 자기 아들에게도 이 일을 하게 하였으며, 가지고 있는 재산을 축내는 것은 남자가 할 일이 아니라 여자나 할 일이라고 하였다. 그러나 상속으로 받은 것보다 더 많은 돈을 남기고 죽은 자는 명예로운 점에서 경탄할 만한 일이라고 언명한 것은 카토로서도 너무 지나친 일이다.

그가 노인이 된 후 아테네로부터 사절로서 아테네 학파의 카르네아데스와 스토아 학파의 디오게네스 일행이 로마에 왔다. 그들의 목적은 오로피아 시민들이 소송을 제기하여 시키오니아 시민들이 판결을 내렸는데, 아테네 시민들이 궐석재판으로 500 탈렌트의 과료를 치르게 된 유죄판결을 아테네를 위하여 로마의 원로원에서 취소해달라고 호소하기 위해서였다.

그러자 곧 젊은이들 중에서 학문을 좋아하는 자들이 그들에게로 몰려와서 그들의 강연을 듣고 매우 감동하였다. 특히 카르네아데스의 인품에 대단한 매력을 느꼈고 또 그 평판은 실력에 못지않게 높았으므로, 그를 좋아하는 청강자가 다수 모여들어 로마 시내에 선풍을 일으켰다. 그리고 놀랄 만한 그리스 인의 한 천재가 청중을 매혹시켜 청년들의 마음에 탐구심을 심어준 결과 그들은 다른 쾌락과 오락을 제쳐놓고 철학에만 빠지게 되었다는 소문이 퍼졌다. 이 현상을 로마 인들은 호감을 가지고 환영하였으며, 젊은이들이 그리스적 교양을 섭취하고 놀랄 만한 사람들과 접촉하게 된 것을 기분 좋게 바라보고 있었다.

그런데 카토는 처음부터 변론에 대한 열성이 로마 시에 유행하는 것을 싫어했다. 그것은 젊은이들이 명예심을 그 쪽으로 돌리고서 일과 군사상의 명성보다도 변론으로서의 명성을 존중하는 것을 두려워하였기 때문이었다. 철학자들의 명성이 점점 더 높아져 카이우스 아킬리우스라는 저명한 사람이 그들의 최초의 연설을 전체의 요청에 의하여 조금씩 번역하여 원로원에서 읽어줄 정도에까지 이르렀을 때, 카토는 좋은 구실을 만들어 철학자 전부를 로마 시에서 몰아내야겠다고 결심하고는 원로원에 나가 의원들을 이렇게 비난하였다.

"자기가 좋아하는 대로 쉽게 남들을 설득할 수 있는 철학자들이 떡 버티고 앉아서 오랫동안 할 일도 않고 있는데, 우리들은 일각이라도 지체하지 말고 사절단의 용건에 관한 결정안을 채택하여 그들을 자기 나라로 돌아가게 해야 한다. 가서 자기들의 학교에서 그리스 청년들이나 가르치게 하고, 로마 젊은이들은 그 전처럼 법률과 정치와 군사에만 전념하도록 해야 한다."

이러한 연설을 카토는 일부의 사람들이 생각하고 있는 것처럼 카르네아데스 한 개인에 대한 반감에서 한 것이 아니라, 일반적으로 철학이라는 것에 반대하고, 그리스적 학예와 교양의 전체를 로마 인으로서의 긍지에서 멸시하고 있었던 것이다. 사실 그는 소크라테스를 평하여 수다쟁이며, 그 일류의 방식으로 아테네의 전제자가 되려는 폭거를 음모하고 있으며, 미풍양속을 파괴하고 시민들에게 법에 어긋나는 사상을 주입시켰다고 말하였다.
　또 이 소크리테스 힉숙(學塾)을 소통하여, 그 사람의 제자들은 그 사람 밑에서 공부만 하다가 늙어 죽게 되어, 저승에 가서 미노스 앞에서나 수사술을 구사하여 재판연설을 할 것이라고 하였다. 또 자기 아들에게 그리스 문화에 대한 반감을 심어주려고 늙은 나이에 어울리지 않게 큰 소리를 질러 마치 신들린 예언자처럼, 로마 인은 그리스 학문에 취하여 나라는 망하고 말 것이라고 타일렀다. 그러나 역사는 카토의 이와 같은 불길한 예언이 무의미하였다는 것을 입증하고 있다. 그 사이에 로마는 국력이 최고의 발전을 성취하였고, 그리스 학문과 교양을 모두 자기 것으로 하였기 때문이다.
　그는 그리스 철학자를 싫어했을 뿐만 아니라, 로마 시에 있었던 그리스 인 의사도 믿지 않았다. 그는 히포크라테스가 페르시아 대왕에게 몇 탈렌트의 사례를 조건으로 초빙되었을 때 그리스 인의 적인 오랑캐 나라에 자기를 제공하는 일은 절대로 하지 않겠다고 한 말을 들었는지, 이것이 모든 의사의 공통된 맹세라며 아들에게 모든 의사를 조심하라고 충고하였다. 그리고 자기 자신이 처방을 적어 놓은 것이 있어, 집에서는 그것에 의하여 환자에게 처방도 하고 간호도 하고 있었다. 또 단식을 절대로 허락하지 않았고, 야채와 오리와 비둘기와 토끼 등은 소화가 잘 된다고 하였다. 이러한 것들은 가볍고도 몸이 약한 자에게는 좋으나 많이 먹으면 꿈에 시달리게 된다고 하였다. 이와 같은 간호와 습생에 의하여 자기는 건강하며, 또 집안 식구들도 건강을 유지하고 있다고 말하였다.

그러나 이러한 식으로 살다가 아내도 아들도 모두 병으로 잃었으니 신의 노여움을 면치 못한 것만 같다. 그 자신은 몸이 튼튼히 단련되어 건강과 활력에 넘쳤으며, 언제까지 쇠퇴하지 않았으므로 노경에 이르러도 쉬지 않고 여자에게 접근하였다. 그리고 다음과 같은 구실로 나이에 어울리지 않는 결혼을 하였다. 아내를 잃은 다음 아들은 파울루스의 딸인 스키피오의 누이동생과 결혼시켰으며, 홀아비가 된 자기는 젊은 노예계집과 관계하여 몰래 자기 집에 오게 하였다. 그러나 집이 좁아서 같이 살고 있던 며느리가 눈치채게 되었다.

자기 행동이 아들 부부의 비위에 거슬렸다는 것을 의식한 카토는 아무 말 없이 평소처럼 친구와 함께 광장으로 나갔다. 도중에서 자기의 그 전 비서였던 살로니우스라는 자가 다가와서 인사를 드리자 카토는 그 사람을 보고 큰 소리로 딸을 시집 보냈느냐고 물었다. 그 사나이가 카토에게 의논도 하지 않고서 어찌 정할 수가 있겠느냐고 대답하자 그는 이렇게 말했다.

"내가 자네에게 안성맞춤의 신랑을 찾았네. 하기야 나이가 맞지 않아 탈이긴 하지만, 그 밖엔 탓할 데라고는 없는데 상대방이 너무 나이가 많아서."

살로니우스는 이 문제를 좀 잘 생각해본 다음 마음에 드는 자에게 딸을 시집 보내겠다고 했다. 이어 딸은 영감의 보호를 받는 사람이니 영감에게 신세질 수밖에 다른 길이 없다고 부탁하자 카토는 주저하는 기색도 없이 신랑감은 자기라고 말하였다. 이 말을 들은 비서는 크게 놀랐다. 그로서는 카토와의 결혼은 상상도 못 할 일이고, 또 그가 집정관을 지낸 집안과 맺어지고, 개선식을 올린 사람과 친척이 된다는 것을 생각도 못해본 일이었기 때문이다. 그러나 카토의 열성을 알게 된 비서는 쾌히 승락하였으며, 두 사람은 곧 약혼을 발표하였다.

결혼식을 올리게 되었을 때 카토의 아들은 친구들을 데리고 아버지를 찾아와, 이렇게 계모를 모셔들이는 것이 혹 자기에게 무슨 잘못이 있어 노여워서 하는 것이냐고 물었다. 그러자 카토는 버럭 소리를 지르며 말했다.

"입 닥쳐. 네가 하는 짓은 모두가 잘하는 것이어서 서운할 게 아무것도 없다. 나는 나를 위해서는 아이가 더 필요하며, 조국을 위해서는 너와 같은 시민을 남기고 싶다."

이 결혼에서 카토에게 다시 아들 하나가 생겼는데 어머니의 이름을 따서 살로니우스라는 이름을 붙였다. 큰아들은 법무관이 되어 죽었는데, 카토는 그의 저서에서 이 아들을 극구 찬양하고 있다. 그는 이 불행을 철학자와 같은 태도로 조용히 참았으며, 이 불행으로 해서 정치를 게을리하는 법은 없었다고 한다. 나중의 루키우스 쿠쿨루스와 메텔루스 피우스처럼 늙어서 공공생활에 지쳐 정치를 봉사라고 간주하거나, 그보다 전의 스키피오 아프리카누스처럼 세상이 자기의 공을 몰라준다 하여 민중에게 등을 돌리고는 이제까지와는 아주 다르게 정치에서 손을 뗀 것과는 달랐다. 마침 누군가가 시라쿠사의 디오니시우스에게 생사여탈권을 가진 왕으로 살다 죽는 것이 제일이라고 설득한 것처럼, 카토는 정치로 늙는 것이 제일이라고 생각하였나 보다.

카토는 여러 가지 연설집과 사서를 저술하였다. 젊었을 때부터 필요도 있고 해서 농업에 관심을 가졌고—그 자신은 수입원으로서는 농업과 절약의 둘에 의존하였을 뿐이라고 말하고 있다—나중에는 밭에서 나오는 것은 무엇이나 그에게 즐거움과 연구의 재료가 되었다. 그리고 농업에 관한 저서를 내고 있는데 그 중에는 과자를 만드는 법과 과일의 저장법까지 기술하고 있으며, 남보다는 좀 다른 독특한 설을 과시하고 있다.

그리고 시골에 가 있을 때에는 다른 곳에서 먹을 때보다 좋은 음식을 먹었다. 그때에는 늘 이웃의 친한 사람들을 초청하여 즐거운 한때를 즐겼는데, 동년배의 사람들뿐만 아니라 젊은 이들과도 기분 좋게 사귀었다. 그는 여러 가지 사건의 경험을 쌓고 있었으며, 많은 책과 연설에도 통달되어 있었다. 그리고 그는 식사를 같이 하는 것이 사람을 사귀는 데 가장 좋은 방법이라고 생각하였으며, 훌륭하고 선량한 시민을 종종 칭찬하였으나 신통치 않은 나쁜 사람들의 이야기는 되도록 언급을 피하였다.

그의 정치활동의 마지막을 장식한 것은 카르타고를 괴멸시킨 일이었다고 한다. 이것을 실행하여 완성시킨 사람은 소 스키피오였으나, 로마정부는 특히 카토의 충고와 의견에 자극을 받고서 다음과 같은 이유에서 전쟁을 일으킨 것이었다. 카토는 서로 싸우고 있는 카르타고와 누미디아 왕 마시니사에게 사절로 간 적이 있었는데, 그것은 두 나라의 불화의 원인을 조사하기 위해서였다. 마시니사는 처음부터 로마와 우호적인 관계에 있었지만, 카르타고는 대 스키피오에게 패한 후에 평화를 체결하였으면서도 해외에서의 지배권 상실과 로마에게 많은 배상금을 지불해야만 하였기 때문에 어려운 처지에 있었다.

그러나 카토는 카타르고에 장년남자가 많고, 거대한 부에 충만되어 있는데다가 갖가지 무기와 군수품도 많아서 조금도 사기가 저하되어 있지 않은 것을 보았다. 따라서 로마가 누미디아와 카르타고 사이의 분쟁을 조정하고 있을 때가 아니라, 옛날부터 로마의 적이며 원한을 품고 있는 카르타고가 믿기 어려울 정도로 강대해진 것을 막지 않으면 또다시 전번과 마찬가지로 큰 위험에 빠지게 될 것이라고 생각하였다. 그래서 그는 황급히 귀국하여 원로원에 이렇게 보고하였다. 카르타고 인의 지난번 패배와 불행은 그들의 국력을 빼앗았다기보다는 그 무지를 제기한 것이며, 그들을 무력화하기는 고사하고 전쟁에의 경험을 풍부하게 해주었다고 할 수 있다. 또 이미 누미디아를 상대로 실제로는 로마에 대한 싸움이 시작되었으며, 강화나 조약은 전쟁의 재발을 여기하여 좋은 기회를 기다리기 위한 냉복에 지나지 않는다고 하였다.

게다가 카토는 원로원에서 저고리 소매를 걷어올리고 리비아에서 열린 무화과열매를 일부러 떨어뜨렸다. 사람들이 그 열매가 크고도 훌륭한 것에 깜짝 놀라는 것을 보고 이것이 열리는 곳은 로마에서 해로로 사흘간의 거리에 지나지 않는다고 말했다. 더욱 격렬했던 것은 무슨 일에 관해서건 자기 의견을 말할 때에는 반드시 이런 말을 덧붙였다는 것이다.

"카르타고는 반드시 쳐부숴야 합니다."

그러나 푸블리우스 스키피오는 언제나 이런 말을 덧붙였다.

"카르타고는 그대로 내버려둬야 합니다."

스키피오가 이렇게 말한 이유는, 전쟁에 이긴 뒤로 평민이 교만해져 원로원의 정령에 잘 순종하지 않고, 비대해진 그 실력만 믿고서 국가전체를 끌고 가게 되리라는 것을 미리 예견하고서 카르타고에 대한 공포를 대중의 무모에 대한 감시역으로서 마치 말에 재갈을 물리듯이 존속시켜야 한다고 생각하였기 때문이리라. 물론 카르타고가 로마를 정복할 만한 힘은 없다고 인정하면서도 경시하지는 못할 대상이라고 생각한 것이다.

그러나 한편 카토의 생각에 의하면, 로마 인들은 승리에 도취하여 자기 힘이 비대해졌기 때문에 왕왕 과오를 저지른 로마 민중의 머리 위에 카르타고라고 하는, 옛날에는 강력하였지만 현재는 패전의 쓰라림을 맛본 다음 정신을 가다듬고 원수를 갚을 기회만 노리고 있는 국가를 방임하는 것은 위험하다는 것이었다. 그러므로 그는 로마는 이 공포를 제거하고 부단히 정치적 혁신에 노력하는 길만이 상책이라고 주장하였다. 이렇듯 카토가 카르타고에 대한 세번째로 최후의 전쟁을 일으켰다고 하는데 그 자신은 전쟁이 시작한 지 얼마 되지 않아 곧 세상을 떠나고 말았다. 이것에 앞서 그는 이번의 전쟁을 종결지을 인물에 관하여 예언하고 있다.

그 인물은 당시 아직 군사위원의 하나로서 출정하고 있었는데, 용기와 훌륭한 전술을 갖추고 있었다. 그가 전공을 세웠다는 소식이 로마에 전해진 것을 들은 카토는 다음과 같이 말하였다고 한다.

이 사람만이 유일한 슬기로운 사람이다.
다른 사람들은 흔들리는 그림자에 지나지 않는다.

스키피오는 이 말을 이윽고 그의 전공으로 입증하였다.
카토는 후처의 몸에서 나온 외아들, 즉 전술한 살로니우스라는 이름을 가진 아들과 자기보다 먼저 세상을 떠난 아들이 남긴 손자 하나를 남기고서 세상을 떠났다. 살로니우스는 법무관으로 있다가 세상을 떠났지만 그의 아들 마르쿠스는 집정관이 되었다. 이 사람은 덕으로나 명성에서나 동 시대인 중 가장 유명한 철학자 카토의 조부였다.

아리스테이데스와 마르쿠스 카토의 비교

　이 두 위인에게 있어서 가장 기억할 만하고 중요한 사건에 관하여 기술하였지만, 한 사람의 생애를 다른 사람의 그것과 비교할 경우 많고 큰 유사점에 가리어 서로 다른 점을 지적하기란 매우 힘들다. 그러나 시나 그림을 비교하듯이 두 사람을 각기 그 하나하나의 관점에서 비교해본다면 유리한 조건이라고는 없었음에도 불구하고, 그 덕성과 실력에 의하여 정치생활로 들어가 명성을 얻기에 이른 점은 양자에게 공통된다.
　아리스테이데스는 어떤가 하면, 그 무렵 아테네는 아직 빈궁하던 시대였고 그는 재산에도 웬만하여 대차가 없는 민중지도자와 장군들 사이를 돌아다니며 유명해졌던 것을 알 수 있다. 당시 재산평가의 최상급은 연수입 500메딤, 제2급 즉 기사급은 연수입 300메딤, 최하급 즉 소 한 쌍을 보유한 정도의 사람은 연수입 200메딤이었다.
　한편 카토는 조그마한 마을의 보잘것없는 집안에서 태어나 풍파가 심한 바다와도 비교할 수 있는 로마 시의 정계에 투신하였다. 그 곳에서는 벌써 쿠리이와 파브리키이와 호스틸리이들이 지도자로서 활약하던 시대는 이미 가버렸고, 가난하여 손수 밭이나 갈던 시골뜨기가 보습을 버리고 연단에 섰을 때 그를 관리나 민중의 지도자로서 인정하지도 않고, 명문과 부자 출신이 광범한 정치운동과 매수공작을 하고 있었으며, 일반 대중은 바야흐로 그들의 세력을 의식하고 지도계급에 대한 반항의 기운을 보이던 시대였다. 빛나는 가문 출신도 아니고 재산도 보통 정도의 테미스토클레스(그가 처음 정계에 투신하였을 때의 재산은 5탈렌트니 3탈렌트니 할 정도였다고 한다.)를 상대로 하는 것과, 스키피오 아프리카누스와 세르비우스 갈바와 퀸티우스 플라미니누스 같은 거목들을 상대로 하여 정의를 위해서라면 물불을 가리지 않고, 다만 자기의 혀 하나만을 밑천으로 하고서 제1위를 다투는 것은 하늘과 땅 차이였다.

　게다가 아리스테이데스는 마라톤 전투에서, 그리고 다시 한 번 플라타이아 전투에서도 10명의 장군 중 하나로 선출되었으나, 카토는 많은 경쟁자가 있었음에도 불구하고 정원 두 사람의 집정관 중 하나로 선출되었고, 일곱 사람의 가장 저명하고도 일류급의 인물이 경쟁상대가 된 것을 물리치고서 정원 두 사람인 대정관 중 하나로 선출되었다.

　아리스테이데스는 어느 전투에서도 제1위를 차지할 만한 전공을 세운 적은 없었다. 제1위의 전공을 세운 것은 마라톤 싸움에서는 밀티아데스, 살라미스 싸움에서는 테미스토클레스, 플라타이아 싸움에서는 파우사니아스가 가장 큰 공을 세웠다고 헤로도토스는 말하고 있다. 또 아리스테이데스에 관해서는 제2위의 전공을 놓고서도 소파네스, 아미니아스, 칼리마코스, 키나이기루스 등과 같은 인물들과 다툴 정도였고, 그들은 그 싸움에서 눈부신 전공을 세운 것이었다.

　한편 카토는 스스로 집정관으로서 스페인 전쟁에 있어 전투나 작전에서도 으뜸 가는 전공을 세웠을 뿐만 아니라, 테르모필라이에서는 다른 사람이 집정관이었고 그는 그 휘하의 군사위원에 지나지 않았다. 그러나 우회작전을 써서 적의 왕 안티오코스가 전방의 적에만 정신이 팔려 있을 때 배후를 찔러 승리를 거두었다. 이 승리는 분명히 카토의 업적이며, 그리스에서 아시아를 쫓아내고 그 후 스키피오의 아시아 진출을 가능케 한 것이었다.

두 사람 다 전쟁에 있어서는 불패의 명성을 떨쳤지만, 정치면에서는 아리스테이데스가 테미스토클레스의 모함에 빠져 패각추방을 당하여 외국으로 추방되었으나, 카토는 로마에서 가장 권세가 있고 위대했던 사람들을 하나도 빠짐없이 상대로 하여 노경에 이르기까지 마치 운동선수처럼 싸우면서 한 번도 꺾인 일이 없었다. 혹은 피고로서 혹은 원고로서 그는 실로 빈번히 공식재판을 받았으나 원고로서는 대개 이겼고, 피고로서도 한사코 무죄가 된 것은 변론을 생활의 수호신으로 삼고 유리한 공격수단으로 이용하였기 때문이다.

또 그가 절대로 수치를 당하지 않은 것은 그의 행운이니 수호신의 덕택이라고 하기보다 그의 변론의 힘으로 돌리는 편이 옳은 견해일 것이다. 안티파테르는 아리스토텔레스가 세상을 떠난 후에 그에 관하여, 이 사람은 다른 재능뿐만 아니라 설득력도 가지고 있었다고 그의 저서에서 말하고 있지만, 철학자 아리스토텔레스에 관해서도 역시 이 점을 큰 장점이라고 인정한 것은 카토의 경우에도 그대로 해당된다고 말할 수 있다.

정치생활에 있어서의 미덕은 인간이 가지고 있는 최고의 능력이라고 일반적으로 인정하고 있지만, 대부분의 사람들은 집을 다스리는 능력이 정치능력의 적지 않은 부분을 차지하고 있다고 생각하고 있다. 국가라고 하는 것은 가정의 집합과 총체이며, 시민이 사생활에서 번영하고 있으면 국가는 자연 공사에 있어서도 강력해지기 때문이다. 그리하여 리쿠르고스는 스파르타에서 금과 은의 사용을 금지하고 시민들을 위하여 불로 주조한 쇠화폐를 만들었는데, 그것은 시민들에게 집안살림을 포기케 하려는 것이 아니라 그저 부에 따르는 사치와 오만을 근절시키고 모든 사람이 유용하고도 필요한 물건을 풍부하게 쓰게 하려는 의도에서였던 것이다. 그는 이 점에 관해서는 다른 어떠한 입법가 이상으로 신경을 썼으며, 그것은 정치적 공동체의 구성원으로서 재산도 가정도 없는 가난한 자가 돈이 많아서 사치를 부리는 자보다 한층 더 위험하다고 생각하였기 때문이다.

그런데 카토는 국가의 지도자에 못지않게 가정의 관리자로서도 유능하였다. 왜냐하면 그는 자기 재산을 늘렸고, 남을 위하여 가정과 농사일의 스승이 되었고, 그의 저서에서 그것들에 관한 유익한 점을 강조하였기 때문이다. 한편 아리스테이데스는 가난하였기 때문에 정의라는 것이 집을 파멸시키고 거짓을 낳게 하는 것으로서, 정의의 소유자보다도 그 밖의 사람들에게 이익을 더 줌으로써 결국엔 정의를 비난한 결과가 되고 말았다. 그러나 시인 헤시오도스는 정의를 행하고 가정 살림도 착실히 하라고 우리들에게 가르치고 있으며, 부정의 근본원인은 게으름이라고 매도하고 있다. 호메로스도 다음의 시에서 좋은 말을 하고 있다.

　　일하기가 나는 싫고
　　훌륭한 아이를 기르는 가사도 싫어,
　　언제나 하고 싶은 일은 노가 달린 배와
　　전쟁과 잘 나가는 창과 화살뿐이었다.

즉, 집을 돌보지 않는 자는 부정을 저지르며 사는 자와 마찬가지라고 노래 부르고 있는 것이다. 올리브유는 의사의 말에 의하면 신체 외부에 대해서는 매우 유익한 것이지만 내부에 대해서는 매우 유해하다. 그러나 정의로운 사람은 이것과는 달리 남에게는 도움이 되지만, 그렇다고 해서 자기와 가족은 버리고 돌아보지도 않는 자는 아니다. 그래서 만일 많은 사람들이 말하듯이 아리스테이데스가 자기의 어린 딸들의 지참금과 자신의 매장비용을 남길 만한 배려가 없었다는 것이 사실이라면, 그의 정치가로서의 명성에 대하여 상술한 의미에서 하나의 흠이었다고 생각된다.

그리하여 카토의 집안은 4대까지 법무관과 집정관을 나라에다 바쳤고, 그의 손자도 또한 그 아들들까지 최고관직에 앉았다. 그런데도 그리스 인 중 제1인자가 된 아리스테이데스의 자손은 여러 가지 가난에 시달리며 점을 치며 그것으로 살아야만 하였고, 또 어떤 자는 가난에 시달린 끝에 공공기관에 구호의 손을 내밀지 않으면 안 되었다. 그래서 그들에게는 빛나는 일과 저 아리스테이데스에게서 본 활동을 생각할 여유가 전혀 없었다.

이러한 나의 의견에 대해서 서슴지 않고 반대 의견이 나오리라고 생각된다. 그야 물론 가난 그 자체는 결코 부끄러워할 것이 못 되며, 그것이 나태와 방종과 무분별과 사치의 결과인 경우에 한해서만이다. 분별력이 풍부하고 노력을 마다하지 않고, 정의를 존중하고 용감하며 전 능력을 바쳐서 공무에 봉사하는 사람에게 있어서 가난은 배짱과 큰 뜻을 품고 있다는 증거다. 왜냐하면 쩨쩨한 일이나 생각하는 인간이 큰일을 성취할 수 없다는 것은 지당한 말이며, 또 자기 자신이 남의 도움을 필요로 하는 주제에 남을 도울 수 없다는 것은 뻔한 이치이기 때문이다. 정치활동을 위하여 큰 도움이 되는 것은 부가 아니라 만족할 줄 아는 자족의 마음이다. 그것은 필요치 않은 사치를 탐내어 정사를 소홀히 함을 없애기 위하여 더욱 그러하다. 절대로 욕망을 초월하고 있는 것은 오직 신뿐이며, 인간의 덕성에 있어서는 욕망을 최소한도로 줄임으로써 가장 완전하고도 가장 신에 가까운 모습에 접근할 따름이다. 마치 몸이 건강하면 지나친 의복이나 음식을 필요로 하지 않는 것처럼 건전한 가계와 생활은 있는 것만으로 족한 법이다.

소득은 필요와 상응해야 하며, 많이 그러모으고 조금밖에 쓰지 않는 사람은 자족을 아는 사람이라고는 할 수 없다. 만일 필요 없고 원하지 않는 물건을 갖춘다는 것은 어리석은 일이며, 재물을 쓰면 좋은 줄 알지만 소견이 좁아서 쓰지 못하는 것은 미련한 행동이다.

그러므로 나는 카토 자신에게 꼭 물어보고 싶다.

"만일 재물이라는 것이 유용하게 써야 할 것이라면, 귀하는 거대한 재물을 가지고 있으면서도 간소한 생활에 만족하고 있는 것을 자랑으로 여기는 것은 어찌 된 일입니까? 그 반면에 소식에 만족하고 노예나 종들이 마시는 술을 마시고, 좋은 옷이나 회칠을 한 집에서 사는 것을 바라지 않는다면, 아리스테이데스와 에파미논다스와 마니우스 쿠리우스와 카이우스 파브리키우스 같은 분들도 재물을 배척하였으니 그런 분들이야말로 칭송을 받아 마땅할 것입니다."

무를 최고의 요리로 치고 손수 그것으로 음식을 만들며 옆에서 아내가 밀가루 반죽을 하는 그러한 사람에게는 가끔 돈에 관하여 이야기를 하면서, 다른 사람이라면 대번에 그것으로 부자가 될 그러한 일에 관하여 저술하는 것은 불필요한 일이 아닌가? 검소와 자극의 장점은 필요 없는 것에 대한 욕구와 배려로부터 사람을 해방하는 점에 있다. 그래서 칼리아스를 재판

할 때 증인으로 불려간 아리스테이데스는 다음과 같이 말하였다고 전해진다.

"본의 아닌 가난은 수치스러운 일이지만, 나처럼 자기가 좋아서 가난을 감수하는 자는 그것을 영광으로 삼아도 좋다."

아리스테이데스의 가난이 본의 아닌 것이었다고는 결코 생각할 수가 없다. 왜냐하면 그 사람이라면 별로 수치스러운 일을 하지 않았다 하더라도 페르시아 군인 하나의 무구를 빼앗거나 천막 하나를 손 안에 넣는다면 쉽게 부자가 되었을 것이니 말이다. 그러나 이 문제는 이것으로 그치기로 하자.

카토의 군사상의 업적은 이미 강대해진 로마 세력에 무엇 하나 위대한 점을 덧붙일 것이 없지만, 아리스테이데스의 군사활동에는 마라톤에서건 살라미스에서건 플라타이아에서건 그리스인의 업적 중 가장 훌륭하고 빛나는 것이 있었다. 그리고 실제로 안티오코스를 크세르크세스와 비교할 수도 없고, 카토가 스페인 지방의 여러 도시를 정복한 것을 그리스 군이 바다에서 몇만 명, 육지에서 몇만 명 페르시아 군을 대량 학살한 것에 비하면 문제도 되지 않는다. 이때 아리스테이데스는 공적 면에서는 아무에게도 손색이 없었지만 재산이나 돈은 말할 것도 없고, 명성도 영광도 그것을 더 갈망하는 사람들에게 양보한 것은 그가 모두 이러한 것을 초월하고 있었기 때문이었다.

나로서는 카토가 늘 자기 자신을 칭찬하고, 자기를 제1인자라고 자부하고 있던 점을 탓할 생각은 조금도 없다. 그러나 그는 그가 한 어느 연설에서, 자기를 칭찬하는 것은 자기를 헐뜯는 것과 마찬가지로 어리석은 일이라고 말한 적이 있다. 생각건대 인격 면에서 볼 때 항상 자화자찬하는 사람보다는 남에게 칭찬해달라지 않는 사람이 더 훌륭하다. 명예욕이 없다는 것은 경쟁을 유화시키는 데 큰 강점이 되지만, 그 반면 명예욕은 남에게 불유쾌하며 질투심을 낳게 하는 가장 큰 원인이 된다. 아리스테이데스는 이러한 허물이 전연 없었으나 카토는 그것을 다분히 가지고 있었다.

왜냐하면 아리스테이데스는 테미스토클레스와 함께 국가의 백년대계를 협력하여, 말하자면 장군인 테미스토클레스의 호위병이 되어 아테네를 구제하였으나, 카토는 스키피오에 대항하여 불패의 한니발을 굴복시킨 스키피오의 카르타고 원정을 하마터면 뒤엎을 뻔하였다. 그 뒤에도 그는 계속하여 그에 대한 여러 가지 혐의와 중상을 들추어 내어 그를 로마 시에서 축출하였고, 그의 동생을 공금횡령이라는 가장 수치스러운 죄에 빠뜨렸다.

그런데 카토는 자신이 그토록 계속하여 가장 아름다운 찬사를 아끼지 않고서 찬양한 절제를 가장 순수하고도 깨끗하게 실천하였으면서도 카토 자신의 신분과 나이에 맞지 않는 재혼을 한 것은 적지도 가볍지도 않은 비난의 씨를 세상에 뿌렸다. 벌써 노령의 몸이면서도, 또 그렇게까지 나이를 먹은 아들과 며느리가 있는데도 불구하고 자기 부하로서 봉급을 받고 공무에 종사하고 있는 자의 딸과 결혼하였다는 것은 결코 칭찬할 만한 일이 못 된다.

쾌락을 위하여 이러한 행동을 취했던지, 정부를 언짢게 본 아들에 대한 분풀이로 했던지 간에 어쨌든 그것 자체를 부끄러워해야 할 일이다. 그리고 비꼬는 말투로 아들에게 한 말도 본심에서 나온 말이 아니다. 만일 아들과 마찬가지의 자식을 두고 싶은 생각이었다면, 처음부터 잘 생각하여 품위 있는 여자와 결혼했어야 할 일이었다. 발각되지 않을 때까지는 약혼도 하지 않고서 천한 여자와 버젓이 동침하다가, 일단 남의 눈에 들키게 되자 가장 훌륭한 사람의 사위가 되지 못하고 가장 쉽게 설득시킬 수 있는 사람을 장인으로 삼은 것은 떳떳하지 못한 일이었다고 아니할 수 없다.

필로포이만

기원전 253년? ~183년

　클레안데르는 만티네아 시의 권세 있는 명문집안 사람이었으나, 시운을 잘못 만나 고향에서 추방되었다. 그는 메갈로폴리스로 와서 크라우기스의 신세를 지고 있었다. 크라우기스는 필로포이만의 부친으로서 클레안데르와는 각별한 사이였고 아주 저명한 인사였다. 그리하여 크라우기스는 메갈로폴리스에서 살고 있는 동안 원하는 것을 무엇 하나 부족함 없이 가질 수 있었다. 크라우기스가 세상을 떠나자 클리안데르는 고아가 된 그의 아들 필로포이만을 잘 보살펴줌으로써 과거에 자기가 받은 은혜를 갚았다. 크라우기스의 아들 필로포이만은 호메로스의 아킬레스가 본국을 떠나 포이닉스의 가르침을 받으면서 자란 것처럼 클리안데르의 가르침을 받았다. 그는 아주 어렸을 때부터 장래가 매우 촉망되는 인물로 자랐다.
　필로포이만은 유년시절부터 메갈로폴리스의 명사인 에크데무스와 데모파네스의 가르침을 받았다. 이들은 둘 다 메갈로폴리스 출신으로서 아카데미파 철학의 학자였고, 아카데미 학파의 시조인 아르케실라오스의 친구들이었다. 그들은 동 시대의 누구보다도 자신들의 행동과 국사에 철학을 적용시킨 인물이었다. 그들은 폭군 아리스토데모스를 암살하여 조국을 해방시켰다. 또한 시키온에서는 아라토스와 협력하여 폭군 니코클레스를 축출하였다. 그리고 극도의 무질서와 대혼란에 빠진 북아프리카의 키레네아의 국민들이 요청하자 바다를 건너 키레네아로 가서 좋은 정부를 세워주고 국민들의 복리를 증진시켜 주었다.

 이들은 자신들이 이룩한 가장 큰 공로는 필로포이만을 교육시킨 것이라고 자부하였다. 그에게 철학의 참된 지식을 심어줌으로써 그리스에 큰 이득을 가져오게 하였기 때문이다. 그리스 국민 전체는 필로포이만을 진정으로 사랑하였다. 이처럼 그의 영광이 증대해 감에 따라 그의 권력도 신장되었다. 어떤 로마인은 그를 찬양하여 그리스 인 중의 마지막 그리스 인이라고 불렀다. 이것은 마치 그 이후로 그리스에는 위인이 나오지 않았을 뿐만 아니라 그리스 인이라고 부를 만한 사람도 나오지 않았다는 뜻이다.

 그의 외모는 일부의 사람들이 상상하는 것처럼 그렇게 못생긴 편이 아니었다. 왜냐하면 오늘날까지도 델포이에 남아 있는 그의 초상화를 통하여 알 수 있기 때문이다. 이러한 평은 그의 너그러운 기질과 초라한 옷차림을 본 메가라의 한 주부가 오해한 데서 비롯된 것만 같다. 이 주부는 남편이 없는 사이에 자기 집으로 아카이아의 장군이 온다는 전갈을 받았다. 그리하여 그녀는 장군을 대접하기 위한 저녁식사 준비에 아주 바빴다. 바로 이때 평범한 옷차림의 필로포이만이 불쑥 나타났으니 그녀가 그를 선발대의 하나로 잘못 본 것도 무리가 아니다. 그래서 그녀는 그에게 자기 일을 좀 도와달라고 하였다. 그는 곧 웃옷을 벗어버리고 장작을 패기 시작하였다. 집에 돌아온 남편은 그가 장작을 패고 있는 것을 보고 깜짝 놀랐다.

 "아니, 이게 어찌 된 일이오? 오, 필로포이만!"

그러자 그는 도리아 지방 사투리로 이렇게 대답하였다.
"못생긴 얼굴 값을 톡톡히 받고 있는 셈이라네."
어느 날 티투스 플라미니누스도 그의 모습을 보고 다음과 같이 농을 한 적이 있었다.
"손발은 참 잘생겼는데 배가 없구려."
이 말대로 그는 허리가 가늘었다. 그러나 실제로 이 농담은 그의 빈곤을 평하여 한 말이었다. 왜냐하면 매우 훌륭한 그의 보병과 기병에게 봉급을 제대로 주지 못하였기 때문이다. 이 농담은 그에 관하여 흔히 이야기되는 것이다.
그의 성격에는 명예욕과 차별감이 있었는데, 남에게 지지 않으려는 경쟁심과 분개하는 마음이 섞여 있었다. 그는 에파미논다스를 크게 추앙하여 그의 활기와 지략과 청렴을 본받았다. 그러나 그의 경쟁심은 에파미논다스의 특징인 온후함과 태연자약함과 너그러움의 범위를 벗어나게 했다. 따라서 그는 정치인이라기보다 군인다운 성급함을 가지고 있었다.
사실 그는 소년시절부터 시민생활보다도 군인생활에 더 강한 매력을 느끼고 있었다. 그리하여 그는 늘 무술을 연마하였으며, 말을 타고 무기를 다루는 데 큰 기쁨을 느꼈다. 그의 천성이 씨름에서 남을 이기는 데 적합하였기 때문에, 친구와 선생들은 그에게 운동선수를 하라고 권하였다. 그는 씨름을 하는 것이 군인이 되고 싶어하는 자기의 생각과 상치되는 것이 아닌지 알고 싶었다.
사실이 그렇듯 사람들은 그에게 씨름선수 생활과 군인 생활은 전혀 다르다고 이야기해주었다. 군인과 씨름선수는 체격조건과 생활태도와 연습방식이 전연 다르다는 것이었다. 전문적인 운동선수는 충분히 수면을 취해야 하고, 식사를 많이 해야 하며, 연습시간과 휴식시간을 일정하게 규칙적으로 지켜야 한다. 이와 같은 규칙을 조금이라도 초과하거나 이탈하면 모든 것을 망치기 쉽다. 그러나 군인은 모든 변화와 불규칙한 생활에 자신을 적응시켜야 한다. 특히 배고픔의 고통과 수면의 부족을 극복하는 훈련을 쌓아야 하는 것이다. 이 말을 들은 필로포이만은 당장 씨름을 중지하였다. 뿐만 아니라 이후로부터는 씨름이라는 운동을 경멸하였고, 장군이 되었을 때는 온갖 수단을 다 동원하여 모든 종류의 운동을 멸시하였다. 운동은 전쟁에 해가 되며 오히려 군인으로 하여금 위급할 때 싸움을 기피하게 만든다고 보았다.

이러한 교훈을 선생들로부터 받은 뒤 필로포이만은 그들과 헤어졌다. 그는 무기를 들고 시민들이 즐기던 약탈행위를 하기 위하여 라케다이몬 지방을 습격하였다. 이때 그는 제일 앞에 서서 공격하고 약탈을 감행한 뒤 가장 나중에야 돌아왔다. 그는 마땅히 할 일이 없을 때는 사냥을 하거나 농사일을 하여 몸을 단단하고 튼튼하게 만들었다. 또한 몸을 재빠르게 움직일 수 있도록 훈련을 쌓기도 하였다. 그는 시내에서 20리 쯤 떨어진 곳에 좋은 농장을 가지고 있었는데, 점심이나 저녁을 먹은 후면 항상 농장으로 가곤 하였다. 그리고 밤이 오면 매트리스를 깔고 일꾼들과 함께 잠을 자곤 하였다. 먼동이 틀 무렵이 되면 필로포이만은 다른 일꾼들과 함께 일어나 포도덩굴을 손질하거나 소를 돌봐주었다.

그리고 다음, 시내로 돌아와 동료들이나 시장과 함께 공적인 일을 하는 데 시간을 바쳤다. 그는 약탈에서 얻은 돈으로 말과 갑옷 같은 것들을 샀고, 포로가 된 부하들의 몸값을 치르고 되찾아오기도 하였다. 그는 또한 어떻게 하면 가장 많은 이득을 올릴 수 있을지에 대해 연구하면서 농사일에 힘썼다. 농사일에 힘쓰는 것은 기분전환을 위해서도 아주 유용한 일이었다. 그러나 필로포이만은 어떻게 하면 남에게 해를 끼치지 않으면서도 재산을 늘릴 수 있을지를 항상 궁리하였다.

그는 웅변과 철학에 많은 시간을 바쳤으며 덕을 기르는 데 도움이 될 만한 저자만을 선별하여 그들의 작품만 읽었다. 특히 호메로스의 작품에서는 용기를 북돋아줄 만하다고 생각되는 내용이라면 무조건 찾아 읽었다. 그 밖의 책 가운데서 그가 가장 관심을 둔 것은 에반겔루스의 작전술에 관한 해설서였다. 또한 그는 한가할 때 알렉산드로스 대왕의 전기를 탐독하면서 가장 큰 즐거움을 느꼈다. 그는 이러한 독서야말로 단순한 오락이나 무의미한 대화의 재료를 얻기 위한 것이 아니라 올바른 행동을 위해서 도움이 되는 것이라고 생각하였다. 그러므로 작전론을 읽을 때는 약도 같은 것을 무시하고 실제로 밖에 나가 돌아다니며 지면의 기복이나 하천의 방향 등의 지형을 일일이 살핀 뒤, 실전의 상황을 그려보았다.

그는 여행을 할 때마다 생각을 달리해보기도 하고 또한 심사숙고해보기도 하였다. 또는 동행하는 사람들과 험준하고 기복이 심한 위험한 지형에 관하여 토론하기도 하였다. 또는 이러저러한 특수한 형의 전투에서 밀집편대를 짓거나 산발편대를 짓고 전진할 때 강이나 도랑 혹은 산고개에서 벌어질 사태에 관하여 예측해보기도 하고 이에 관한 가상작전을 짜보기도 하였다. 실제로 그는 군사작전이나 전투에서 비상한 쾌락을 맛보았다. 그리하여 전쟁이야말로 평소에 쌓은 모든 종류의 덕을 보여주는 특수한 무대라고 생각하였다. 그는 전쟁에 온갖 정성을 다 바쳤으며, 군인 아닌 사람은 사회에서 존재할 하등의 필요조차 없다고 경멸하였다.

그의 나이 30이 되었을 때 라케다이몬 왕 클레오메네스가 밤을 타서 메갈로폴리스에 기습작전을 가하였다. 그들은 메갈로폴리스의 수비대를 무찌르고 시의 중심부를 포위하였다. 깜짝 놀란 필로포이만은 황급히 구원하러 달려왔다. 그는 결사적인 용기를 내어 적과 싸웠지만 적을 몰아 낼 수가 없었다. 그러나 필로포이만은 메갈로폴리스의 시민들을 피난시키는 데는 성공하였다. 메갈로폴리스의 피난민들은 그가 추격해 오는 적과 대항하고 있는 사이에 도망을 쳤다. 필로포이만은 클레오메네스의 심한 공격으로 말을 잃고 몸에 상처를 입은 뒤, 가장 마지막으로 간신히 구출되었다. 그는 구사일생으로 죽음만 모면하였다. 메갈로폴리스의 시민들은 메세네로 피닌했는데, 클레오메네스는 그 곳으로 사람을 보내어 그들의 고향 마을과 잃은 물건들을 돌려주겠다고 제안하였다. 시민들은 클레오메네스의 제안을 환영하며 고향으로 돌아가려고 하였다.

그러나 필로포이만은 클레오메네스의 제안을 받아들이면 안 된다고 하였다. 그는 클레오메네스가 진정으로 도시를 되돌려 주려는 것이 아니라 시민들까지 수중에 넣음으로써 오랫동안 메갈로폴리스 시와 시민을 한꺼번에 점령하려는 것이라고 주장하였다. 하지만 빈 성벽과 사람이 없는 집만 지키고 있을 수는 없으므로 시민들이 이대로 조금만 더 버티어준다면 적은 곧 물러가고 말 것이라고 지적하였다. 이 말을 들은 시민들은 모두 자기들의 고향으로 돌아가려고 하지 않았다. 그러나 이러한 시민들의 행동은 클레오메네스로 하여금 메갈로폴리스 시의 대부분을 약탈하고 파괴한 뒤 많은 전리품을 자기 나라로 실어 가는 구실을 만들어주었다.

이 일이 있은 지 얼마 후, 안티고노스 왕은 아카이아 군을 도와 클레오메네스와 싸우기 위하여 연합군을 이끌고 왔다. 이때 클레오메네스는 도로를 모두 포위하였고, 셀라시아 야산의 유리한 고지에 포진하고 있었다. 안티고노스는 힘으로 격퇴할 결심을 하고 그의 옆으로 바싹 다가갔다. 필로포이만은 시민군을 이끌고 있었는데, 그 날은 기병대 사이에 있었다. 그 옆에는 강한 일리리아 인 보병이 자리잡고 있으면서 연합군의 측면을 막았다. 이 보병부대는 아카이아 군과 함께 예비부대로 편성되어 있었다. 그들은 처음에 진지를 지키고 있었다. 그러면서 왕이 직접 전투에 참가하고 있는 선발부대로부터 전투개시의 신호를 기다려야 했다. 신호는 창 끝에 붉은 기를 올리는 것이었는데, 그때까지 기다렸다가 행동을 개시하도록 작전이 짜여져 있었다. 아카이아 군은 그 명령에 복종하여 자기들의 진지를 굳건히 지켰으나, 일리리아 인 부대는 자기들의 장군의 명령에 따라 적을 공격하였다.

클레오메네스의 동생 에우클레이데스는 연합군의 보병과 기병이 완전히 격리되어 있는 것을 보고 그의 경무장부대에 소속되어 있는 정예부대를 급파하였다. 그리고는 우회작전을 써서 무방비상태에 있는 일리리아 인 부대의 뒤쪽을 공격하라고 명령하였다. 이 공격은 연합군을 큰 혼란 속으로 빠뜨렸다. 그러나 필로포이만은 이러한 경무장부대 정도라면 쉽게 격퇴할 수 있을 것이라고 생각하였다. 필로포이만은 안티고노스 왕의 장군들에게 어떠한 조치를 쓰면 좋을 것인지에 대해서 이해시키려고 하였다.

그러나 그때까지만 해도 필로포이만은 이러한 중대제안을 여러 사람에게 납득시킬 만한 명성을 떨치고 있지 않았다. 그러므로 그 어느 누구도 그의 말을 상대해주지 않았다. 어쩔 수 없이 그는 자기가 데리고 있던 시민군을 이끌고 출격하였다. 그리고는 최초의 조우전에서 적을 혼란에 빠뜨렸으며, 곧 이어서 대살육전을 감행함으로써 끝내 적을 도주시키고 말았다. 그러자 안티고노스 왕의 군대도 비로소 힘을 얻었다. 안티고노스 군은 필로포이만이 혼란에 빠졌을 때 전군을 투입하여 공격을 가하였다. 필로포이만은 무거운 기병무장을 한 채 말에서 내려 극도로 곤란한 속에서도 개울과 웅덩이가 많아 기복이 심한 땅을 달리며 도망치는 적을 추격하였다. 그때였다. 끈이 달린 창이 날아와 그의 두 허벅다리에 꽂히고 말았다. 어찌나 세게 날아왔던지, 창의 끝이 필로포이만의 허벅다리를 뚫고 빠져 나올 정도였다. 다행히도 그는 생명에 지장은 없었으나 심한 부상을 입었다.

창을 맞은 필로포이만은 사슬에 묶인 것처럼 꼼짝도 못 하고 잠시 그 자리에 서 있었다. 그의 다리에 박힌 창에 끈이 달려 있었으므로 뽑아낼 수도 없었다. 필리포이만의 주위에 있던 전우도 누구 하나 어떻게 해야 좋을지를 몰랐다. 싸움은 이제 위험한 고비여서 승패가 곧 결정될 것만 같았다. 필로포이만은 전쟁에 참전하고 싶다는 생각으로 죽을 힘까지 다 내었다. 그는 한 다리를 앞으로 내딛고 남은 한 다리는 뒤로 젖혀 창자루 가운데를 끊었다. 그리고는 두 동강난 창을 다리에서 뽑아버렸다.

이리하여 몸의 자유를 얻게 되자, 그는 칼을 들고 제1열에서 싸우고 있는 병사들 사이로 뚫고 들어갔다. 그리고는 자기 부하들을 격려하여 그들로 하여금 남에게 질세라 분투케 하였다. 승리를 거둔 후 안티고노스는 마케도니아 군에게 어찌하여 기병대가 명령도 떨어지기 전에 공격하였느냐고 물었다. 그들은 대답하기를, 메갈로폴리스의 젊은이 하나가 아직 죽을 나이도 아닌데 열심히 싸우다 쓰러진 것을 보고서 자기들도 모르게 이끌려 싸우게 되었노라고 하였다.

안티고노스 왕은 미소를 지으며 말하였다.

"그 젊은이는 마치 경험이 많은 장군처럼 싸웠군."

당연한 일이지만 이 싸움의 결과로 말미암아 필로포이만은 크게 명성을 떨치게 되었다. 안티고노스 왕은 필로포이만에게 자기를 섬길 생각이 없느냐고 물었다. 만약 자기를 섬기겠다면 장군으로 후대하겠다는 매우 유리한 조건을 제시면서 열심히 간청하였다. 그러나 필로포이만은 자신의 성격이 남이나 섬기고 있을 만한 것이 아니라는 사실을 잘 알고 있었다. 그리하여 필로포이만은 안티고노스의 제의를 거절하였다. 그러나 그는 하는 일도 없이 빈둥거리고 있을 수도 없었다.

때마침 크레타에서 전쟁이 벌어지고 있다는 소문이 들려왔다. 필로포이만은 전쟁경험도 쌓을 겸 하여 그 곳으로 건너갔다. 그는 대단히 호전적인 크레타 사람들 사이에서 얼마 동안을 보냈다. 그와 동시에 착실하고 절제 있는 사람들과도 사귀었다. 또한 여러 종류의 군무를 통하여 많은 경험을 쌓았다. 그리고 나서 필로포이만은 명성을 떨치며 귀국하였다. 그는 아카이아로 돌아오자마자 기병사령관으로 임명되었다.

그 당시 아카이아의 기병들은 전쟁이 일어나면 닥치는 대로 손쉽게 구할 수 있는 흔해빠진 말을 가장 싼 값으로 구하는 습관을 가지고 있었다. 그 정도로 그들은 전쟁경험이 없었고 아무런 용기조차 없었다. 그들은 거의 대부분 자신이 직접 전쟁에 나가지 않았다. 즉 자기를 대신할 사람을 고용하여 전쟁에 내보낸 뒤 본인은 그대로 집에 있었던 것이다. 그들의 사령관들은 이러한 행위를 눈감아주었다. 아카이아에서는 기병들의 세력이 대단하였다. 그들은 어떠한 지위에 있는 사람이라도 자기들 마음대로 함부로 대하곤 하였다. 필로포이만은 이러한 상태의 기병들을 그대로 내버려둘 수 없었다. 또한 그 전처럼 그들의 오만한 행동을 방임할 수도 없었다. 필로포이만은 아카이아의 모든 시를 돌아다니며 젊은이들과 일일이 대화를 나누었다. 그는 젊은이들에게 야심과 명예욕을 북돋아주었다. 그리고 필요하다고 생각될 경우에는 가차없이 벌도 주었다.

또한 필로포이만은 많은 관중들 앞에서 젊은이들의 능력을 겨루는 시합을 빈번하게 주선함으로써 단시일 내에 군의 역량과 정신을 크게 향상시켰다. 이와 같은 필로포이만의 지도에 따라 기병대 병사들은 말을 다루는 기술과 부대전술을 익히는 근면한 훈련을 거듭하였다. 그 결과 기병대의 전력은 아주 완전할 정도로까지 향상되었다. 이제 기병대 전체는 한 사람의 명령에 따라 일사불란하게 움직일 정도가 되었다. 말하자면 전체 병사들이 단 한 사람의 의사에 맞춰 움직였다는 것이다.

필로포이만은 라리소스 강가에서 벌어진 엘레아 군과 아이톨리아 군의 전투를 통하여 직접 병사들에게 모범을 보여주었다. 그 싸움에서 엘레아 군의 사령관 다모판투스는 필로포이만을 택하여 전속력으로 돌진해 왔다. 필로포이만은 그의 공격을 기다리고 있었다. 그러다가 다모판투스의 일격을 받기 직전에 그를 창으로 찔러 쓰러뜨렸다. 다모판투스가 쓰러지는 것을 보고 엘리아 군은 일제히 도망쳤다. 그리고 필로포이만은 가장 젊은 군인처럼 용감하고, 가장 늙은 군인처럼 지휘능력이 있어 전사로도 장군으로도 충분한 자격을 갖춘 사람이라고 모든 사람의 입에 오르내리게 되었다.

아라토스는 그때까지 보잘것없게 분리되어 있는 아카이아의 여러 도시를 하나의 국가로 통합하였다. 인로 인하여 그는 시민들 사이에 인정미 있는 사람으로 존경받게 되었다. 그는 아카이아에 그리스적인 정부형태를 확립함으로써 명성과 권세를 떨치게 한 최초의 인물이었다. 시냇물 속에 있는 작은 돌은 처음에 밀려드는 물결에 저항하면서 떠내려간다. 그러나 하나하나 돌이 모이고 차츰 더 많은 돌이 밀리고 쌓이면 시냇물 위로

솟아올라 군은 땅을 이룬다. 이와 같이 당시의 그리스는 국력이 약해져서 모든 도시가 각각 분열된 채로 자국의 방위력에만 의존하고 있었다.

그러나 아카이아만은 통일국가를 이루더니 점차 이웃나라의 폭군들을 몰아 내고 보호 정책을 쓰면서 국력을 신장시켜 나가기 시작했다. 그들은 평화적인 동의와 자발적인 행동을 통하여 펠로폰네소스 반도에 있는 여러 나라를 통합함으로써 하나의 통일국가를 만들려는 계획을 세우고 있었다. 아라토스가 살아 있는 동안 아카이아 인들은 마케도니아에 많이 의존하고 있었다.

그들은 처음에 프톨레마이오스 왕에게 기대었고 그 다음에는 안티고노스 왕과 필리포스 왕 등에게 추파를 던졌다. 이러한 왕들은 그리스 일이라면 무엇이든지 간섭하러 들었다. 그러나 필로포이만이 사령관이 되자, 아카이아 인들은 가장 강력한 국가와도 맞서서 싸울 만한 국력을 갖추게 되었다고 확신하였다. 그리하여 아카이아는 외국의 원조를 모두 거절하였다. 사실 그의 전기에서 이미 밝힌 바와 같이 아라토스는 호전적인 사람이 아니었다. 그는 대부분의 정책을 부드럽게 추진하였으며, 외국의 여러 왕들과 친밀하게 지냈다. 그러나 필로포이만은 행동을 중요하게 여기는 위대한 군인이자 사령관이었다. 더욱이 그는 군의 지휘를 맡은 뒤로는 계속 승리를 거두어 국민들의 사기를 크게 진작시켰다.

그는 사령관이 되면서 무기와 전투방식의 결점을 개량하였다. 이제까지 군에서 사용하던 방패는 무게가 가볍고 폭이 너무 좁아 제대로 몸을 가릴 수 없었다. 창도 마케도니아 군이 쓰는 장창에 비하면 너무도 짧았다. 이러한 무기들은 거리를 좀 두고 싸우는 전초전에서는 매우 적절하였지만 바싹 붙어서 싸우는 본격적인 접전에서는 불리하기 짝이 없는 것이었다. 무기와 마찬가지로 아카이아 부대는 전투대형을 이루기 위해서 일정한 대형으로 정렬하는 데에도 익숙하지 않았다. 싸울 때의 대형이 너무 흩어지고 산만하여 결속되지 않았으므로 적이 마케도니아 군의 방형진(方形陣)처럼 방패로 담을 쌓고 바늘쌈처럼 창을 밖으로 내밀면 대번에 궤멸되어버리고 말았던 것이다. 그러므로 필로포이만은 병사들의 좁은 방패를 넓은 방패로 바꾸고, 짧은 창을 긴 창으로 바꾸게 하였다.

그리고 머리와 동체와 두 다리의 넓적다리 부분까지 갑옷으로 싸게 하였다. 또한 실전에서는 느슨한 전초전이 아니라 일대 일로 맞서는 밀집대형을 갖추어 싸우게 하였다. 이처럼 필로포이만은 병사들에게 완전무장을 갖추게 한 다음, 병사들로 하여금 난공불락의 강병이 되었다는 확신을 갖게 함으로써 사기를 고무하였다. 그리고 사치를 일삼던 호탕한 낭비생활에 일대 수술을 가하였다.

호의호식에 젖어 있던 오랜 타성을 하루아침에 바꾼다는 것은 불가능한 일이다. 그러나 필로포이만은 사치를 즐기려는 국민들의 생각을 다른 방면으로 돌렸다. 즉 사치품 대신 실용적이면서 보다 더 남성적인 것을 과시하고 싶어하는 마음을 갖게 한 것이다. 그리고 사생활에서 남용하던 돈을 절약하여 훌륭한 무기를 갖추는 일에 투자하는 기쁨을 갖도록 종용하였다. 그리하여 공장에서는 주로 금은집기를 부수고 녹여서 갑옷의 가슴받이를 장식하고 무구의 장식용 못을 박는 일을 하게 되었다. 경기장에서는 마술과 무구를 다루는 젊은이들만이 눈에 띄었다.

또한 아낙네들 손에는 새털로 투구를 장식하며 군복에 수를 놓는 일만이 들리게 되었다. 사방에 보이는 것이 모두 이러하니 국민들의 사기는 오를 대로 올랐다. 국민들은 더 이상 위험에 처해서도 아랑곳하지 않게 되었고, 웬만한 위험은 물리치려는 마음가짐을 다지게 되었다. 사치는 우리들에게 쾌감을 주지만 우리를 나약하게 만든다. 왜냐하면 거기서 오는 쾌감이 우리의 활력을 둔화시키기 때문이다. 그러나 갑옷을 화려하게 차려 입고 나서면 저절로 기운이 나는 법이다.

호메로스는 아킬레스가 새로운 무기를 받고 나서 그것을 써보고 싶어 안달하는 것을 표현하기 위하여 그로 하여금 기뻐하며 환호소리를 지르게 하였는데 바로 이와 같은 것이다. 필로포이만은 병사들에게 무기를 주어 무장시킨 후 쉬지 않고 훈련하도록 만들었다. 병사들은 새로운 전법을 열심히 익히고 배웠다. 그들은 필로포이만의 명령하는 바를 아주 열심히 그리고 매우 성실하게 복종하였다. 그들은 새로운 전투대형이 놀랄 만큼 치밀하고도 견고하게 짜여진 것을 보고 기뻐하였다. 그것은 새로운 전투대형이 거의 난공불락이라고 생각되었기 때문이다. 그리고 그들은 무기가 아름답고도 화려했기 때문에 기꺼이 다루어보고 싶어하였다. 거기에다 그들은 늘 훈련을 거듭했기 때문에 무기가 가벼워지고 다루기 수월해짐을 느꼈다. 그들은 하루빨리 적과 싸워 자기들의 힘을 과시해보고 싶었다.

그때 아카이아는 라케다이몬의 폭군 마카니다스와 싸우고 있었다. 이 폭군은 강대한 군사력을 보유하고 있었는데 펠로폰네소스 반도 전역을 자기 수중에 넣으려고 호시탐탐 기회를 노리고 있었다. 마카니다스가 아카이아를 침범하여 만티네아 지방까지 왔다는 정보에 접한 필로포이만은 군대를 이끌고 곧 출동하였다. 양군은 만티네아 시 근교에서 만났다. 그리고는 시가 보이는 곳까지 서로 접근해 갔다. 양군은 여러 도시에서 징집한 자기 나라 군인뿐만 아니라, 상당히 많은 외국인 용병까지 보유하고 있었다.

　싸움이 시작되자 마카니다스는 외국인 용병을 이끌고 나서서 필로포이만이 전방에 배치해 놓은 창병과 타렌툼 인 부대를 격파하였다. 그러나 그는 승전의 기세를 타고 아카이아의 주력부대를 공격하지는 않았다. 오히려 마카니다스는 패주하는 병사들을 쫓아갔다. 필로포이만은 자기 병력의 일부분이 추격받고 있는 것을 대수롭지 않게 생각하였다. 오히려 그는 적이 주력부대에 구멍을 남겨 놓고, 방형진(方形陣) 부대를 노출시킬 만큼 실수를 범하고 있다는 것을 간파하였다. 필로포이만은 자국이 보병부대를 추격하는 적을 그대로 내버려 두었다. 그리고 쫓고 쫓기는 양군의 거리가 멀어질 때까지 아무런 행동도 취하지 않았다. 그러다가 라케다이몬 병사들이 아카이아의 기병대에게 유린되어 옆구리를 드러낸 채 죽어 가는 것을 보고는 갑자기 공격을 시작하였다.

　라케다이몬 병사들은 자기들의 지휘관이 없는 사이에 적의 내습이 있으리라고는 꿈에도 생각하지 못했다. 그들은 자기들의 왕이 맹렬하게 적을 추격하는 것을 바라보면서 승리는 자기들의 것이라고 생각하고 있었다. 필로포이만은 이러한 라케다이몬의 잔류부대에 기습을 감행하여 4천 명이 넘는 많은 사상자를 내었다. 그리고 나서 필로포이만은 말을 돌려 외국인 용병들을 거느리고 추격으로부터 돌아오는 마카니다스와 맞섰다.

　두 사람 사이에는 깊고도 폭이 넓은 도랑이 하나 있었다. 두 사람은 모두 이 도랑가로 말을 몰고 왔다. 한 사람은 도랑을 건너 도망치려는 생각이었고, 또 한 사람은 그를 막으려는 생각이었다. 이렇게 되고 보니 두 사람은 더 이상 장군처럼 보이지 않았다. 마카니다스는 용감한 사냥꾼에게 쫓겨 필사적으로 활로를 찾는 사나운 짐승과 같았다. 폭군의 말은 혈기가 왕성하고 힘이 세었다. 마카니다스는 말의 옆구리에 잔인하도록 힘차게 박차를 들이박았다. 그러자 말은 간신히 앞다리를 건너편 언덕에 걸쳤다. 그러나 말의 뒷다리는 물 속에 빠져 허우적거리고 있었다.

이때 필로포이만의 부관 심미아스와 폴리아이누스가 창을 들고 마카니다스에게 달려갔다. 그러나 이들보다 먼저 마카니다스에게 달려간 사람은 필로포이만이었다. 마카니다스의 말은 주인을 보호하려고 고개를 치켜올렸다. 그러나 필로포이만은 자기의 말을 조금 옆으로 비키게 하면서 두 손으로 힘껏 창을 움켜쥐고 폭군을 찌름으로써 그를 말에서 떨어뜨렸다. 델포이에 있는 필로포이만의 초상은 이 장면을 본떠서 만든 것으로, 아카이아 인들이 이 날 보여준 그의 용기를 찬양하며 세운 것이다.

전하는 바에 의하면 이 승리가 있은 지 얼마 후에 열린 네메아의 대행사에서 필로포이만은 다시 총사령관으로 임명되었다고 한다. 또한 이 행사가 열리고 있는 동안은 한가하였으므로 병사들은 마치 출정이라도 하는 것처럼 완전한 대열을 짓고 놀랄 만큼 질서정연하고도 힘있게 정확한 모습의 시범훈련을 행사에 모인 그리스 사람들에게 보였다고 한다. 그 후 필로포이만은 음악가들이 그를 찬양하여 노래 부르고 있는 극장으로 들어갔다. 그는 군복과 갑옷 아래 주홍색 프록코트를 받쳐 입고 비슷한 나이의 넘칠 듯한 용기를 과시하는 장병들을 거느리고 있었다. 젊은 장병들은 자기들의 장군에게 높은 경의를 표하는 동시에 자기들이 이룩한 많은 승전에 대하여 내심으로 커다란 긍지를 느끼고 있었다. 마침 그들이 극장 안으로 들어갔을 때는 음악가 필라데스가 시인의 고상한 가락에 어울리는 우렁한 목소리로 티모테우스의 시 〈페르시아 군〉에서 나오는 다음과 같은 구절을 노래하기 시작한 때였다.

님의 행동으로써 그리스는 영광과 자유를 얻었노라.

극장 안의 청중은 일제히 얼굴을 돌리고 필로포이만을 바라보며 갈채를 보냈다. 그들은 왕년에 있었던 그리스의 영광을 다시 생각하고, 민족의 정신을 다시 되살려준 사람을 우러러보았다.

말은 주인이 타면 주인을 알아보고 조용히 길을 간다. 그러나 낯선 사람이 자기의 등에 올라탔을 경우에는 불안해하며 말을 듣지 않는다. 특히 젊은 말일 경우에는 더욱 그러하다. 이와 마찬가지로 아카이아 군은 필로포이만이 곁에 없으면 금세 풀죽은 모습이 되어 사방으로 그를 찾아다녔다. 그러다가도 그의 모습이 나타나는 즉시 그들은 본연의 자세로 돌아가 확신과 용기를 되찾았다. 이 사람이야말로 적이 감히 대적하기를 꺼리는 그들의 유일한 장군이라는 사실을 알고 있었기 때문이다.

사실 그의 이름만 들어도 벌벌 떠는 적들이 있었다. 이런 일까지 있었다. 마케도니아 왕 필리포스는 필로포이만을 제거하면 아카이아 인들이 겁을 먹고 종전대로 자기를 섬길 것으로 생각하였다. 그리하여 필리포스는 몇 사람을 고용하여 필로포이만을 암살해버리려고 하였다. 그러나 이 음모는 사전에 발각되었다. 이에 필리포스는 창피만 당하고 그리스 전국을 통하여 오명을 떨치게 되었다.

또한 메가라를 포위하여 일거에 물리칠 만반의 준비까지 갖추었던 보이오티아 군은 필로포이만이 온다는 근거 없는 소문만 듣고도 겁에 질려 성벽에 걸쳐 두었던 사다리도 그냥 버려

둔 채 도망치고 말았다. 나비스(마카니다스의 뒤를 이은 라케다이몬의 폭군)가 메세나를 기습 공격하였을 때 필로포이만은 군사령관직을 떠나 야인으로 있었다. 필로포이만은 당시 아카이아의 사령관인 리시포스에게 메세네 시민을 구해줄 것을 권유하였다. 그러나 리시포스는 적이 이미 시내를 점령하고 있기 때문에 할 수 없다고 하였다. 그리하여 필로포이만은 자신이 직접 나섰다. 그는 자기가 살고 있는 곳의 시민들 추대로 지휘관이 되었다. 그리고 그 곳 시민들로 편성한 군대를 이끌고 메세네를 구하러 갔다. 그런데 나비스는 그가 온다는 소식을 듣고 지레 겁을 먹었다. 나비스는 점령했던 도시를 버리고 가장 먼 쪽에 있는 성문을 통하여 부하들을 데리고 정신없이 도주해버렸다. 그리고는 생명을 건진 것만으로도 다행이라고 생각하였다. 이렇게 하여 메세네는 구제되었다.

이러한 사실들은 모두 필로포이만의 자랑과 영광이 아닐 수 없다. 그러나 고르티니아의 조국이 나비스의 공격을 받아 한창 고통에 시달리고 있을 때, 그의 부탁을 받은 필로포이만이 크레타로 가서 사령관이 된 것에 대해서는 여러 가지 의견이 분분하다. 즉 필로포이만이 비겁자가 아니면, 다른 나라로 가서 공명을 떨치려고 감행한 비열한 행동이라는 비난이 일었던 것이다. 이때 메갈로폴리스의 시민들은 심히 어려운 처지에 놓여 있었다. 그들은 성 밖으로 일절 나가지도 못하고, 시내의 거리에 곡식을 심어 먹는 상태였다. 성 밖에 적군이 있어서 밭으로 나갈 수가 없었기 때문이다. 그런데 하필이면 이럴 때 필로포이만이 바다 건너에 있는 다른 나라로 가서, 그 나라의 총사령관이 되었던 것이다.

이러한 사실은 그를 좋지 못하게 생각하는 사람들에게 비난의 구실을 마련해주고도 남음이 있었다. 이에 대해서 어떤 사람은 이렇게 말한다. 즉 아카이아가 총사령관에 다른 장군들을 선임하였고, 그에게는 병졸 한 명밖에 주지 않았다는 것이다. 이러한 수모를 당한 뒤 그는 고르티니아 인들의 제안을 받아들였다고 한다. 그는 가만히 앉아 있는 성질이 아니었으며, 특히 전쟁에서의 사령관 직무를 그의 큰 할 일로 삼고 있었다. 그리하여 그는 늘 그 자리에 앉기를 갈망하였다. 이와 같은 생각은 필로포이만이 프톨레마이우스 왕에 대하여 평한 말에도 잘 나타나 있다. 누군가가 왕을 칭찬하여 말하기를, 군으로 하여금 늘 군사훈련에 전념케 하고 왕 자신도 무예를 뒤고 있다고 하였다. 이때 필로포이만은 이렇게 반문하였다.

"그 나이에 아직도 밤낮 훈련만 쌓을 뿐, 실천에 옮기지 않으니 어디 칭찬할 곳이 있겠나?"

그런데 메갈로폴리스 사람들은 필로포이만에게 배신당했다고 생각하고 있었기 때문에 그 말을 아주 언짢게 받아들였다. 그리하여 사람들은 그를 추방하려고 하였다. 그들은 아리스타이우스 장군을 메갈로폴리스로 보냄으로써 이 계획에 결말을 지었다. 이 사람은 정치적으로는 필로포이만과 의견을 달리하고 있었지만 필로포이만을 추방한다는 의견에는 반대하였다. 필로포이만은 메갈로폴리스로 온 아리스타이우스를 보고 자신이 시민들의 푸대접을 받게 되었다는 것을 알게 되었다.

그리하여 필로포이만은 시 주변에 있는 여러 작은 마을의 대표들에게 시의 명령에 복종하지 말라고 하였다. 즉 그들로 하여금 애당초부터 세금이나 법령을 비롯한 그 밖의 시의 명령에 복종할 아무런 의무도 없다고 제의하여 반기를 들게 한 것이다. 그리고 나서 이 문제가 아카이아 동맹국 전체회의에 상정되었을 때 필로포이만은 자신도 마을의 대표들과 동조하여 공공연히 메갈로폴리스에게 반대하였다. 그러나 이러한 일들은 나중에 있었던 일이다.

그가 고르티니아 인들을 섬기면서 크레타에 체류하고 있는 동안에는 펠로폰네소스 인이나 아르카니아 인답게 정면으로 맞서는 본격적인 싸움을 벌이지는 않았다. 오히려 그는 크레타 인의 무기를 가지고 크레타 인과 싸웠으며, 크레타 인의 전략과 전법을 채택하여 싸웠다. 그리고 이러한 전법은 경험 많은 군인을 상대로 하여 싸우는 어린아이의 장난에 불과하다는 것을 보여주었다.

이처럼 크레타에서 큰 용기를 발휘하여 싸워 큰 명성을 떨쳤다. 그러나 그가 펠로폰네소스로 돌아왔을 때 마케도니아 왕 필리포스는 로마 장군 티투스 퀸티우스에게 패하고 있었고, 나비스는 로마 군과 아카이아 군을 적으로 삼고서 싸우고 있었다. 필로포이만은 즉시 장군에 임명되었다. 그는 먼저 나비스에게 해전으로 도전하였다. 그러나 시민들의 기대나 예전에 보여주었던 화려한 승리의 명성과는 달리, 과거 에파미논다스가 패배하였던 것처럼 그도 나비스에게 참패를 당하고 말았다.

어떤 설에 의하면, 에파미논다스는 자기 나라 사람들이 바다에 재미를 붙이게 될 것을 두려워하였다. 플라톤이 말한 것처럼 선량한 군인이 조금씩 나쁜 선원으로 변해 갈까 봐 염려하였던 것이다. 그리하여 그는 일부러 아무런 성과도 거두지 않고 소아시아 제도에서 군을 이끌고 돌아왔다고 한다.

그러나 필로포이만은 육전에서 얻은 경험이 해전에서도 마찬가지로 적용될 것이라고 생각하였다. 그러나 필로포이만은 나비스와의 해전을 통하여 훈련 없이 용기만으로는 아무런 효과를 거둘 수 없다는 사실을 깨달았다. 또 군의 힘은 경험에서 오는 바가 매우 크다는 사실도 알게 되었다. 그는 경험부족으로 패하였다. 뿐만 아니라 오래 된 배를 타고 나간 것도 패전의 원인이었다. 그 배는 유명한 것이기는 하였지만 40년 전에 만들어진 것이었다. 따라서 배의 침수가 너무나 심했기 때문에 병사들은 미처 싸우기도 전에 배가 전복되지 않을까 하며 걱정과 위험에 싸여 있었던 것이다.

이와 같이 필로포이만이 패전의 원인을 분석하고 있을 때 적은 마치 그가 바다에서 축출되기라도 한 것처럼 깔보는 마음으로 기티움을 포위하였다. 이 사실을 알게 된 필로포이만은 곧 그 곳으로 출범하였다. 적의 병사들은 승리를 거둔 직후라 매우 방심한 상태였고 군기마저 해이해져 있었나. 이 틈을 타서 필로포이만은 밤에 군을 이끌고 상륙하여 적을 생포하고 막사를 불태워 많은 수의 병사들을 죽였다.

이 일이 있고 나서 며칠 후의 일이었다. 필로포이만 군이 험준한 지대를 행군하고 있는데 갑자기 나비스가 나타나 그에게 기습을 가하였다. 아카이아 군은 당황하였다. 필로포이만은 적이 이미 유리한 지점을 확보하고 있는 것을 보고 활로를 타개할 방법을 몰랐기 때문에 절망에 빠졌다. 필로포이만은 행군을 잠시 멈추고서 지형을 살펴보았다. 그리고 전쟁에 있어서 가장 중요한 것은 전술이라는 사실을 깨달았다. 왜냐하면 병사들을 몇 걸음만 전진시켜 지형의 성격에 따라 질서정연하게 대형을 변경하도록 군을 이동시키면 곧 모든 위험지대에서 빠져 나올 수 있다는 것을 알았기 때문이다. 이와 같이 군을 이동시킨 필로포이만은 도리어 적에게 공격을 가하여 물리쳤다.

적의 패잔병들은 시내로 들어가지 않고 그 지방 일대로 흩어져 달아났다. 필로포이만은 이들을 추격하고 싶었으나 오히려 후퇴를 명하였다. 그들이 도망친 곳은 나무가 빽빽이 우거진 산과 급류와 절벽이 많은 지형이었으므로 기병대로 추격하기엔 매우 불리하였기 때문이다. 그는 낮 동안 병사들에게 야영을

시켰다. 어두워지면 적은 병력을 분산하여 살그머니 시내로 잠입할 것이었다. 필로포이만은 성벽 근처의 개울과 경사진 지면을 따라 힘센 병사들을 배치하였다. 그러자 예상했던 대로 나비스의 많은 병사들이 그들의 손에 걸려들었다. 왜냐하면 그들은 무리를 이루지 않고 제각기 흩어져서 살 길을 찾아 시내로 들어가려고 했기 때문이다. 그러나 새들이 그물에 걸리듯 성문 밖에서 모두 잡히고 말았다.

이러한 업적으로 필로포이만은 사람이 많이 모여 있는 곳으로 갈 때마다 두드러진 환영을 받았다. 그리하여 필로포이만은 티투스 플라미니누스의 시기를 사게 되었다. 플라미니누스는 천성적으로 영광을 좋아하였다. 로마의 집정관인 그로서는 아르카디아 인보다 더 높은 존경을 받는 것이 당연하였다. 특히나 아카디아 인을 위하여 그가 세운 공적은 필로포이만이 한 공적과 비교도 되지 않았다. 그는 마케도니아의 필리포스 왕에게 빼앗겼던 자유를 단 한 번의 선언으로 말미암아 그리스에 돌려주도록 하였다. 이 일이 있은 후 플라미니누스는 나비스와 평화조약을 맺었으나 얼마 있지 않아 아이톨리아 군에게 암살되었다.

이로 인하여 스파르타는 혼란에 빠졌다. 필로포이만은 이 기회를 놓칠세라 스파르타로 진주하여 설득과 무력으로 스파르타 전국이 아카이아 앞에 굴복하도록 만들었다. 스파르타가 아카이아의 일원이 된다는 것은 스파르타의 입장에서 볼 때 큰 사건이었다. 이 결과로 필로포이만은 아카이아 인의 전폭적인 존경을 한 몸에 받았다. 왜냐하면 스파르타와 같이 강대한 국가를 그들의 동맹국으로 가입시켰을 뿐만 아니라, 이제야말로 자유를 지켜주는 맹방을 얻었다고 생각하게 된 스파르타의 귀족들로부터 적지 않은 환심을 사게 됨으로써 그들과의 동맹관계를 강화할 수 있었기 때문이다. 귀족들은 나비스의 사택과 물건을 판 돈 은 120탈렌트를 필로포이만에게 줄 것을 시의 이름으로 가결한 뒤, 그에게 대표단을 보냈다.

여기서 필로포이만의 정직이 진정이라는 사실이 분명히 드러났다. 왜냐하면 첫째로 스파르타 인 중에서는 선뜻 그에게 선물을 전하겠다고 누구 하나 나서는 사람이 없었다. 모두가 그 일을 사양하며 다른 사람에게 맡길 것을 희망하였으므로 마침내 필로포이만과 스파르타에서 한 집에서 산 적이 있었던 티몰라우스가 이 일을 맡게 되었다. 디플라우스는 에살리폴리스로 와서 필로포이만의 환대를 받았다. 그러나 티몰라우스는 친구인 폴로포이만의 검소하고 기품 있는 생활과 청렴결백한 태도를 보고 감격하여 차마 자기가 가지고 온 용건을 전달할 수가 없었다. 할 수 없이 티몰라우스는 다른 일이 있어서 그를 찾아온 것처럼 말한 뒤 그냥 떠나고 말았다. 티몰라우스는 스파르타 인에 의해서 또다시 필로포이만에게 파견되어 왔는데 결과는 처음과 다름이 없었다. 다시 세번째로 똑같은 임무를 받게 된 그는 필로포이만 앞에 와서 한참 동안을 망설이다가 그에게 간신히 스파르타 시의 선의를 알렸다. 필로포이만은 가만히 티몰라우스의 말을 듣고만 있었다. 그러다가 자신이 직접 스파르타로 가서 그들에게 충고하였다.

"선량한 사람이나 당신의 친구에게 뇌물을 주지 마십시오. 좋은 일을 해드릴 수만 있다면 그것뿐, 보수는 청구하지 않겠습니다. 그 돈을 갖고 계시다가 동맹국회의에서 선동적인 발언으로 스파르타에게 해를 끼치려는 좋지 못한 시민을 뇌물로 매수하십시오. 그 입을 막아야 하지요. 친구의 입을 막는 것보다 적의 입을 막는 것이 더 좋을 것입니다."

이와 같이 필로포이만은 뇌물을 모르는 청렴결백한 사람이었다.

　나중에 아카이아의 장군이 된 디오파네스는 또다시 소요를 일으키려고 한 스파르타를 벌해야겠다고 결심하였다. 한편 스파르타가 전쟁을 일으켜 펠로폰네소스 반도 전체를 혼란의 도가니 속으로 몰아넣었을 때 필로포이만은 전력을 다하여 디오파네스를 설득하였다. 즉 그에게 이성을 되찾아 지금의 사태를 똑바로 직시하고 이에 맞는 대처를 하라고 충고한 것이다. 로마 군과 안티오코스 왕의 대군은 그리스 한복판에서 막대한 병력을 동원하여 서로 권리를 주장하고 있는 판이었다.

　그러므로 디오파네스는 장군 된 사람으로서 시치미 딱 떼고 적의 동향을 살피면서 중요하지 않은 불평을 참아 내야 한다고 말하였다. 즉 불필요한 내분을 모두 피하라고 권한 것이다. 그러나 디오파네스는 이 충고를 받아들이지 않고 티투스와 협력하여 다코니아를 침범한 다음 스파르타로 전진하였다. 일이 이렇게 되자 필로포이만은 몹시 화가 났다. 그는 합법적이지도 않고 과히 정당하지도 않은, 그러나 다분히 대담하고도 고상하게 생각되는 행동을 취하였다. 즉 그는 당시의 일개 평민에 지나지 않는 신분으로 스파르타를 향하여 달려간 것이다. 그리고는 로마의 집정관과 아카이아 장군의 입성을 거절하고, 시내에서 일어난 소요를 진정시켰다. 그러고 나서 스파르타를 그 전과 같은 조건으로 아카이아 동맹에 다시 가입시켰다.

　그러나 나중에 필로포이만이 장군으로 재추대되었을 때 스파르타와의 사이에서 일어난 새로운 분쟁 때문에 그 곳으로 추방된 사람들을 모두 소환하였다고 한다. 폴리비오스에 의하면 필로포이만은 80명의 스파르타 인을 처형하였다고 한다. 또한 아리스토크라테스에 의하면 350명의 스파르타 인이 처형되었다고 한다. 그뿐만 아니라 그는 스파르타의 성벽을 허물고, 영토의 대부분을 빼앗아 메갈로폴리스에게 돌려주었다. 그리고 독재시대의 폭군에 의하여 강제로 스파르타 시민이 된 사람들을 모두 아카이아로 돌려보냈다. 그러나 추방에 순종하지 않은 3천 명은 노예로 팔았고, 그 돈으로 메갈로폴리스에 공회당을 세웠다.

　마지막으로 필로포이만은 재난에 처한 스파르타 인을 잔인하게 유린하였다. 그리고 자기의 적개심을 만족시키기 위하여 압제적이며 독재적인 행동을 취하였다. 그는 스파르타의 법을 파기하고, 그들에게 아카이아의 교육제도를 따라 아이들을 교육시킬 것을 강요하였다. 그리고 모든 생활양식을 아카이아에 맞춰 생활하도록 하였다. 이러한 제도를 고수하지 않는 한 스파르타의 거만한 정신을 꺾을 길이 없었기 때문이다. 이와 같은 역경을 겪고 있는 데다가 필로포이만에게 국가의 전권을 빼앗겼으므로 그들의 행동은 겸손하고 유순하지 않을 수 없었다. 그러나 얼마 후 로마의 지지에 힘입은 스파르타 인들은 아카이아 동맹에서 탈퇴하여 불운한 처지 가운데서도 힘 자라는 데까지 과거 그들의 제도로 되돌아갔다.

　안티오코스 군과 로마 군이 그리스에서 싸우고 있을 때 필로포이만은 다시 평민으로 되돌아가 있었다. 이때 안티오코스는 칼키스에서 불미스러운 연애와 결혼으로 시간을 보내며 빈둥거리고 있었다. 병사들도 왕을 본받아 몇 도시로 무질서하게 흩어져 있었다. 더욱이 감독하는 지휘관도 없는지라 병사들은 방탕에 골몰하고 있었다. 이것을 본 필로포이만은 몹시 탄식하였다. 그는 자기가 군사령관 지위에 있지 못한 것을 몹시 불평하였고, 로마 군의 승리를 부러워하면서 말하였다.

　"내가 만일 그때 군사령관직에 있었다면 술집을 기습하여 놈들을 모두 몰살시켜 버렸을 텐데."

안티오코스를 정복한 다음 로마는 그리스에 대한 압력을 더욱 강화하여 아카이아 동맹국가들을 수중에 넣었다. 이렇게 되자 일부 도시의 저명한 지도자들도 로마 앞에 굴복하였다. 로마는 신탁에 힘입어 급속도로 그리스를 제압하려 들었다. 이러한 상황에서 필로포이만은 마치 유능한 선장처럼 높은 파도 속에 자기 몸을 던졌다. 그는 때때로 돛을 바꾸기도 하고, 운명에 자기 몸을 맡기기도 하면서 꾸준히 노를 저어 나갔다. 그리고 기회 있을 때마다 변론이나 금력에 뛰어난 모든 사람들에게 서로 굳게 규합하여 굳은 결심으로 로마에 저항해야 한다고 외쳤다. 또한 그리스의 자유를 수호하기 위한 노력을 게을리하지 말아야 한다고 호소하였다.

아리스타이누스는 아카이아 동맹 중에서 신망이 두터운 메갈로폴리스 출신의 사람이었으나 열렬한 로마의 지지자였다. 어느 날 그는 원로원에서 이렇게 연설하였다.

"어떤 면에서나 로마에 저항하거나, 그 비위를 거스르는 것은 어리석은 일입니다."

필로포이만은 가만히 듣고 있다, 더 이상 참을 수 없어 노기 띤 목소리로 이렇게 반문하였다.

"이 딱한 양반아, 어찌하여 그렇게 빨리 그리스가 망하기를 원하는 거요?"

로마의 집정관 마니우스는 안티오코스를 정복한 다음, 추방된 스파르타 인들을 그들의 나라로 다시 보내라고 아카이아에 요청하였다. 티투스는 이 동의안이 자기의 이해관계에 맞는다고 판단하여 적극 지지하였다. 그러나 필로포이만은 이에 반대하였다. 그것은 스파르타 인들에 대한 악의 때문이 아니었다. 다만 자기와 아카이아 인들의 자유의사로 이를 허가하고 싶을 뿐, 티투스나 로마 인들의 공으로 만들고 싶지는 않았기 때문이었다. 그리하여 군사령관이 되었을 때에서야 필로포이만은 스파르타 인들을 본국으로 송환하였다. 그는 남의 지배를 받는 것을 매우 못마땅하게 생각하였을 뿐만 아니라 권력 쥔 사람들과 매사에 다투어보려는 기질을 가지고 있었다.

나이 70에 여덟번째로 군사령관직에 취임하자 필로포이만은 공직에서뿐만 아니라 여생까지도 조용히 보내고 싶었다. 이때의 그리스는 마치 사람의 체력이 쇠약해져 갈 때 성격마저 순해지듯이 변화하고 있었다. 세력이 점점 미약해짐에 따라 그리스 인들의 호전적인 기질도 훨씬 부드럽게 가라앉았던 것이다. 그러나 이름난 달리기 선수가 결승점에서 고꾸라지듯, 운명의 신이라고 할까 아니면 신이 내리는 응보의 힘이라고 할 만한 것이 인생의 종착역에 서 있는 그를 엄습하였다. 여러 사람이 모여 있는 자리에서 누군가가 명장이라고 칭찬을 받았는데, 이에 대해서 필로포이만은 이렇게 대답하였다.

"적에게 생포된 사람이 어찌 사람 축에 들 수 있겠소?"

며칠 후 메세네 사람 디노크라테스가 메세네를 선동하여 아카이아에 반란을 일으키고 콜로니스라는 촌락을 포위하기 위하여 진격중이라는 소문이 들어왔다. 디노크라테스는 특히 필로포이만에게 원수처럼 으르렁거리는 사람이었는데, 그는 사악한 행동 때문에 모든 사람들의 미움을 사고 있었다. 이때 필로포이만은 열병으로 아르고스에서 휴양중이었다. 그러나 이 소식을 듣자마자 그는 곧 병석에서 일어나 만사를 제쳐놓고 400리 길을 하루에 달려 메갈로폴리스에 도착하였다. 그는 메갈로폴리스에 도착한 즉시 기병대를 이끌고 싸움터로 나갔다. 그와 함께 동참한 병사들은 메갈로폴리스 시에서도 가장 명문출신이었고 혈기발랄한 한창 나이의 젊은이들이었다. 그들은 종군을 자청했으며, 필로포이만의 부하 되기를 갈망함으로써 이 거사의 정당성에 공감한 사람들이었다.

그들이 메세네로 전진하였을 때 에반데르 산 근처에서 만난 디노크라테스를 공격하여 패주시켰다. 그런데 지방경비대원 500명이 우연히 그 날 밤 늦게 나타나는 바람에 패주병들은 또 다시 산 주위로 모여들었다. 그들에게 포위당할까 봐 겁이 난 필로포이만은 부하들을 아끼는 생각에서 후미를 스스로 지휘하면서 극히 불리한 지대로 후퇴하였다. 그는 종종 적과 대치하며 공격을 가하였는데 그때마다 적을 자기 쪽으로 유인하였다. 그러나 적은 멀리서 움직이며 고함소리만 지를 뿐 아무도 그에게 접근하려 하지 않았다. 그는 자기의 병사를 단 한 명이라도 더 살리고 싶은 생각에서 자주 주력부대를 이탈하였다. 그러다 보니 결국은 적의 깊은 함정에 빠지게 되었다. 그렇지만 적은 감히 누구 하나 그에게 접근하지 못하였다. 그들은 단지 멀리서 에워싼 채 시끄럽게 떠들기만 할 뿐이었다. 필로포이만은 돌이 많은 가파른 곳으로 몰리게 되었다. 그는 제 길로 말을 몰고 가느라고 박차를 무수히 들이박으면서 무척 고생을 하였다.

그 동안 쉬지 않고 계속 운동을 하여 그는 몸이 튼튼하고 활동하기에 지장이 없었다. 그러므로 나이는 그에게 장애가 되지 않았다. 그렇다 하더라도 그는 병을 앓은 뒤라 몸이 허약해져 있었고, 긴 여행으로 지친데다 말까지 고꾸라졌기 때문에 무기에 걸려 실신한 채로 울퉁불퉁하고 단단한 땅 위에 쓰러졌다. 그 바람에 머리가 땅에 부딪쳤는데 그 충격이 너무도 심하였기 때문에 그는 말도 못 하고 잠시 누워 있었다. 그러자 적은 그가 죽은 줄로 생각하였다. 그들은 필로포이만의 몸을 돌리고 옷을 벗기기 시작하였다. 그런데 그가 머리를 쳐들고 눈을 뜨자 거기 모여 있던 병사들 모두가 그에게 덤벼들었다. 그들은 필로포이만의 두 손을 뒤로 묶은 뒤 끌고 가면서 갖은 욕설과 조롱을 퍼부었다. 필로포이만은 디노크라테스에게 이처럼 참패를 당하여 끌려갈 신세가 되리라고는 꿈에도 생각하지 못하였다.

 이 소식을 들은 메세네 시민들은 놀라고 흥분된 채로 그 광경을 구경하려고 성문 쪽으로 떼를 지어 모여들었다. 그러나 과거의 위대한 전공과 그토록 유명했던 승리를 거둔 사람이 이제는 어울리지 않게 포로가 된 것을 보았을 때 비애가 가슴 가득 복받쳐 오르는 것을 느꼈다. 그들은 인간 운명의 야릇한 무상을 저주하며 동정의 눈물을 흘렸다. 이러한 눈물은 조금씩 친절한 말로 바뀌어 갔다. 또한 과거에 그가 자신들을 위하여 해준 일들을 떠올렸다. 특히 그가 나비스를 축출하여 자유를 되찾아준 일을 잊어서는 안 된다는 말이 모든 사람의 입에 오르내리게 되었다.

 그러나 일부의 사람들은 디노크라테스의 환심을 사기 위하여 필로포이만이 위험하고도 화해할 수 없는 적이라고 주장하였다. 그러므로 실컷 고문한 뒤 사형에 처해야 한다는 것이었다. 또한 그렇게 고생을 시킨 다음 풀어주면 디노크라테스에게 한층 더 무서운 존재가 될 것이라고도 하였다. 마침내 그들은 필로포이만을 지하에 있는 감옥에 가두었다. 그 곳은 소위 보고라고 부르는 지하 토굴감옥이었다. 이 지하감옥은 외부에서 공기나 광선이 들어오지 않았다. 또한 문이 없었으므로 큰 돌로 입구를 막아놓곤 하였다. 이 돌을 굴려서 입구를 막은 다음 감시병을 두고 지키게 한 것이다.

 한편 필로포이만의 부하들은 정신 없이 도망치다가 자기들의 장군이 눈에 띄지 않는 것을 깨닫고 비로소 정신을 차렸다. 그들은 겁이 나서 큰 소리로 필로포이만을 불렀다. 그리고 자기들이 부끄럽게 도망친 것을 서로 나무랐다. 병사들은 자기들의 생명을 살려주기 위하여 대신 죽은 장군을 배신하였다고 서로 부끄러워하였다. 그들은 되돌아서서 여러 방면으로 필로포이만의 행방을 알아보았다. 그리하여 그가 생포되었다는 사실을 알게 되자 사방으로 사신을 보내어 이 소식을 전하였다. 이 소식은 들은 아카이아 동맹국들은 크게 분개하며 필로포이만을 석방하라는 명령을 내리는 한편 그를 구제하기 위하여 군을 동원하였다.

아카이아에서 이러한 일들이 일어나고 있는 동안 디노크라테스는 이렇게 우물거리고 있다가는 결국 필로포이만을 살려주는 결과가 될 것이라고 염려하고 있었다. 그는 아카이아 동맹국보다 선수를 쳐서 필로포이만을 없애버리기로 결심하였다. 디노크라테스는 밤이 되어 시민들이 집으로 돌아가 거리가 한산해지자 옥리에게 독약을 주었다. 그리고는 필로포이만이 그것을 다 마실 때까지 그의 곁을 떠나지 말라고 명령하였다. 옥리가 약을 들고 찾아갔을 때 필로포이만은 잠을 이루지 못하고 슬픔과 시름에 잠긴 채 옷을 뒤집어쓰고 누워 있었다. 그는 불빛을 통하여 자기 옆에 독약을 들고 서 있는 사나이를 보았다. 필로포이만은 힘들게 일어나 앉아 잔을 받아들었다. 필로포이만은 옥리에게 자기 기병대나 특히 리코르타스에 관하여 들은 이야기가 없느냐고 물었다. 옥리는 그들이 대부분 안전하게 도망쳤다고 대답하였다. 그 말을 듣고 필로포이만은 고개를 끄덕였다. 그리고는 명랑한 얼굴로 그를 쳐다보며 말했다.

"모든 일이 불행하지 않다니 천만다행이오."

이 말을 남긴 뒤 필로포이만은 독약을 마시고 또다시 드러누웠다. 워낙 몸이 쇠약해 있었기 때문에 필로포이만은 곧 숨을 거두었다.

그가 죽었다는 소식은 모든 아카이아 인들의 가슴을 슬픔과 통한으로 가득 채웠다. 젊은이들은 여러 도시의 수장들과 메갈로폴리스에서 만나 지체없이 복수하자는 결의안을 통과시켰다. 그들은 리코르타스를 군사령관으로 선출하고 메세나로 진격하였다. 그리고는 적이 완전히 항복해 올 때까지 방화와 살육을 자행하였다. 디노크라테스는 필로포이만의 사형에 대해서 찬성의 투표를 한 많은 사람들과 함께 적의 복수를 예측하였다. 그들은 결국 자살을 함으로써 복수의 대상에서 빠져 나갔다. 리코르타스는 필로포이만을 고문해야 힌다고 주장했던 자들을 투옥하여 더 심한 엄벌에 처하도록 명령하였다.

그들은 필로포이만의 시체를 화장한 뒤 유해를 항아리 속에 담았다. 그리고 승리의 장식과 장례의 설움을 섞은 행렬을 지어 고국으로 돌아왔다. 그들은 머리에 승리의 화환을 얹고 눈에는 눈물을 싣고, 발에 족쇄를 채운 포로들을 끌고 왔다. 총사령관의 아들 폴리비오스는 필로포이만의 유해가 든 항아리를 들고 왔는데, 너무도 많은 화환과 리본으로 덮여 있어 보이지도 않았다. 폴리비오스의 뒤를 아카이아의 귀족들이 따랐다. 완전무장을 갖춘 채 말을 타고 그 뒤를 따르는 병사들은 장례식에서 볼 수 있는 슬픈 표정도 아니고, 승리자의 얼굴에서 볼 수 있는 의기양양한 표정도 아닌 얼굴을 하고 있었다. 행렬이 지나가는 도시와 마을에서는 사람들이 모두 길가로 몰려나왔다. 그들은 개선하는 장군을 환영하는 것처럼 유해를 담은 항아리에 손을 얹어 축복하였다. 그리고 나서는 행렬에 섞여 메갈로폴리스까지 따라왔다. 필로포이만의 유해가 메갈로폴리스에 도착하자 남녀노소를 막론하고 모두 함께 섞여 한숨과 불평과 울음바다를 이루었다. 그들에게 필로포이만의 죽음은 영웅의 죽음이었고, 아카이아 동맹국 중에서 자기 나라의 계급이 몰락된 것처럼 여겼다. 필로포이만은 그의 공덕에 따라 명예롭게 매장되었고, 잡혀 온 포로들은 그의 무덤 근처에서 죽었다.

곳곳에 많은 필로포이만의 초상이 세워졌고, 각국에서 부여한 많은 영광이 그에게 주어졌다. 코린트 시가 파괴된 후 그리스 수난시대에 어떤 로마 인 하나는 마치 필로포이만이 아직도 살아 있는 로마의 적인 것처럼 이들 기념물을 모두 파괴하자고 제의하였다. 이에 대한 논의가 계속되고 공청회가 열렸는데 폴리비오스는 이들에게 일침을 가하며 그들 소행의 경박함을 공격하였다. 또한 집정관 필로포이만이 과거에 여러 번 티투스나 마니우스와 다툰 적이 있었는데도 불구하고 뭄미우스나 그 밖의 어느 부장도 이 위인의 기념물에 감히 손대지 않았다. 그들은 정직한 사람에게 어울리는 덕행과 유효성―즉 선한 것 그 자체와 어떤 특정인에게 이익이 되는 것―을 정당하게 구별하였다. 그리고 그들은 은혜를 받은 사람이 은혜를 베푼 사람에게 감사와 보답을 드려야 하는 것은 당연한 일이며, 선인은 선인에게 반드시 영광을 드려야 한다는 것을 깨달은 사람들이었다.

여기서 필로포이만에 관한 이야기는 끝내기로 한다.

플라미니누스

기원전 230년? ~174년

　필로포이만과 비교하기 위하여 선택한 티투스 퀸티우스 플라미니누스의 모습을 알고 싶은 사람은 로마에 있는 그의 동상을 보면 된다. 그것은 대 원형극장 건너편에 있는 아폴로 신의 동상 근처에 있다. 아폴로 동상은 카르타고에서 실어온 것인데 매우 거대하다. 티투스의 동상에는 그리스 어로 비문이 새겨져 있다.
　티투스의 기본적인 성격은 노할 때를 막론하고 온화하다는 것이다. 그는 어떠한 경우에도 정도를 넘는 일이 없었다. 다른 사람에게 벌을 줄 때에도 그리 심하게 굴지 않았다. 그리고 어떤 일을 하든지 항상 예의바르고 착하게 굴었다. 그는 도움을 준 사람들에게도 마치 자기가 은인이 아니라 그들이 은인인 것처럼 늘 친절하게 대했다. 그가 가장 고귀한 재산으로 생각하는 것은 과거에 친절을 베풀었던 사람들이다. 티투스는 이들을 잊지 않으려고 노력하였다고 한다. 그는 공명과 영광을 갈망하는 정열이 너무도 열렬하였다. 그리하여 보람 있는 일이면 늘 그 자신이 주동자가 되고자 하였다. 그리고 자신에게 은혜를 베푸는 사람들보다도 자신의 은혜를 필요로 하는 사람들로부터 더 즐거움을 찾았다. 전자는 영광의 경쟁자로 보았고, 후자는 자신의 덕행이 추구하는 목표로 보았기 때문이다.

그 당시 로마는 많은 전쟁에 시달리고 있었다. 사실 로마는 건국 초부터 전쟁에 전념하였기 때문에 여러 가지 전술이 개발되어 있었다. 군사교육의 기본을 배운 티투스는 집정관 마르켈루스가 한니발과 싸울 때 그 휘하의 군사위원으로 처음 출정하였다. 이 싸움에서 마르켈루스는 복병을 만나 전사하였다. 그러나 티투스는 그때 점령한 타렌툼뿐만 아니라 그 근처의 지방을 총괄하는 지사로 임명되었다. 그는 군사적 공훈 못지않게 공정한 행정적 수완을 발휘하여 명성을 떨쳤다. 이 공으로 그는 나르니아와 코사라는 두 도시로 파견되었다. 그 곳에서 티투스는 이민을 관리하는 창건자 겸 지도자의 직책을 맡았다.

이로 인하여 티투스는 보다 더 원대한 포부를 갖게 되었다. 그는 일약 집정관 후보에 올랐다. 원래 이 자리는 군사위원과 법무관과 조영사 등을 먼저 거친 다음에야 임명될 수 있었다. 그러나 티투스는 이러한 과정을 무시한 셈이 되었다. 그는 나르니아와 코사의 지지자들을 거느리고 집정관에 입후보하였다. 그러나 다른 군사위원들, 즉 풀비우스와 마니우스 쿠리우스의 일당들이 강력하게 그의 입후보를 반대하고 나섰다. 그들은 티투스의 입후보를 두고 갖은 비난을 일삼았다. 즉 정치라는 신성한 관례와 신비성을 모르는 정치초년생이 젊은 혈기만 믿고 강권으로 통치자의 자리에 앉으려는 것은 법의 정신에 어긋나는 당치않은 처사라고 비난한 것이다.

그러나 원로원은 이 문제를 시민이 선택하도록 투표에 맡겼다. 그러자 아직 30도 채 못 된 나이로 티투스는 섹스투스 아일리우스와 함께 집정관으로 선출되었다. 그리고 또다시 추첨한 결과 티투스는 마케도니아의 왕 필리포스와 싸우게 되었다.

이것은 로마 인들에게 매우 잘된 일로서 마치 행운이 결정지어 준 일만 같다. 왜냐하면 이제 로마에 필요한 것은 전쟁을 위한 만반의 준비가 갖추어진 장군이나 국민이 아니었기 때문이다. 오히려 이제는 설득력과 정략을 갖춘 인물이 필요한 시기였다. 마케도니아가 필리포스에게 로마와 싸우고도 남을 만큼 충분한 군사물자를 공급한 것은 사실이다. 그럼에도 불구하고 전쟁이 장기화될 경우에는 그리스의 원조가 필요하였다. 그러므로 티투스는 그리스의 군수물자를 얻어야 했고, 퇴각의 방법도 그리스에서 찾아야만 했다.

한마디로 말해서 그리스는 그의 모든 요건을 충족시켜줄 맹방이었다. 이제 그리스와 마케도니아와의 동맹관계를 깨뜨리기만 하면 전쟁은 간단히 결말이 날 것이었다. 그러므로 로마의 사령관이 될 사람은 큰 인물이어야만 했다. 그는 전쟁보다 정략에 능숙하고 온정이 풍부하며 정의감이 센 사람이어야만 했다. 그렇지 않으면 그리스 인들이 종전에 섬기던 상전을 버리고 풍속도 모르는 로마를 새로운 상전으로 맞아들일 이유가 없게 되는 것이다. 이러한 특성이 티투스의 행동에 가장 잘 나타나 있음을 이제부터 이야기해볼까 한다.

티투스의 선임사령관인 술피키우스와 푸블리우스는 연말이 되어서 겨우 마케도니아 군과 싸우기 위하여 포진하였다. 그러나 그들은 적당하게 손도 써보지 못하고, 통로와 군량을 마련하기 위한 복병전과 척후전만 하다가 필리포스 군과 접전 한 번 해보지 못한 채 끝을 내고 말았다. 이를 본 티투스는 그들의 전철을 밟지 않도록 해야겠다고 생각하였다. 그의 전임자들은 1년 내내 본국에서 집정관이라는 직책의 권세나 부리며 정사에 골몰하다가 연말이 되어서야 비로소 싸우러 나가곤 하였다. 이러한 수단을 부리면 한 해는 집정관으로, 그 다음 한 해는 장군으로 2년 동안 최고의 권좌에 머무를 수 있었다. 티투스는 집정관이 된 후 로마에서 위세를 부릴 것이 아니라, 오로지 전쟁수행에만 전력하기로 결심하였다.

그는 동생인 루키우스와 함께 해군제독으로 활동하게 해달라고 원로원에 요청하였다. 거기에다 일찍이 스키피오의 지휘 아래 스페인에서 하스드루발을 무찌르고, 아프리카에서 한니발을 격파한 용사 중에서 젊고 용감무쌍한 병사들을 가려 내어 3천 명의 원정대를 편성하였다. 이들과 함께 에피루스에 도착해보니, 전임 집정관인 푸블리우스가 오래 전부터 아프수스 강을 도강한 뒤 그 일대에 포진하고 있는 필리포스 군과 대치하고 있는 것을 볼 수 있었다. 푸블리우스는 이미 유리한 고지를 적에게 빼앗겨 속수무책이었다. 임기가 끝난 푸블리우스로부터 군의 지휘권을 이양받을 티투스는 그 곳의 지형을 조사해보았다.

그 곳은 아름다운 초원과 울창한 수목은 없었지만 유명한 템페의 골짜기 못지않게 전략적인 곳이었다. 웅장한 심산유곡을 흐르는 아프수스 강은 물살이 빨랐고 지형 자체가 페네우스 강과 다를 바 없었다. 강은 산기슭을 온통 덮고 있었고, 그 흐름을 따라 좁다란 바위가 많은 오솔길이 뚫려 있었다. 그런데 어느 때라도 군대가 그 곳을 통과하기란 쉽지 않을 듯해 보였으며, 하물며 적이 거기를 지키고 있을 때라면 더욱 속수무책일 수밖에 없었다.

그때 어떤 사람 하나가 티투스에게 다사레티스를 삥 돌아가면 린쿠스 지방 옆으로 안전한 길이 나온다고 가르쳐주었다. 그러나 티투스는 만일 바다에서 너무 멀리 떨어져 땅이 메마르고 경작이 불가능한 곳으로 갔다가 필리포스가 도전에 응하지 않는다면 큰일이라고 생각하였다. 그 곳에서 오래 지체되어 양식이라도 떨어지게 된다면 티투스 또한 과거의 집정관 선임자들처럼 더 이상 지탱할 수 없어 바닷가로 철수하게 될 것이었다. 그럼에도 불구하고 티투스는 산을 넘는 강행군을 결심하였다. 그런데 필리포스 군이 먼저 산을 점령하였다. 그들은 사방에서 로마 군을 향하여 창과 화살을 비오듯 퍼부었다.

곧 이어 격전이 벌어지고 쌍방에 많은 사생자가 발생했다. 전투는 쉽게 끝날 것 같지 않았다. 그때였다. 싸움터 근처에서 가축을 먹이던 농부가 티투스를 찾아왔다. 그는 적이 지키지 않는 굽은 길이 하나 있다고 티투스에게 알려주었다. 또한 그 길을 이용하면 3일 안에 산꼭대기에 도달할 수 있다고 하였다. 농부는 자기가 직접 그 곳까지 로마 군을 안내하겠다고 말하였다. 농부는 티투스에게 믿음을 주기 위하여 에피루스의 지도자 마카타스의 아들 카로프스의 이름을 대었다. 그는 로마 인들을 우호적으로 돕고 있는 인물이어서 이 계획을 비밀리에 지지하고 있다고 농부는 말했다.

티투스는 농부의 말을 믿고 부장 하나에게 보병 4천 명과 기병 300명을 주어 출동시켰다. 이 부대는 농부를 길 안내자로 삼았지만 한편으로 그를 엄중히 감시하였다. 마침 달이 뜨는 때였기 때문에 로마 군은 밤에만 행군하고 낮에는 심산유곡에 숨어서 휴식을 취하였다. 티투스는 부대를 파견한 다음 가벼운 복병전으로 적의 주의를 끌면서 본대와 함께 조용히 휴식을 취하였다. 그러다가 우회부대가 산꼭대기에 거의 다 당도했을 것으로 추측되는 날이 되었다. 티투스는 아침 일찍 일어나 경무장부대뿐만 아니라 중무장부대까지 출동준비를 하라고 명령하였다. 그는 부대를 세 개의 소부대로 나누었다. 그리고 그 중의 하나를 자신이 직접 맡은 다음, 부하들을 이끌고 강둑을 따라 좁은 통로로 기어 올라갔다.

마케도니아 군은 산 위에서 창을 내던지며 험준한 지형을 올라오고 있는 적에게 육박전을 감행하였다. 그러자 티투스의 좌우에서 포진하고 있는 다른 두 소대도 적에게 질세라 대담무쌍하게 육박전을 감행하였다. 이와 같이 악전고투하며 로마 군이 골짜기를 전진하고 있을 때 해가 떠올랐다. 그리고 저만치 멀리서 안개처럼 산 위에 희미한 연기가 떠오르고 있는 것이 보였다. 그러나 적은 산을 등지고 서 있었으므로 그것을 깨닫지 못하였다. 그것을 보는 로마 군 역시 불안은 느꼈지만 아전인수 격으로, 이 광경을 자기들에게 유리하게 해석하였다. 잠시 후가 되자 연기가 짙어지며 뭉게뭉게 떠올라 하늘을 어둡게 가렸다. 로마 군은 우군의 횃불신호를 분명하게 확인하였다. 그들은 승리의 환호소리를 지르며 힘껏 돌진하여 가장 험준한 지대로 적을 몰아붙였다. 한편 산꼭대기에 올라가 있던 우회부대의 병사들도 산꼭대기로부터 환호소리를 보내왔다.

마케도니아 군은 전속력으로 도망쳤다. 그러나 로마 군은 지형이 너무 험준하여 마음껏 적을 추격할 수 없었다. 그리하여 로마 군은 겨우 2천 명의 적병밖에 죽이지 못하였다. 로마 군은 그들의 진지를 완전히 약탈하여 돈과 노예를 빼앗았으며, 에피루스의 사방으로 통하는 고개를 완전히 수중에 넣었다. 그러나 로마 병사들은 질서와 훈련이 몸에 배어 있었고 절제와 겸손한 마음 또한 대단하였다. 그들은 바다에서 멀리 떨어져 있었고, 배에서 내린 상태인지라 다달이 봉급도 받지 못하였고 이로 인하여 물건을 사는 데 고통을 느꼈다. 그럼에도 불구하고 로마 병사들은 갖가지 물건이 충분한 이 지방을 전혀 약탈하지 않았다. 그들의 귀에 들려 오는 말에 의하면 마케도니아 군은 이들과 정반대였다고 한다.

도망길에 오른 필리포스는 테살리아를 통과할 때 시내에서 강제로 시민들을 철수시켜 산으로 피난을 가게 하였다. 그리고 자신이 직접 도시를 불사르고 자기 병사들로 하여금 시민들이 두고 간 모든 재산을 약탈케 하였다. 결국 필리포스는 이 지방 전체를 로마 군에게 넘겨주고 간 셈이 되었다. 티투스는 로마 병사들에게 이 지방을 자기 고향이나 혹은 자신의 수중에 맡긴 곳으로 생각하고 그냥 깨끗이 지나가라고 간청하였다. 이와 같이 규율을 잘 지킨 효과는 로마 군에게 즉시 되돌아왔다. 왜냐하면 그들이 테살리아로 진주하자 각 시들이 모두 성문을 열어주었던 것이다. 또한 테르모필라이에 있는 그리스 인들은 그들과 동맹관계를 맺으려고 온갖 노력을 다하였다.

한편 펠로폰네소스의 아카이아 동맹국들은 필리포스와의 동맹관계를 파기하였다. 그들은 로마 군과 협력하여 필리포스와 싸울 것을 투표로써 가결하였다. 오푼티아는 로마를 열렬히 지지하는 동맹국 아이톨리아가 보호해주겠다는 제의를 거절한 뒤 티투스에게 사절단을 파견하여 모든 일을 다 그에게 일임하겠노라고 하였다.

피루스 왕은 로마 군의 전모가 내려다보이는 산 위의 감시초소에서 로마 군의 질서정연한 대열을 보고는 비로소 다음과 같이 감탄하였다고 한다.

"이 야만군의 대열만큼은 야만인 냄새가 전혀 나지 않는군."

티투스를 만난 사람은 누구라도 첫눈에 그를 칭찬하지 않을 수 없었다. 마케도니아 사람들은 그가 야만군의 선두에 서서 도처에서 칼 끝으로 노예잡이와 파괴를 일삼는 침략자라고 들었던 것이다. 그런데 실제로 만나 보니 듣던 것과는 전혀 달랐던 것이다. 뿐만 아니라 한창 젊은 나이인데도 불구하고 태도가 점잖고 인자하였으며 목소리나 말도 그리스 인과 조금도 다를 바 없었기 때문이다. 또한 그는 명예를 애호하는 사람들에게 호감과 매력을 느끼게 하였다. 어디를 가건 그에 대한 사람들의 칭송이 자자하였다. 그는 만나는 사람들마다 이제야말로 그리스의 자유를 수호해줄 사람이 왔다는 믿음을 가득 채워주었다.

 한참 후 필리포스가 평화를 갈망한다고 언명하자 티투스는 그에게 휴전을 제안하였다. 티투스는 휴전의 조건으로 다음과 같은 사항들을 필리포스에게 요구하였다. 즉 그리스에 자유를 주고, 그의 수비대를 그리스에서 철수하라고 요구한 것이다. 그러나 필리포스는 이를 거절하였다. 그러자 그 다음부터는 필리포스를 지지하던 사람들도 로마 군이 그리스와 싸우려고 온 것이 아니라 그리스와 협력하여 마케도니아와 싸우러 왔다고 생각하지 않을 수 없게 되었다.

 따라서 그리스의 모든 국가는 티투스와 평화를 맺었다. 그가 조금도 적의를 보이지 않고 평화적으로 보이오티아에 진주하자 테베스의 귀족들과 요인들은 성 밖까지 나와 그를 맞았다. 테베스는 브라킬레스의 노력으로 마케도니아의 동맹국을 지지하였는데, 이제는 티투스에게도 찬사와 경의를 드리고 싶었던 것이다. 테베스는 로마와 마케도니아 두 나라 모두와 우호관계에 있다고 생각했다. 티투스는 테베스의 귀족과 요인들을 아주 정중히 맞았다. 그리고 일상적인 질문을 나누었다. 그리고 자기의 특유의 화법으로 그들을 즐겁게 하면서 천천히 시내 쪽으로 걸어갔다.

 그가 천천히 걸어간 것은 그 동안에 지친 병사들의 피로가 다소라도 풀렸으면 하는 생각에서였다. 이와 같이 천천히 걷다보니 테베스의 귀족과 요인들은 썩 유쾌하지는 않았다. 그러나 그들은 즐거운 얼굴로 티투스를 시내로 맞아들였다. 테베스 시민들은 티투스가 너무나 많은 수의 장병들에게 에워싸여 시내로 들어오는 것을 보고 적이 놀랐다. 그 위세에 눌려 테베스 인들은 티투스의 입성을 감히 거절할 수도 없었다. 티투스는 시내로 들어오자 자기가 전시를 마음대로 할 수 있는 실력자라는 것을 잊은 듯, 시민들 앞으로 겸손하게 나와 로마를 지지해 달라고 호소하였다. 그러자 아탈루스 왕도 이와 똑같은 취지의 연설을 하였다. 그런데 아탈루스 왕은 그의 나이가 버틸 수 있는 힘 이상으로 열렬히 지지호소를 하다가 도중에 그만 현기증으로 졸도하고 말았다. 나중에 그는 배에 실려 소아시아로 요양하러 갔으나, 그 곳까지 간 보람도 없이 세상을 떠나고 말았다. 그리고 보이오티아는 로마 동맹국의 일원이 되었다.

그런데 필리포스가 로마로 사절단을 보내자, 티투스도 로마로 사절을 보내어 다음과 같이 원로원에 간청하였다. 즉 원로원이 이 전쟁을 그대로 지속시킬 생각이라면 자신에게 군사령관직을 그대로 맡기고, 만일 이 전쟁을 그만둘 생각이라면 자기로 하여금 평화를 맺는 일을 하게 해달라고 간청한 것이다. 만일 총사령관이 교체된다면 그 동안 자기가 쌓은 공명조차도 하루아침에 없어지는 것이 아닌가 하고 티투스는 두려워했다. 왜냐하면 그는 공명심이 강한 사람이었기 때문이다. 그 결과 친구들의 주선에 의하여 필리포스의 안은 각하되었고 티투스는 군사령관직에 계속 머무르게 되었다.

원로원의 결정이 전달되자 희망에 부푼 그는 필리포스와 싸우기 위해 테살리아로 진격하였다. 그가 지닌 군의 병력은 2만 6천 명을 헤아렸는데 그 중에서 6천 명의 보병과 400명의 기병은 아이톨리아가 제공한 것이었다. 필리포스 군의 병력도 이와 거의 같은 정도였다. 승리욕에 불탄 양군은 일대 결전을 벌일 요량으로 스코투사 시 근처까지 접근해 갔다. 무시무시한 전투 태세의 양군이 지척을 사이에 두고 포진하였다. 쌍방의 장군들은 앞으로 다가올 결과를 예상하여 전의에 불타 자신만만하였다. 로마 군은 알렉산드로스 대왕으로 말미암아 용맹성을 떨친 마케도니아 군의 정복자가 될 것을 갈망하였다.

한편 마케도니아 군은 로마 군이 페르시아 군과 전혀 다른 군대임을 인정하고 있었다. 그리하여 만일 로마 군을 정복한다면 마케도니아의 필리포스 왕은 알렉산드로스 대왕보다 더 위대하다는 사실을 입증하게 된다고 의기충천하였다. 티투스는 로마 병사들에게 이렇게 외쳤다. 이제야말로 그대들은 그리스라는 세계의 가장 화려한 무대에서 실력을 과시할 수 있게 되었다. 바야흐로 세상에서 가장 용감한 적수와 맞서 싸울 수 있는 호기가 왔으니 남아답게 용맹성을 떨치라고 격려한 것이다. 한편 필리포스 왕은 싸움이 있기 전에 늘 하던 버릇대로 진지 밖 높은 곳으로 올라가서 부하 병사들에게 격려의 장광설을 늘어놓았다. 그러나 그가 올라선 곳은 큰 무덤이었다. 이와 같은 불길한 흉조에 마케도니아의 모든 병사들은 사기가 꺾였다. 그리하여 그 날은 전군이 막사 내에 틀어박힌 채 싸울 생각도 하지 않았다.

다음 날 새벽에는 간밤이 새도록 내린 비 때문에 형성된 구름이 안개로 변하여 온 들판을 무거운 어둠으로 감쌌다. 그러다가 한낮이 될 무렵에는 짙은 안개 낀 공기가 산에서 평지로 내려와 서로의 시야에서 상대방 진지를 감추었다. 그리하여 양군은 서로 탐색대를 내보냈는데 그들은 본대를 떠난 지 얼마 되지 않아 키노스 케팔라이, 즉 개의 머리라는 곳에서 서로 부딪쳐 전투를 시작하였다. 이 곳은 뾰족뾰족한 산봉우리가 서로 바싹 붙어 있는 꼴로 이루어졌는데 그 모습이 마치 개처럼 생겼기 때문에 그런 이름이 붙은 곳이다.

이렇게 지형이 고르지 못한 곳에서 서로간에 무섭게 추격하기도 하고, 또한 그에 못지않게 도망도 치는 싸움이고 보면 흔히 크고 작은 변화가 허다하게 일어나는 법이다. 쌍방의 장군들이 자기 쪽 병사들이 참패당하는 것을 볼 때마다 계속 본대에서 증원부대를 보냈다. 그러다가 안개가 걷히고 나서야 비로소 전군이 싸우고 있다는 전황을 파악할 수 있었다. 우익에 진을 치고 있는 필리포스 군은 고지라는 지형의 이점을 얻고 있는 데다가 도저히 적대할 수 없는 힘을 가진 방형진으로 무겁게 로마 군을 누르고 있었다. 더욱이 로마 군으로서는 필리포스 군이 창과 방패로 바늘쌈같이 쌓아놓은 담을 도저히 격파할 수가 없었다. 그러나 필리포스 군의 좌익은 구릉이 많은 지형으로 되어 있었고 군데군데 단절된 곳까지 있었다. 이 사실을 간파한 티투스는 로마 군의 좌익은 참패를 당하여 도저히 이길 승산이 없다는 사실을 인정하였다. 그는 곧 로마 군 진영의 우익으로 달려갔다. 그리고는 필리포스 군 지형의 불리한 곳에 대공세를 가하였다. 그 결과 적의 방형진은 맥을 쓸 수가 없었다.

지형이 고르지 못한 곳에서 방형진은 위력을 발휘할 수 없다. 방형진의 위력은 방패와 창을 가진 병사들이 16겹으로 늘어서서 밀집편대를 짓는 데 있었는데, 이와 같이 육중하게 무장한 병사들은 백병전에서 속수무책이었다. 마케도니아의 방형진은 굳게 뭉치고 밀집되어 한덩어리가 되어 있는 한 큰 힘을 발휘할 수 있었다. 이때는 흡사 맹수와도 같았다. 그러나 일단 그 편대가 허물어지고 나면 낱낱의 병사는 맥을 쓰지 못하였다. 그들은 일대 일로 싸우는 것보다 한덩어리가 되어 싸우는 데 익숙했기 때문이다.

방형진 부대가 패주하자 로마 군의 일부는 도주하는 적을 추격하였다. 그리고 또 다른 일부는 아직도 싸우고 있는 마케도니아 군의 측면을 공격하였다. 그리하여 마케도니아 군은 곧 혼란에 빠졌고, 병사들은 무기를 내던진 채 뿔뿔이 도망치고 말았다. 이때의 전과는 사망자 8천 명, 포로 5천 명이었다. 그런데 필리포스는 안전하게 도망했다. 이 때문에 아이톨리아 군은 큰 실수를 저질렀다는 비난을 받았다.

왜냐하면 그들은 마케도니아 군이 버리고 간 막사를 약탈하느라고 정신이 없었기 때문이다. 그리하여 적을 추격하던 로마 군이 돌아왔을 때는 쓸 만한 전리품이 하나도 없었다. 그리하여 로마 군과 아이톨리아 군 사이에는 욕실이 오가고 말다툼이 생겼으며 서로간에 깊은 오해가 생겼다. 나중에 아이톨리아 인들은 승리가 자기들의 것이라고 주장함으로써 티투스를 괴롭혔다. 그리고 이렇게 소문을 퍼뜨림으로써 그리스 인들의 호감을 샀다. 그리하여 이 전투를 노래한 시나 가요에서도 아이톨리아 군이 더 칭찬받고 있다. 그 당시 가장 널리 애송되던 시 하나를 소개하면 다음과 같다.

> 오! 지나가는 나그네여, 테살리아의 3만 병사들
> 무덤도 없이 나체로 누워 있음을 보라.
> 아이톨리아의 전사들이 저들을 꺾을 때
> 멀리서 온 티투스의 로마 군이 도왔노라.
> 전능한 마케도니아 인이여 슬프구나! 그 날
> 필리포스 왕은 노루처럼 재빨리 도망쳤다.

이 시는 알카이오스가 전사자의 수를 과장하고, 필리포스를 조롱하여 지은 시다. 그러나 무수히 많은 사람들이 수없이 여러 번 이 시를 읊을 때마다 티투스는 필리포스보다 더 분개하였다. 그러므로 티투스는 다음과 같은 시를 지어 알카이오스를 공격하였다.

> 오, 지나가는 나그네여, 알카이오스를 못 박을 십자가
> 알몸으로 잎도 없이 서 있음을 보라.

그리스 사람들 사이에서 회자되는 명성에 관하여 크게 신경을 쓰던 티투스는 이처럼 작은 일도 매우 불쾌하게 생각하였다. 그 후부터 티투스는 아이톨리아 군을 무시한 채 단독으로 행동하였다. 아이톨리아 군은 이러한 티투스의 행동을 불쾌하게 생각하였다. 그리하여 티투스가 필리포스의 휴전조건에 귀를 기울이고 마케도니아의 사절단을 맞아들였을 때, 아이톨리아는 그리스의 모든 도시에 다음과 같은 소문을 퍼뜨렸다. 즉 티투스의 이러한 행위는 모든 일의 끝이며, 티투스는 필리포스로부터 뇌물을 받았다고 주장하였다. 그리하여 티투스는 전쟁을 종결시킬 수 있는 전권을 손아귀에 쥐고 있으며 또한 그리스의 자주성을 유린한 군대를 능히 정복할 수 있는 힘을 가지고 있을 때 필리포스와 휴전하려 한다고 하였다.

이러한 소문을 퍼뜨림으로써 로마의 동맹국을 교란시키려고 아이톨리아가 혈안이 되어 있을 때, 필리포스는 자신과 마케도니아에 있는 자신의 왕국을 티투스와 로마에 일임한다고 제안하였다. 티투스는 필리포스의 제안을 받아들임으로써 전쟁에 종지부를 찍은 것은 물론 그를 둘러싼 갖가지 질투에 대해서도 종지부를 찍었다. 티투스는 필리포스가 그리스에서 손을 뗀다는 것과 1천 탈렌트의 전쟁배상금을 지불한다는 조건으로 마케도니아의 왕국을 그에게 돌려주었다. 티투스는 필리포스 앞으로 10척의 배만 남겨놓고 나머지 선박은 모두 몰수하였다. 그리고 그의 아들인 데메트리오스를 볼모로 삼았다.

이처럼 티투스는 주어진 기회를 가장 이롭게 이용하였을 뿐만 아니라 미래에 대한 현명한 경계로 삼았다. 왜냐하면 로마인의 골수에 사무치는 원수인 아프리카의 명장 한니발이 떠돌이 신세가 된 채로 안티오코스 왕에게 찾아와 지금까지의 운수 형통한 행운을 놓치지 말고 판도를 넓히라고 권유하고 있었기 때문이다. 안티오코스 왕은 그때까지 이룩한 공적만으로도 이미 대왕이라는 칭호를 받고 있었다. 그는 온 세상을 자기 수중에 넣으려는 목표를 세웠는데, 무엇보다도 로마를 그렇게 하려는 야심에 불탔다.

 그러므로 티투스가 신중하게 앞을 내다보는 도량으로 필리포스와 휴전을 맺지 않았다면 로마에는 큰 위험이 닥쳤을 것이다. 그리스의 안티오코스로 하여금 로마가 아직도 필리포스와 싸우고 있다는 것을 깨닫게 함으로써 당시의 가장 강력하고도 호전적인 두 왕을 동맹국으로 만들 수 있었다는 것이다. 그들은 공통적인 이익을 위하여 로마와 싸우게 될 것이다. 그렇게 된다면 로마는 한니발과 싸우던 것에 못지않은 큰 전쟁을 하게 되었을 것이다. 그런데 때마침 티투스가 휴전을 도모함으로써 두 전쟁 간의 평화를 얻은 것이다. 티투스는 다른 전쟁이 시작되기 전에 먼젓번 전쟁과 휴전을 체결함으로써 위대한 이익을 남겼다. 필리포스로부터는 로마를 정복하겠다는 마지막 희망을 빼앗고, 안티오코스로부터도 역시 로마를 침범하겠다는 처음 희망을 빼앗은 것이다.

 원로원에서 티투스에게 파견된 10명의 위원은 그리스의 남아있는 국가에게 완전한 자유를 주었다. 그리고 코린트와 칼키스와 데메트리아스에는 계속 군대를 주둔시켜 안티오코스 왕의 침략에 대비하라고 충고하였다. 그러자 아이톨리아는 비난의 목소리를 높여 모든 도시들을 선동하는 한편, 티투스에게도 호소하였다. 그들은 일찍이 필로포스가 그리스의 쇠고랑이라고 부른 위의 세 도시에 대한 억압을 없애라고 하였다. 그리고 그리스 인들에게 다음과 같이 물었다.

지금 당신들이 받고 있는 탄압은 과거보다는 가벼운 것 같지만 사실은 훨씬 더 가혹하다. 그래도 지금이 당신들에게 큰 위로가 되는가? 또한 과거에는 발에 감았던 사슬을 풀어 이번에는 목에다 감아준 격인데, 이러한 티투스를 은인이라고 생각하는가라고 말한 것이다. 이러한 선동에 불쾌감을 느끼고 화가 난 티투스는 원로원에 다음과 같은 요청을 하였다. 즉 그리스에게 부여하는 자유에 쓸데없이 조건을 붙이지 말 것이며, 위에서 든 세 도시에 군을 주둔시키려는 안을 철회하라고 한 것이다. 티투스는 원로원으로부터 이에 대한 허가를 얻는 데 성공하였다.

때마침 이스트미안 운동제가 열리고 있었다. 그런데 경주로 주변의 좌석에는 예년과는 달리 구경꾼들이 인산인해를 이루고 있었다. 그리스는 장기간에 걸친 전쟁을 끝낸 후 평화를 되찾았을 뿐만 아니라 자유에 대한 희망을 갖게 되었던 것이다. 그리하여 다시 한 번 휴일을 안전하게 만끽할 수 있게 된 것이다. 그때 나팔소리가 우렁차게 울려 퍼지더니 모두 조용하라는 명령이 떨어졌다. 그러고는 잠시 후 관중들 앞으로 전령이 걸어 나와 다음과 같이 선언하였다.

"로마의 원로원과 지방총독 겸 장군인 티투스 퀸티우스는 필리포스 왕과 마케도니아 군을 정복한 후에 코린트, 로크리스, 포키스, 에우보이아, 아카이아, 프티아, 마그네시아, 테살리아, 페르하이비아 등 각국의 시민에게 법과 자유를 되찾아주었다. 이제 그의 명령에 의하여 이들 국가의 주둔군과 조세를 철폐하고 종전의 법령에 의한 자치권을 허용한다."

관중들은 처음에 무슨 말인지 알아듣지 못하였다. 그리하여 군중들 사이에서는 까닭 모를 혼란과 동요가 일었다. 사람들 중에 더러는 전령의 말이 무슨 뜻인지 의심하였고, 또한 그들 중의 더러는 전령에게 다시 한 번 외쳐보라고 요구하기도 하였다. 전령은 군중을 향해 조용히 하라고 외친 다음 목청을 돋구어 모두가 똑똑히 알아들을 수 있도록 다시 한 번 포고문의 내용을 외쳤다. 그러자 기쁨의 함성이 잇달아 터져나왔다. 그 환호성이 어찌나 컸던지 심지어는 바다에서까지 그 소리를 들을 정도였다. 경기장에서는 모든 관중이 일어섰다. 관중들은 너이상 운동경기를 구경하지 않았다. 그들 모두는 그리스의 구원자이자 수호자인 티투스에게 사의를 표하기 위하여 그가 있는 쪽으로 몰려들었다.

그런데 이때 인간의 목소리가 위대하다는 증거로 우리가 옛날 이야기처럼 듣고 넘기던 일이 실제로 발생하였다. 군중 위를 날아다니던 까마귀들이 갑자기 죽어 땅으로 떨어진 것이다. 까마귀들이 죽은 직접적인 원인은 공기의 파열 때문이었을 것이다. 왜냐하면 사람들의 목소리가 여러 곳에서 너무도 우렁차게 하늘로 떠올라 가고, 곳곳에서 외치는 소리가 너무나 위력적이었기 때문이라는 것이다. 즉 위력적인 목소리 때문에 공기가 갈라졌고 진공상태가 된 속에서 까마귀들은 숨을 멈추고 곤두박질칠 수밖에 없었다는 것이다. 그렇지 않다면 땅으로 마치 투창에 맞아서 죽은 것처럼 목소리에 맞아 떨어져 죽었다고 상상할 수도 있다. 또는 바닷물이 무섭게 소용돌이치듯이 사람들의 소리로 인하여 공기에 선회운동이 발생한 탓인지도 모른다.

만약 티투스가 운동경기가 끝난 뒤 사방에서 몰려드는 막대한 수의 인파를 미리 예측하지 못하고 알맞게 피하지 않았더라면 아마도 그는 인파에 밟혀 죽었을지도 모른다. 군중들은 그의 막사 앞에 모여 환호성을 질러대었다. 그러다가 어느 정도 지치고 날도 저물자 친구들이나 동포시민들과 어울려 서로 기쁘게 인사를 나누고 끌어안으며 같이 몰려가서 축하연을 베풀었다. 그들은 기쁨에 겨워 조국 그리스를 회상하며 다음과 같이 말하기 시작하였다.

조국 그리스는 자유를 되찾으려고 많은 전쟁을 해 왔다. 그러나 그것은 타국 사람이 자기들을 위하여 대리전쟁을 해준 것이지, 우리들 스스로 쟁취한 것은 아니었다. 그러므로 그리스는 한 방울의 피도 흘리지 않았고, 단 한 명일지라도 자국의 시민을 잃어 슬픔에 잠기는 일도 없었다. 그리스는 오늘날까지 남의 힘에 의하여 영광스러운 보답과 보람 있는 최상의 가치를 자기 수중에 넣어 온 것이다.

정말로 용기와 지혜를 겸비한 사람은 드물다. 더욱이 선량한 모든 사람들 중에서 정의의 인간을 찾기란 세상에서 가장 드문 일이다. 아게실라우스와 리산데르와 니키아스와 알키비아데스 같은 사람들은 장군으로서의 역할이나 전술가로서 모르는 것이 없었다. 또한 그들은 육전이나 해전에 있어서나 진 적이 없었다. 그렇지만 그들은 자신들이 획득한 승전을 관대하고도 정직한 목적을 위하여 어떻게 적용해야 하는가에 대해서는 전혀 아는 바가 없었다. 마라톤 싸움, 살라미스 해전, 플라타이아와 테르모필라이의 전투, 키몬이 에우리데몬과 키프로스에서 거둔 승리. 이러한 전쟁을 제외하고, 그리스가 치른 모든 싸움은 자기 민족과 싸우고 동족을 노예로 만든 것에 지나지 않았다. 그러므로 그리스 각지에 세워져 있는 전승기념물은 그리스가 겪은 치욕과 불행을 상징하는 기념물이다. 그 모두는 이제 영웅들의 야심과 횡포에 의하여 폐허가 되었다. 그리스는 더이상 이국민이 자국을 도와주리라고는 생각하지 못했다. 그런데 아무런 인연도 찾아볼 수 없는 이국민이 가장 심한 위험과 고통을 무릅쓰고 그리스를 도와준 것이다. 그들은 잔인한 지배자와 폭군들로부터 그리스를 구원함으로써 과거에 그들이 누리던 자유를 되찾아준 것이다.

티투스는 자기가 선언한 대로 모든 일을 실천해 나갔다. 그는 즉시 렌툴루스를 소아시아로 파견하여 바르길리아 인들을 해방시켰다. 그리고 티틸리우스를 트라케로 보내어 그 곳의 여러 도시와 도서 지방에 주둔했던 필리포스의 수비대가 철거되었는지의 여부를 조사케 하였다. 한편 푸블리우스 빌리우스를 안티오코스에게 파견하여 그의 통치 아래 있는 그리스 인의 자유에 대해서 협의하게 하였다. 티투스 자신은 칼키스를 경유하여 마그네시아로 갔다. 그리고는 그 곳에 있는 수비대를 해체하고 민주정권을 수립해주었다. 그 후 티투스는 아르고스의 네메아 운동경기대회의 회장으로 임명되었고, 그 대회를 성공적으로 이끌었다. 여기서 그는 전령으로 하여금 다시 한 번 자유의 선언을 그리스 인들에게 선포하도록 하였다.

티투스는 그리스의 모든 도시를 돌아다니며 시민들에게 법을 준수하고 정의를 사랑하며 협의를 존중하고 서로에게 우정을 도모하라고 권고하였다. 또한 티투스는 그리스의 당파싸움을 억제시키고, 그들의 정치적 망명자들을 본국으로 보내주었다. 그는 마케도니아를 정복한 것보다 그리스 인들 사이의 분쟁을 해결해주는 중재자의 역할을 더 영광으로 삼았다. 그리하여 그리스 인들에게 자유를 준 것은 티투스가 그리스 인에게 베푼 친절 중에서도 가장 작은 것으로 생각될 정도였다.

이런 이야기가 있다. 철학자 크세노크라테스는 아테네에 있을 때 외국인세를 내지 못하여 투옥된 적이 있었다. 이 사실을 알게 된 웅변가 리쿠르고스는 그를 구출해주고 세리들이 저지른 경거망동을 처벌하였다. 그리하여 후에 크세노크라테스가 리쿠르고스의 아들들을 만났을 때 이렇게 말하였다.

"자네들 어르신네께서 전에 나에게 은혜를 베푸셨는데, 이제는 내가 그 은공에 톡톡히 보답하고 있는 중이네. 왜냐하면 그 일 때문에 온 세상이 자네들 어르신네에 대한 칭송으로 자자하지 않은가?"

티투스 퀸티우스와 로마 인이 그리스 인에게 베푼 은덕에 대한 보답으로 받은 것은 헛된 칭찬만은 아니었다. 왜냐하면 그리스 인들이 티투스와 로마 인을 찬양한 것은 다른 사람들에게 그들의 신용과 확신을 증명해주고도 남음이 있었던 것이다. 그러므로 모든 국가들 중에서 가장 막강한 강대국조차도 로마를 상전으로 인정하였다. 뿐만 아니라 그들은 사신을 보내 로마의 보호를 간청하게 되었다. 이와 같이 강대한 정부들이나 단일도시들뿐만 아니라, 다른 왕들로부터 압박을 받고 있는 힘 없는 왕들까지도 그에게 보호를 요청해 왔다. 그리하여 단시일 동안에 온 세계가 로마에 복종하게 되었다. 티투스는 그리스를 위하여 한 여러 가지 일들 중에서 그리스의 해방을 가장 명예롭게 생각하였다. 그는 델포이의 아폴로 신에게 그가 쓰던 방패와 둥근 은방패들을 헌납하였다. 그가 바친 둥근 은방패에는 다음과 같은 명문이 새겨져 있었다.

> 즐겨 재빨리 말을 몬
> 유피테르 신의 쌍둥이 아들인
> 그대들 스파르타 용사에게
> 위대한 아이네아 족의 티투스는
> 그리스의 자유에 경의를 표하여
> 이것을 바치노라.

그는 또한 아폴로 신에게 금관을 드렸는데, 거기에는 다음과 같은 명문이 새겨져 있었다.

오, 거룩하신 라토나의 아드님이시여
그대에게 아이네아의 장군인 티투스가 이 금관을 드리오니
그대의 신성한 타래 위에 이 금관을 얹으시고
오, 포이부스여. 고귀한 티투스에게 명성을 드리소서!

코린트 시의 그리스 인들에게는 이와 똑같은 사선이 두 번 일어났다. 첫번째는 티투스가, 두번째는 우리 시대에 이르러 네로가 한 일이다. 두 사람 모두 코린트에서 이 일을 실현시켰다. 그것은 바로 이스트미아 운동제에서 그리스 인들에게 그들 고유의 법과 자유를 허용한 것이었다. 한 가지 다른 점은 있다. 티투스는 전령을 시켜 선언하게 한 데 비해서, 네로는 자신이 직접 광장에 있는 단 위에 올라가 선언하였다. 그러나 이것은 훨씬 후의 일이다.

티투스는 스파르타의 가장 안하무인적이고 무법한 폭군 나비스에게 용맹스럽고도 정의로운 싸움을 걸었다. 그런데 이로 말미암아 티투스는 그리스 인들의 기대에 어긋나는 행동을 하고 말았다. 그는 나비스를 생포할 수 있는 좋은 기회를 포착했었는데도 불구하고 일부러 그를 놓아주었다. 뿐만 아니라 그와 휴전함으로써 스파르타로 하여금 수치스러운 억압을 받도록 방임한 셈이 되었다. 티투스가 이러한 일을 하게 된 이유가 무엇이었는지는 알 수 없다. 전쟁이 오랫동안 지속되면 로마가 새로운 장군을 파견할 것을 겁내었던지, 아니면 필로포이만에 대한 경쟁심과 시기심 때문이었는지 알 길이 없다.

이 필로포이만이라는 사람은 그 당시 그리스 인들 사이에서

모든 일에 있어 두드러진 인물이었다. 특히 그는 나비스와의 전쟁에서 경이적인 실력을 발휘한 바 있었다. 그리하여 아카이아 인들은 공적인 행사가 있을 때마다 필로포이만에게 티투스 못지않은 영광을 바쳤던 것이다. 그러나 티투스에게는 일개의 아르카디아 인에 지나지 않는 그가 이름 없는 벽지에서 벌어진 몇 번의 전투를 지휘한 것으로, 그리스 전체의 수호자로서 싸운 로마의 집정관과 동등한 존경을 받고 있다는 사실이 끝내 못마땅하였다. 티투스는 자기가 한 일에 대하여 변명을 하였다. 즉 휴전의 이유로 그가 내세운 것은, 폭군 나비스를 없애려다간 다른 스파르타 인들마저 없애버리는 결과가 되리라는 것을 예견하였기 때문이라는 것이다.

아카이아 인들은 여러 가지 정령을 제정하여 티투스에게 영광을 돌리려고 노력하였다. 그러나 티투스는 그 모든 것이 달갑지 않았다. 그러나 오직 한 가지 그의 마음에 든 것이 있었으니, 그것은 다음과 같은 것이었다.

한니발과의 싸움에서 포로로 끌려가게 된 불행한 로마 인들은 사방으로 흩어졌다. 당시 그러한 처지로 노예가 되어 그리스에 있는 사람들은 대략 1천2백 명 정도였다. 그들의 불행한 처지는 항상 보는 이들의 동정심을 자아내었다. 그런데 그 노예들이 더러는 자기의 아들들과, 더러는 자기의 형제들과, 더러는 자기의 시민들과 만나게 되었으니 그 감개가 어떠하였겠는가! 노예들은 자유로운 신분의 동포들과 만났고, 포로들은 승리자인 동포들과 만난 것이었다. 티투스는 그들의 입장에 많은 관심을 가졌다. 그러나 주인으로부터 강제로 그들을 빼앗지는 않았다. 그런데 아카이아 인들은 노예 한 사람당 5파운드씩 주고 산 뒤, 그가 배를 타고 떠나려 할 때 선물로 그들을 주었다.

그리하여 티투스는 아주 흡족한 마음으로 배에 몸을 실을 수 있었다. 관대한 행동이 용감한 사람과 애국자에 어울리는 관대한 보답을 해준 것이다. 이 때문에 그는 모든 개선식에서 가장 영광스러운 자리를 차지하게 되었던 것만 같다. 왜냐하면 자유를 찾은 로마 인들이 해방된 노예의 관례를 따라 삭발한 뒤 펠트 모를 쓴 모습으로 티투스의 개선행렬을 따라갔기 때문이다.

이 개선행렬을 더욱 빛나게 한 것은 그리스 군의 투구와 많은 양의 돈과 그 외에도 마케도니아 군의 둥근 방패와 장창 같은 전리품이었다. 투디타누스의 기록에 의하면 이때 티투스가 획득한 전리품으로 3,713파운드의 금덩어리와 43,270파운드의 은덩어리와 필리픽이라고 부르는 금화 14,514닢과 나중에 필리포스가 지불하기로 한 1천 탈렌트의 돈이라고 한다. 그러나 티투스는 필리포스가 돈을 내지 않아도 되도록 주선하여 결국은 나중에 면제해주었고, 담보삼아 로마에 볼모로 데리고 갔던 왕자도 송환해주었다.

그 후 안티오코스가 많은 함대와 강력한 육군을 이끌고 그리스로 진입하였다. 그는 여러 도시를 선동하여 소란과 반란을 일으키도록 하였다. 특히 아이톨리아 인들은 오랫동안 로마와 불화관계에 있었고 남몰래 적의를 품고 있었기 때문에 적극적으로 안티오코스를 지지하며 협력하였다. 그들은 안티오코스에게 전쟁의 이유와 구실로, 그리스 인에게 자유를 되찾아주기 위하여 왔다는 사실을 강조하라고 일러주었다. 그리스 인들은 이미 자유를 누리고 있었기 때문에 더 이상의 자유는 필요하지 않았다. 그러나 그 밖의 그럴 듯한 구실을 꾸며댈 수가 없었으므로 궁여지책을 쓴 것이다.

로마에서는 그리스에서 혁명이나 폭동이 일어날 것으로만 생각하였다. 또한 군사력에 있어 막강한 안티오코스에게 겁을 먹은 로마는 집정관 마니우스 아킬리우스를 그리스로 파견하여 군의 총사령관직을 맡게 하였다. 그리고 티투스 플라미니누스는 그리스 인들과의 인연을 고려하여 총사령관의 부관으로 임명하였다. 그리스 인들 중의 일부는 티투스를 알아보고 로마의 입장을 이해하였다. 그러나 소수의 시민들은 아이톨리아의 공작에 말려들어가 완전히 로마를 배반하고 말았다. 티투스는 이러한 그리스 인들의 처사에 매우 분개하였으나 전쟁이 끝나자 그러한 사람들에게도 인정을 베풀었다.

왜냐하면 테르모필라이에서 패전한 후 안티오코스는 전선을 버렸을 뿐만 아니라, 그 즉시 해로를 통해 소아시아로 돌아가고 말았기 때문이다. 로마의 집정관 마니우스는 직접 병력을 이끌고 아이톨리아로 침입하여 그 일부를 포위하였다. 그리고 한편으로는 마케도니아의 필리포스 왕으로 하여금 나머지 도시들을 공략하게 하였다. 돌로피아와 마그네시아 등의 나라들과 아페란티아와 아타마네 등의 나라들이 마케도니아에게 침략당하고 있을 때, 로마의 집정관 마니우스는 헤라클레아를 유린한 뒤 아이톨리아에 있는 나우팍투스를 포위하고 있었다. 플라미니누스는 그리스 인들을 불쌍히 여기어, 펠로폰네소스 반도에서 해로를 통해서 나우팍투스로 갔다. 그는 집정관 마니우스를 만나 다음과 같이 힐책하였다.

즉 지금까지 정복하였다는 것이 고작 안티오코스 한 나라뿐이며, 마케도니아의 필리포스로 하여금 모든 승리의 수확을 다 거두게 한 뒤 작은 도시 하나를 겨우 포위한 채 세월을 허송하고 있느냐고 한 것이다. 그리고 마케도니아의 필리포스가 몇 개의 나라와 몇 개의 왕국을 유린하였는지 알고 있느냐고 힐책한 것이다. 그가 포위된 성 안에 있는 시민들이 보이는 곳에 섰을 때였다. 시민들은 티투스를 재빨리 알아보고 성 뒤에서 그를 부르며 손을 내뻗으며 자기들을 구해달라고 간곡히 애원하였다. 그는 한 마디 말도 하지 않고는 그냥 돌아서서 울며 길을 재촉하였다. 얼마 후 티투스는 다시 마니우스를 만나 같은 문제를 놓고 진지하게 토론하였다. 티투스는 자기의 분노를 누르고 마니우스와 협력하여 아이톨리아 인들에게 휴전을 허락하였다. 그리고 그들에게 시간을 주어 로마로 대표단을 파견한 뒤, 협정조건을 원로원에 제소토록 하였다.

　티투스를 곤경에 빠뜨린 것 중에서도 가장 힘든 일은 칼키디아 인들이 마니우스와 휴전하도록 해달라고 간청한 일이었다. 그들은 자기들의 도시에서 전쟁이 한창일 때 안티오코스가 결혼한 일로 마니우스를 격노시켰다. 이 결혼은 나이만으로도 절대로 타당한 일이 아니었다. 신랑의 나이는 중년을 지냈으나 신부의 나이는 아직 소녀에 지나지 않았다. 그리고 전쟁이 한창일 때여서 시기적으로도 적당치 않았다. 신부는 클레오프톨레무스라는 사람의 딸이었는데, 절세의 미소녀였다고 한다. 칼키디아 인들은 안티오코스를 열렬히 지지하였다. 그리하여 전쟁 중에는 자기들의 도시를 안티오코스의 본거지로 내주기까지 하였다.

　이로 인하여 안티오코스는 패전하였을 때 급히 칼키스에 도망하여 새로 결혼한 신부와 돈과 막료들을 데리고 소아시아로 출항한 것이다. 분노에 찬 마이우스는 허둥지둥 안티오코스를 추격하였다. 그러자 티투스는 마이우스의 뒤를 따라가 그 곳 사람들을 해치지 않기 위해서 그의 분노를 가라앉히려고 극구 애를 썼다. 티투스는 겨우 마니우스와 로마의 유력자들의 분노를 억제할 수 있었다. 이와 같은 과정을 거쳐 티투스의 덕으로 목숨을 건지게 된 칼키디아 인들은 가장 웅장하고도 훌륭한 신전을 지어 그에게 바쳤다. 그 현판에는 다음과 같은 명문이 새겨져 오늘날까지도 전해지고 있다.

칼키디아 시민들은 이 김나지움을 헤라클레스 신과 티투스에게 바치노라.

그리고 그 건너편에 있는 건물에는 다음과 같은 명문이 새겨져 있다.

칼키디아 시민들은 이 델피니움을 티투스와 헤라클레스 신에게 바치노라.

그리고 더욱 이채로운 것은 오늘날까지도 티투스에게 제사 드리는 사제를 선출하여 그에게 제사를 드리고 헌주한 다음 일정한 노래를 부르는 일이 이어져 내려오고 있다는 것이다. 그 노래의 전체는 너무 길기 때문에 생략하기로 하고 끝줄만 여기에 적어보기로 한다.

옛적에 신의를 지켜주신 로마
우리들의 맹세가 탄원하니
우리들의 숭배 영원하리.
노래하며 춤추라 아가씨들,
로마에게, 티투스에게, 아폴로 신에게.
노래하며 춤추라, 노래 불러라
신의를 지켜주신 로마에게
우리를 지켜주신 구세주 티투스와 아폴로 신에게.

그리스의 다른 지역에서도 티투스의 공적에 어울리는 찬사가 쏟아져 나왔다. 더구나 그는 겸손하고도 인자한 성품 때문에 남들로부터 놀랄 만한 선의와 애정을 한 몸에 받았다. 공무를 처리할 때나, 심지어는 경쟁심이나 라이벌 의식에서 비롯되어 누군가와 다소의 대립이 있을 경우에도 그의 원한은 그리 오래 가지 않았다. 그리고 그는 언제나 이러한 감정을 행동으로 나타내는 법이 없었다. 많은 사람들은 그가 성급하고 경솔한 것을 성격 탓으로 돌렸는데, 그렇다고 해서 아무도 그의 성격을 사악하고 가혹하다고는 보는 사람은 없었다. 대체로 티투스처럼 사귀어서 정이 가고 마음이 끌리는 친구도 없다. 특히 그가 이야기할 때는 힘이 있으면서도 우아하기 그지없었다. 아카이아 인들이 자킨투스 섬을 손에 넣으려고 할 때, 그 계획이 무모한 짓임을 지적하면서 그는 다음과 같이 말하였다.

"아카이아 인들이 고국인 펠로폰네소스 섬으로부터 그렇게까지 멀리 손을 내뻗는 것은 마치 거북이가 딱지 밖으로 목을 너무 길게 내뻗는 것과 같은 위험한 일이오."

티투스와 필리포스가 휴전의 조건을 정하려고 처음 만났을 때 필리포스는 불평하며 이렇게 말했다.

"나는 호위병도 없이 단신으로 왔는데 어찌하여 장군께서는 그렇게도 많은 호위병을 거느리고 오셨습니까?"

이에 대답하여 티투스가 말하였다.

"그렇습니다. 왕께선 측근자들을 모두 죽이셨으니 외톨이가 되실 수밖에 없으셨겠죠."

언젠가 메세네 사람 디노크라테스가 로마의 주연석상에서 술에 만취되어 여자옷을 입고 춤을 춘 일이 있었다. 다음날이 되자 그는 메세네를 아카이아 인들의 수중에서 건져 내려는 일을 좀 도와달라고 티투스에게 요청하였다. 이에 티투스는 대답하였다.

"이 일은 깊이 생각해봐야 할 일입니다. 그와 같은 중책을 맡고 온 사람이 주연석상에서 술을 마시고 춤을 출 수 있을까 하고 놀랐기 때문입니다."

안티오코스의 사절단은 아카이아의 사절단에게 자기들의 왕이 보유하고 있는 병력이 막강하다는 것을 뽐내었다. 그들은 여러 가지 종류의 부대를 예로 들며 자세히 설명하고, 각 부대의 이름이 이러이러하다고 일일이 늘어놓고 있었는데 이를 본 티투스가 말하였다.

"나는 한때 어떤 친구와 식사를 한 적이 있었는데, 그가 준비한 요리의 수에 대하여 충고하지 않을 수가 없었소. 나는 어디서 그렇게 많은 종류의 요리를 구했느냐고 물었소. 그러자 주인이 대답하기를 '나리, 사실을 말하자면 돼지고기 요리를 좀 다르게 했을 뿐입니다' 하는 것이었소."

그리고 나서 티투스는 말을 이었다.

"그것과 똑같소. 아카이아 여러분, 안티오코스의 투창대나 장창대나 보병수비대 등에 관하여 들을 때 과히 놀라지 마시오. 서로 무장은 다르지만 모두가 다 시칠리아 인에 지나지 않으니까요."

그리스에서 이와 같은 업적을 이룩하고 안티오코스와의 전쟁도 끝났을 때 티투스는 대정관으로 선출되었다. 이 자리는 가장 뛰어난 직책이었으며, 어떤 의미로는 로마 공화국 최고의 자리였다. 그의 동료대정관으로 선출된 사람은 집정관을 다섯 번이나 지낸 마르켈루스의 아들이었다. 이들은 직권을 발휘하여 평판이 나쁜 네 명의 원로원을 축출하고, 로마의 자유로운 시민이 되고자 하는 사람을 모두 받아들였다. 그러나 실제로 이것은 자의에 의한 것이라기보다는 강제에 의한 것이 더 많았다. 왜냐하면 당시의 시민 중에서 선출된 호민관 테렌티우스쿨레오가 귀족에게 반감을 품고 시민대중을 선동하여 그런 정령을 통과시켰기 때문이다.

 이때 로마에서 가장 위대한 두 인물은 아프리카누스 스키피오와 마르쿠스 카토였는데, 그들은 사이가 좋지 못했다. 티투스는 스키피오를 원로원 의장에 임명한 뒤, 다음과 같은 불행한 일로 카토와의 싸움에 말려들어갔다. 티투스에게는 루키우스 플라미니누스라는 동생이 있었는데 성격이 서로 달랐다. 루키우스는 특히 예절이라면 좇아다니며 지키지 않을 정도로 야비한 난봉꾼이었다. 그에게는 소년 친구 하나가 있었다. 루키우스는 이 소년을 항상 데리고 다녔다. 어느 날 소년은 주연석상에서 루키우스에게 까불며 아첨하여 이렇게 말하였다.

 "얼마나 나리를 사랑했으면 그렇게도 좋은 구경거리를 마다하고 나리에게 왔겠사옵니까! 하지만 저는 평생 사람 죽이는 구경을 한 적이 없었거든요."

 이 말을 듣고 루키우스는 기뻐하며 말했다.

 "그것쯤이야 식은 죽 먹기지. 그게 그렇게까지 소원이라면 얼마든지 구경시켜주마."

 그는 감옥에서 죄수를 한 명 불러왔다. 그리고는 형리를 대령케 하여 연회가 끝나기 전에 죄수의 목을 자르라고 명령하였다. 그런데 발레리우스 안티아스가 전하는 바는 이와 아주 다르다. 그에 의하면 소년이 아니라 여자였다는 것이다.

 또한 리비가 카토 자신의 말이라고 하며 전하는 바에 의하면, 갈리아의 탈주병 하나가 아내와 아이들을 데리고 루키우스네 집으로 왔을 때 이들을 붙잡아서 연회장으로 끌고 갔다는 것이다. 그리고 나서 루키우스는 애인을 만족시키기 위하여 손수 죽였다는 것이다. 그러나 이것은 그의 범행을 악화시키기 위하여 카토가 일부러 날조한 이야기일는지도 모른다. 어쨌든 카토는 피살자가 탈주병이 아니라 사형언도를 받은 죄수였다는 것을, 다른 권위자들은 물론 키케로도 〈노인론〉에서 자신이 카토에게 그 사건을 그렇게 설명하였다고 밝히고 있다.

그러나 이것만은 확실하다. 카토는 대정관으로 있는 동안 원로원을 숙청하고 재건하기 위하여 원로원 의원들의 사생활을 샅샅이 조사하였다. 그리고 루키우스를 원로원에서 제명하였다. 루키우스는 과거 집정관을 지낸 바 있을 뿐 아니라 이러한 처벌은 형인 티투스에게도 적지 않은 수치를 끼치게 되는 것이었음에도 불구하고 카토는 그런 점을 전혀 고려하지 않았던 것이다. 그리하여 플라미니누스 형제는 초라한 모습으로 집회에 나타나 눈물을 흘리며, 자기들과 같은 명문집안에 이런 수치를 주는 것은 도대체 어떠한 이유 때문인지 해명해줄 것을 카토에게 요청하였다. 시민들은 이를 일리가 있는 요청이라고 생각하였다. 그러나 카토는 아무런 거리낌 없이 동료 대정관과 함께 일어났다. 그리고 티투스에게 연회석상에서 있었던 일을 아느냐고 물었다. 티투스는 모른다고 대답하였다. 그러자 카토는 그 일에 대해서 설명하였다. 그리고 루키우스에게 틀린 내용이 있으면 지적하라고 반문하였다. 루키우스는 대답하지 못했다. 그제서야 시민들은 카토의 기소 사실이 정당하다고 생각하였다. 그들은 위풍당당하게 법정을 나서서 집으로 돌아가는 카토를 바래다주었다.

한편, 티투스는 동생의 타락행위에 분격하였다. 그러나 그는 그 전부터 오랫동안 카토에게 원한을 품고 있던 사람들과 한 패가 되어 원로원의 대부분을 자기 파로 끌어넣었다. 그리고는 국가세입에 관계하는 카토가 구매와 임대와 처분에 관한 모든 계약을 시행할 때마다 반대함으로써 그 일들을 모두 무효화시켰다. 그리고 그에게 불리한 소송과 고소를 무수히 제기하였다. 즉 티투스는 행실이 불량하여 당연한 벌을 받은 사람을 위하여, 자기 동생이라는 이유 하나만으로 합법적인 대정관과 우수한 시민을 상대로 반항한 것이다. 그 후 극장에서 어떤 공연이 있었다. 원로원 의원들은 언제나처럼 그들의 지위에 어울리는 가장 좋은 자리에 앉아서 구경하고 있었다. 그러나 루키우스는 초라한 옷차림으로 아래쪽 맨 끝 자리에 앉아 있었다. 그의 모습은 곧 관중의 눈에 띄었다. 루키우스의 모습에 충격을 받은 관중들은 측은한 마음을 금하지 못했다. 그들은 그 전에 앉던 자리에 앉히라고 외쳤다. 그 바람에 그는 마지못한 듯 일어나 집정관이 앉는 무대석으로 들어갔다. 그러자 거기 앉아 있던 사람들도 그를 맞아들였다.

티투스의 타고난 야심은 대단하였다. 그가 젊었을 때에 여러 번의 전쟁에서 거둔 공적은 상술한 바와 같다. 하나의 일례를 들자면 그는 집정관직에서 물러난 후에도 군사위원직만을 그대로 가지고 있었다. 그러나 이것을 비난하는 사람은 아무도 없었다. 그의 야심은 노년에 이르러 모든 공직에서 물러난 후에도 조금도 식을 줄을 몰랐다. 활동하기에는 무리인 노년기의 삶에서도 공명심에 대한 정열을 누르지 못하였고, 어느 젊은이 못지않은 왕성한 기백을 보였다.

이러한 기질은 그가 한니발과의 교섭에서 실패하였을 때 많은 사람들의 빈축을 사도록 한 원인이 되었다. 한니발은 자기 나라에서 탈출한 후 안티오코스에게서 피난처를 찾았다. 그러나 프리기아 전투에서 패한 안티오코스가 로마와 휴전할 기세를 보이자 한니발은 그 곳을 떠났다. 그리고 여러 나라를 방랑한 끝에 드디어 비티니아에 정착하여 프루시아스 왕을 섬기겠다고 제의하였다. 로마의 모든 사람들은 그가 비티니아에 와 있다는 것을 알았다. 그러나 이제는 그도 노쇠하므로 운명의 여신은 완전히 그를 버렸을 것이라고 생각하였다. 그리하여 한니발은 이제 걱정할 필요조차 없는 존재라고 생각하게 되었다. 그런데 티투스는 다른 일로 원로원의 명령을 받고 비티니아에 사신으로 갔다가 그 곳에 한니발이 살고 있는 것을 보게 되었다. 그는 아직도 한니발이 살아 있다는 데 크게 분개하였다. 그러자 프루시아스 왕은 티투스에게 간곡하게 간청하였다. 친구가 살려달라고 먼 곳에서 왔는데 어찌 그것을 마다할 수 있겠느냐고 애원한 것이다. 그러나 티투스는 그 말을 들으려고 하지 않았다.

옛날부터 전해내려오는 신탁이 있는데, 그것은 한니발의 종말을 예언한 것만 같다.

리비사의 땅이 한니발을 덮으리라.

한니발은 이 지명이 아프리카의 리비아를 의미하는 것으로 해석하였다. 그는 카르타고로 돌아가서 생을 끝마치기를 기대하는 듯, 자기의 몸을 고국 카르타고에 묻어야 한다고 생각하였다. 그런데 비티니아의 바닷가에는 모래 언덕이 하나 있었다. 그리고 그 근처에 리비사라는 조그마한 마을이 있었다. 한니발은 우연히 여기서 살게 되었다. 그는 처음부터 프루시아스 왕의 우유부단하고도 겁 많은 태도를 믿지 않았다. 또한 로마인을 무서한 나머지 미리부터 자기 방에 일곱 개의 지하도를 팠는데, 외부의 눈에 띄지 않도록 사방으로 상당한 거리를 두고 야외로 빠져나갈 수 있게 해두었다.

그는 티투스가 자기를 죽이라는 명령을 내렸다는 소문을 듣고 그 지하도로 도망치려 하였다. 그러나 프루시아스 왕의 경비병들이 모든 출구를 지키고 있다는 사실을 알고는 자살하기로 결심하였다. 그 자살방법에는 여러 가지가 있다. 어떤 설에 의하면 그는 상의로 목을 감고, 종에게 명령하여 무릎으로 등을 꽉 누른 뒤 자신이 절명할 때까지 목에 감은 상의를 비틀고 잡아당기게 하였다고도 한다. 또한 다른 설에 의하면 한니발 역시 테미스토클레스나 미다스의 선례에 따라 소피를 마시고 자살하였다는 설도 있다. 그러나 리비에 의하면 그는 이런 일이 있을 것을 예측하고 항상 독약을 가지고 다녔는데, 바로 이때 그 독약을 마셨다고 한다. 그런데 한니발은 독약을 마시기 전에 이런 말을 했다고 전해진다.

"로마의 긴 시름을 하나 덜어주지. 이 미운 늙은이가 오랫동안 죽지 않아 지루해서 못 견디겠다는 그대들에게 말이다. 그러나 나를 죽여버리는 일이 티투스에게 명예로운 승리가 될 것은 없지. 왜냐하면 그의 조상 중에는 자기의 적인 피루스에게 사람을 보내어, 배반자들이 당신을 독살하려고 하니 그것에 대비하여 조심하라고 밀고해준 사람도 있으니까 말이다."

이와 같이 한니발의 죽음에는 여러 가지 설이 있다. 그의 죽음이 원로원의 귀에 들어가자, 어떤 이는 티투스의 잔인한 행동뿐 아니라, 분수에 넘는 간섭을 신랄하게 비판하여 분노를 터뜨리는 사람도 있었다. 그가 한니발을 죽게 한 것은 오직 자기의 명성을 세상에 떨치려는 욕망에서 한 노릇이라는 것이다. 즉 이제 늙어서 깃털이 모두 빠진 채 비상할 기력을 잃고 아무 간섭도 하지 않으며 조용히 홀로 살게 내버려 두어야 할 새와 같은 처지에 있는 한니발을 무덤으로 보냈다는 것이다.

그들은 또한 스키피오 아프리카누스가 온유하고도 너그럽게 한니발을 대접해준 것을 생각하여 그를 몹시 존경하였다. 그들은 스키피오가 난공불락의 무서운 한니발을 아프리카에서 정복하였을 때, 본국에서 추방하지 않았다. 뿐만 아니라 그를 내버린 본국인들에게 그를 자기에게 넘겨달라고 요구하지도 않았다. 또한 전투를 교환하기 직전에 있었던 회담에서도 스키피오는 한니발과 악수를 나누었다. 그리고 전쟁이 끝난 후의 협정에서도 그에게 불리한 조항을 요구하거나 모욕적인 언동을 일체 쓰지 않았다. 그 후 두 장군은 에페소스에서 다시 만난 적이 있다. 그리하여 두 사람이 나란히 걸을 때 한니발은 스키피오 본인이 눈치채지 않게 한 걸음 뒤떨어져서 걸었다고 한다. 그들의 화제가 명장의 이야기로 옮아갔을 때, 한니발은 알렉산드로스가 세상에서 제일 가는 명장이고, 그 다음은 피루스, 그리고 세번째가 자기라고 말하였다. 이 말에 스키피오가 미소를 띠며 물었다.

"제가 만일 장군에게 이기지 않았다면 그땐 뭐라고 말씀하시겠습니까?"

이 말에 한니발은 다음과 같이 대답하였다.

"그 경우에 저는 셋째가 아니고, 제일 가는 장군이라고 했겠지요."

사람들은 스키피오에 관한 이런 일들을 회상하고 그에 대한 칭찬을 자자하게 늘어놓았다. 그러나 티투스에 대해서는 다른 사람이 이미 죽인 사람을 죽인 것이니 수치스러운 행동을 하였다고 비난하였다.

그러나 티투스의 행동을 칭찬하는 사람이 전혀 없는 것도 아니었다. 왜냐하면 살아 있는 한니발은 불과 같아서 언제 어느 때 바람을 만나 불꽃으로 타오를지 모른다고 생각한 것이다. 한창 나이 때 무서운 위력을 발휘한 것은 한니발의 몸도 아니었고 손도 아니었으며, 다만 완전한 지략과 로마에 대한 사무치는 적개심이었다고 사람들은 생각하였는데 그것은 나이를 먹었다고 해서 사라지는 것이 아니었다. 기질과 정신력은 불변한 것이다. 따라서 지워지지 않는 원한을 가진 자는 다음 번에는 꼭 이긴다는 희망에 얽매어 마지막까지 적과 싸우려는 새 힘을 갖게 되는 법이다.

과연 그 후에 발생한 일로 보면 티투스의 변명이 어느 정도 정당하다고 생각된다. 평범한 음악가 집안에서 태어난 아리스토니쿠스는 에우메네스의 아들이라는 명성 때문에 소아시아 전역에 걸쳐 소요와 혁명을 일으켰다. 또한 미트리다테스는 술라와 핌브리아에게 참패당한 뒤 그의 주요 장교와 평범한 병사들마저 학살하였다. 그 후에도 그는 다시 수륙 대군을 거느리고 루쿨루스와 싸웠다.

그러나 한니발은 카이우스 마리우스만큼 하찮은 상태로 떨어진 것은 아니었다. 그는 왕과 사귀었고, 프루시아스 왕의 해군과 기병대와 보병대를 지휘하여 그의 능력을 자유로이 휘둘러보기도 하였다. 그리하여 먹을 것 없이 구걸하면서 아프리카를 떠돌아다니던 마리우스의 소문을 듣고 그를 비웃었던 사람들은 미구에 로마에서 그의 채찍으로 등을 얻어맞고, 그의 도끼에 목이 잘리고 그에게 살려달라고 애걸복걸하지 않았던가! 그러므로 사람이란 장래에 어떤 일을 당하는지 모르기 때문에, 현재만을 가지고 모든 일의 대소경중을 논할 수는 없는 것이다. 운명의 변덕과 변천에 종지부를 찍게 하는 것은 사람이 죽을 때라야 비로소 가능한 것이다.

따라서 역사가들 중에는 티투스의 행동은 그의 머리에서 나온 생각이 아니라, 루키우스 스키피오와 더불어 한니발을 죽이라는 원로원의 위임을 받아 행한 것이라고 주장한다. 그리고 우리는 이제 그 후의 티투스가 어떤 일을 했는지 알 길이 없다. 다만 한 가지 여기서 해야 할 일은 그와 필로포이만을 비교하는 것이다.

플라미니누스와 필로포이만의 비교

티투스가 그리스에 공헌한 복리의 측면에 있어서는 필로포이만이나 그 밖의 누구와도 비교가 되지 않는다. 그들은 그리스 인이면서도 그리스 인을 상대로 하여 싸웠지만 티투스는 그리스 인이 아니면서도 그리스 인을 위하여 싸웠다. 필로포이만은 적에게 포위당한 동포를 구해낼 길이 없자 그들을 버리고 크레타로 도망쳤다. 바로 그때 티투스는 그리스의 한복판에서 필리포스와 싸워 이김으로써 그리스 인과 그들의 여러 도시를 해방시켜주었다. 두 장군이 싸운 전쟁을 검토해보자면, 필로포이만이 아카이아 군 사령관으로 있는 동안 죽인 그리스 인의 수는 티투스가 그리스를 위하여 죽인 마케도니아 인의 수보다 더 많았다.

그들의 단점을 들어보자. 티투스는 야심이 너무 강한 것이 단점이었고, 필로포이만은 고집이 너무 센 것이 단점이었다. 또한 티투스는 쉽게 화를 내었고, 필로포이만은 일단 화가 나면 쉽게 풀리지 않았다. 티투스는 자기가 정복한 필리포스였지만 그에게 왕의 위신을 지켜주었으며, 아이톨리아 인들도 용서해주었다. 그러나 필로포이만은 자기 나라 국민들에게 분노를 터뜨린 나머지 자기 나라에 예속해 있던 타국민의 반감까지 샀다. 티투스는 한 번 친하게 사귄 사람과는 우정이 변함없었으나, 필로포이만이 화를 내는 날이면 친절을 찾을 길 없었다. 한때 스파르타의 은인이었던 필로포이만은 그들의 성벽을 모두 헐어 국토를 황폐화시켰으며, 그들의 정치 구조마저 변경함으로써 파괴해버렸다. 확실히 필로포이만은 분노와 옹고집 때문에 자기의 생명까지 잃은 사람이었다고 생각된다. 왜냐하면 그는 티투스가 군사행동을 취할 때 늘 조심하였던 것과는 달리 쓸데없는 맹목적에 사로잡혀 서두르며 메세네를 정벌하려고 나섰기 때문이다.

그가 싸운 수많은 전투와 그가 거둔 수많은 전승기념비만으로도 필로포이만이 얼마나 철저한 전략가였는지 알 수 있다. 티투스는 필로포이만과 단 두 번의 싸움으로써 결판을 냈다. 그러나 필로포이만이 싸운 전투의 수는 셀 수도 없을 정도다. 그러므로 이 경우는 운이 좋았다고만은 말할 수 없다. 따라서 그 많은 전승은 필로포이만이 세운 전략의 우수성 때문이었다고 말할 수밖에 없다. 티투스는 로마의 국력이 가장 부강하였을 때 국력의 뒷받침을 얻어 명성을 떨쳤다. 그러나 필로포이만은 그리스가 쇠퇴하였을 때 명성을 떨쳤으니, 그의 성공은 오로지 그 한 사람의 공에 의한 것이었다.

티투스의 영광 속에는 로마의 공이 크다고 할 수 있다. 티투스는 자기의 지휘 아래 용감한 병사들을 거느린 사람이었으나, 필로포이만은 용감한 병사들을 만들어내어 그들을 지휘한 사람이다. 또한 필로포이만이 동포를 적으로 삼았던 것은 불행한 일인 동시에 그의 장점을 증명하는 시금석이기도 하다. 환경이 똑같을 경우, 차원 높은 성공은 차원 높은 전략에 의해서 좌우되기 때문이다. 필로포이만은 실제로 모든 그리스 국가 중에서 가장 호전적인 국가인 크레타 인과 스파르타 인을 적으로 맞아 싸웠다. 그는 전술이 가장 능한 크레타 인을 전술로 정복하였으며, 가장 용감한 스파르타 인을 용기로써 무찔렀다.

그리고 여기서 말해두어야 할 것이 또 하나 있다. 티투스는 전임자로부터 무기와 군대를 고스란히 이양받았으므로, 어떤 의미로는 종래의 방법을 그대로 사용하여 승리를 거두었다고 할 수 있다. 그러나 필로포이만은 자기만의 독특한 훈련과 전법을 도입하여 군대를 재편성해야만 했다. 따라서 그는 전쟁에 이길 수 있는 방법을 스스로 찾아낸 것이다. 이에 비해서 티투스는 종전의 전법을 그대로 이양받아 그대로 사용한 것이다. 필로포이만은 자기 손으로 많은 전과를 거두었으나 티투스는 그런 일이 전혀 없었다. 그러므로 아르케데무스라는 아이톨리아 인이 티투스를 조소하여 이렇게 말하였다. 즉 자기가 칼을 높이 빼들고 마케도니아의 강군을 향하여 내달리고 있을 때, 티투스는 그 자리에 가만히 서서 두 손을 하늘로 내뻗고 신들에게 살려달라고 기도드리고 있더라는 것이다.

티투스는 지사(知事)와 사절로서 놀라울 만큼 두각을 나타냈었다. 그러나 필로포이만은 평민으로 있을 때나 사령관으로 있을 때를 가리지 않고 조국 아카이아를 위하여 헌신적이었다. 그는 조국에 매우 유용한 인물이었다. 그가 폭군 나비스로부터 메세네를 해방시키고 국민들에게 자유를 되찾아주었을 때도 그는 평민에 지나지 않았다. 또한 스파르타의 모든 성문을 닫고 디오파네스 장군과 티투스의 진주를 막아 스파르타를 살린때도 그는 평범한 시민이었다. 그는 진정으로 장군에게 어울리는 기질을 가지고 있었다. 따라서 공중을 위해서라면 법 그 자체도 통제할 수 있었고, 법을 지키는 일이 좋을 때는 법대로 하였다. 그는 법의 정신을 살리는 것은 중요하지만 법 조문에 낱낱이 구애되지 않는 것이 진정한 장군이라고 생각하였다. 그리스 인들에 대해서 공정하고도 인자하며 인도주의적인 티투스의 태도는 위대하고도 관대한 성격을 나타낸다.

그러나 로마 인에 대항하여 자기 조국의 자유를 지키려는 필로포이만의 용기에 가득 찬 행동은 그 자체만으로도 위대하고 고상한 무엇이 있다. 왜냐하면 곤궁한 자의 소원을 들어주는 것도 그다지 쉬운 일이라고는 할 수 없으나, 강대한 자의 분노에 반항함으로써 그의 노여움을 산다는 것은 더욱 쉬운 일이 아니기 때문이다. 결론을 내려보자면, 누 사람의 참된 장점을 들어 누가 더 훌륭한가 하는 점을 행동과 기술에 있어서는 필로포이만에게, 정의와 자비에 있어서는 티투스에게 왕관을 드리는 것이 좋을 것으로 생각된다.

피 루 스
기원전 365 ? -272년

　어떤 역사가들이 전하는 바에 의하면 대홍수 이후의 테스프로티아와 몰로시아 최초의 왕은 파이톤이었다고 한다. 그는 펠라스구스와 함께 에피루스로 온 사람들 중의 하나였다고 하는데, 또 다른 역사가들이 전하는 바에 의하면, 데우칼리온과 피라는 도도나에 유피테르의 신전을 세운 다음 몰로시아 인들 사이에 섞여 그 지방에 정착하였다고도 한다. 후세에 이르러 아킬레스의 아들 네오프톨레모스는 이 지방을 점령하여 식민지를 세운 다음 왕통을 세웠다. 그리고 나서 왕족의 이름을 피리다이라고 붙였다. 그 이유는 그의 어릴 적 이름이 피루스였기 때문이고 그의 적자인 힐루스의 아들과 클레오다이우스의 딸 라나사와의 사이에서 태어난 아들도 피루스라는 똑같은 이름을 붙였기 때문이었다.
　이때부터 아킬레스는 그 지방의 말로 아스페투스라는 이름으로 에피루스의 신처럼 존경받게 되었다. 초대 왕들이 세상을 떠난 후, 후대에 나온 왕들은 폭정을 행사하여 권력이나 사생활에 있어서 다 같이 보잘것없는 왕으로 전락하고 말았다. 그러다가 세월이 흐른 후 비로소 다시 명성을 떨친 왕이 나타났는데 그가 바로 타리파스 왕이었다. 이 왕은 그리스의 풍습과 학문과 공정한 법을 자기 나라에 도입함으로써 명성을 떨쳤다고 한다. 타리파스는 알케타스를 낳았고, 알케타스는 아리바스를 낳았으며 다시 그는 트로아스와 결혼하여 아이아키데스를 낳았다. 아이아키데스는 테살리아 인 메논의 딸 프티아와 결혼하였다. 이 메논이라는 사람은 레오스테네스 장군 다음 가는 명장으로서 라미아 전쟁시대의 저명인사였고, 연합군의 총사령관직에 있던 사람이었다. 아이아키데스와 프티아와의 사이에서 두 딸 데이다미아, 트로아스와 아들 피루스를 두었다.

몰로시아 인들은 나중에 반란을 일으켜 폭군 아이아키데스 왕을 축출하고 네오톨레모스의 아들들을 다시 불러들였다. 그리고 그들은 아이아키데스 왕의 지지자들을 체포할 수 있는 데까지 체포하여 모두 목을 베어 처형했다. 그때 유아에 불과했던 피루스는 안드로클리데스와 안겔루스의 보살핌을 받고 적의 눈을 피하여 도주하고 있었다. 그들은 몇 명의 하인들과 유모들을 함께 데리고 가야만 했는데 도망치는 데 어려움이 많았다. 결국 적에게 추월당하게 되자, 그들은 피루스를 안드로클레온, 히피아스와 네안데르 등의 믿을 만한 유능한 청년들에게 맡겼다. 그리고 그 청년들에게 한시라도 빨리 마케도니아의 마을인 메가라로 아기를 데리고 가라고 일렀다. 남아 있는 사람들은 따라오는 사람들에게 간청하고 힘을 써서 저녁 늦게까지 그들을 지체시킬 수 있었으나 추격자들을 완전히 물리칠 수는 없었다. 적은 다시 피루스를 데리고 도주하는 청년들을 추격하기 시작하였다.

청년들은 해가 저물어서야 비로소 목적지에 도달한 줄로 생각하고 안심하게 되었다. 그러나 그 순간 그들이 미처 생각하지 못했던 강이 나타나 절망할 수밖에 없었다. 도시를 끼고 흐르는 그 강은 밤이라 이들에게 더욱 무서움을 주었다. 물살의 흐름도 빨랐기 때문에 그들은 도저히 강을 건널 수 없다는 것을 깨달았다. 최근에 내린 비로 강물이 부쩍 불어나 물살이 빠르기 짝이 없었다. 게다가 밤의 어둠은 모두에게 공포를 한층 더 가중시켰다. 그러니 아무리 애를 써봤자 아기와 유모와 보모들을 거느리고는 도저히 강을 건널 수 없겠다고 단념할 수밖에 없었다.

그러나 건너편에 마을 사람 몇 명이 서 있는 것을 발견하고, 그들은 자기들이 강을 건널 수 있도록 도와달라고 요청하기로 했다. 청년들은 아기 피루스를 그들에게 보이며 큰 소리로 살려달라고 외쳤으나, 물소리가 너무 커서 목소리가 저편까지 들리지 않았다. 이렇게 외치는 동안 시간만 자꾸 흘러가고, 건너편 사람들에게는 자기들의 요청을 이해시킬 수가 없었다. 마침내 그들 중의 한 사람이 꾀를 내었다. 그들은 떡갈나무 껍질을 벗겨 거기에다 혁대의 바늘로 아기가 누구라는 것과 아기의 운명이 위태롭다는 사연을 새겼다. 그리고 그것에 돌을 매달아 강 건너로 던졌는데, 그러면 돌의 무게로 떡갈나무 껍질이 강 건너편까지 미치리라고 생각하였기 때문이다. 일설에 의하면 이것을 긴 창의 끝에 동여매어 던졌다는 이야기도 있다. 건너편에 있는 사람들은 나무껍질에 적혀 있는 사연을 읽고 사태가 매우 긴박함을 깨달았다. 그들은 지체없이 나무를 잘라 뗏목을 만들어 그들에게로 건너왔다. 제일 먼저 강을 건너서 피루스를 두 팔에 안은 사람은 아킬레스라는 사람이었다. 다른 사람들도 뒤따라 건너온 사람들에 의하여 모두 구제되었다.

이렇게 하여 추격자의 손에서 벗어나 안전하게 피신하게 된 일행은 당시 일리리아의 왕 글라우키아스를 찾아갔다. 때마침 왕은 왕비와 함께 궁중에 있었다. 청년들은 왕 앞에 아기 피루스를 내려놓았다. 왕은 아이아키데스와 원수지간인 카산데르가 두려워, 깊은 생각에만 잠겨 있을 뿐 오랫동안 말을 하지 않았다. 이때 엉금엉금 기어다니던 피루스가 점차 왕 앞으로 가까이 다가가 왕의 옷을 잡고 그의 무릎 앞에 섰다. 그제서야 비로소 왕은 웃음을 머금었다. 아기의 모습을 본 왕은 마치 겸손한 어린 탄원자를 보는 것처럼 아기에 대한 연민의 정을 금할 수가 없었다. 일설에 의하면 아기는 왕을 붙잡고 서지 않고 그 옆에 있는 신의 제단을 붙잡고 몸을 일으켰으므로, 이것을 본 왕은 이 어린아이의 행동을 길조로 보았다고도 전해진다.

이리하여 왕은 아이를 왕비에게 맡기며 자기 아이들과 함께 기르라고 분부하였다. 얼마 후 카산데르는 사신을 보내어 아기 피루스를 돌려주면 그 대가로 200탈렌트를 지불하겠다고 제의하였지만 왕은 이를 거절했다. 피루스가 열두 살이 되었을 때 글라우키아스 왕은 그를 데리고 에피루스로 쳐들어가 피루스를 왕좌에 앉혔다. 피루스의 용모는 왕다운 용모라기보다도 보는 사람으로 하여금 공포심을 느끼게 하는 쪽에 더 가까웠다. 윗니는 고르지 못하여 전체가 그대로 하나의 뼈처럼 보였다. 흰 수탉을 제물로 바치고 피루스의 오른쪽 발로 비장(脾臟)이 나쁜 사람들의 비장을 가볍게 누르면 비장병을 고칠 수 있다는 소문이 세상에 퍼졌다. 그는 가난한 사람들이나 보잘것없는 사람들이 찾아와서 병을 고쳐달라고 하면 거절하지 않았다. 그리고는 대가로 고사에 바친 수탉만으로도 매우 흡족해 하였다. 그의 오른쪽 엄지발가락에는 신적인 효험이 있다고 전해진다. 그가 죽은 후 시체의 다른 부분은 모두 없어졌으나, 이 발가락만은 불에 타지도 않고 고스란히 남아 있었다고 하는 소문 때문일 것이다. 그러나 이런 이야기는 여기서 더 이상 하지 않기로 한다.

그의 나이가 17세 가량이 되자 외관상으로 정부가 점차 안정되어 가는 모습이 보였다. 피루스는 함께 자란 글라우키아스 왕의 아들 결혼식에 참석할 생각으로 왕국 밖으로 여행을 떠났다. 이 기회를 이용하여 몰로시아 인들은 또다시 반란을 일으켜 피루스의 측근들을 몰아내고 그의 재산을 약탈하였으며, 네오프톨레모스를 왕으로 세웠다. 이렇게 하여 자기 왕국을 잃고 알거지가 된 피루스는 그의 누이 데이다미아의 남편인 안티고누스의 아들 데메트리오스를 찾아갔다. 이 누이는 어린 나이에 명문인 록사나의 아들 알렉산드로스와 결혼하였다. 그러나 그 일가에 불행한 일이 생겼고, 성년이 된 누이는 나중에 데메트리오스와 재혼하게 되었던 것이다.

입수스의 대전에는 아주 많은 왕들이 참전하였는데, 피루스는 아직 연소한 나이였지만 매부 데메트리오스측에 가담하여 그가 대적한 적들을 무찔러 크게 명성을 떨쳤다. 나중에까지 그는 매부의 행운이 기울었을 때에도 그를 버리지 않고, 매부가 가지고 있던 그리스의 여러 도시들을 지켜주었다. 그 후 매부 데메트리오스가 프톨레미와 휴전하게 되자 그는 이집트에 인질로 잡혀 가게 되었다. 그 곳에서 피루스는 프톨레미와 함께 사냥도 다니고 여러 가지 운동을 하면서 프톨레미에게 자기의 용기와 체력을 충분히 과시할 수 있었다.

여기서 그는 베레니케가 가장 큰 세력을 휘두르고 있다는 사실을 알게 되었다. 그녀는 프톨레미의 왕비 중에서 덕행과 이해심이 많았기 때문에 가장 큰 존경을 받고 있었다. 이 사실을 안 피루스는 특별히 그녀의 환심을 샀다. 그는 자기의 이해관계에 따라 처신하는 특별한 기술을 가지고 있었고, 한편 자기만 못한 사람을 경시하는 경향이 있었다. 또 모든 일에 단정하게 처신하고 중용을 지켰다. 이 때문에 피루스는 당시에 궁중에 있던 모든 젊은 귀공자들 중에서 안티고네를 아내로 맞이하는 것이 가장 적합하다고 생각되었다. 안티고네는 베레니케가 프톨레미와 결혼하기 전에 필리포스와의 사이에서 얻은 딸 중의 하나였다.

이 결혼 후로 피루스의 명예는 크게 드높아졌으며 안티고네 또한 그에게 최선의 내조를 해주었다. 그녀는 많은 군자금과 군대를 마련해주었으며, 남편이 에피루스로 가서 왕위를 되찾도록 있는 힘을 다해 도와주었다. 그들이 고국에 돌아오자, 네오프톨레모스이 포학한 정치에 시달린 시민들은 열렬히 그들을 환영하였다. 그러나 그는 네오프톨레모스가 이웃 나라의 왕자들과 동맹을 맺을까 봐 겁이 났다. 그리하여 그는 네오프톨레모스와 공동으로 협력하여 나라를 다스리기로 하였으나, 시일이 지남에 따라 네오프톨레모스를 제거하라는 시민들의 원성이 높아졌으며, 양자 사이의 시기심도 점점 더 깊어져 갔다.

마침내 피루스가 마음을 움직여 네오프톨레모스를 타도할 결심을 굳히게 된 것은 다음과 같은 이유에서다. 모든 왕들은 몰로시아 지방의 한 고장인 파사로에 모여 마르스 군신에게 제사를 드리는 관습이 있었다. 왕은 법에 따라 시민을 다스리고, 시민은 법에 규정된 사항에 따라 정부를 보전할 것을 에피루스에게 맹세하는 것이 관례로 되어 있었던 것이다. 이 행사는 두 왕이 있는 앞에서 거행되었다. 측근들과 함께 행사에 참석한 두 왕은 즐겁게 시간을 보내며 선물을 주고받았다. 그런데 네오프톨레모스 측근인 겔로라는 자가 피루스의 손을 잡고 두 쌍의 소를 선물로 바쳤다.

그때 피루스의 집배인인 미르틸루스가 옆에 있다가 그것을 자기에게 달라고 하였다. 그러나 피루스는 다른 사람에게 그 소를 주어버렸다. 이로 인하여 미르틸루스가 불쾌해하는 것을 겔로가 보게 되었다. 겔로는 그를 연회에 초대하여 한창 이야기꽃을 피우다가 그를 설득하여 네오프톨레모스파에 가담시켰다. 그리고는 피루스를 독살하라고 사주하였다. 미르틸루스는 음모를 받아들이고, 그것에 시인하여 동의할 듯한 태도를 보였다. 그러나 미르틸루스는 그 음모를 피루스에게 낱낱이 보고하였다. 피루스는 그들의 음모에 적합한 인물로 지배인장인 알렉시크라테스를 겔로에게 추천하여 자기도 그 음모에 가담하고 싶다는 뜻을 표명하라고 명령하였다. 되도록 많은 증거에 의하여 이 음모의 정체를 파악하자는 생각에서였다.

이 술책에 겔로는 감쪽같이 속아넘어갔다. 이와 동시에 네오프톨레모스도 속아 곧 음모가 성공할 것으로 알고 너무도 기쁜 나머지 그의 측근들에게 그 사실을 털어놓았다. 그의 누이 카드메아가 베푼 연회에서 자기들 외에는 아무도 듣는 사람이 없는 줄로만 알고 공공연히 그 이야기를 하였던 것이다. 다른 사람이라고는 네오프톨레모스 왕의 가축을 치는 사람 사몬의 마누라 파이나레테 외에는 아무도 없었다. 그녀는 침상에 누워 벽 쪽으로 얼굴을 돌리고 깊은 잠에 빠져 있는 것처럼 보였기 때문에 모두 그녀에게 주의를 기울이지 않았다. 태연하게 두 사람 사이에서 오가는 이야기를 모두 듣고 파이나레테는 다음날 피루스의 왕비 안티고네에게로 가서 네오프톨레모스 왕이 그의 누이에게 한 이야기를 낱낱이 털어놓았다.

이 말을 듣고도 피루스는 당분간 아무 내색도 하지 않았다. 그러나 제삿날 네오프톨레모스를 초대하여 죽였다. 에피루스의 거물급 인사들은 피루스를 지지하여 네오프톨레모스를 어서 제거하여 국정을 둘이서 맡는다는 그러한 시시한 짓은 집어치우고, 자기 혼자 왕위에 앉아 마음껏 경륜을 펴보라고 권유해 왔던 것이다. 그러던 차에 네오프톨레모스가 음모를 꾸미고 있어 그를 의심할 정당한 근거가 생겼으니 선수를 쳐서 그를 없애버린 것이다.

　베레니케와 프톨레미를 기념하여 그는 그의 아들의 이름을 프톨레미라고 지었으며, 에피루스 반도에 도시 하나를 만들어 그것을 베레니키스라고 불렀다. 이때부터 그는 경륜을 펴기 시작하였다. 야심의 눈을 이웃 나라로 돌려 특별한 포부와 계획을 펼칠 뜻을 품었다. 우선 다음과 같은 구실로 마케도니아의 국내문제에 간섭할 방도를 찾았다. 카산데르의 아들 중 큰아들인 안티파테르는 그의 어머니 테살로니카를 죽이고, 그의 동생 알렉산드로스를 추방하였다.

　그러자 알렉산드로스는 데메트리오스에게 사람을 보내 도움을 간청하였고, 피루스를 불러들였다. 데메트리오스는 다른 일이 많아서 당장 그 요청에 응하지 못하였으나, 피루스는 제일 먼저 달려와 알렉산드로스를 돕는 대가로서 마케도니아 본국에 있는 팀파이아와 파라우아이아 두 지방과 마케도니아가 정복한 땅으로 암브라키아, 아카르나니아, 암필로키아 세 지방을 요구하였다. 알렉산드로스가 이를 수락하였으므로 피루스는 즉각 이들 지방을 수중에 넣은 다음 수비대를 주둔시켜 경비를 강화하였다. 그런 다음 왕국의 다른 지방들을 안티파테르에게서 빼앗아 알렉산드로스에게 주기 위하여 안티파테르를 공격하기 시작하였다.

　안티파테르에게 지원군을 파견하려고 계획을 세운 리시마코스 왕은 다른 일이 분주하여 당장은 그를 도울 수 없었다. 그러나 프톨레미 왕의 청이라면 피루스는 무슨 일이 있어도 이를 거절 못 할 것이라는 것을 알고 있었으므로, 프톨레미가 보낸 것처럼 보이는 편지를 위조하여 안티파테르로부터 300탈렌트를 받고 군을 철수하라고 하였다. 이 편지를 뜯어 본 피루스는 그 편지가 리시마코스의 위조편지라는 것을 즉각 알 수 있었다. 왜냐하면 프톨레미가 보내온 편지라면 반드시 그 서두의 인사말이 '아버지로부터 아들에게, 건강을 바라며'로 시작되는 것이 관례로 되어 있는데 이 편지는 그렇게 되어 있지 않고 '프톨레미 왕으로부터 피루스 왕에게, 건강을 바라며'라고 되어 있었기 때문이다.

피루스는 리시마코스를 비난하면서도 휴전을 맺고, 그들이 모두 모여 제사를 드려 엄숙하게 맹세함으로써 휴전을 확인하였다. 소와 돼지와 양을 수놈으로 한 마리씩 끌고 가는데 별안간 양이 쓰러져 죽었다. 다른 사람들은 이것을 보고 모두 웃었으나 예언자 테오도투스는 양이 죽은 것이 세 왕 가운데 한 사람이 죽게 되리라는 것을 예고한 것이라 하며 피루스에게 선서하지 말라고 권고하였다. 그러므로 피루스는 평화 조약에 선서하지 않았다.

알렉산드로스의 사건이 어느 정도 그에게 유리하게 진전되는 듯하였을 때, 데메트리오스가 달갑지 않게 돕겠다고 제의해 왔다. 이 갑작스러운 제의에 알렉산드로스는 놀라지 않을 수 없었다. 조금 지나서 달갑지 않은 이유가 나타났다. 두 왕은 며칠을 같이 있으면서 서로에 대한 시기심만 커져서 음모를 짜기 시작하였다. 데메트리오스는 이미 젊은 알렉산드로스와 같이 지내며 그를 죽일 수 있는 기회를 호시탐탐 노리고 있다가, 마침내 기회를 포착하자마자 그를 죽이고 말았다. 그리고는 스스로 마케도니아의 왕이라고 선포하였다.

이보다 전부터 데메트리오스와 피루스는 사이가 좋지 않았다. 왜냐하면 그는 테살리아를 몇 번씩 침략하였을 뿐 아니라 왕이라면 누구에게나 가지고 있는 더 큰 제국을 건설하겠다는 야심이 도에 지나쳐서 이웃 나라를 서로 의심하게 되었고, 데이다미아 왕이 죽은 후로는 미워하고 질투하는 정도가 더욱 심해졌기 때문이다. 그런데 이제 두 나라는 마케도니아를 자기들의 수중에 넣으려는 같은 목적을 가지고 싸우게 되었고, 두 나라 사이의 시기와 질투는 더욱 심해졌다.

데메트리오스는 우선 아이톨리아를 공격하여 이를 굴복시킨 다음, 판타우쿠스에게 상당한 수의 군대를 맡겨 그 곳을 지키게 하였다. 그리고 데메트리오스 자신은 직접 피루스와 맞서기 위하여 전진하였다. 데메트리오스가 예상했던 것처럼 피루스도 이에 맞섰으나, 길이 어긋나 서로 스치고 지나가는 정도에 그쳤다. 데메트리오스는 에피루스로 들어가 그 지방을 황폐화시켰다. 한편 피루스는 판타우쿠스와의 일전을 준비하였다. 병사들은 서로 맞붙어 치열한 싸움을 전개하였으며, 장군들 주위의 싸움은 이보다 더 치열하였다.

판타우쿠스는 용기에 있어 또 지략, 체력에 있어서도 데메트리오스의 모든 부관 중 가장 우수한 사람이었다. 또 결단력과 인품에 있어서도 뛰어난 사람이었는데 피루스에게 일대 일로 싸우자고 도전해 온 것이다. 한편 피루스도 당대의 어느 왕과 싸워도 지지 않는 용맹성을 가지고 있다고 자처하는 사람이었다. 그는 아킬레스의 후손에 어울리는 혈통보다는 용기를 더욱 존중하는 사람이었으므로 대열보다 훨씬 앞으로 달려나가 판타우쿠스와 일대 일로 맞섰다. 두 장수는 처음에는 창을 가지고 간격을 두고 싸우다가 차츰 간격을 좁히며 싸우기 시작했다. 그리고 나중에는 서로 칼을 뽑아 들고 기술과 힘을 다하여 싸웠다. 피루스는 한 군데에 상처를 입고 그 대신 상대방에게는 허벅다리와 목 근처에 상처를 주어 넘어뜨렸다. 그러나 피루스는 지난날 판타우쿠스 측근들의 구호를 받은 일이 있었기 때문에 차마 그를 죽이지는 않았다. 그러나 에피루스 군은 그들 왕의 승리에 힘입어 의기충천하여 적진을 뚫고 들어가 적의 방형진을 분쇄한 다음 적을 추격하여 무수히 죽이고 5천의 포로를 생포했다.

이 싸움에 지고도 마케도니아 군은 그다지 원통해하지도 않았으며, 피루스에게 큰 증오심도 품지 않았다. 왜냐하면 그가 싸우는 모습을 직접 보았거나 그와 맞서 싸운 사람은 그의 용맹성에 반하여 존경심과 숭배의 마음을 갖게 되었고 뿐만 아니라 다른 사람들에게 그에 대한 칭찬의 말을 서슴지 않았기 때문이다. 그들에게는 피루스의 용모와 민활한 동작이 알렉산드로스 대왕을 방불케 하여 대왕의 모습을 마주 대하는 듯하였다. 다른 왕들에게서는 모두 그들이 입은 옷과 그들이 거느리고 있는 호위병, 목을 구부리는 그 형식적인 동작이나 점잖고 위엄에 찬 말투에서 대왕의 모습을 발견하는데 반하여 피루스에게서만은 오직 군을 다루는 능력이 알렉산드로스 대왕을 방불케 한다고 하나같이 입을 모았다.

전략에 관한 그의 지식과 장군으로서의 수완과 능력이 얼마나 위대하였는지에 관해서는 그가 남긴 이 분야의 저술을 보면 가히 짐작할 수 있다. 전하는 말에 의하면 가장 훌륭한 장군이 누구냐고 안티고누스에게 물었을 때, 그는 대답하기를 그 시대의 사람만을 두고 언급한 말이기는 하지만,

"그가 오래 살기만 하였다면 단연 피루스지요."
하였다고 한다. 한니발은 역사상의 모든 명장 중에서 전술에 있어서나 무술에 있어서나 제일 가는 사람은 피루스요, 다음이 스키피오, 그 다음이 자기라고 하였다. 이 말은 '스키피오전'에 기록되어 있는 말이다. 한마디로 피루스는 항상 전쟁에 관한 온갖 일에만 그의 생각과 철학을 다하고 그 밖의 일에 관해서는 아무리 진기한 일이라도 관심을 두지 않았다는 것이다. 또

전하는 바에 의하면 어느 연회석상에서 피톤과 카피시아스 중 누가 더 훌륭한 음악가냐고 물었을 때 폴리스페르콘이 가장 훌륭한 군인이라고 대답하였다고 한다. 군사에 관한 일이 아니면 왕으로서는 상대할 것도 없다는 듯한 말투였다.

그는 친구들을 대할 때 부드럽게 굴었고 쉽게 화를 내지 않았다. 자기에게 베푼 여러 사람들의 친절에 보답하는 데 있어서도 인색하지 않았다. 아이로푸스가 세상을 떠났을 때 피루스는 인간의 죽음은 누구에게나 찾아오는 운명이기 때문에 크게 상심할 것은 없지만, 고인의 친절을 적시에 보답하지 못한 태만이 끝내 마음에 걸린다고 자신을 탓하였다. 부채라면 부득이 본인이 안 되면 채권자의 후손에게라도 갚으면 되지만, 명예를 존중하는 사람은 은인의 생전에 은혜를 갚지 못하면 마음의 쓰라림을 심하게 느끼는 법이라고 하였다. 그가 암브라키오에 있을 때 남 험담하기 좋아하는 사람이 와서 어떤 사람이 당신을 좋지 못하게 욕하였으니 그를 추방하는 것이 좋을 것으로 생각한다고 일러주었다. 그는 그 사람에게 이렇게 대답하였다.

"차라리 여기서 우리들 몇 사람에게 욕하는 것이 낫지, 그 사람이 널리 세상을 돌아다니면서 모든 사람들에게 나발을 부는 것이 좋겠소?"

또 언젠가 몇몇 사람이 술을 마시면서 그의 욕을 하다가 발각되어 피루스 앞으로 붙잡혀 왔다. 정말 그런 일이 있었느냐고 심문을 하자 그 중의 젊은이 하나가 대답했다.

"전하, 모두 사실입니다. 술을 좀더 마셨다면 더 심한 욕을 했을 것입니다."

이 말을 들은 피루스는 껄껄 웃고 그들을 놓아주었다.

안티고네가 세상을 떠난 후 그는 여러 번 결혼을 하였는데, 거기에는 여러 가지 정치적 이해관계가 뒤따랐다. 파이오니아 왕 아우톨레온의 딸, 일리리아 왕 바르딜리스의 딸 비르켄나, 시라쿠사 왕 아가토클레스의 딸 라나사 등이 그의 아내들이다. 라나사는 부왕 아가토클레스가 빼앗은 코르키라 섬을 지참금 대신으로 가지고 왔다.

전 왕비 안티고네와의 사이에는 이미 큰아들 프톨레미가 있었고, 라나사와의 사이에도 아들 알렉산드로스, 비르켄나와의 사이에는 막내 아들 헬레누스가 있었다. 그는 이 아들들을 모두 군인으로 길렀는데, 모두 패기 있고 야심 있는 청년으로 훈련시켰다. 그들이 아직 어린 아이였을 때 왕위를 누구에게 물려주겠느냐고 묻자 피루스는,

"너희들 중 칼을 제일 잘 쓰는 아들에게 나라를 맡길 생각이다."

라고 대답하였다고 한다.

이 말은 오이디프스가 그의 아들들에게

제비로써 결정하는 것이 아니라 칼로 유산을 가른다.

라고 한 그 비극적인 저주의 말과 별로 다를 것이 없다. 야심과 탐욕의 본성이란 이렇게 무자비한 것이다.

이 전투가 끝난 다음에 피루스는 영광스럽게 금의환국하여 대단한 명성을 누렸다. 국민들은 그에게 독수리라는 칭호를 주었다. 이에 그는 이렇게 대답하였다.

"내가 독수리가 된 것은 국민 여러분들의 성원이 있었기 때문입니다. 나를 떠받드는 날개를 여러분들이 무기로 준 이상 내가 어찌 높이 날지 않고 있을 수 있겠습니까?"

얼마 후에 데메트리오스의 병세가 위독하다는 정보에 접하자, 그는 갑자기 마케도니아로 쳐들어갔다. 잠깐 침범하여 국

토를 유린해보자는 생각에서였다. 그러나 에데사까지 아무런 저항도 받지 않고 진입하였고 더구나 많은 주민들이 자기들의 영토를 버리고 순순히 항복해 옴으로써 공격 한 번 해보지도 않고 전국을 수중에 넣게 되었다. 이러한 위기를 맞고 데메트리오스는 대단히 흥분하였지만 병약한 그의 몸으로는 어찌할 도리가 없었다. 그래서 그의 심복들과 장군들이 상당수의 군을 통합하고 전 병력을 동원하여 기민하게 피루스를 반격하였다. 그러자 피루스는 잠시 약탈하러 온 터라 싸울 의사를 보이지 않고 물러가다가 마케도니아 군의 심한 추격을 받아 군의 일부를 잃게 되었다.

데메트리오스는 신속하게 피루스를 국외로 몰아내기는 하였으나 결코 그를 경시하지는 않았다. 그는 대전을 감행하려는 계획을 세워 선왕의 영토를 수복할 생각으로 10만 대군과 500의 군함을 준비하고 있었다. 그러나 그는 피루스를 그 공격의 대상으로 삼거나 마케도니아를 강력하고도 귀찮은 이웃으로 그대로 두고 싶지 않았다. 그는 피루스와 전쟁을 계속할 여유가 없었으므로 그와 휴전을 맺고 약한 다른 왕들을 침략하려는 생각을 가졌다.

휴전협정이 체결되고 전쟁준비를 서두름으로써 데메트리오스의 작전 계획은 성숙해 갔다. 데메트리오스가 대군을 믿고 어찌나 호언장담하던지 그만 그것에 질린 여러 왕들은 피루스에게 사신을 통해 다음과 같은 내용의 서신을 보냈다. 데메트리오스가 먼 나라들을 치러 간다는 소문이 자자하니 이런 좋은 기회를 이용하여 마케도니아를 침략하려는 생각을 아예 말기를 바란다. 데메트리오스가 전쟁에 승리하여 부강해져서 돌아오기를 눈뜨고 앉아서 기다리고 있다는 것은 어리석기 짝이 없는 노릇이다. 그러고 있다가는 이제 곧 데메트리오스한테 큰코 다

치게 된다. 데메트리오스에게 아내 라나사와 코르키라 섬을 빼앗긴 것도 분하지 않은가?

왜냐하면 라나사는 피루스가 다른 왕비들만 지나치게 사랑하고 자기는 사랑하지 않는 데 화를 내고 코르키라 섬으로 돌아와 버렸기 때문이다. 라나사는 왕비가 되고 싶은 생각을 버리지 않고, 모든 왕 중에서 데메트리오스만이 그녀의 결혼의 제의를 기꺼이 받아들일 것을 알고 있었기 때문에 그를 섬으로 오도록 꾀었다. 데메트리오스는 이 꼬임에 응하여 섬으로 와서 라나사와 결혼하고, 그 섬에 수비대를 주둔시켰다.

여러 왕들은 피루스에게 이런 내용의 서신을 보낸 다음 그들 자신도 마찬가지로 데메트리오스의 일을 방해할 공작을 하였다. 이때도 데메트리오스는 전쟁준비를 게을리하지 않았다. 프톨레미는 대함대를 이끌고 그리스로 가, 여러 도시에서 데메트리오스의 군대를 몰아내었다. 트라키아에서 온 리시마코스는 상 마케도니아를 침범하여 약탈을 자행하였다. 피루스도 역시 동시에 군대를 편성하여 이를 이끌고 베로이아로 진격했는데 과연 예측한 대로 데메트리오스는 리시마코스의 침범을 막느라 전군을 그 곳에 집중시켜 이 지방의 방비를 소홀히 하고 있었다. 바로 그 날 밤 피루스는 알렉산드로스 대왕의 부름을 받은 꿈을 꾸었다. 알렉산드로스 대왕은 병석에 누워 있었는데, 아주 친절한 말로 그를 맞으면서 도와주겠노라고 약속하였다. 이 약속에 용기를 얻은 피루스는

"대왕께서 그렇게 편찮으신데 어떻게 도와주실 수 있다는 것입니까?"

하고 묻자 대왕은

"내 이름으로 도와주지."

라고 대답하고는 니사이아 산 명마를 타고 길을 인도하려는 듯

이 어디론지 사라졌다. 이 꿈으로 피루스는 크게 용기를 내어 신속하게 진격하여 인접해 있는 도시들을 유린한 다음 마침내 베로이아를 점령하고, 그 곳에 총사령부를 설치한 다음 각 지방에 부관들을 파견하여 점령케 하였다.

 이 소식에 접했을 때 부하들이 반란을 일으킬 것 같은 기세에 있음을 본 데메트리오스는 더 이상 리시마코스 군에게 접근하기를 두려워하였다. 왜냐하면 마케도니아의 왕이며 크게 명성을 떨치고 있는 그에게 그 이상 접근하다가는 자기의 군대가 반란을 일으켜 피루스에게 귀순할까 봐 겁이 났기 때문이다. 그리하여 그는 군을 돌려 이 지방에는 낯이 설고 또한 마케도니아 인들의 미움을 사고 있는 피루스를 직접 치기로 결심하였다. 피루스가 가까이에 있는 베로이아 시에다 진을 치고 있자니까 시에서 많은 사람들이 나와, 피루스는 도저히 이길 수 없는 명장이며 자기가 정복한 시민들에게 친절하고도 다정하게 대접해주는 관대한 전사라고 입을 모아 칭찬하는 것이었다. 그 중의 몇은 피루스 자신이 은밀하게 보낸 부하들인데, 마케도니아 인처럼 가장하고 이제야말로 마케도니아 군은 데메트리오스의 포학한 정치로부터 구제되어, 시민을 사랑하고 군인을 아끼는 피루스를 왕으로 받들어야 한다고 선동하였다.

 이러한 술책으로써 마케도니아 군의 대부분은 크게 동요하였으며, 병사들은 사방을 두리번거리면서 피루스가 누구냐며 찾기 시작하였다. 때마침 피루스는 투구를 쓰고 있지 않았기 때문에 그들이 자기를 알아보지 못했다는 것을 알게 되자, 다시 투구를 썼다. 그 투구에 꽂힌 높다란 장식털과 염소의 뿔 등을 보고 그가 피루스라는 것을 쉽사리 알게 된 마케도니아의 병사들은 그에게로 달려와 항복하고는 그를 왕으로 모셨다.

 그 중 어떤 군인들은 피루스 옆에 있는 병사들이 머리에다 떡갈나무 가지 관을 쓰고 있는 것을 보고 그것을 흉내내기도 하였다. 심지어 어떤 병사들은 데메트리오스에게 피루스에게 어서 항복하고 왕위를 내놓는 것이 좋을 것이라고 충고하기도 하였다. 데메트리오스는 군 내부에 반란의 움직임이 있음을 직감하고서 병사들이 말하는 대로 하는 것이 자신에게 안전할 것이라고 생각하였다. 그래서 그는 테가 넓은 모자에 평범한 병사들이 입는 군복 차림으로 변장하고 몰래 도망쳐버렸다. 그러므로 피루스는 싸울 것도 없이 군대를 장악하여 마케도니아의 왕위에 올랐다.

그러나 이때 리시마코스가 도착하여 데메트리오스의 패배는 자기들 두 사람이 공동으로 이룩한 공이므로, 마케도니아의 분할에 자기도 한몫 낄 권리가 있다고 주장하였다. 피루스는 아직 마케도니아 인들에 대하여 자신을 가질 수가 없고, 또 그들의 성실성에 의심이 갔기 때문에, 리시마코스의 제의를 받아들이고 적당한 수준에서 양자 사이에 지방과 도시를 분할하였다.

이 방법이 당장은 유용하고, 전쟁의 방지책이 될 줄로 알았기 때문이다. 그러나 오래 기다릴 것도 없이 이러한 분할은 평화를 정착시켰다기보다는 오히려 불평과 미움과 질투를 가중시켰을 뿐이었다. 왜냐하면 인간의 야심이란 한이 없는 것이어서 바다, 산, 사람이 안 사는 사막, 유럽과 아시아를 구분하는 한계까지 다 준다 해도 인간의 끝없는 야심을 만족시킬 수는 없기 때문이다. 그들이 서로 부딪칠 때 피차 상호간의 중상모략을 막을 것을 기대하지만 참으로 어려운 문제다. 이들 두 나라는 늘 전쟁상태에 있으며, 서로 시기하고 자기에게 유리한 이점을 찾으려고 하는 것이 너무도 당연하기 때문이다. 그들은 통용되는 화폐처럼 평화와 전쟁이라는 말을 입에 담지만 그 말은 결국 양두구육 격에 지나지 않는다. 악행을 저지를 기회를 잃었다고 해서 정의니 우정이니 하는 신성한 말을 쓰기보다는 차라리 공공연히 전쟁상태에 들어가는 편이 더 떳떳하다.

이 말이 옳은 말이라는 것은 피루스의 그 다음의 행동을 보면 알 수 있다. 그는 데메트리오스의 재기를 막고, 권력을 다시 장악하려는 것을 막기 위하여 그리스와 결탁하려고 아테네로 진주하였다. 거기서 그는 아크로폴리스로 올라가서 미네르바 여신에게 제사를 드리고 같은 날 또다시 내려와서 아테네 시민들에게 그들이 자기에게 베풀어준 선의와 협조에 감사한다고 하였다. 그러나 그들이 현명하다면 결코 어느 왕이고간에 아테네에 또다시 오게 하거나, 아테네의 성문을 열어주어서는 안 된다고 충고하였다.

피루스는 데메트리오스와 평화조약을 맺었으나, 그 후 데메트리오스가 아시아로 떠나자 리시마코스의 설득을 받고 테살리아 인들을 매수하여 반란을 일으키게 한 다음 그리스에 있는 그의 도시들을 포위하고 공격하였다. 왜냐하면 마케도니아 인은 늘 전쟁을 시켜야 손을 덜 타게 된다는 이유도 있지만, 피루스 자신도 가만히 쉬고 있지 못하는 성격이었기 때문이다.

마침내 데메트리오스가 시리아에서 참패를 당하자, 그의 지위가 확고해지고 할 일이 없게 된 리시마코스는 피루스에게 등을 돌려 즉각 그를 공격하였다. 그는 에데사에서 피루스를 요격하였으며, 식량차를 공략하여 포위함으로써 우선 군의 식량 보급을 차단시켰다. 한편으로는 서신으로 또 한편으로는 소문을 세상에 퍼뜨림으로써 마케도니아의 요인들을 매수하여 알렉산드로스 대왕의 친우들이요 동료들인 자기 나라 사람을 물리치고, 타국 사람이며 더구나 과거에는 마케도니아의 종이었던 자들의 후예를 왕으로 맞아들일 수 있겠느냐고 비난하였다.

이 선동에 동조하는 마케도니아 군인들이 많았으므로 부득이 피루스는 에피루스 군과 원군을 거느리고 마케도니아를 철수하지 않을 수가 없었다. 이렇듯 그는 마케도니아를 얻었을 때와 마찬가지의 방법으로 마케도니아를 잃었다. 그러나 왕자 된 사람은 시민이 자기들의 이해관계에 따라 왕에 대한 충성을 시시로 바꾼다고 해서 비난할 것이 못 된다. 왜냐하면 시민이 이렇게 된 것은 불의와 배신의 선생인 왕의 태도를 모방한 것에 지나지 않기 때문이다.

이렇듯 피루스는 마케도니아를 떠나 자기의 고국인 에피루스로 물러났다. 운명의 여신은 그가 조용히 평화롭게 자국민을 다스리며 자신을 즐길 기회를 주었다. 그러나 남을 괴롭히지 않고, 남의 괴롭힘을 받지 않고 산다는 것은 인생의 역겨운 과정이라고 생각하는 그는 '일리아드'의 아킬레스처럼 아무 일도 않고 가만히 살 수는 없는 성격이었다.

그러나 슬프고도 나른하기 짝이 없어라
전투를 갈구하며 전쟁에만 골몰했으니,

그러므로 새로운 문젯거리를 찾고 있을 때, 다음과 같은 구실이 생겨 그의 전쟁욕은 충족되었다. 로마와 타렌툼이 전쟁 상태에 돌입하였으나 타렌툼은 로마와 전쟁을 수행할 힘이 없었다. 완고하고도 사악한 타렌툼의 정객들은 휴전을 포기했다. 그리고 피루스가 마침 이웃 나라의 왕들 중 가장 한가하고, 사령관으로서 가장 유능한 사람이었으므로 자기들의 사령관이 되어 이 전쟁을 맡아달라고 요청하였다. 비교적 생각이 있고 신중한 시민들은 전쟁광들의 여론에 압도되어 이 안에 반대하였으므로 그들은 국민대회가 있어도 그 자리에 나오지 않았다.

대단히 침착한 시민의 하나인 메톤이라는 사람만이 이 법안이 동의를 받게 될 바로 그 날 사람들이 자리에 앉아 있을 때, 주정꾼처럼 시든 화환을 머리에 얹고 한 손에는 램프를 들고, 피리를 부는 여자 하나를 앞세워 춤을 추며 국민대회장으로 들어섰다. 어중이떠중이가 모여 있어 질서라고는 전혀 지켜지지 않는 국민대회장에 이런 꼴로 들어섰으니, 박수를 치는 사람도 있고 웃는 사람도 있고, 누구 하나 말리는 사람도 없이 여자에게는 어서 피리를 불라고 요청하고 그 사람에게는 노래를 부르라고 요청하였다. 그가 그렇게 할 것 같다고 그들이 생각하였을 때,

"오, 타렌툼 시민 여러분, 즐겁게 놀고 싶으신 분은 마음껏 즐기십시오. 지금이야말로 바로 그때입니다. 그러나 여러분들이 현명하신 분들이라면 되도록이면 향락을 몰아내고 자유를 존중하십시오. 왜냐하면 피루스가 이 도시로 오면 여러분들은 여러분의 인생 행로를 바꿔야만 하고, 전혀 다른 생활을 하셔야만 하기 때문입니다."

하고 그는 일장연설을 하였다.

이 말은 타렌툼의 많은 시민들에게 깊은 감동을 주었고, 시민들은 그의 말이 옳다고 수긍하였다. 그러나 로마와 휴전을 하게 되면 자기들이 희생을 당하게 될 것을 두려워한 정치인들의 일부는 이런 주정꾼한테 모욕을 당하고도 가만히 있는 집회에 모인 사람들을 통렬히 비난한 다음, 메톤을 의사당 밖으로 내쫓아버렸다. 그러므로 전쟁을 하기로 결의안이 통과되었으며, 그들의 이름뿐만 아니라 이탈리아에 있는 그리스 인들의 이름으로 피루스에게 보내는 선물을 가지고 에피루스로 사절단을 보내어, 자기들은 당신과 같이 명성이 높고 경험이 많은 장군을 원한다고 알렸다. 또 그들은 그에게 2만의 기병과 35만의 보병에 이르는 루키니아 군과 메사피아 군과 삼니테 군과 타렌

툼 군을 제공할 수 있다고도 알렸다. 이 말은 피루스를 자극하였을 뿐만 아니라, 에피루스 인들에게도 원정대를 보내야겠다는 강렬한 욕망을 불러일으켰다.

테살리아 인으로서 키네아스라는 사람이 있었다. 그는 대단히 현명한 사람으로서 대웅변가 데메트리오스의 제자였다. 그는 그의 강력한 웅변술로써 청중의 마음 속에 그에 대한 기억을 가장 강하게 새긴 사람이었다. 그는 늘 피루스를 섬기며 그의 명을 받들어 여러 도시를 돌아다니며 에우리피데스의 다음과 같은 시구가 진리임을 입증하였다.

말의 힘은 정복자의 칼이 할 수 있는 일이라면 무엇이든지 할 수 있나니.

그리고 피루스는 말하기를 자기가 무력으로 얻은 도시보다도 키네아스의 말로 얻은 도시의 수가 더 많다고 하였다. 또 가장 중요한 경우에 있어 늘 키네아스를 고용할 영광을 가졌었노라고도 하였다. 키네아스는 피루스가 이탈리아로 원정을 떠나려고 열심히 준비하고 있는 것을 보고, 피루스에게 다음과 같은 말을 물어본 적이 있었다.

"전하, 로마 인들은 전쟁을 잘 하여서 여러 호전적인 국민들을 정복하였다고 합니다. 만약 신이 우리들을 허용하여 로마를 정복하게 한다면 우리들의 승리를 어떻게 이용하시렵니까?"

"물을 것도 없는 일이 아닌가. 우리가 일단 로마를 정복한다면 그리스 인이건 야만인이건 우리에게 저항할 나라는 없을 것이고, 따라서 이탈리아 전역은 우리의 것이 될 것이 아닌가. 로마가 얼마나 부강한가는 그대 자신도 잘 알고 있을 게 아니오?"

키네아스는 잠시 입을 다물고 있다가 다시 물었다.
"이탈리아를 정복하신 다음은 어떻게 하시렵니까?"
피루스는 어떤 뜻으로 키네아스가 이렇게 묻는지 그 진의를 파악하지 못하고 대답하였다.
"다음은 두 팔을 크게 벌리고 우리를 부르고 있는 시칠리아가 있지 않은가? 시칠리아는 부유하고 주민도 많은 섬이오. 손안에 넣기 아주 쉽소. 왜냐하면 아가토클레스가 죽은 후 그 섬은 당파싸움과 무정부상태와 민중선동가들의 음탕한 폭력만이 나무하고 있으니까."
"과연 지당한 말씀이십니다. 그러나 시칠리아를 점령하시면 전쟁이 끝날까요?"
키네아스의 이 물음에 피루스는 다음과 같이 대답하였다,
"전쟁에서 승리와 성공을 주는 것은 오직 신만이 하실 일이오. 지금 이야기한 것들은 더 큰 정복을 위한 전주곡에 지나지 않소. 지척을 사이에 두고 카르타고와 리비아를 정복하지 않는 사람이 어디 있겠소? 시라쿠사에서 도주하여 불과 몇 척의 배를 가지고 바다를 건넌 아가토클레스조차도 기습하여 점령하다시피 한 나라들이 아니오. 일단 이러한 나라들의 정복이 끝나면 이제 우리를 얕보고 있는 적들은 감히 그 이상 더 반항도 못 할 것이오."
그러자 키네아스는 또 물었다.
"지당한 말씀이죠. 그런 큰 힘이 우리에게 있다면 마케도니아쯤은 도로 찾을 수 있다는 것이 뻔한 노릇이지요. 그리고 그리스 전체도 지배하게 될 것입니다. 그리고 이 모든 나라들을 정복한 다음 무엇을 하시겠습니까?"
이 물음에 피루스는 웃으며 대답하기를,
"편히 살지 뭐, 이 친구야. 하루 종일 마시고 즐거운 담화를

나누면서 기분 전환이나 하면서……."
하였다.
 여기까지 이야기를 끌고 온 키네아스는 다시 다음과 같이 물었다.
 "전하, 필요한 모든 물건을 수중에 넣고 있는 이제, 서로 즐길 생각만 있다면 안 될 것이 없지 않습니까? 그것을 얻기 위하여 많은 피를 흘렸고, 무던히 애를 썼으며 위험에 부딪쳤으며 자신도 고생을 겪었고 남에게도 고생을 끼쳐주었는데 그것도 마다하며 또 무엇을 계획하고 계십니까?"
 이러한 대화는 그의 목표를 바꿔놓았다기보다는 오히려 그가 생각도 못 하고 있던 행복이 무엇이냐라는 문제를 생각나게 하여 그를 괴롭히기는 하였지만 그렇다고 해서 그의 불 같은 열망을 버리게 하지는 못하였다.
 피루스는 우선 병사 3천을 키네아스에게 주어 타렌툼으로 보내었다. 그리고 잠시 후에 수송선과 갤리선과 모든 종류의 거룻배를 타렌툼에서 구해다가 코끼리 20마리, 기병 3천, 보병 2만, 궁수 2천과 투석병 500명을 실었다.
 모든 준비가 갖추어진 것을 확인하고 그는 출항하였다. 그러나 바다를 절반쯤 건넜을 때 때아닌 북풍이 불어오는 바람에 방향을 잃고 말았다. 그러나 선장들과 선원들의 큰 기술과 결단력으로 필사적인 노력 끝에 가까스로 배를 육지에 대었다. 그러나 선단의 대부분은 풍랑으로 모두 유실되고 말았다. 흩어진 배 중 몇 척은 이탈리아의 해안을 떠나 멀리 리비아와 시칠리아의 바다에까지 흘러내려갔다. 그 밖의 배는 야피기움 곶을 채 지나기도 전에 파도에 휩쓸려 바위가 많은 위험한 해안 위로 치켜 올려졌으므로 왕의 갤리선 외에는 모두 부서지고 말았다.

왕의 갤리선만은 워낙 튼튼하게 만들어진 배였으므로 파도가 배의 옆구리로 사정 없이 몰려들어도 끄떡도 하지 않았다. 그러나 배가 뱃머리를 쳐들고 정면으로 파도를 받게 되자, 배는 그 즉시로 산산조각이 날 것처럼 보였다. 이렇듯 사나워진 바다에 또다시 밀려가도록 배를 내맡긴다는 것은 현재 겪고 있는 위험보다도 더 큰 위험을 낳을 것 같았다. 피루스는 자리에서 일어나 물 속으로 몸을 던졌다.

그의 각료들과 호위병들도 뒤따라 물 속으로 뛰어들어 왕을 도우려고 갖은 애를 다 썼지만, 워낙 밤인데다 파도 소리와 사나운 파도 때문에 왕을 도울 길이 막연하였다. 다행히도 아침이 되어 바람이 가라앉았기 때문에 기진맥진한 몸이었으나, 악운을 참으려는 정신력으로 이를 악물고 해안으로 기어 올라갔다. 그러고 나서는 정신을 잃고 그만 그 자리에 쓰러지고 말았다. 그러자 이 곳 주민인 메사피아 인들이 몰려와서 최선을 다하여 그들을 구조해주었다. 그러는 동안 풍랑을 피한 선박들도 뒤따라왔는데 극소수의 말과 보병 약 2천 명, 코끼리 두 마리가 살아 남았을 뿐이었다.

이들을 데리고 피루스는 곧장 타렌툼으로 향하였다. 그가 온다는 소식을 듣고 키네아스가 군을 이끌고 그를 맞으러 나왔다. 타렌툼에 도착한 피루스는 시내로 들어가면서 시민들에게 불쾌한 짓은 전혀 하지 않았다. 어떠한 군사행동도 하지 않고 배들이 모두 항구로 들어와 군의 대부분이 모일 때까지 기다렸다. 그러나 그때 시민들의 동향을 살펴보니 어떠한 강경책을 쓰지 않고서는 남을 구하려거나 혹은 남의 구원을 받으려고도 하지 않을 것 같았다. 그저 그가 그들을 위하여 대신 싸워주기를 바라며 자신들은 집에 그대로 남아 목욕이나 하고 잔치나 열 생각만 하고 있다는 것을 알게 되었다. 그는 우선 시민들이

건들거리며 입으로만 나라를 위하여 싸우고 있는 운동장이나 놀이터를 모두 폐쇄해버렸다. 그는 또한 모든 주연가무를 일체 금하고 이에 응하지 않는 자에게는 강권을 발동하여 강제로 징집에 응하여 군사훈련을 받도록 하였다. 그러므로 많은 시민들이 이 조처의 취지가 어디에 있는지를 이해하지 못하고 자기 마음대로 하지 못하는 것은 다만 노예생활에 지나지 않는다며 도시를 떠나버렸다.

피루스는 로마의 집정관 라이비누스가 대군을 이끌고 루카니아까지 와서 그 곳을 약탈하고 있다는 소식을 들었다. 동맹군이 아직 오지 않았지만 적이 가까이 왔는데도 가만히 수수방관하고 있다는 것은 수치라 생각하고 자기 군대만을 이끌고 싸우러 나갔다. 그러나 우선 로마에 사신을 보내어 전쟁을 하기 전에 로마와 이탈리아에 있는 그리스 인들 사이의 분쟁에 자기가 중재자로서 나설 용의가 있다는 뜻을 표명하였다. 그러나 로마는 그를 중재자로 받아들이지 않을 뿐더러, 그를 적으로서도 두려워하지 않는다며 라이비누스가 회답을 보내왔다. 이 회답을 받고 피루스는 판도시아와 헤라클레아로 전진하여 두 도시 사이에 있는 평야에 진을 쳤다. 그리고 여기서 가까운 시리스 강 건너편에 로마 군이 진을 치고 있다는 정보를 받은 피루스는 말을 타고 그들의 상태를 살피러 갔다. 그리고 로마 군의 질서정연한 대열과 잘 배치된 진영을 보고서 깜짝 놀라 그의 옆에 있는 부하에게 이렇게 말하였다고 한다.

"메가클레스, 야만인이라고 하지만 군기를 보니 그렇지도 않군. 놈들이 얼마나 잘 싸우나 두고 보자."

말은 이렇게 하였지만 피루스는 전투의 결과가 다소 불안해져 동맹군이 도착하기를 기다리기로 결정하였다. 그리고 동맹군이 올 때까지 적이 강을 건너오려는 것을 막기 위하여 강둑을 따라 병사들을 배치해 놓았다. 그러나 로마 군은 피루스가 기다리는 동맹군이 오기 전에 강을 건너기로 하였다. 드디어 로마 군의 보병과 기병은 여러 곳에서 동시에 건너기 시작하였다. 로마 군에게 포위될 것을 염려한 그리스 군은 부득이 후퇴하지 않을 수 없었다.

이것을 보고 몹시 놀란 피루스는 보병 장교들에게 명령하여 전투태세를 갖추게 하였다. 한편 자기 자신은 기병 3천을 이끌고, 로마 군이 강을 건너느라 질서가 깨지고 혼란에 빠진 틈을 타서 그들에게 일제히 공격을 가하려고 했다. 그러나 강 위에 무수히 많은 방패가 나타나고, 기병이 질서정연하게 그 뒤를 따르는 것을 보았을 때, 그는 병사들을 한 군데로 집결시켜 놓고 자신은 그 진두에 서서 공격을 시작하였다. 그 휘황찬란한 갑옷을 입고 신출귀몰하며 싸우는 모습은 보는 사람으로 하여금 그의 용맹성을 느끼게 하였다. 몸소 전투에 참여하여 직접 적과 일대 일로 싸우며 그에게 달려드는 모든 적을 용감하게 격퇴하였다. 또 한편으로는 꿋꿋하고도 동요하지 않는 태도로 전군을 지휘하고, 좀 떨어진 곳에서 관전하는 듯하다가 번개같이 이곳 저곳으로 돌아다니며 독전하였다. 그리고 약세로 보이는 곳에는 지체없이 원군을 급송하였다.

이때에 마케도니아 인 레온나투스는 로마 군인 하나가 피루스를 그림자처럼 따라다니며 호시탐탐 그를 해칠 기회만 노리고 있는 것을 보고서,

"전하, 저 발이 흰 검은 말을 타고 있는 야만인이 보이십니까? 그놈은 전하에게 해코지를 하고자 기회만 노리고 있는 것 같습니다. 왜냐하면 그놈은 전하에게 해코지를 하려는 목적으로 자꾸만 전하만을 노리고 다른 것은 아랑곳도 하지 않고 있으니까요. 전하, 경계하셔야 합니다."

하고 말하였다.
 이 말에 피루스는 대답하기를,
 "레온나투스, 사람이란 누구나 자기가 타고난 운명을 피할 수 없는 법이야. 그자나 다른 어떤 로마 군인이 나와 맞서본 댔자 별로 소득이 없을걸."
하였다.
 두 사람이 이런 대화를 나누고 있는데, 그때 마침 그 로마 군인은 창을 낮게 들고 말에 속력을 놓아 성난 짐승처럼 피루스에게로 달려들어 창으로 그의 말을 찔렀다. 그와 동시에 레온나투스도 로마 군인의 말을 창으로 찔렀다. 두 말이 다 쓰러지자 피루스의 부하들이 그를 둘러싸서 안전히 구출해 내고, 용감히 자신을 방어하려는 그 로마 군인을 죽였다. 그는 태생이 프렌타니아 인으로 어느 부대의 부대장이요, 이름은 오플라쿠스였다.
 이 사건은 피루스를 더욱 매사에 조심케 하였다. 그리고 이제 그의 기병대가 약세를 보이자, 보병으로 바꾸어 적에 대항하게 하였다. 그리고 군복과 갑옷을 그의 부하 중 하나인 메가클레스의 것과 바꿔 입고 그를 맞아 그와 싸운 로마 군을 공격하였다. 아주 오랫동안 승패가 나지 않았다. 몰았다 몰렸다 하는 격전이 일곱 번이나 반복되었다고 한다. 그리고 그가 군복을 갈아 입었다고 하는 것은 한 개인의 생명의 안전을 위해서는 도움이 되었으나 그 때문에 군의 사기가 저하되어 싸움에는 질 뻔하였다. 왜냐하면 적의 몇 명이 메가클레스에게로 덤벼들어, 그 중 덱소우스라는 사람이 그에게 치명적인 부상을 입히고 그의 투구와 군복을 빼앗아 쳐들고서 큰 목소리로 피루스를 죽였다고 외치면서 로마 군의 사령관 라이비누스에게로 달려갔기 때문이다.

이러한 전리품을 들고 덱소우스가 달려 지나가는 것을 본 로마 군은 기쁨의 함성을 올렸고, 그 반면 그리스 군 사이에는 실의와 공포의 기색이 퍼졌다. 마침내 이러한 정세를 간파한 피루스는 투구를 벗고서 자기 병사를 앞으로 말을 몰고 와 한 손을 부하들 쪽으로 번쩍 쳐들고서 왕은 건재하다고 큰 소리로 외쳤다. 결국 코끼리가 아군이 승리를 거두는 데 큰 공을 세웠다. 코끼리를 보고 겁을 집어먹은 로마 군의 말들이 사람을 태운 채 도망을 치는 바람에 일대 혼란을 일으킨 것이다. 이것을 본 피루스는 데살리아의 기병대에게 공격명령을 내려, 큰 피해를 보이고 패주시켰다.

디오니시우스가 주장하는 바에 의하면 1만 5천에 가까운 로마 군이 전사하였다고 한다. 히에로니무스에 의하면 7천 정도였다. 피루스 군의 손해는 디오니시우스에 의하면 1만 3천, 히에로니무스에 의하면 4천 정도였다. 그러나 이때 전사한 병사들은 피루스의 정예부대였고, 그 중에는 그가 가장 아끼던 장교뿐만이 아니라 그가 특히나 총애하던 막료들도 많았다. 그러나 그는 로마 군이 버리고 간 진영을 점령하고, 로마와 동맹관계를 맺었던 몇몇 도시의 항복을 받았을 뿐 아니라 그 주변의 지방을 약탈하였고, 로마에서 37마일쯤 되는 곳까지 진격하였다. 이 전쟁이 끝난 후에 루카니아와 삼니테의 많은 동맹군 병력이 그를 도우러 왔다. 피루스는 그들이 늦게 온 것을 나무랐으나 타렌툼 병력의 도움만으로 막강한 로마 군을 격파할 수 있었던 것을 만족하게 생각하고 자부심을 느꼈다.

로마는 라이비누스를 집정관직에서 해임시키지는 않았다. 그러나 카이우스 파브리키우스가 말한 바에 의하면, 에피루스가 로마를 정복한 것이 아니라 오직 피루스가 라이비누스를 정복한 것이라고 한다. 그 뜻은, 로마가 진 것은 군대의 용기가 부족하였기 때문이 아니라 지휘력의 빈곤에 그 원인이 있었다는 것이다. 로마는 대군을 편성하고 급속도로 신병을 모집하여 다시 싸워보겠다고 호언장담하였다. 이에 피루스는 큰 충격을 받았다. 피루스는 현재 자기가 보유하고 있는 병력으로는 로마마저 점령하여 완전한 정복을 성취하기에 역부족이라고 생각하였다. 그러므로 로마가 휴전을 체결할 어떤 의사를 가지고 있는가를 탐색해 보기 위하여 우선 사절단을 로마에 보내는 것이 바람직한 일이라고 생각하였다. 승리를 거둔 다음에 휴전을 수락시킨다면 그것만으로도 큰 명예로운 일이라고 생각하고서 키네아스에게 이 임무를 맡겨 로마에 파견하였다.

그는 로마의 중요 인물 몇을 만나 이 일을 협의하며 그들과 그들의 부인들에게 왕이 보내는 선물을 전달하였다. 그러나 누구 하나 그 선물을 받으려는 자가 없었으며, 남녀를 막론하고 협정이 공명정대하게 맺어진다면 자기들로서도 피루스를 존경할 마음의 준비가 되어 있다고 대답하였다. 키네아스는 원로원에 나가 열성과 힘을 다하여 의원들을 설득시키려고 연설하였으나 의원들의 마음을 사로잡지는 못하였다. 배상금을 한푼도 받지 않고 포로를 석방해주고 로마가 이탈리아 전체를 지배하도록 도와주겠다고 약속했다. 원하는 것은 오직 그들의 우정과 타렌툼의 안전보장뿐이고, 그 이상은 아무것도 원하는 것이 없다고 하였으나, 아무런 반응도 없었다. 그러나 대부분의 시민들은 이미 전쟁에 지고 또 이탈리아의 여러 토박이들이 피루스에게 가담하게 되어, 로마로서는 피루스가 더욱 강대해진 데 또 하나의 공포를 느껴 피루스와 휴전하는 것이 좋겠다고 생각하였다.

이때에 로마에는 아주 유명한 아피우스 클라우디우스라는 사람이 있었는데 고령과 실명 때문에 이제는 공사에서 은퇴해 있는 터였다. 그러나 피루스의 휴전제의 내용과 원로원이 이 휴전조건에 표결하려고 한다는 소식을 듣고 가만히 보고만 있을 수가 없어, 자기를 부축하여 가마에 태워 공회당을 지나 원로원에까지 실어다달라고 종들에게 명령하였다. 아피우스 클라우디우스는 문 앞에서 가마를 세우고 아들들과 사위들의 부축을 받으며 원로원으로 들어갔다. 이렇게 유명한 사람에 대한 존경심 때문에 원내는 물을 끼얹은 듯이 숨소리 하나 들리지 않았다.

잠시 후 클라우디우스는 자리에서 일어나,
"이 사람은 이때까지 얼마간의 인내력을 발휘하여 내 시력의 불행을 참아 왔습니다. 그러나 이제 이러한 불명예스러운 휴전을 논하며 로마의 명예를 더럽히고 계시다는 의원 여러분의 소문을 듣게 되어, 이 사람은 이미 눈이 멀었을 때 눈먼 것을 슬퍼하였습니다만, 이제는 귀가 먹지 않은 것이 한이 됩니다. 우리들이 아직 젊고, 우리들의 부친들이 한창 나이였을 그때에 그 위대한 알렉산드로스 대왕이 만일 이탈리아로 와서 감히 우리들을 공격하였더라면 그분들은 뭐라고 말했겠습니까? 분명히 이렇게 말했을 것입니다. 즉 문제 없이 그를 격퇴하여 천하무적이라는 그의 명성을 무색하게 만들고 또는 아주 그를 정복하여 로마를 더 영광스러운 나라로 만들겠다고. 그런데 그 호언장담은 이제 어디서 찾을 수 있단 말입니까? 그 호언장담은 늘 마케도니아의 밥이었던 카오니아, 몰로시아 따위의 나라에게조차 여러분은 겁을 내고 계시니 그 모두가 다 어리석은 오만과 허영심에 지나지 않았단 말입니까? 그리고 여러분이 이제 벌벌 떨고 계시는 이 피루스라는 자 말입니다. 그자는 한때 알렉산드로스의 호위병의 일개 미천한 종에 지나지 않던 자입니다. 이제 이 곳으로 굴러 온 것도 우리들 가운데서 함께 살고 있는 그리스 인들을 도우러 온 것이 아니라, 국내의 적들에게서 쫓겨 이제는 이탈리아 여기저기 떠돌아다니는 일개 떠돌이 신세에 지나지 않습니다. 그런 주제에 감히 여러분들에게 약속하기를, 그자는 얻은 마케도니아의 작은 일부분도 채 보전할 능력도 없는 그 병졸들을 이끌고 마케도니아 전체를 정복하겠노라고 호언장담하고 있습니다. 그 자와 휴전하면 일이 잘 될 것이라고 생각해서는 안 됩니다. 오히려 그런 짓을 하시다간 다른 침략자들까지 우리 나라로 불러들이는 결과가 될 것입니다. 그런 모욕을 당하고도 벌 하나 주지 않고 피루스를 그냥 돌려보낸다면, 로마를 경멸하고 저마다 건드리려고 덤벼들 것입니다. 그러면 로마는 타렌툼이나 삼니테 같은 나라들의 웃음거리가 되고 말 것입니다."

아피우스가 이런 연설을 하였을 때 전쟁에 대한 열망이 모든 사람의 마음을 사로잡아, 그들은 키네아스가 가지고 온 제안을 물리치고 대답하기를, 피루스가 군을 이끌고 이탈리아에서 철수한다면 그때는 우방으로서 또는 동맹국으로 그를 대우할 수도 있겠으나, 무력으로 그냥 버티고 있는 동안은 그가 라이비누스 같은 사람을 아무리 많이 물리쳤다 하더라도 로마는 전력을 다하여 그와 싸울 각오가 되어 있다고 하였다.

로마에서 평화협정에 관한 일을 처리하고 있는 동안 키네아스는 로마 인들의 생활양식을 예의 주시하고 있었으며, 또한 로마의 통치방법을 이해하려고 애썼다. 그리고 또 로마의 상류사회의 인사들과의 담화를 나눈 다음 귀국하여 다른 것들을 보고하는 가운데 피루스에게 보고하기를, 원로원은 마치 많은 왕들의 집회같이 보였다고 말하고, 또 시민에 관해서는 레르나이아의 히드라 괴물(헤르쿨레스가 퇴치한 머리가 아홉인 뱀, 머리 하나를 자르면 머리 둘이 돋아나는 괴물)과 같은 적이 아닌가 싶었다고 보고했다. 그 이유로는 로마의 집정관은 이미 전보다 2배나 되는 군대를 동원한 바 있었으나, 아직도 싸울 수 있는 장정이 얼마든지 있기 때문이라고 말하였다.

그 후 카이우스 파브리키우스가 로마의 사신으로서 포로협정에 관하여 피루스와 협의하기 위하여 찾아왔다. 이 사람은 정직하고도 선량한 군인으로서 로마에서 그 명성이 높지만 가난하기 짝이 없는 사람이라고 키네아스가 이미 보고한 바 있었다. 피루스는 친절하게 그를 맞아들여 넌지시 돈을 주며 이것은 어떤 나쁜 뜻이 있어서가 아니라 존경과 너그러운 친절의 표시로서 주는 것이니 받아달라고 종용하였다.

파브리키우스가 거절하자 피루스는 굳이 강요하지 않았다. 다음 날 피루스는 이 사람은 전에 코끼리를 본 적이 없으니 가장 크고도 완전 무장한 코끼리 한 마리를 두 사람이 회담하고 있는 휘장 뒤에다 감춰 놓으라고 명령하였다. 회담 도중 신호가 내려지면 휘장을 열어젖히라고 일러 두었다. 코끼리는 거대한 몸집을 파브리키우스의 머리 위로 불쑥 내밀고 온 세상이 진동할 만한 흉칙한 소리를 질렀다. 그러나 파브리키우스는 조용히 돌아다보더니 미소를 지으며 피루스에게 말하였다.

"어제는 돈으로 이 사람의 마음을 움직여보려고 하시고 오늘은 이 짐승으로 마음을 움직여보려고 하시지만 역시 안 될 것입니다."

두 사람은 저녁을 들면서 모든 종류의 것들에 관하여 이야기를 나누던 중 특히 그리스와 그리스의 철학에 관한 이야기를 화제에 올렸다. 키네아스는 우연히 에피쿠로스를 이야기할 기회를 갖게 되었는데 에피쿠로스파의 철학에 이르게 되어 그들이 주장하는 신, 국가, 목적에 관하여 논하게 되었다. 철인들은 인생의 최고 행복을 인생을 즐겁게 사는 것에 두었고, 정치는 행복한 인생을 해치며 교란시키는 것이라고 하여 이를 배척하였다. 신들은 친절이나 노여움이나 인간들의 관심사에는 전혀 관심이 없으며, 전적으로 잡무가 없는 영원한 행복과 평화 속에서 살고 있다고 그들은 생각하였다. 이렇게 이야기를 하다 말고 파브리키우스는 피루스에게 버럭 소리를 질렀다.

"오, 헤라클레스 신이여, 우리와 전쟁을 하고 있는 피루스 왕과 삼니테 인들에게 이런 생각을 갖게 해주소서!"

피루스는 이 말을 듣고서 이 사람의 지혜와 고매한 인격에 감동되어, 로마와 전쟁을 하지 않고 평화관계를 맺고 싶은 생각이 더욱 간절해졌다. 그리고 피루스는 넌지시 양국간에 휴전이 성립된 후에는 자기 나라로 와서 재상 겸 총사령관직을 맡아달라고 간청하였다. 파브리키우스는 조용히 대답하였다.

"전하, 그러면 전하에게 불리할 것입니다. 왜냐하면 이제까지 전하를 섬기던 사람들이 나와 사귀게 되면 전하보다는 이 사람이 왕이 되기를 원할 테니까요."

피루스는 그의 대답을 듣고도 조금도 분개하거나 폭군답게 노하지 않고 그의 늠름한 도량을 높이 칭찬하고 그에게 전적으로 포로들을 맡겼다. 그리고 만약 원로원이 휴전제안에 반대한다 하더라도 포로들이 집안식구들과 며칠을 지내며 사투른 신 (종옆의) 명절이나 즐기게 한 다음 다시 돌려 보내달라고 하였다. 포로들은 휴일이 끝난 다음 다시 돌아왔다. 돌아오지 않는 자는 사형에 처한다는 정령이 내려졌기 때문이다.

그 후 파브리키우스가 집정관으로 선출되어 있을 때 피루스 왕의 시의가 그에게 보내는 서신을 가지고 파브리키우스의 진중으로 찾아왔다. 피루스 왕을 독살시켜 로마 인들에게 그 이상의 전쟁의 위험을 주지 않고서도 전쟁에 이기게 해줄 터이니 그 수고비로 적절한 보수를 달라는 내용이었다. 파브리키우스는 이자의 사악한 음모가 죽이고 싶을 정도로 미워서 동료 집정관에게도 자기의 소신을 밝힌 다음, 그 음모에 조심하라는 내용의 서신을 피루스에게 급히 보냈다. 그 내용이란 다음과 같았다.

"로마의 두 집정관 카이우스 파브리키우스와 퀸투스 아이밀리우스는 피루스 왕의 건강을 빕니다. 생각건대 귀하께서는 자기 편도 적도 다 같이 오판하고 계신 것만 같습니다. 귀하께서는 우리들에게로 온 동봉한 편지를 읽으시면 정직한 사람들과는 싸우고 계시고, 악한 무리와는 친하게 지내고 계시다는 것을 깨닫게 되실 것입니다. 이 사실을 알려드리는 것은 귀하를 아껴서가 아니라, 귀하를 암살하고 우리 쪽이 승리를 거두었다는 말을 듣고 싶지 않기 때문입니다. 사람된 도리로서 차마 그렇게 할 수도 없다고 생각하였기 때문입니다."

이 편지를 읽고 나서 음모를 조사하여 시의를 처벌하고, 로마에 대한 보답으로 포로들을 무상으로 돌려보내고, 키네아스를 로마로 보내어 다시 휴전협정에 관한 일을 추진시켰다. 그러나 그들은 적으로부터 받는 친절치고는 너무 부담스럽다고 생각하였고, 동시에 음모에 가담하지 않았다고 해서 포로들을 무상으로 받는다는 것은 지나친 보수라고 생각하고 이를 거절하였다. 그러므로 같은 수의 타렌툼 인과 삼니테 인들을 그 답례로 석방하였다. 그러나 휴전에 관한 문제만큼은 피루스가 그의 군을 이탈리아 전역에서 철수시켜 그들을 호송해 온 똑같은 배로 에피루스로 돌아가지 않는다면 응하지 않겠다는 입장을 고수하였다.

나중에 여러 가지 사건이 생겨 병사들을 푹 쉬게 한 다음, 또다시 싸워야만 하였기 때문에 피루스는 진지를 아스쿨룸 근방으로 옮겨 로마 군을 맞이하였다. 그러나 이 곳은 숲이 우거진 곳이라 기병을 쓰기에는 적당치 않았고, 또 강물이 빨라서 코끼리들도 강을 건널 수가 없고 보병도 뒤를 따를 수가 없었다. 많은 부상자와 전사자들을 낸 다음 밤이 되어서야 양군은 헤어졌다.

다음날 피루스는 평지에서 싸울 전략을 세우고 코끼리들을 적이 밀집되어 있는 그 한가운데로 출동시켜 적을 싸우기 불리한 곳으로 유인했다. 그리고 궁수와 투석수들을 코끼리들 사이사이에 배치하여 전력을 다하고 철통같이 한덩어리가 되어 전진하게 하였다. 로마 군은 어제와 같이 마음대로 기동작전을 할 수 있는 지형이 아니어서, 평지에서 일대 일로 싸우지 않을 수가 없었다. 그리고 코끼리부대가 오기 전에 보병들을 후퇴시키려고 생사를 돌보지 않으며 안간힘을 다 써 그들은 칼을 휘두르며 마케도니아의 창의 숲 속으로 뛰어들었다.

오랫동안 치열한 싸움이 오고가다가 마침내 피루스가 지휘하는 군이 로마 군을 무찔렀다는 소식이 전군 사이에 퍼졌다. 그러나 로마 군이 패배의 쓴 잔을 마신 것은 코끼리부대의 그 가공할 만한 공격을 받아 자기들의 용기를 제대로 발휘할 수 없었기 때문이다. 말하자면 마치 큰 파도를 만났거나 지진을 만난 것처럼 압도되어, 그 앞에서 속수무책으로 죽기보다는 차라리 지고 마는 것이 나을 것만 같아 그다지 멀지 않은 그들의 진영으로 후퇴하였던 것이다. 히에로니무스에 의하면 후퇴하기까지 로마 군은 6천이 전사하였고, 피루스의 전기에 의하면 그의 손해는 3천5백5십 명이었다고 한다. 그러나 디오니시우스는 로마 군이 아스쿨룸에서 두 번 싸웠다거나 패배했다는 기록을 남기지 않았다. 다만 종일토록 싸우다가 해가 저물어서 싸움을 그쳤으며, 피루스는 한쪽 팔에 창을 맞아 부상을 당하였고, 군수품도 삼니테 군에게 약탈당하여 양군의 손해는 만 5천을 넘었다고 전하고 있다.

전투가 끝난 다음 양군은 서로 헤어졌으며, 누군가가 피루스에게 승리에 대한 축하의 말을 하였을 때 다음과 같이 대답하였다고 한다.
"이런 싸움을 로마 군과 다시 하다간 우리는 완전히 망하고 말 것이오."
왜냐하면 그는 그가 손수 이끌고 온 군의 대부분을 잃었고, 또 거의 모든 고급 막료들과 주요 장군들을 잃었기 때문이며 또 모병을 하려고 해도 장정이 그 이상 더 없었기 때문이다. 이탈리아 각국의 동맹군도 싸우기를 기피하는 눈치였다. 한편 로마 군은 사람의 샘이라도 가진 것처럼 각지에서 계속 장정들이 몰려들어왔고, 로마 군의 진영에도 신속하게 신병들이 넘칠 듯이 모여들어 지고도 전의를 잃지 않고 분노에 굴하지 않아 새로운 힘과 결의를 굳게 하여 전쟁을 수행하려고 하였다.
이러한 여러 가지 어려운 일들이 닥쳐왔을 때 새로운 희망과 계획이 생겨 피루스는 목표를 다른 곳으로 돌렸다. 왜냐하면 동시에 시칠리아에서 사절단이 와서 아그리겐툼과 시라쿠사와 레온티니의 3시를 그에게 맡길 테니 시칠리아에 차 있는 카르타고 군을 축출하고 전제왕들을 몰아내 달라고 요청하였기 때문이다. 또 이와 동시에 다른 사절단이 그리스에서 그에게 소식을 가져오기를, 일명 벼락이라는 프톨레미 왕이 갈리아 군과 싸우다가 피살되고, 그의 군대도 산산조각이 났으니 피루스가 마케도니아의 왕이 될 수 있는 좋은 기회가 왔다고 하였다.
한꺼번에 이렇게도 좋은 기회가 밀어닥쳐 올 것이 무엇이냐고 불평을 늘어놓으면서 두 가지를 쫓다가는 그 중 하나는 잃게 되리라고 생각했다. 어떻게 하면 좋을까 하고 피루스는 한동안 생각에 잠겼다. 그러나 아프리카가 시칠리아 섬 앞에 있어서 우선 시칠리아의 일들을 처리하는 것이 좋을 것 같아서,

그는 생각을 그 쪽으로 돌려 과거에도 늘 그렇게 했듯이 이번에도 키네아스를 사신으로 보내 도시들과 미리 협상케 하였다.

그는 타렌툼에 수비대를 남겨 놓고 떠나려고 했는데 많은 시민들의 반대에 부딪쳤다. 시민들은 그에게 요구하기를, 왔을 당시의 약속을 이행하여 로마와 그대로 전쟁을 계속하거나 아니면 아주 철수하여 앞으로는 절대로 간섭 말라고 요구하였다. 그는 시민들에게 시원한 대답을 남겨 놓지 않고, 조용히 자기가 돌아오기를 기다리라고 일러 두고는 출항해버렸다.

시칠리아에 도착해 보니 그가 계획한 일이 모두 다 뜻대로 되어 있었고, 아그리겐툼과 시라쿠사와 레온티니의 3도시는 기꺼이 그에게 복종하였다. 그의 군이 필요한 곳이라면 어디를 막론하고 기꺼이 맞아주었다. 그는 주민들의 요청을 수락하여 보병 3만, 기병 2천5백, 군함 200으로 진격하여 완전히 포이니키아 군을 무찌른 다음 그들에게 부여한 지방으로 들어갔다. 그 중에서 가장 강력한 도시는 에릭스였는데 보유하고 있는 병력 수도 상당히 많았다. 피루스는 우선 이 나라를 공격하기로 결심하였다. 군이 공격할 만반의 준비를 갖추자, 그는 무장을 갖추고 전군 앞으로 나갔다. 그리고 만일 그 날의 전투에 이겨 아킬레스의 후손다운 전과를 거두고, 대군을 지휘할 만한 장군임을 시칠리아에 살고 있는 그리스 인들 앞에서 증명할 수 있다면 헤라클레스 신에게 운동경기대회와 제사를 드리겠다고 선언하였다.

그 말이 끝난 다음 공격나팔 소리도 드높여 공격을 개시하니, 야만인들은 일격에 사방으로 도주하였다. 그 다음 사다리를 성벽에 걸치고서 피루스는 제일 먼저 성 위로 기어올랐다. 그러자 그를 발견하고 무수히 많은 적이 덤벼들었으나 그는 그들을 모두 격퇴하였다. 성벽 위에서 내던져 지고, 또 더러는 그의 칼에 찔린 시체가 성벽 안팎에 수북하였지만 본인은 어디 한 군데도 상처를 입지 않았다. 이처럼 비호 같이 분전하는 피루스의 모습을 보고 적은 공포에 사로잡혀 벌벌 떨었다. 이렇듯 모든 미덕 중에서 오직 용기만이 신에게 통하는 길이라고 간파한 호메로스의 말이 과연 진리임을 피루스가 입증한 셈이었다. 이 도시가 함락되자 그는 헤라클레스 신에게 가장 성대하게 제사를 드리고, 각종 연극과 운동제를 개최하였다.

메세나 주변에 사는 마메르티네 인이라고 부르는 일종의 야만인들은 그리스 인들을 못살게 괴롭히며 심지어 그들의 세금까지 거두어 갔다. 그들은 수도 많고 용감하였으므로(실은 그 이름도 군신의 자손이라는 뜻이었고, 라틴 어로 호전적이라는 말과 동의어였다.) 피루스는 무엇보다도 먼저 그리스 인들로부터 세금을 거둬 간 자들을 붙잡아 모조리 사형에 처하고, 그 후부터는 본격적인 전투상태로 들어가 중요시설들을 많이 파괴해버렸다.

카르타고 인들은 휴전을 원하며 많은 금품을 피루스에게 제공했다. 만일 휴전이 성립된다면 공물을 바치고 선박도 제공하겠다고 제의해 왔다. 피루스는 그들에게 분명히 말하기를 그것만으로는 부족하다, 자기는 더 큰 것을 바라며 두 나라 사이에 진정한 우정과 정당한 이해를 위한 단 한 가지 길은 카르타고 인이 시칠리아에서 완전히 철수하고 아프리카 해를 카르타고와 그리스 사이의 국경선으로 삼는 길뿐이라고 대답하였다. 연이은 행운과 막강한 대군을 가지고 있는 데 의기충천한 그는 그리스를 따라서 이 곳으로 올 때의 뜻대로 당장의 목표는 아프리카에 있었다. 선박을 많이 가지고 있었지만 노를 저을 사람이 부족하였으므로, 그는 각 시로부터 강압적인 방법으로 응하지 않으면 처벌하겠다고 위협하고 강권을 발휘하여 선원을 모집하였다.

그러나 그가 처음부터 이렇게 행동한 것은 아니었다. 그의 본성은 남을 잘 믿으려고 하고 누구에게도 거북하게 굴지 않는 친절하고도 이상하리만큼 관대한 성격이었다. 그러나 차츰 왕권이 확고해짐에 따라 이러한 강권을 발동함으로써 폭군이 되어 은혜도 모르고 믿음성도 없는 사람이 되어버린 것이다. 백성들은 그에게 불평이 적지 않았으나 이러한 일들에 복종하지 않을 수 없었다. 그리고 특히나 시라쿠사의 이대 요인인 토이논과 소시스트라투스까지도 의심하게 되었다. 이 사람들이야말로 피루스를 시칠리아로 불러들인 장본인들이었으며, 그가 왔을 때 위의 3개 도시를 그에게 맡긴 것도 바로 이들이었기 때문이다. 그리고 또 그가 시칠리아에 도착한 이래 그만한 일을 해낼 수 있었던 것도 오로지 그들의 덕택이었다.

이제 원정길에 오르려고 할 때 그들을 데리고 가야 할 것인지 피루스는 망설이지 않을 수가 없었다. 그리하여 이것을 눈치챈 소시스트라투스는 겁이 나서 도망치고, 토이논은 소시스트라투스와 공모하여 자기를 해치려고 했다는 혐의로 붙잡혀서 사형을 당하였다. 이리하여 시민들이 피루스를 보는 태도는 돌변하였다. 상기 3도시에서는 피루스를 불구대천의 원수로 생각하고 카르타고 인과 결탁하는 사람들이 있는가 하면 마메르티네 인에게 호소하는 사람들도 있었다.

도처에서 반란이 일어났고, 피루스는 개혁을 부르짖는 원성과 그를 반대하는 도당의 강력한 반항을 받았다. 마침 타렌툼과 삼니테 인들로부터 편지가 날아왔다. 싸움터에서 로마 군에게 패배를 당하여 적으로부터 그들의 도시들을 거의 지킬 수 없는 지경에 이르렀으니 긴급히 구원해달라는 사연이었다. 이 것은 피루스가 시칠리아를 도망쳤다는 수치를 모면해주는 구실을 주었다. 그 섬을 정복하려던 피루스의 계획은 수포로 돌아가고 파선당한 수부가 육지에 닿고자 허덕이듯이 이탈리아로 허겁지겁 돌아갔다. 그는 시칠리아 섬을 떠날 때 섬을 돌아보며 측근들에게 이렇게 말하였다고 한다.

"로마 인과 카르타고 인에게 좋은 싸움터를 남겨 두고 가는군."

그 후 오래지 않아 피루스의 예언은 들어맞았다.

배를 타고 떠나 올 때에 야만인들이 음모하여 피루스를 추격해 왔으므로, 그는 부득이 카르타고 군과 해상에서 싸워야만 하였고, 그 결과 많은 배를 잃었다. 잔여부대를 이끌고 그는 이탈리아로 도망쳐 왔다. 약 1천의 마메르티네 군이 앞질러 이탈리아로 건너와 탁 펼쳐진 들판에서 그와 싸우기를 피하여 통로가 험한 곳에서 그를 기다리고 있다가 갑자기 나타나 그의 전 군을 큰 혼란 속에 빠뜨리곤 하였다. 그 결과 그는 코끼리 두 마리와 후위부대 대부분의 병력을 잃었다. 그러므로 그는 행군할 때에는 진군 앞으로 나와 적을 무찔렀지만 오랫동안 전쟁에 훈련이 되어 있고 대담한 마메르티네 군의 공격을 받고서 위기에 빠지는 수가 많았다.

그 자신도 머리에 부상을 당하고 잠시 전선에서 물러섰으므로 적은 더욱 자신을 얻었다. 적 중의 하나가 커다란 몸집과 빛나는 갑옷을 입고 전열 앞으로 나와 거만한 목소리로 죽지 않았다면 어서 나와 싸워보자고 도전하였다. 격노한 피루스는 말리는 호위병들을 뿌리치고 맹렬한 기세로 앞으로 달려나가, 무서운 얼굴로 상대방을 노려보며 적의 머리를 힘껏 내려쳤다. 그러자 적의 몸이 둘로 갈라져 땅 위로 굴러떨어졌다.

이것을 본 적은 피루스를 군신처럼 바라보며 겁에 질려 아무도 움직이지 않았다. 그리하여 타렌툼까지의 나머지 여정은 조용히 전진하여 보병 2만, 기병 3천을 이끌고 타렌툼에 무사히 도착하였다. 거기서 타렌툼 군의 정예부대를 증원받아 쉴 사이도 없이 즉각 삼니테 인의 영토에 진을 치고 있는 로마 군과 싸우러 전진하였다.

이때 삼니테 인들은 로마 군과의 여러 번의 싸움에서 거듭 패전을 당하고 완전히 괴멸되어 전의를 상실하고 말았다. 또한 피루스가 시칠리아에 원정부대를 끌고 갔다고 해서 국민 사이에는 피루스에 대하여 큰 불만을 갖게 되었다. 그래서 그의 군에 가담하지 않는 자가 많았다.

피루스는 그의 군을 둘로 나누어, 하나는 루카니아로 보내 그 곳에 있는 집정관이 다른 쪽 집정관에게 원군을 보내지 못하도록 막았다. 자기는 남은 군대를 이끌고 마니우스 쿠리우스를 공격하러 갔다. 쿠리우스는 그때 유리한 지형을 이용하여 베네벤툼 근방에 진을 치고 다른 집정관이 보낼 증원군을 기다리고 있었다. 한편 점술가들이 그에게 충고하기를 그 자리를 떠나 이동하면 불길한 징조가 나타날 것이라고 하였다. 피루스는 쿠리우스가 보낸 증원부대가 도착하기 전에 공격하려고 정예부대와 가장 믿을 만한 코끼리부대를 이끌고 밤중에 강행군을 하였다. 그러나 사잇길이 많고 숲이 울창한 곳을 가야만 했기 때문에 횃불이 꺼져 병사들은 길을 잃고 말았다.

작전회의가 소집되어 토론이 이루어지는 동안에 날이 밝았다. 먼동이 틀 무렵 피루스는 산을 내려가다가 적에게 들키고 말았다. 적의 진영에서는 혼란과 동요가 일었다. 그러나 예언이 경사스러웠고 사태가 워낙 긴급하였으므로 마니우스는 그의 병사들을 참호에서 이끌고 나와 피루스의 선봉부대를 공격하고, 적군을 패주시키니 적군의 많은 수가 죽었고 코끼리도 몇 마리 생포하였다.

이 성공으로 자신을 얻은 마니우스는 평지로 나와 전면적 공격을 가하여 적의 일부를 무찔렀다. 그러나 다른 전선에서는 코끼리부대의 공격을 당해 낼 길이 없어 부득이 참호 속으로 다시 후퇴하지 않을 수가 없었다. 이때 쿠리우스는 진지를 지키도록 남겨 두었던 군대를 출동시켰다. 그 수가 엄청나게 많고 모두가 무장을 갖추고서 누벽을 겹겹이 지키다가 새로 출동하였으므로 대단히 원기왕성하였다. 이들이 누벽에서 내려와서 코끼리들에게 공격을 가하니, 코끼리들도 할 수 없이 후퇴하지 않을 수가 없었다. 코끼리들이 돌아서서 자기 쪽 군인들에게로 덤벼드는 바람에 그들은 큰 부질서와 혼란에 빠졌다.

이 전투는 로마 군에 승리를 가져다주었고, 앞으로의 패권을 약속해주었다. 이 승리와 이 전투로 로마는 천하무적의 힘을 가졌다는 명성뿐만 아니라 그러한 느낌마저 만천하에 주었으므로 곧 이탈리아 전역을 자기 지배하에 두었고, 그 후 머지않아 시칠리아마저 자기 지배하에 두게 되었다.

이렇듯 피루스는 이런 전쟁에서 6년이라는 세월을 소모한 끝에 결국 이탈리아와 시칠리아를 수중에 넣으려는 야망에 실패하고 말았다. 비록 전투에는 졌지만 불운을 겪으면서도 용기만은 보배인 양 계속 간직하고 있었고, 전략과 무술과 경륜에 있어서는 당대의 모든 왕자 중 누구 하나 그를 당해 낼 사람이 없을 정도였다. 그러나 애써 얻은 것을 헛된 욕심으로 또다시 잃었고, 장래에 대하여 너무도 큰 포부를 갖다 보니 현재를 등한히 하는 경향이 있었다. 그러므로 역사가 안티고누스는 그를 장기를 두는 사람에 비유하여 차는 잘 쓸 줄 알지만, 졸은 잘 쓸 줄 모르는 사람 같다고 평하였다.

그는 보병 8천과 기병 500명을 거느리고 고국 에피루스로 돌아왔다. 그들의 급료를 줄 길이 없었으므로 또다시 새로운 전쟁을 찾아야만 했다. 이때 갈리아 군의 얼마가 그에게 가담해 왔으므로 그는 그 즉시로 마케도니아를 공격하였다. 당시 마케도니아에서는 데메트리오스의 아들 안티고누스가 왕이 되어 있었다. 그가 마케도니아를 공격한 것은 지방이나 돌아다니며 약탈을 할 계획에서였다. 그러나 몇 개 도시를 정복한 후에 2천 명의 마케도니아 병사들이 귀순해 왔으므로, 그는 또다시 야망이 생기게 되어 안티고누스 왕을 무찌르려고 진격하였다. 좁은 통로에서 안티고누스 왕을 만나게 되어 적군을 혼란에 빠뜨렸다.

안티고누스 군의 후미를 맡고 있던 갈리아 군이 그 수가 많아 완강히 저항하였으나 치열한 전투 끝에 결국엔 그 대부분이 괴멸되고 말았다. 코끼리부대도 사방에서 포위되어 코끼리를 모는 병사들뿐만 아니라 코끼리도 퇴로가 막혀 투항하고 말았다. 이러한 이점을 갖게 된 피루스는 사리를 분별치 않고 행운만을 믿고서 후위군의 패배로 놀라고 혼란에 빠진 마케도니아 군의 주력부대를 공격하였다. 그들은 싸움다운 싸움도 한 번 못 해보고 손을 들었다. 그러자 피루스는 한 손을 쳐들고 부장들의 이름을 하나하나 큰 소리로 불렀다. 그러자 그들은 안티고누스를 이탈하여 부하들을 이끌고 그에게로 투항해 왔다. 한편 안티고누스는 아직도 그의 소유로 되어 있는 해안 도시로 사람의 눈을 피해 도주하였다.

갈리아 군을 무찌른 것은 그의 가장 큰 영광이라고 생각하고 피루스는 적으로부터 빼앗은 가장 값지고 훌륭한 전리품을 미네르바 이토니아의 신전에 다음과 같은 제명을 새긴 현판과 함께 바쳤다.

> 몰로시아 왕들의 후예 피루스는
> 이 방패들을 그대 이토니아 여신에게 바치노라.

그것은 안티고누스가 싸우다가 패하고 도망쳤을 때,
그 용맹무쌍한 갈리아 군에게서 빼앗은 것이로다.
오늘과 어제만의 일은 아니로다,
그 용감한 행위 때문에 아킬레스의 후예들이 알려지게 된 것은.

그는 이 전투에서 승리를 거둔 후에 이어서 여러 도시들을 빼앗았으며, 아이가이 시를 점령하여 그 곳 시민들을 하대하고, 갈리아 군으로 하여금 그 곳을 지키게 하였다. 갈리아 군 중에는 탐욕스러울 정도로 부를 탐내는 자들이 있어서 그들은 주둔한 그 즉시로 그 곳에 매장되어 있는 왕들의 무덤을 파헤치고 매장된 보물을 약탈해 갔으며 유골을 불경스럽게도 사방으로 흩뜨려 놓았다. 이러한 만행에 대하여 피루스는 겉으로는 그리 크게 문제를 삼지 않았는데, 그 까닭은 그가 다른 일에 몰려서 거기까지 손을 쓸 여유가 없어서 그랬던지 아니면 그런 야만인들을 처벌하기가 겁이 나서 그랬던지 그 자세한 것은 알 길이 없다.

그러나 이 일로 해서 그는 마케도니아 인들의 비난을 샀으며, 아직 여러 가지 일들이 안정되지 않고 들떠 있는 상태였음에도 불구하고 그는 새로운 포부와 계획을 구상하기 시작하였다. 피루스는 안티고누스가 평민의 처지로 떨어져 있음에도 불구하고 자주색 왕의를 그대로 입고 있는 것은 부끄러움을 모르는 가소로운 소행이라고 조소하였다. 어느 날 스파르타 인 클레오니모스가 피루스를 찾아와서 스파르타로 와달라고 요청하였을 때 그는 이 제안을 흔쾌히 받아들였다. 클레오니모스는 스파르타 왕가를 이을 후예였으나 지나치게 유아독존적인 면이 심하여 국내에서는 그다지 존경도 신용도 받지 못하여 대신 아레우스에게 왕위를 빼앗기고 있었다. 그렇기 때문에 그와 국민 사이에는 뿌리 깊은 원한이 자리잡고 있었다.

그러나 그뿐만 아니라 클레오니모스는 늙은 몸이면서도 레오티키데스의 딸 킬로니스라는, 왕가의 피를 이어받은 아직 나이 어린 미녀와 결혼하였다. 그런데 이 젊은 여자는 한창 나이인 아레우스 왕의 아들 아크로타토스와 열렬하게 사랑하는 사이였다. 이 결혼은 클레오니모스에게는 불안과 수치의 씨가 되었다. 왜냐하면 스파르타 인 중 그의 아내가 그를 얕보고 있다는 것을 모르고 있는 사람은 아무도 없었기 때문이다. 그러므로 이러한 사생활의 불행에 왕위를 잃었다는 일이 겹쳐 격분하게 된 그는 피루스로 하여금 스파르타를 치게 하기 위하여 그를 초청하였던 것이다. 피루스는 보병 2만 5천, 기병 2천, 코끼리 24마리라는 대군을 이끌고 왔다.

이것을 보면 클레오니모스를 위하여 스파르타를 찾아주려는 것이 아니라, 펠로폰네소스 반도 전체를 정복하려는 의도가 그에게 역력히 있다는 것은 묻지 않아도 알 수 있는 일이었다. 그는 메갈로폴리스에서 그의 도착을 기다리고 있는 스파르타의 사절단에게 분명히 이런 말을 하지 않고 자기는 안티고누스의 억압을 받고 있는 도시들을 해방시키려고 왔으며, 심지어는 자기의 어린 아들들을 스파르타식으로 양육하여 다른 왕보다도 훌륭한 왕으로 만들고 싶다고까지 말하였다.

그를 맞이하러 온 사절단의 환심을 사기 위하여 이렇게 듣기 좋은 말을 꾸며 댄 다음 그들을 따라 라코니아로 들어가자마자 약탈을 하기 시작하여 국토를 황폐화시켰다. 전쟁도 선언하지 않고 국토부터 유린한 데 대하여 사절단이 항의하자 그는 이렇게 대답하였다.

"당신들 스파르타 사람들도 어떤 일을 계획할 때 미리 그 이야기를 하지 않는다는 것을 우리는 잘 알고 있소."

그때 거기 있던 사절단의 한 사람인 만드로클리다스라는 사람이 순 스파르타 사투리로 그에게 대답하였다.

"만일 전하가 신이라면 우리는 남에게 과오를 범하지 않으니까 전하는 우리들에게 해를 끼치시지는 않을 것입니다. 그러나 전하가 사람이라면 세상에는 전하보다도 강한 사람이 있을 테죠."

그는 이제 스파르타를 향하여 곧바로 진격하였다. 도착하는 즉시로 공격하라는 클레오니모스의 부탁을 받았으나 밤에 도착하면 병사들이 약탈을 할 우려가 있고, 또 시내에는 병사들도 많지 않으므로 다음 날 아침 공격해도 늦지 않을 것이라며 이에 응하지 않았다. 시민들은 피루스의 갑작스런 내습에 대하여 무방비상태에 있었기 때문이다. 왜냐하면 아레우스 왕 자신은 그 곳에 없었고, 크레타의 고르티니아 인들을 도우러 가 있었기 때문이다. 시가 멸망을 면한 것은 오로지 시가 무방비상태에 있었기 때문이다. 왜냐하면 피루스는 시민들이 아무런 저항도 하지 않을 것으로 얕보고 또 시내가 무방비상태로 있을 것으로 상상하고서 마음놓고 시외에 진을 치고 있었기 때문이다. 클레오니모스의 측근들과 그의 하인들인 헤롯 인들은 피루스를 저녁식사에 초대한다고 해서 벌써부터 큰 준비를 하고 있었다.

시민들은 밤에 회의를 열어 모든 부녀자들은 크레타 섬으로 피난시키기로 결의하였다. 그러나 그녀들은 만장일치로 그 결의안에 반대하고 나섰다. 심지어 아르키다미아는 칼을 한 손에 들고 원로원으로 와서 여성들을 대표하여, 여성들이라고 해서 스파르타의 멸망을 지켜 보고 있게 내버려 둘 생각이냐고 따졌다.

이 일이 있은 다음에 시민들은 적의 진지까지 똑바로 한 줄로 도랑을 파고 도랑 여기저기에다 짐 마차를 바퀴통이 땅에 묻힐 정도로 파묻어서 코끼리들의 통로를 막자고 결의하였다. 모두가 땅을 파기 시작하자 처녀들과 부인들도 다 같이 나왔다. 결혼한 부인들은 치맛자락을 걷어 올려 허리에다 동여매고, 처녀들은 오직 바지 바람으로 나이 먹은 남자들을 도와서 도랑을 팠다. 다음 날 싸울 젊은이들만은 쉬게 하고 자기들의 몫을 맡아 도랑의 3분의 1을 완성하니 넓이 6큐빗, 깊이 4큐빗, 길이 800큐빗이나 되었다. 이것은 필라르쿠스의 설명이고 히에로니무스에 의하면 이보다는 좀 작다고 한다.

새벽이 되어 적이 움직이기 시작하자 부인들은 젊은이들을 무장시키고, 도랑을 그들에게 맡기면서 용감하게 그것을 방어하라고 부탁하였다. 스파르타 인답게 온 겨레가 보는 앞에서 적을 정복한다는 것은 행복한 일일 것이고, 어머니와 아내의 품 안에 안겨 죽는다는 것은 영광스러운 일일 것이라고 격려하였다. 킬로니스는 집으로 돌아와 목에다 올가미를 걸고 수도가 함락되는 경우 클레오니모스의 수중에 빠지느니 차라리 목을 매어 죽겠다는 결심까지 하였다.

피루스는 손수 보병부대를 이끌고 그의 앞에 산처럼 가로막은 스파르타 군의 방패를 뚫고 전진하여 도랑을 건너려고 안간힘을 썼다. 그러나 새로 판 흙이 물러서 병사들의 발이 빠지는 바람에 거의 건널 수가 없었다.

그의 아들 프톨레미는 갈리아와 카오니아 군의 정예부대 2천의 병력을 거느리고 도랑 끝을 한 바퀴 빙 돌아 짐마차가 묻혀 있는 곳을 건너려고 애를 썼다. 그러나 짐마차를 하도 깊고 빽빽하게 묻어 두었기 때문에 도랑을 건너기가 여간 어렵지가 않았다. 뿐만 아니라 스파르타 군의 방어가 그리 쉽지만도 않았다. 그러나 갈리아 군이 짐마차를 땅에서 뽑아서 강 속에 던지려고 끌고 가고 있을 때, 젊은 아크로타토스는 사태가 위급함을 보고 300명의 병사들을 이끌고 시내를 빠져 나와 언덕을 이용하여 거기 몸을 숨겼다. 프톨레미에게 들키지 않고 배후에 나타나자 프톨레미는 할 수 없이 당황하여 방향을 바꾸었으나 도랑에 빠지고 짐마차 사이로 떨어지는 통에 많은 손실을 내고는 마침내 힘겹게 후퇴하게 되었다.

노인들과 모든 아낙네들이 아크로타토스의 이러한 용감한 행동을 보았다. 그가 시내로 돌아와서 자기가 맡은 자리로 갈 때의 승리로 빛나는 모습은 전보다 한결 더 훌륭하고 대견하게 보였다. 그녀들은 킬로니스의 애인을 참으로 훌륭한 사나이라고 부러워하였다. 노인들 중 그의 뒤를 따라오며,

"아크로타토스, 어서 집으로 가서 킬로니스와 재미나 보게. 스파르타를 위하여 용감한 아들들이나 만들어주게."
하고 외치는 사람도 있었다.

피루스가 싸우는 곳에서는 치열한 전투가 벌어졌다. 많은 스파르타 인들이 용감하게 싸웠다. 특히 필리우스라는 사람은 적을 가장 잘 막고 대부분의 공격자들을 죽이는 데 두각을 나타내었다. 그리고 하도 많이 부상을 당하여 죽게 되었다는 것을 알았을 때에는 다른 전우 뒤로 물러서서 적이 자기의 시체를 못 가지고 가도록 자기 전우들 사이에서 절명하고 말았다.

밤이 되어서야 비로소 전투는 끝났다. 피루스는 자다가, 스파르타에 벼락을 던지고 그들이 모두 불에 타는 것을 보고서 좋아하는 꿈을 꾸었다. 잠이 깬 피루스는 흐뭇한 생각이 들어 그의 부관들에게 명령하여 다음 공격을 준비하도록 명령하였다. 그리고 그의 꿈 이야기를 그의 측근들에게 말하고, 그 꿈을 도시에 기습작전을 감행하라는 뜻이라고 해몽하였다. 모두가 기뻐하며 동의하였으나 리시마코스 하나만 그 꿈은 길몽이

아니라고 주장했다. 벼락을 맞은 곳은 신성한 곳이라고 생각될 수 없으니 발을 들여놓아서는 안 되고, 신들은 이런 꿈을 꾸게 함으로써 그에게 이 도시를 빼앗아서는 안 된다고 하는 것을 그에게 알리게 한 것인지도 모르겠다며 두려워하였다. 그러나 피루스는 대답하기를, 그것은 확실성이 없는 쓸데없는 소리에 지나지 않으며 속물들이나 귀를 기울일 만한 이야기라고 하였다. 자신들이 할 일은 오직 손에 칼을 들고 늘

하나의 길조는 피루스 왕을 위하여 싸우는 것

임을 명심해야 할 것이라고 하고는 일어서서 날이 밝자마자 성벽을 향하여 진격해 나갔다.
 스파르타 군은 결의와 용기를 다하여 자기들의 실력 이상으로 용전분투하였다. 여자들도 모두 나와서 남자들이 싸우는 것을 돕고 먹을 것과 마실 것을 원하는 사람들에게 갖다 주었으며, 부상병들을 간호해주었다. 마케도니아 군은 다량의 물건들을 가져다가 도랑에 버려진 무기와 시체 위에 던져서 도랑을 메우려고 하였고, 스파르타 군은 그것을 제거하느라고 전력을 다하고 있었다. 그때 피루스는 손수 자기 군사들이 있는 도랑 쪽에 나타나 시내 쪽으로 말머리를 돌렸다. 그때 시내 쪽 수비대에서 함성이 들리더니 여자들이 비명을 지르며 이리저리 뛰고 있었다. 한편 피루스가 맹렬한 기세로 달려와 그의 길을 가로막는 적을 모두 때려부수고 있을 때, 크레타 인이 쏜 화살이 그가 탄 말의 배에 꽂혔다. 말이 괴로움에 못 이겨 몸을 비틀고 야단을 치는 바람에 피루스가 미끄럽고 험한 땅 위로 내던져졌다. 그의 주위에 있던 모든 그의 부하들은 그것을 보고 어쩔 줄을 모르고 당황하고 있었다. 이때다 하고 스파르타 군은

대담하게도 달려와 화살을 있는 대로 쏘아대며 적을 격퇴시키기 시작하였다.

이 일이 있은 후 피루스는 다른 전선에서도 공격을 중지하라고 명령하였다. 스파르타 군은 거의 대부분이 부상을 당하였거나 또는 아주 많은 수가 죽었기 때문에 곧 항복해 올 것이라고 생각하였기 때문이다. 그러나 운명의 여신은 스파르타가 용기를 최고도로 발휘할 때까지 내버려 두었다가 모든 희망이 사라지기를 기다려 도우려고 계획이라도 한 듯했다. 안티고노스의 장군의 하나인 포키아 인 아미니아스가 코린트에서 스파르타를 도우러 외인부대를 이끌고 달려왔기 때문이다. 그들이 시내로 들어서자 곧 그 뒤를 따라 그들의 왕 아레우스도 크레타로부터 2천 명 이상의 병력을 이끌고 도착하였다. 이리하여 여자들은 자기들의 가정으로 돌아갔다. 병역연령이 지났지만 사태가 워낙 긴급하여 부득이 싸워야만 하였던 노인들도 물러가고, 새로 도착한 군대가 피루스와 싸울 만반의 준비를 갖추었다.

이러한 증원부대가 오자 피루스는 종전보다도 더 이 도시를 점령하려는 포부와 야심에 불탔지만 그의 계획은 실패로 돌아가고, 매일같이 새로운 피해만 늘어 갔으므로 그는 점령하려는 계획을 단념하고 지방을 약탈하면서 그 곳에서 월동할 결심을 굳혔다.

그러나 운명이란 피할 길이 없는 것이다. 이때 아르고스에서는 이 도시의 유력한 시민들인 아리스테아스와 아리스티포스 사이에 큰 당파싸움이 벌어졌다. 아리스티포스는 벌써부터 안티고노스의 협력을 이용하려고 결심하고 있었던 터라 아리스테아스도 그에 맞서 피루스에게 구원을 요청하였다. 그리고 피루스라는 사람은 언제나 쉬지 않고 새로운 희망을 찾아서 움직이며, 그의 승리를 앞으로의 더 큰 승리를 위한 발판으로 삼았고, 실패하는 경우라도 더 큰 공을 세워 그것을 설욕해야 한다고 생각하는 사람이었다. 그래서 지거나 이기는 문제에 신경을 쓰지 않았다. 그러므로 그는 곧 아르고스로 떠났다. 아레우스는 길이 가장 험한 곳을 골라서 그 곳에다 군대를 잠복시켜 두었다가 피루스 군의 후미를 맡은 갈리아 군과 몰로시아 군을 습격하였다.

피루스는 언젠가 이보다 먼저 신에게 제사를 드린 적이 있었는데, 그때 제물로 바친 짐승의 간장이 하나뿐인 것을 보고서 제사를 맡은 사제 하나가 피루스에게 말하기를 근친 중 누구를 잃게 될지도 모르겠다고 하였다. 그의 부대의 후미가 이렇게 동요와 혼란 속에 빠져 있을 때, 그는 이 예언을 감쪽같이 잊고 그의 아들 프톨레미에게 명령하기를, 그의 호위병 몇을 데리고 가서 그들을 도우라고 하고는 자기 자신은 주력부대를 이끌고 그 험로에서 재빨리 빠져 나가려고 하였다. 프톨레미가 그 후속부대로 와 보니 한참 격전이 벌어지고 있었다. 그때 크레타의 압테라 출신 병사인 오리수스라는 몸이 건장하고 발이 빠른 사람이 있었다. 그는 용감하게 싸우면서 이 젊은 왕자의 곁으로 달려와 그에게 치명적인 상처를 입혀 죽이고 말았다. 그가 쓰러지자 그의 주변에 있던 병사들이 등을 돌려 도망치기 시작하였다. 그러자 스파르타의 기병대가 그들을 추격하여 대다수를 죽였다. 앞이 탁 트인 평지로 나오자 병사들은 보병의 지원사격을 받지도 못한 채 자기도 모르게 적과 싸우게 되었다는 것을 알게 되었다.

아들이 죽었다는 비보에 접한 피루스는 크게 슬픔에 잠겨 그의 몰로시아의 기병부대를 이끌고 몸소 선두에 서서 적군 속으로 달려들어가 천하무적의 영웅임을 과시하며 싸웠다. 이번만큼은 그보다 더 용전분투하여 비호처럼 맹위를 떨쳤다. 피루스가 에발쿠스 앞으로 바싹 말을 몰고 가자 에발쿠스는 약간 한 쪽으로 몸을 피해 고삐를 쥐고 있는 피루스의 손을 거의 자를 뻔하였다. 그러나 칼이 빗나가 고삐만을 잘랐다. 동시에 피루스는 창으로 에발쿠스를 찔러 죽였지만 피루스도 말에서 떨어졌다. 그는 도보로 전진하며 에발쿠스 주변에 있는 정예부대의 병사들을 모두 죽였다. 이것은 스파르타 군으로서는 공연한 손해를 자초한 셈이 되었다. 왜냐하면 그들의 전쟁은 사실상 끝난 셈인데, 공명을 탐내는 장군들의 욕심으로 연장된 싸움이었기 때문이다.

이리하여 피루스는 죽은 아들의 영을 달래는 제사를 드리고, 그의 장례식을 기념하여 전투에서 혁혁한 전공을 세웠다. 그리고 적과의 싸움에서 마음의 한을 푼 다음 아르고스를 향하여 진격하였다. 안티고노스가 아르고스 부조 산지에 진을 치고 있다는 소식을 듣고 그는 나우플리아 근처에 진을 쳤다. 다음 날 안티고노스에게 사신을 보내어 그를 악한이라고 부르며 평지로 내려와서 왕국을 걸고 싸우자고 도전하였다. 안티고노스는,

"나의 행동은 무기뿐만이 아니라 시간에 좌우된다. 살고 싶지 않으면 죽는 방법은 얼마든지 있지 않은가?"
하고 대답하였다.

또한 이때 두 왕에게 아르고스에서 사절단이 와서 아르고스는 두 왕과 중립을 유지하고 싶으니 두 왕 모두 철수하기를 바란다는 뜻을 전하였다. 안티고노스는 이에 동의를 표하고 그의 아들을 보증으로 아르고스에 보냈다. 피루스도 동의를 표하기는 하였으나 아무런 보증도 보내지를 않았기 때문에 그는 전보다도 더 의심을 사게 되었다. 때마침 이상한 징조가 피루스에게 발생하는데, 제물로 바친 소의 머리가 몸통에서 저절로 떨어져서 혀를 내밀고 자기의 선지피를 핥았다. 그리고 아르고스

의 아폴로 리키우스 신전의 여사제 하나가 미친 듯이 거리로 달려나오며, 시내에 시체와 살육이 가득 찼는데 독수리 한 마리가 싸움터로 갔다가 곧 사라지는 광경을 보았노라고 고래고래 소리를 질렀다.

밤의 어둠을 이용하여 피루스가 성벽으로 접근하였다. 그는 아리스테아스가 그들을 위하여 열어 놓은 디암페레스라는 성문을 찾아내어 들키지 않게 그의 갈리아 군 부대의 전원을 성 안으로 넣어 시의 중앙 광장을 점령하였다. 그러나 성문이 너무 낮아서 코끼리들이 안으로 들어갈 수 없어 성문 위에 있는 탑을 헐지 않을 수가 없었다. 어둠 속에서 또다시 탑을 세우노라니 시간도 많이 걸리고 혼란도 이만저만이 아니었다. 그 바람에 시내에 경종이 울렸다. 그리고 시민들이 뛰어나왔다. 더러는 주요 성채인 아스피스와 그 밖의 방어소로 모이는 한편 안티고노스에게 사람을 보내어 구원을 요청하였다. 피루스는 시 가까운 거리까지 달려와서 멈추고 그의 주요 장군 몇 명과 그의 아들에게 상당히 많은 수의 군대를 주어 성 안으로 들여보냈다. 그때 스파르타 왕 아레우스도 크레타 군 1천과 스파르타 군의 정예부대를 이끌고 당도하여 모두가 일제히 갈리아 군에게 공격을 가하여 그들을 혼란에 빠트렸다.

피루스가 함성을 지르며 킬라라비스 가로 들어서며 듣자니 갈리아 군이 그 함성에 호응하여 함성을 보내기로 하였으나, 소리는 시원치가 않고 고통을 당하고 있는 사람들의 목소리 같았다. 그러므로 기병대를 급히 보내 공격하려 하였으나 이 시가지에는 배수 도랑과 하수구가 많아서 그 전진이 느리고 위험하였다. 이 날 밤의 전투에서는 어떤 전투가 이루어지고 있었고, 어떤 명령이 내려졌는지 전혀 분간할 수 없었다. 이런 좁은 거리와 골목에서는 적인지 아군인지 전혀 분간 못 하고 애만 쓰다 날을 밝혔다. 모든 군략은 그런 어둠과 소음과 공포 속에서는 하등의 소용이 없었다. 그러므로 쌍방은 날이 밝기만 기다리며 속수무책이었다.

먼동이 틈과 동시에 피루스는 큰 성채 아스피스에 적군이 가득 차 있는 것을 보게 되었다. 그러나 그보다 더 상심하고 놀라게 한 것은 광장에 세워져 있는 여러 가지 조각상 중에서 늑대와 황소가 서로 싸우는 동상이었다. 왜냐하면 그 전에 받은 신탁 중에서 황소와 늑대가 싸우는 것을 보는 날에 그가 죽게 되리리고 한 것이 생각이 났기 때문이다. 아르고스 인들이 전하는 바에 의하면, 먼 옛날에 거기서 일어났던 일을 기념하여 이 동상이 세워졌다는 것이다. 즉 다나우스가 티레아티스의 피라미아 근처에 상륙하여 아르고스를 향하여 가던 도중 늑대와 황소가 싸우는 것을 보고, 낯선 사람이 이 고장의 토박이들을 공격하러 왔으니 자기 처지가 바로 저 늑대에 해당된다고 생각하여 걸음을 멈추고서 황소와 늑대가 싸우는 것을 구경하였다. 늑대가 싸움에 이겼으므로 그는 아폴로 리키우스 신에게 제사를 드리고 이 도시를 빼앗고자 기도하여 성공하였다. 당시의 왕 겔라노르는 당파싸움에 의하여 쫓겨났다. 이것이 이 동상을 세우게 된 이유다.

이 동상을 보고 내심 사기가 꺾이고, 또 그의 계획에 따라 하나도 성공을 거두지 못한 것을 안 피루스는 후퇴하는 것이 상책이라고 생각하였다. 그러나 성문이 좁은 것을 걱정하여 성 밖에서 그의 군대의 대부분을 가지고 남아 있는 그의 아들 헬레누스에게 사람을 보내어 적이 공격을 가해 오면 성의 일부를 헐고서 후퇴를 도우라고 명령하였다. 그러나 너무 서두르고 마음이 혼란하여 전령은 이 명령을 똑똑히 전달하지 못하였다. 잘못 알아듣고 젊은 왕자는 남아 있는 모든 코끼리와 정예부대를 이끌고 부왕을 구출하려고 곧장 성문을 지나 시내로 돌입하였다.

이때 피루스는 순조롭게 후퇴하고 있는 중이었고, 한편 중앙 광장은 그들에게 후퇴하기에도 싸우기에도 알맞은 충분한 장소가 되어 그에게 공격을 가해 온 적군을 여러 번 격퇴할 수 있었다. 그러나 그 널따란 곳에서 성문으로 이르는 좁다란 거리로 나왔을 때, 그는 그를 돕기 위하여 다른 길로 온 아들이 이끄는 군대와 맞부닥쳤다. 더러는 그가 후퇴하라는 목소리를 알아듣지 못하였고, 알아들은 병사들은 제아무리 그의 명령에 복종하려 해도 뒤에서 성문 쪽으로 밀어닥치는 증원부대 때문에 길이 막혀 어떻게 할 수가 없었다. 그뿐만 아니라 코끼리 중에서 가장 큰 놈이 바로 성문에 나가자빠져서 땅 위에서 으르렁거리며 딩굴고 있어서 성문을 빠져 나가는 사람들에게 큰 방해가 되었다.

또 니콘이라는 이름의 다른 코끼리는 벌써 시내로 들어와서 부상을 입고서 쓰러진 주인을 찾으려고 애를 쓰다가 후퇴하는 군대와 맞부딪쳐 적이고 아군이고 할 것 없이 가리지 않고 혼란통에 마구 짓밟았다. 마침내 주인의 시체를 찾아 내어 코로 쳐들어서 상아에 받쳐 들고 성내어 돌아오면서 자기 앞의 모든 사람들을 짓밟았다. 이렇듯 밀리고 닥치고 하는 바람에 누구 하나 자기 몸을 가눌 수가 없이 한덩어리로 엉켜 전체가 파도처럼 이리 밀리고 저리 밀리고 하여 적에게 공격을 가하지 못하고는 서로가 자기 편에 피해를 많이 주는 결과를 낳았다. 왜냐하면 칼을 뽑거나 창을 치켜 들어도 다시 거둘 수가 없어서, 그냥 치켜든 채로 방해가 되는 자기편 병사들을 찌를 수밖에 없었기 때문이다. 그리고 그들은 이런 식으로 죽어 갔다.

이러한 난장판 속에서 벗어날 길이 없음을 깨달은 피루스는 그가 투구 위에 쓰고 있던 왕관을 벗어 그의 곁에 있는 부하에게 맡기고는 그의 말만을 믿고서 적들이 밀집해 있는 그 한복판으로 몰고 들어갔다. 그리고는 적이 던진 창이 가슴받이방패를 뚫고 들어오는 바람에 부상을 입고 돌아서서 자기에게 창을 던진 그 사람을 죽이려고 하였다. 그는 아르고스 인으로 가난한 노파의 아들이었다. 이 노파는 다른 부인들 사이에 끼여 지붕에 올라가 싸움 구경을 하고 있다가 피루스가 자기 아들을 죽이려는 것을 보고서 아들이 당하고 있는 위험에 놀라 두 손으로 기왓장 하나를 집어 들어 피루스에게 던졌다. 그것이 투구 밑의 그의 머리에 맞아 목 아랫부분의 척추를 치는 바람에 기절하여 고삐를 손에서 놓치고 말았다. 그는 말에서 굴러떨어져 리킴니우스의 무덤 바로 옆에 쓰러졌다.

병졸들은 그가 누구인지 알아보지 못하였다. 그러나 안티고노스의 부하인 조피루스라는 사람과 그 밖의 2, 3인이 그에게로 달려가 그가 피루스라는 것을 알아보고 옆에 있는 어느 집 문으로 끌고 갔다. 조피루스가 일리리아 군도를 들고 피루스의 목을 베려고 하다가 피루스의 사나운 눈초리에 질려 목을 치려는 것을 망설였다. 다시 칼을 들었으나 겁에 질려 곧장 치지는 못하고 한참 벌벌 떨고 있다가 겨우 입과 턱 위를 칼로 쳤다. 한참만에 피루스의 머리가 굴러떨어졌다.

그러는 동안에 이 소문이 많은 사람들에게 알려지게 되었다. 알키오네우스는 피루스의 머리를 보고 싶은 나머지 현장으로 달려가 그 머리를 집어 들고 군신과 같이 앉아 있는 부왕에게로 달려가 그것을 부왕의 발밑에 던졌다. 왕은 그것이 누구의 머리인지 알아보자 지팡이로 아들을 때려 쫓고 무지막지한 놈이라고 꾸짖으며 왕의로 얼굴을 가리고서 울었다. 자기의 조부 안티고노스와 선왕 데메트리오스도 그와 같은 운명을 당한 것이 생각났기 때문이다. 그는 피루스의 몸통과 머리를 모아 엄숙하게 화장을 치러주었다.

이 일이 있은 후 알키오네우스는 올이 다 해진 옷에다 초라한 몸차림을 하고 있는 헬레네우스를 만나 그를 예우하여 부왕에게로 데리고 왔다. 안티고노스가 그를 보았을 때 말하기를,

"얘야, 이번 행동은 그 전보다는 낫구나. 그러나 이제도 네가 아주 잘했다고는 할 수 없다. 이 남루한 옷을 그대로 입혀 놓고 있는 것을 보면 말이다. 이제 승리자로 된 우리에게는 이런 일이 불명예가 아니겠느냐?"

그리고 그는 헬레누스를 아주 친절하게 대우하고는 왕자답게 그에게 에피루스의 왕위를 되찾아주었다. 그리고 피루스의 모든 주요 장군들에게도 피루스의 진지와 전 군이 그의 수중으로 들어왔기 때문에 똑같은 은총을 베풀었다.

카이우스 마리우스

기원전 155년 ? -86년

 우리는 카이우스 마리우스의 셋째 이름을 전혀 알 수가 없다. 그것은 역시 스페인을 점령한 퀸투스 세르토리우스나 코린트를 점령한 루키우스 뭄미우스의 경우도 마찬가지다. 그러나 뭄미우스는 코린트를 정복한 그 공으로 아카이쿠스라는 성을 얻었다. 그것은 마치 스키피오가 아프리카누스라는 성을 얻고, 메텔루스가 마케도니쿠스라는 성을 얻은 경우와 마찬가지다. 이로부터 사학자 포시도니우스는 그의 주된 이론을 내세워 셋째 이름은 카밀루스니 마르켈루스니 카토니 하는 예에서 보는 바와 같이 로마 인에게만 있는 것이라고 주장하는 견해를 반박하여, 이 경우에 있어서처럼 이름이 둘뿐인 사람은 엄밀한 의미에서 이름이 전혀 없는 것이나 다름이 없지 않으냐고 하였다. 그러나 그 자신의 이론을 따르면, 여성들에게는 아주 이름이 없다는 결론이 나온다.
 왜냐하면 포시도니우스가 로마 인에게 본래 있는 이름이라고 생각한 첫째 이름이 여성에게는 없기 때문이다. 나머지 두 이름 중 하나는, 예를 들자면 폼페이이니 만리이니 코르넬리이니 하는 것처럼 가족 전체에 공통된 성이고 또한 다른 이름은 사

람의 성격이나 행동이나 용모의 특색에서 딴 것이었으며, 마크리누스나 토르콰투스니 술라니 하는 것이 그 예로서 그리스 인의 므네몬이나 그리푸스나 칼리니쿠스 따위와 같다는 것이다. 그러나 이름의 문제에 관해서는 습관이 서로 다르기 때문에 그것을 주장하자면 한이 없을 것이다.

마리우스의 용모에 관해서는 말리아의 라벤나에 그 석상이 있는데, 필자가 본 바에 의하면 아주 성격이 난폭해 보였다. 그는 천성이 용맹스럽고 호전적이고 정치보다는 군사에 더 관심이 많았으므로 그가 권력을 잡고 있을 때에는 정열을 조절할 줄 모르는 험악한 성격의 사람이었다. 그는 그리스의 문물을 연구한 적이 없으며, 어떤 중요한 경우에도 그리스 어를 사용한 적이 없었다고 한다. 그의 선생이 노예보다 나을 것이 없었으므로 그런 것을 배우느라고 시간을 낭비한다는 것은 어리석은 짓이라는 것이었다. 그가 두번째 개선식을 치르고 그 다음 행사인 신전의 헌납식이 있을 때였다. 식중 행사로 그리스 풍습을 따라서 연극 공연이 있었는데, 마리우스는 극장에 오기는 하였지만 잠시 앉아만 있다가 곧바로 나와 버렸다.

철학자 크세노크라테스의 성질은 거칠기가 보통 이상이었다. 그래서 그의 스승 플라톤은 늘 그에게 이렇게 말했다.

"이 사람 크세노크라테스, 그라케스 여신들에게 제사를 드리게."

이처럼 누군가가 마리우스에게 그리스의 뮤즈 여신과 그라케스 여신들을 섬기라고 설득할 수만 있었다면, 전쟁에 있어서나 평화에 있어서나 그렇게까지 무가치하고 무모한 행동은 하지 않았을 것이다. 그는 때를 가리지 않는 격정과 야심, 그칠 줄 모르는 탐욕으로 결국 자신을 망치는 결과만을 초래하였다. 이러한 사실은 앞으로 차차 밝혀질 것이다.

마리우스는 날품팔이로 생계를 꾸려 가는 가난한 집안에서 태어났다. 아버지의 이름은 아들과 똑같이 마리우스였고, 어머니의 이름은 풀키니아였다. 그가 로마로 나와서 실제로 도시를 보게 된 것은 훨씬 나이를 먹은 후의 일이고, 그때까지는 아르피눔 지방의 키르하이아톤 촌에서 살았다. 로마의 안락한 생활에 비교하면 거칠고 세련되지 않은 생활이었으나 고대 로마의 엄격한 생활처럼 절제 있고 조화된 생활을 하였다.

그가 처음으로 종군한 것은 스키피오 아프리카누스가 누만티아를 공략할 때에 켈티베리아 인(이베리아 지방에 살고 있던 켈트 족)과 벌인 싸움 때였다. 이 전투에서 마리우스는 발군의 용기를 발휘하였고, 특히 사치와 오락으로 붕괴 직전에 있던 군기를 바로잡기 위하여 스키피오가 강행한 개혁운동에 흔연히 동참함으로써 스키피오의 주목을 끌었다. 그는 또한 그의 장군이 보는 앞에서 일대 일로 싸워 적을 꺾은 일도 있다고 한다. 마리우스는 이러한 행동으로 많은 상을 탔다. 한때 술자리에서 장군들에 관한 인물평이 오고간 적이 있었다. 그때 연회에 참석하였던 사람 중 하나가(정말 알고 싶어서 그랬던지 아니면 스키피오의 환심을 사기 위하여 아첨하느라고 그랬던지) 스키피오에게

"장군이 가신 후에 로마는 장군 같은 명장을 어디서 구할 것입니까?"

하고 물었다.

그러자 스키피오는 자기 옆에 앉아 있는 마리우스의 어깨를 가볍게 치고는,

"아마 여기 있는 것 같소."

하고 대답하였다. 마리우스는 그만큼 장래가 촉망되는 유망한 청년이었으며, 스키피오에게는 그의 장래를 내다볼 만한 혜안이 있었다.

카이우스 마리우스 339

　마리우스는 스키피오의 이러한 말에 용기를 얻어 정치생활의 길에 대담하게 들어섰다고 한다. 마리우스 부자는 일가인 카이킬리우스 메텔루스의 도움으로 시민을 대표하는 호민관으로 선출되었다. 호민관으로 있을 때 그는 투표방법을 개혁하는 법안을 제출하였다. 집정관 코타는 개혁안에 법원의 고위 간부들의 세력확장을 막으려는 의도가 숨어 있다고 판단하여 그의 의견에 반대하였다. 원로원 의원들을 설득하여 이 법안을 파기시키고는 마리우스를 불러 그 동기를 묻게 하였다. 그러나 원로원의 호출을 받고서 불려 나온 마리우스는 새로 권력을 쥐게 된 청년답지 않은 행동을 보였다.
　그의 장래를 엿보여주는 듯한 준엄한 어조로, 만일 집정관이 그 정령을 취소하지 않으면 감옥에 집어넣을 것이라고 위협하였다. 집정관은 메텔루스를 돌아다보며 그의 의견을 물었더니 메텔루스가 동의를 표하였다. 그러자 마리우스는 밖에 있는 관리를 불러 메텔루스를 감옥에 넣으라고 명령하였다. 메텔루스는 다른 호민관들에게 애원하였으나 아무도 그를 도우려고 하지 않았다. 그래서 원로원은 즉각 양보하여 정령을 취소하였다.
　마리우스는 의기양양하게 시민들 앞으로 나와 법안의 인준을 얻었다. 그리고 그는 시민의 편이 되어 원로원에 반대하는 의로운 사람일 뿐만 아니라 겁을 모르는 용기와 확신을 가진 사람이라고 존경을 받게 되었다. 그러나 그는 곧 이 평판에 반대되는 행동을 하여 시민의 신망을 잃게 되었다. 배에 관한 법령이 상정되었을 때 그가 이에 반대하였기 때문이다. 결국 그는 공익에 어긋나는 일이라면 귀족이건 평민이건 할 것 없이 두려워하지 않는 정의의 사람이라는 평판을 양쪽으로부터 다 받았다.

호민관을 지낸 다음 그는 조영사(造營司)(고대 로마의 공공건물·도로·공중위생 등을 관장한 벼슬아치)에 입후보하였다. 조영사에는 두 계급이 있었는데, 그 하나는 정무를 볼 때에 앉는 의자의 이름에서 직명을 딴 쿠룰레조영사였고, 또 하나는 그보다 직위가 약간 낮은 평민조영사였다. 쿠룰레 조영사를 먼저 선출하고, 그 다음에 평민조영사를 선출하는 것이 관례였다.

마리우스는 쿠룰레조영사를 지원하였다가 당선이 될 것 같지 않자 평민조영사에도 입후보하였다. 그러나 이것은 경솔한 행동으로 보여져 역시 그것에도 낙선하였다. 그는 전례 없이 하루 사이에 두 번씩이나 낙선되었지만 조금도 좌절하지 않고 얼마 후에는 법정관에 입후보하였다. 그때도 거의 실패할 뻔하였다. 맨 마지막으로 당선자 명단에 올랐으나 뇌물을 주었다는 혐의로 기소되었기 때문이다.

투표소에서 카시우스 사바코의 종이 유권자들 사이에 끼어 있던 것이 혐의를 받게 된 주요 원인이었다. 사바코는 마리우스의 절친한 친구였기 때문이다. 그러나 법정의 호출을 받고 법관 앞에 나타난 마리우스는 갈증이 너무도 심해서 종더러 찬물을 한 잔 가지고 오라고 하여 마신 다음 종을 곧 돌려보낸 것뿐이라고 해명하였다. 사바코는 차기 대정관에 의하여 원로원에서 축출되었다. 그것은 전번의 마리우스 건에 거짓 증언을 하였거나 절제가 부족한 그의 자질에 대한 당연한 벌이라고 생각되었기 때문이다.

카이우스 헤렌니우스도 또한 증인으로 호출을 받았다. 그는 항변하기를 자기에게 불리한 증언을 하는 것은 주인에 대한 예우에 어긋나며, 법도 그런 가혹한 일은 그 전부터 금하고 있다고 하였다. 그리고 마리우스와 그의 부모는 그 전부터 헤렌니우스 집안에 대해서는 주종관계에 있었다. 그러나 판관이 헤렌니우스의 항변을 승인하였을 때 마리우스는 이에 반대하고 나섰다. 그리고는 헤렌니우스에게 주종관계는 자기가 관직에 있게 된 후로 끝났다고 하였다. 그러나 그 주장은 틀린 이야기였다. 왜냐하면 관직에 있는 모든 사람이 이 주종관계의 혜택을 입을 수 있는 것이 아니라 쿠룰레급 이상의 관리만이 그 혜택을 누릴 수 있기 때문이다. 재판 첫날에는 다소 마리우스에게 불리하게 전개되었으며, 법관들도 결코 그에게 유리한 판결을 내려주지 않으리라는 것을 알았다. 그럼에도 불구하고 결국에 가서는 예상했던 것과는 달리 판관들의 의견이 일치되어 그는 무죄로 석방되었다.

법정관 재직시 그는 많은 업적을 쌓지는 못하였다. 그러나 법정관에서 물러난 후 스페인 외곽지대의 지사가 되었을 때 그 지방을 휩쓸고 있던 도적들을 소탕하는 성과를 올렸다고 한다. 도적행위가 성행하는 까닭은, 스페인 사람들이 아직도 야만적인 구습을 답습하고 있는지라, 강도행위를 일종의 용감한 행위로 생각하고 있었기 때문이다. 마리우스는 당시의 지도계급 사람들이 시민을 조종하는 상투수단인 재력도 웅변술도 없었다. 오직 그의 열성적인 성격과 지칠 줄 모르는 인내력과 소박한 생활태도가 저절로 그에게 존경과 영향력을 가져다 주었다.

그 결과 마리우스는 명문 집안인 카이사르의 딸 율리아와 결혼하게 되었다. 나중에 로마에서 이름을 떨치게 된 그 카이사르는 이 여자의 조카였다. 카이사르의 전기에도 기록되어 있는 바와 같이 그는 어느 정도 마리우스를 본받았다. 마리우스는 절제력과 인내력으로 칭송을 받았다. 그가 얼마나 인내력이 강했던가는 외과수술을 받을 때의 일화로 알 수 있다. 두 다리에 종기가 잔뜩 생긴 마리우스는 의사의 수술을 받기로 결심하였다. 몸을 결박하지도 않고 한쪽 다리를 쭉 뻗고 안색 하나 변

하지 않고 수술시의 고통을 참아 내었다. 의사가 남은 다리마저 수술하자고 하자 마리우스는,
"효과보다 고통이 더 크군요."
하면서 거절하였다.

카이킬리우스 메텔루스가 집정관이 되어 아프리카의 유구르타를 정벌하게 되었을 때 마리우스를 부관으로 데리고 갔다. 여기서 마리우스는 자신을 빛나게 해줄 찬란한 전공을 세우려고 안간힘을 다하였다. 다른 사람들처럼 자기가 세운 공을 메텔루스에게 돌리려 하지 않았다. 그는 메텔루스의 덕택으로 자기가 부관이 되었다는 생각은 일찌감치 버렸다. 행운이 있어서 훌륭한 기회와 큰 활동의 무대가 생긴 것이라고 여기고서 최선을 다하여 활약하였다.

많은 어려움이 뒤따르는 전쟁의 경우에 있어서도 겁내지 않았고, 사소한 기회라도 버리지 않았다. 계획이나 행동에 있어 동료들을 능가하였으며, 어려운 일이나 절제에 있어서도 보잘 것없는 일개 병졸이라 해서 얕보지 않고 그 어려움을 같이 나누었다. 그러므로 그들 사이에서 마리우스의 인기는 대단하였다. 사람이란 누구를 막론하고 여러 사람과 어려움을 함께 나누면 그 어려움이 한결 쉽게 느껴지며, 억지로 그 일을 하고 있다는 생각은 저절로 없어지는 법이다. 장군이 졸병들과 같은 음식을 먹고 평범한 침대에서 자며, 참호를 파거나 요새를 구축하는 일을 돕는 광경은 로마 병사에게는 이 세상에서 가장 아름다운 광경이 아닐 수 없다. 왜냐하면 병사들이 존경하는 장군이란, 자기들에게 영광과 금품을 주는 장군이라기보다는 오히려 힘들고 위험한 일을 자기들과 함께 해주는 장군이기 때문이다. 자기들의 태만을 질책하는 장군이 아니라, 자기들이 하는 일에 서슴지 않고 뛰어들어 동참하는 장군이다.

마리우스는 그렇게 처신함으로써 병사들의 존경을 받았고 오래지 않아 아프리카와 로마를 그의 명성으로 가득 차게 하였다. 또 병사들 중에는 집으로 보낸 편지에 아프리카의 전쟁은 카이우스 마리우스를 집정관으로 선임하지 않는 한 그 결론을 보지 못할 것이라고 쓴 병사도 더러 있었다. 이러한 일들은 분명히 메텔루스에게 불쾌감을 주었다. 그러나 무엇보다 그를 슬프게 한 것은 투르필리우스 사건이었다.

투르필리우스는 그의 조상 때부터 메텔루스와 친분이 있었고 그와 같은 관계를 유지해 와 이제는 공병대장의 요직에 앉아 있었다. 상당히 큰 도시의 수비대장직을 맡고 있으면서 투르필리우스는 주민들에게 선정을 베풀었다. 그러다 투르필리우스는 주민들을 과신한 나머지 자기도 모르게 적에게 생포되는 신세가 되었다. 주민들은 유구르타 군을 맞아들이고 투르필리우스는 안전하게 석방시켰다. 이것이 원인이 되어 그는 반역죄로 기소되었다. 군법회의의 일원이었던 마리우스는 혹독하게 투르필리우스를 비난하고 다른 심판원들을 선동하였다. 그래서 메텔루스는 본의는 아니었으나 부득이 그를 사형에 처할 수밖에 없었다. 그 후 얼마 있다가 기소 내용이 거짓이라는 것이 판명되었다. 다른 사람들이 친구를 잃어 무겁게 상심하고 있는 메텔루스를 위로하였으나, 마리우스 하나만은 오히려 메텔루스를 모욕하며 친구를 죽인 것을 그의 탓으로 돌렸다. 그리고 다른 동료들에게 자기는 벌써 친구를 사형에 처한 죄를 메텔루스에게 짊어지게 했노라고 자랑하였다.

이 일이 있고부터 두 사람은 적대관계가 되었다. 언젠가 한 번 마리우스가 곁에 있을 때 메텔루스는 다음과 같은 모욕적인 말을 했다고 한다.

"여보게, 마리우스. 자네는 여기를 떠나 본국으로 돌아가 집정관에 입후보할 생각인 것 같은데, 좀더 기다리고 있다가 내 자식놈과 함께 집정관이 되면 어떻겠나?"

그때 메텔루스의 아들은 아직 소년이었다. 그러나 그럼에도 불구하고 마리우스는 본국 귀환을 열망하였으므로 메텔루스는 여러 날을 끌다가 집정관 선거일 12일을 앞두고 허가하였다. 마리우스는 진지에서 우티카 항구까지 이틀간의 긴 여행을 하였다. 그런 다음 다시 길을 떠나기 전에 그 곳에서 제사를 드렸는데, 제관이 그에게 이런 말을 말하였다고 한다.

"하늘이 믿어지지 않을 만한 기대 이상의 행운을 약속했다."

마리우스는 이 길조에 대하여 적지 않이 격앙되어 순풍을 얻어 항해를 시작한 지 나흘 만에 지중해를 건너 시민들의 뜨거운 환영을 받았다. 마리우스는 호민관 한 사람의 안내를 받고 시민대회장으로 들어가 집정관에 입후보하겠다는 뜻을 밝히고, 메텔루스를 통렬히 공격한 다음 집정관에 당선되면 유구르타를 죽이거나 그를 생포하겠다고 약속하였다.

그는 선거에서 대승리를 거두었다. 그는 그 즉시로 군대를 모집하기 시작하였는데 그 동안의 법과 관습을 무시하고 가난한 사람들과 노예들도 모집하였다. 종전의 장군들은 적당한 자격을 갖춘 자들에게만 하나의 특권으로서 병역의 혜택을 준 것이었다. 말하자면 재산을 일종의 담보로 하여 병역의 혜택을 얻은 셈이었다.

마리우스가 반감을 사게 된 것은 비단 이것뿐만이 아니었다. 남을 경멸하며 안하무인 격으로 내뱉는 오만불손한 언사는 귀족들을 크게 노하게 하였다. 자기한테 있어서 집정관은 무기력한 부자들과 귀족들을 정복한 전리품에 해당된다고 하였다. 다른 사람들은 초상이나 그들의 기념물을 자랑하고 있지만, 자신의 영광은 자기가 실제로 전쟁에서 싸우다 얻은 부상 때문이라고 말하였다. 그는 아프리카에서 패전한 장군들, 그 중에서도 특히 그 본보기로 베스티아와 알비누스를 들먹이며 자주 이렇게 공격하였다.

"좋은 가문의 사람들은 군대의 일에 무능하고 경험이 없어서 실패한다."

또 그는 자기 주위의 사람들에게 묻기를,

"베스티아와 알비누스와 같은 귀족들의 조상은 자기와 같은 후손을 두었어야 마땅하지 않소? 그들이 이름을 떨치게 된 것도 가문이 좋아서가 아니라 그들의 용맹성과 그 위대한 행동 때문이 아니었소?"

라고 하였다. 이 말은 다만 허영심과 오만에서 한 것도 아니고, 귀족들의 미움을 사기 위하여 한 것도 아니다. 그러나 귀족들을 모욕하고 그들에게 무례하고도 오만한 언사를 퍼붓기를 좋아하는 평민들은 인물의 크고 작음을 귀족을 헐뜯는 언사의 대소로써 평정(評定)하였으므로, 마리우스는 많은 사람들을 만족시키기 위하여 귀족들을 여지없이 공격한 것이다.

마리우스가 또다시 아프리카에 도착하고 보니 전쟁은 정말로 끝마쳐진 상태였다. 유구르타만 잡으면 전쟁은 완전히 끝난다는 판국이었다. 이런 상황에 메텔루스는 자기 휘하에 있던 자가 배은망덕하게 승리와 개선의 영광을 둘 다 독차지하게 되었다는 사실에 시기심과 분노를 참을 수가 없었다. 그래서 몰래 자취를 감춰버리고는 그의 부관 루틸리우스로 하여금 군을 마리우스에게 이양케 하였다. 그러나 전쟁이 종결되어 갈 때 마리우스의 이러한 소행은 보복을 받게 되어 메텔루스가 그에게 영광을 빼앗긴 것과 똑같이 그 영광을 술라에게 빼앗기게 되었다. 이 이야기는 술라의 전기에서 소상히 할 작정이니 여기서는 그 대략만을 해 두기로 하겠다.

보쿠스는 유구르타보다 먼 곳에 있는 야만국의 왕이었다. 그는 유구르타의 장인이었지만, 사위의 미덥지 못한 태도가 겁이 나고 또 사위의 세력이 점점 강대해지는 데 시기심이 생겨 사위의 전쟁을 돕지도 않았을 뿐 아니라 원군도 거의 보내지 않았다. 그러나 패주한 후 곤궁에 시달리게 된 유구르타가 마지막 희망을 걸고 장인에게로 왔을 때 장인은 진정한 친절 외에는 다른 방법을 쓰기가 부끄러웠기 때문에 문제해결을 요청하러 온 사람으로서 그를 맞아들였다. 사위를 마음대로 좌우할 수 있었으므로 사위를 위하여 그는 마리우스에게 절대로 그를 인도하지 않겠다고 말하였다. 그러면서도 그 문제를 가지고 사위를 위하여 중재에 나설 뜻이 있음을 강경한 말로 비쳤다.

그러나 내심으로는 사위에게 음흉한 뜻을 품고 지난번 전쟁 때 자기를 도운 일이 있는 마리우스의 재무관인 루키우스 술라에게 사람을 보내어 그에게 유구르타를 넘겨주겠다는 뜻을 전하였다. 술라가 그 말을 감쪽같이 믿고서 보쿠스에게로 갔을 때, 이 아프리카 인은 자기 계획을 후회하기 시작하여 며칠 동안 유구르타를 인도해야 할 것인지 아니면 술라를 감금해야 할 것인지 결정을 내릴 수가 없었다. 그러다가 결국 먼저 생각한 대로 하기로 결정하고서 유구르타를 술라에게 넘겨주었다.

이것이 술라와 마리우스 사이에 불화의 씨가 되어 하마터면 이것 때문에 로마제국 전체가 멸망할 뻔하였다. 마리우스를 시기하는 많은 사람들은 그 성공을 전적으로 술라에게 돌렸다. 그리고 술라 자신도 보쿠스가 유구르타를 자기에게 인도해주는 광경을 새긴 반지를 만들어 그것을 도장으로 사용하며 늘 끼고 있었다. 술라의 이러한 태도는 선천적으로 명예욕이 강하고 누구하고도 영광을 나누려고 하지 않는 마리우스의 다혈질적인 기질을 격분시켰다. 그런데다가 그의 적들은 술라와의 싸움에 부채질을 하여 전쟁초기의 큰 공은 메텔루스에게 돌리고 전쟁에 유종의 미를 가져다준 공은 술라에게 돌렸다. 마리우스를 가장 훌륭한 사람이라고 숭배하고 존경하는 시민의 절대적인 인기를 말살시키려는 의도에서였다.

그러나 마리우스에 대한 이러한 시기와 중상은 로마가 서쪽에서 밀어닥친 이탈리아를 위협하려는 위험에 부닥치자 안개가 걷히듯 사라지고 말았다. 명장의 필요성을 절실히 느낀 로마가 이렇게도 큰 전쟁의 폭풍우를 막아 낼 서자을 찾고 있을 때, 집성관에 입후보한 권세 있는 명가 출신의 누구에게도 모두가 유구무언할 수밖에 없어서 그때 국내에 없었지만 마리우스를 다시 집정관으로 선출하였던 것이다.

유구르타를 체포하였다는 소식이 알려진 것과 때를 같이 하여 튜톤 족과 킴브리 족이 로마를 침범한다는 소식이 전해졌다. 침입군의 수와 병력은 너무도 커서 아무도 믿지 않았으나 결국 사실과는 퍽 차이가 있다는 것이 판명되었다. 싸울 수 있는 실제 병력은 30만인데 그들이 거느리고 온 처자들 때문에 막대한 수의 병력으로 보였던 것이다. 그들은 공언하기를 이 많은 식구들을 먹여 살리기 위하여 정착하여 안주할 수 있는 도시들을 찾고 있다고 하였다. 그런데 그 방법은 켈트 족이 티르헤니아 족을 내쫓고 이탈리아에서 가장 좋은 지역을 차지했던 것과 똑같아야 한다고 했다.

이 종족은 남부 여러 국가들과는 사귀지 않고 광대한 지역을 이동하고 있었으므로 갈리아나 이탈리아를 이렇듯 구름처럼 덮치는 이 종족이 과연 누구이며, 어디서 왔는지 전혀 알 길이 없었다. 그러나 그 회색 눈과 거대한 체구로 말아암아 북쪽 바다 연안에서 살고 있는 게르만 족일 것이라고 사람들은 추측하였다. 그뿐만이 아니라 게르만 족은 약탈자를 킴브리라고 부르고 있는 것으로도 알 수 있다.
 켈트 족이 사는 지역은 가장 먼 바다와 북극 지방으로부터 동쪽으로는 마이오티스 호(지금의 아조브 해)와 폰투스 근방에 있는 스키티아에까지 이르는 광대한 지역이라고 말하는 사람들도 있다. 거기서 그들은 여러 종족이 한데 섞여서 살다가 남쪽으로 이동을 시작하는데, 갑자기 일시에 대이동을 해 오는 것이 아니라 해마다 여름에 군대를 앞세우고 전진하여 이리저리 떠돌면서 대륙 전체를 가로지르게 된다. 그러므로 이 야만족은 족속마다 다른 이름이 있었으나, 전체를 부를 때에는 켈토스키티아 족이라는 공통된 이름이 사용되었다.
 또 어떤 설에 의하면, 옛날에 그리스 인들이 알고 있던 킴메리아라는 종족도 이 종족의 한 부분에 지나지 않으며, 스키티아 족과의 분쟁으로 쫓겨나 리그다미스라는 사람의 인솔하에 마이오티스 호로부터 아시아까지 이동한 것이라고 한다. 그리고 그들 중 더 강대하고 호전적인 종족은 아직도 북극해 연안의 지구상에서 가장 먼 지역에서 살고 있다고 한다.
 또 그들의 말에 의하면, 이 종족은 거의 햇빛이 비치지도 않는 컴컴하게 우거진 숲 속에서 살며, 내륙 쪽으로는 헤르키니아 지방까지 뻗어 있다는 것이다. 그리고 그들이 살고 있는 곳은 이 지구의 꼭대기이므로 하늘이 사람의 머리에 닿을 정도로 가깝고 1년내 낮과 밤의 길이가 같다.
 그러므로 호메로스도 율리시스가 사자의 영혼을 불러내는 장소로 썼을 정도이다. 사람들은 옛날에는 킴메리아라고 불렀고 이제는 그 이름이 짧게 간소화되어 킴브리라고 부르는 이 지방으로부터 이탈리아로 몰려온다고 생각하였다. 그러나 이제까지 이야기한 것은 확실한 사실에 의거한 것이 아니라 억측에 지나지 않는다.

대부분의 사가들은 그들의 수는 소문에 떠도는 것보다 훨씬 더 많았다고 말한다. 그들은 천하무적의 힘과 야만성을 발휘하면서 요원의 불길처럼 달려들며 싸웠기 때문에 어느 나라도 그들을 막아 낼 수가 없었다. 그들이 공격하는 나라는 모두가 다 그들의 밥이 되었다. 로마의 가장 용감한 몇몇 장군들도 전 군을 이끌고 알프스 북쪽의 갈리아 지방을 지키기 위하여 출격하였지만 불명예스럽게도 참패를 당하고 말았다. 그리고 그 미약한 저항은 그들에게 로마 진격의 충동을 불러일으켰다. 그들은 자기들이 상대하는 모든 나라들을 정복하고 그 약탈품이 풍부함을 알게 되었으므로 로마를 점령하고 이탈리아 전역을 약탈할 때까지는 어느 곳에도 정주하지 않기로 결심하였기 때문이다.

각처로부터 들어온 이 소문에 놀란 로마는 사신을 마리우스에게 보내어 장군직을 맡게 하였다. 법률상 부재중의 사람이나 한 번 임기가 끝나고 일정한 연한이 지나지 않은 자는 다시 집정관으로 선출할 수는 없다고 되어 있지만 다시 그를 집정관으로 임명하였다. 시민들은 그의 재임명을 반대하는 자들을 모두 물리쳤다. 왜냐하면 그들 생각으로는 국가의 이익을 위하여 법을 굽힌 것은 이번이 처음이 아니며 현재의 경우도, 그들이 법을 어기고 스키피오를 집정관으로 재선할 때에도 국가의 안위를 두려워한 것이 아니라, 다만 카르타고를 정복하려고 한 것에 지나지 않았으므로 그때의 경우에 비하여 덜 위급할 것이 없다는 것이었다.

이렇듯 시민들의 의견에 의하여 마침내 마리우스는 집정관이 되었다. 그러자 그는 대군을 거느리고 지중해를 건너와 로마인들이 그 해의 시작으로 계산하는 바로 그 해 1월 1일에 집정관으로 다시 취임하였다. 그리고 나서 또한 곧장 개선식을 올려 생포해 온 유구르타를 모든 시민에게 보였다. 이는 그들이 구경하리라고는 전혀 뜻하지도 않은 광경이었다. 또 유구르타가 살아 있는 한 그를 사로잡을 수 있으리라고는 아무도 생각하지 못하였다. 왜냐하면 그는 임기응변에 능하여서 행운이 어떻게 변하던 간에 그것에 적응할 수 있었고, 지략이 풍부했을 뿐 아니라 용맹 또한 그에 못지 않았기 때문이다. 그러나 그는 개선 행진에 끌려 다니는 동안 분통이 터져 그만 미쳐버렸다고 한다. 나중에 감옥에 투옥되었을 때에는 그에게 달려들어 옷을 벗기는 사람들이 있는가 하면 금귀고리를 떼려다가 한쪽 귀마저 뜯어 낸 사람들도 있었다. 이런 봉변을 당한 다음 감방에 갇히게 되자 그는 소름이 끼치는 웃음을 웃으면서,

"아이구 죽겠다! 무슨 목욕탕이 이렇게도 추우냐!"
하고 외쳤다고 한다. 그는 감방에서 엿새 동안이나 굶주림과 싸우면서 마지막 순간까지 살려고 애를 쓰다가 결국엔 죄의 대가를 받았다.

개선 행진에는 금 3,007 파운드, 은 5,775덩어리, 금·은화 28만 7천 드라크마가 선보였다. 개선식이 끝난 다음 마리우스는 원로원 의원들을 의사당에 소집하고, 실수였는지 아니면 행운에 너무도 기뻐서 그랬는지 개선식을 하던 그대로의 옷차림으로 의사당 안으로 들어왔다. 의원들이 그것을 보고 불쾌해하는 것을 보자 그는 곧바로 밖으로 나가서 자줏빛 단을 두른 보통 옷으로 갈아입고 들어왔다.

원정길에 올랐을 때 그는 병사들에게 긴 행군의 실제 연습을 시키거나 모든 종류의 달리는 훈련을 시키고, 자기 짐은 자기가 나르게 하며, 자기 식사는 자기가 손수 준비케 하는 등 행군 도중 세심한 주의를 기울여 훈련시켰다. 그 결과 아무 불평도 없이 시키는 일을 하는 부지런한 군인들은 '마리우스의 노

새'라는 별명을 갖게 되었다. 그러나 이 말의 근원이 그렇지 않다고 하여 다음과 같이 설명하는 사람도 있다.

즉, 스키피오가 누만티아를 포위하고 군인들의 말과 무기뿐만 아니라 노새와 짐마차까지도 세심히 검열하고, 유사시를 대비하여 각자가 얼마나 그 준비를 하고 있는가를 알려고 하였을 때, 마리우스는 잘 거두어 먹인 말과 다른 노새보다 힘이 세고 성질이 온순한 노새를 끌고 왔다. 그래서 스키피오는 대단히 기쁘게 생각하여 그 후 가끔 일이 있을 때마다 마리우스의 짐승들을 칭찬하였다. 이로 인하여 군인들도 인내심이 강하고 고생을 달게 참는 사람을 장난으로 칭찬하여 말할 때에 '마리우스의 노새'라고 불렀다는 것이다.

대단히 큰 행운이 마리우스에게 따랐던지 적은 진격의 방향을 바꿔 스페인 쪽으로 이동했다. 그래서 그에게는 병사들을 훈련시켜 그들의 용기를 공고히 할 시간의 여유가 생겼다. 무엇보다 중요한 것은 병사들이 자기 장군의 인품을 알게 되었다는 사실이다. 군기가 엄하고 처벌이 가혹한 데서 왔겠지만, 일부러 일을 그르치고 복종하고 싶지 않다는 생각은 싹 없어지고 복종하는 것이 공정할 뿐더러 자기들에게 유익하고 필요한 일이라고까지 느끼게 되었다. 또, 그의 난폭한 기질과 엄격한 목소리와 사나운 얼굴도 잠시 후에는 친숙해져서 두렵다는 생각은 사라지고 오직 적에게만 두려움을 주는 장군이라고 보게 되었다. 그러나 엄정하게 사리를 판단하는 그의 고결한 인품은 특히 더 부하들의 존경을 샀다. 그 두드러진 예로 다음과 같은 일이 있었다.

마리우스의 조카로서 카이우스 루시우스라는 그를 섬기는 부관이 있었는데, 다른 점에 있어서는 성격이 나쁜 사람은 아니었으나 부끄럽게도 남색을 즐기는 것이 한 가지 흠이었다. 그는 트레보니우스라는 미모의 청년을 자기 휘하에 데리고 있었는데 그에게 음흉한 생각을 품고서 자기 욕망을 채우려고 여러 번 시도하였다. 드디어 어느 날 밤 그는 사자를 보내어 청년을 데려오라고 하였다. 상관이 부를 때 그 명령을 거역하는 것은 부하로서 법에 어긋나는 일이었기 때문에 트레보니우스는 할 수 없이 그의 막사로 왔다. 그러나 루시우스가 폭행을 행사하려고 하자 그는 칼을 뽑아 루시우스를 찔러 죽였다. 이 일은 마리우스가 부재중에 일어났다.

그가 돌아오자 트레보니우스는 일시 군사재판에 회부되었다. 피고를 논박하는 사람은 많았으나 그에게 유리한 증언을 하려는 사람은 하나도 없었다. 그때 트레보니우스가 법정에 나와 대담하게 사건의 전모를 설명하고 증인을 불러 많은 금품까지 주며 강요한 루시우스에게 대항했던 자신의 행동을 설명하였다. 그러자 마리우스는 피고의 용기를 칭찬하고 매우 흡족히 생각하였다. 그리고 로마의 상례적인 용기의 포상인 화환을 가지고 오라고 명령한 다음 조국이 이러한 일들에 있어서 좋은 모범을 요구할 때에 손수 훌륭한 일을 하였다고 하며 화환을 그의 머리에 얹어주었다.

이 소식은 로마에까지 전해져 그가 세번째로 집정관에 선출되는 데 큰 힘이 되었다. 그 해 여름이면 야만족들의 내습도 또한 예상되었으므로 시민은 마리우스 이외의 다른 장군에게 그들의 운명을 맡기고 싶지 않았다. 그러나 그들의 도착이 상상한 것과는 달리 늦어져서 마리우스의 임기는 끝나버렸다. 선거일이 박두한데다, 그때 그의 동료 집정관이 죽었으므로 마리우스는 군의 지휘권을 마니우스 아퀼리우스에게 맡기고 급히 로마로 돌아왔다. 몇 명의 저명 인사들이 입후보했지만 다른 호민관의 누구보다도 시민에게 영향력이 있는 루키우스 사투르니누스가 시민들에게 열을 올려 마리우스를 집정관으로 선출하라고 역설하였다. 마리우스는 일부러 상냥한 태도를 보이면서 사양하겠다고 언명하였다.

그러자 사투르니누스는 국가가 존망의 위기에 놓여 있는데 군을 저버린다는 것은 국가에 대한 반역행위라고 그를 규탄하였다. 그리고 이러한 사투르니누스의 행동은 마리우스를 밀어 주기 위한 연극에 지나지 않다는 것을 시민이 알기 어렵지 않았지만, 현 정세가 그의 행운을 무척 필요로 하고 있는만큼 그를 제4차로 집정관으로 선출하고, 그의 동료 집정관으로 카툴루스 루타티우스를 뽑았다. 이 사람은 귀족들로부터도 퍽 존경을 받고 있었고 평민에게도 인기가 나쁘지는 않았다.

적이 가까이 왔다는 소식에 접한 마리우스는 모든 그의 원정군을 이끌고 알프스 산을 넘어 론 강에서 진을 치고 많은 식량을 비축하는 데 힘을 썼다. 언제 어느 때 싸우더라도 필수품이 모자라는 어려움을 미연에 방지하자는 노력이었다. 이전에는 바다로부터 군량을 이송하려면 시간도 많이 걸리고 비용도 많이 들었다. 이것을 이번에는 시간도 많이 단축하고 수송도 간편하게 하는 방법으로 개선하였다. 론 강의 하구에는 모래와 진흙이 퇴적되어서 군량을 실은 배가 올라오려면 매우 어렵고 위험한데다 수심도 매우 낮았다. 그래서 그는 한가한 군대를 이 곳으로 데리고 와서 큰 운하를 파게 했다. 그리고는 강의 수로를 아무리 무거운 배라도 지나갈 수 있을 정도의 깊은 해안 쪽으로 바꾸었다. 이 운하의 이름은 그의 이름을 따서 지었고 아직까지도 그 이름으로 불리고 있다.

적은 두 부분으로 갈리어, 킴브리 족은 알프스 북부를 지나 카툴루스 군을 향하여 내려왔다. 튜톤 족과 암브론 족은 모든 원정군을 이끌고 인근 일대의 지방을 휩쓸고 곧 나타났는데,

그 수는 믿을 수 없을 정도였고 무시무시한 양상에다 이상한 소리를 고래고래 지르고 있었다. 그들의 수가 얼마나 많았는지 평야의 대부분이 그들이 설치한 막사로 뒤덮일 정도였다. 그들은 마리우스에게 싸우자고 도전해 왔다. 마리우스는 그들을 무시하는 듯한 태도를 보이고는 그의 병사들을 요새에서 일체 내보내지 않았다. 병사들은 용기를 과시하고 싶어서 안달을 하였다. 마리우스는 그들을 꾸짖으며 화가 나서 싸우고 싶어하는 병사들은 조국에 대한 반역자이며, 지금은 개선식과 전리품의 영광을 생각할 때가 아니라 오히려 이러한 태풍처럼 몰려드는 저돌적인 적을 무찌르고 조국을 구하는 것이 급선무라고 하였다.

마리우스는 장교들과 동료들에게 은밀히 이 점을 특히 역설하고 보루 위에 교대로 파수병을 세워 적을 자세히 관찰하도록 하였다. 이것은 적들의 우렁차고 야만적인 그 목소리와 생김새에 익숙해져서 그들에 대한 병사들의 두려움을 없애려는 의도였다. 마리우스의 의견에 따르면, 무섭다는 선입관이 생기면 정작 무섭지 않은 것도 무섭게 느껴지지만, 그것과 자꾸 대면하여 친숙해지면 정말로 무서운 것도 그렇지 않게 느껴진다는 것이다.

이러한 담화를 매일 들으면서 병사들은 그 공포가 감소되는 것을 느낄 수 있었고 급기야 그들의 분노는 적의 위협과 참을 수 없는 모욕에 분해서 견딜 수 없는 지경에 이르렀다. 적들은 약탈을 자행하여 온 지방을 황폐화시켰을 뿐 아니라, 비웃듯이 자신만만하게 보루를 공격해 왔다.

병사들의 불평은 마침내 마리우스의 귀에까지 들려 왔다.
"마리우스는 우리들을 샌님으로 보고 있는 건가, 여자처럼 방에 가둬 놓고 전쟁구경도 시키지 않으니? 자, 어느 누구라도 불러다 놓고 그에게 물어보자고. 다른 놈들로 하여금 이탈리아를 위하여 싸워주기를 기다리고 있는 것이냐고. 운하나 파고 진창이나 파내서 강의 수로를 바꾸면서 그저 우리들을 죽도록 부려먹을 작정을 한 것은 아니냐고. 우리들에게 오래도록 강훈련을 시킨 것도 결국 이런 일이나 시키자는 속셈이었느냐고. 로마로 돌아가서는 이것이 집정관 나리의 큰 공적이라고 뽐낼 테지. 마리우스 장군은 적에게 정복당한 카르보나 카이피오의 패배에 겁이 나서 꼼짝도 못 하고 있는 것은 아닌가? 그들처럼 멸망을 당하는 한이 있더라도 우리 동맹국과 친구들이 망하는 것을 멀거니 눈뜨고 앉아서 보고 있기보다는 차라리 싸워보는 게 낫지 않아?"

　마리우스는 이 말을 듣고서 내심으로 적잖게 기뻐하였다. 그리고는 자신은 병사들의 용맹성을 믿지 않는 것이 아니라 어떤 확실한 신탁을 얻어서 승리를 거둘 수 있는 때와 장소를 기다리고 있는 중이라고 부드러운 말로 달랬다. 그리고 마리우스는 실제로도 마르타라는 시리아의 유명한 점쟁이를 가마에 태워 늘 정중히 모시고 다니면서 그녀의 지시에 따라 제사를 드리고 있었다. 이 여자는 이전에 원로원에 나타나서 국난을 알리고 앞으로 올 여러 가지 사건을 예언하겠노라고 말한 적이 있었다. 그러나 그때 원로원은 그녀를 내쫓은 적이 있었다.

　그 후 마르타는 여자들에게 접근하여 점을 쳐주었다. 특히 마리우스의 아내 곁에 앉아서 검사(劍士)들이 싸우는 것을 구경하고 있다가 어느 검사가 이길 것이라는 것을 정확하게 알아맞힌 적이 있었다. 이 일 때문에 이 여자는 유명해졌다. 똑같은 예언을 마리우스와 그의 아내에게 하여 신임을 얻어서 그녀는 대부분 가마만 타고 돌아다녔다. 제사를 드릴 때에는 조임쇠가 달리고 주름이 잡힌 자줏빛 제복을 입고, 한 손에는 리본과 화환으로 장식한 창을 들고 나타났다. 이러한 어마어마한 광경은 보는 많은 사람들로 하여금 마리우스가 그 여자를 정말로 믿어서 하는 짓인지, 아니면 공중이 보는 앞에서 자기 부하들에게 위신을 세우기 위하여 하는 한낱 겉치레에 불과한 것인지 알 수 없었다.

그러나 민디아 인 알렉산드로스가 독수리에 관하여 전하는 이야기는 과연 들어볼 만하다. 즉, 마리우스가 승리를 거두기 전에는 독수리 두 마리가 나타나 군을 따라다녔다. 그것은 군인들이 그 독수리를 잡았을 때 걸어준 독수리의 놋쇠 목걸이로 알 수 있었다. 그래서 자기들이 출동할 때에 독수리들이 나타나면 병사들은 그것을 보고 기뻐하며, 승리는 맡아 놓은 것과 다름없다고 생각하였다.

그때 나타난 그 밖의 많은 징조의 대부분은 흔히 있는 종류의 것이었다. 그러나 한 가지 이상한 일이 발생하였다. 이탈리아의 두 도시 아메리아와 투데르에서 밤 하늘에 불을 내뿜는 창과 방패가 나타난 것이다. 처음에는 이리저리 이동하면서 마치 군대가 싸울 때 하는 것과 똑같은 자세와 동작으로 서로 충돌하였다. 그러다가 마침내는 그 일부가 후퇴하자 나머지가 그것을 추격하며 모두 서쪽으로 사라졌다.

그것과 때를 같이 하여 천모신(天母神)을 섬기는 제관 중의 하나 바타케스가 페시누스에서 와서 이번 전쟁에서 로마가 승리할 것이라는 여신의 신탁이 내렸다고 보고하였다. 원로원은 그의 말을 믿고서 승리를 기대하며 그 여신에게 신전을 지어주기로 의결하기로 하였다. 그러나 바타케스가 시민대회로 나가서 똑같은 이야기를 전하자 호민관의 하나인 아울루스 폼페이우스는 사기꾼이라고 소리치면서 그를 단에서 난폭하게 끌어내렸다. 그러나 결국 그 행동은 그 사나이의 이야기를 믿게 하는 계기를 제공하였을 뿐이다. 왜냐하면 아울루스가 시민대회를 해산시키고 집으로 돌아오자마자 심한 열병에 걸려 그 후 일주일 만에 세상을 떠났기 때문이다. 이 이야기는 로마의 모든 시민의 입에 오르내리는 화젯거리가 되었다.

마리우스가 가만히 있는 동안 튜톤 족은 이제 마리우스의 진지를 공격하기로 하였다. 그러나 로마 군이 성벽 위에서 화살을 소나기처럼 퍼부으며 응전하여 막대한 인명의 피해를 냈으므로, 그들은 아무 저항도 없는 알프스의 반대쪽으로 전진하려고 하였다. 그들은 짐을 싸 가지고 로마 군 진지 옆을 안전하게 빠져나갔다. 그때 그들의 수가 얼마나 많은가는, 그들이 지나가는 데 걸린 많은 시간으로 분명히 알 수 있었다. 그도 그럴 것이 마리우스의 보루를 빠져 나오느라고 엿새 동안이나 행군을 계속했으니 말이다. 그들은 로마 군의 진지를 아주 가까이 지나가면서 욕을 하며 로마 군에게 너희들의 마누라를 만나러 로마로 가는 길이니 전할 소식이 있으면 부탁하라고 하였다.

그들이 로마 군의 진지를 지나서 얼마간 앞으로 가버렸을 때 마리우스도 행군을 시작하여 그들과 얼마간의 간격을 두고 진을 치면서 천천히 그 뒤를 따라갔다. 또한 싸우기에 유리한 지점을 택하여 안전히 진을 치고 요새를 구축하였다. 이런 식으로 전진하여 섹스틸리스의 호수지대라는 곳에까지 오게 되었다. 거기서부터 알프스까지는 얼마 되지 않는 거리였다. 여기서 마리우스는 적과 결전하기로 결정하였다.

그는 지형적으로 유리한 곳에 진을 쳤으나 물이 부족한 것이 한 가지 흠이었다. 그러나 이것이 오히려 그의 부하들이 결사적으로 싸우는 계기가 되었다고 한다. 부하들이 갈증을 호소하였을 때 적의 진지 옆을 흐르는 강을 가리키며,

"물이 저기 있지 않아. 가서 마셔라. 그러나 물의 대가는 너희들의 피로 갚아라."
하고 말하였던 것이다.
"그렇다면 왜 저희들의 피가 마르기 전에 적과 싸우게 하지 않습니까?"
하고 부하들이 추궁하자,
"먼저 진지를 튼튼히 해야지."
하고 그는 평소보다 더 부드러운 목소리로 대답하였다.

  병사들은 불평이 없지는 않았으나 자진하여 그 명령에 복종하였다. 그런데 부대의 사동들과 잡역부들이 자기들과 말들이 마실 물이 없어서 물을 길러 그 강가로 내려가는 일이 발생하였다. 그 중에는 도끼와 자귀를 든 자들도 있고, 물통과 함께 칼과 창을 든 자들도 있어 싸워서라도 물을 길어 올 결심이었다. 이들은 처음에는 소수의 적과 부딪쳤다. 왜냐하면 적들의 대부분은 이제 방금 목욕을 끝내고서 식사를 하거나 목욕을 하고 있는 중이었기 때문이다.

  이 지방 일대에는 온천이 많았다. 그들은 목욕을 즐기며 주변의 아름다운 경치에 황홀해하고 있었다. 그때 로마 군의 일부가 불쑥 나타났으니 그들은 놀라지 않을 수가 없었고 그 소리를 듣고서 많은 수의 적군이 강가로 싸우러 달려왔다. 자기들의 종들을 잃을까 봐 겁이 나서 달려온 부하들을 그대로 싸우지 말라고 억제하기란 마리우스로서는 어려운 일이 아니었다. 그런데 상대는 적의 가장 강한 부대로서 과거에 마리우스와 카이피오를 굴복시킨 부대였다. 그 부대가 경계를 늦추지 않으며 공격해 왔다.

  그들은 마침 음식을 잔뜩 먹고 술을 마셔서 흥분하고 질서가 없었지만, 그렇다고 해서 절제 없이 비틀거리거나 이성을 잃을 정도는 아니었다. 그들은 분별 없이 노하여 진격해 오지도 않았고, 그들이 외치는 소리도 알아들을 수 없을 정도로 똑똑하지 않은 것도 아니었다. 일제히 박수를 치며 앞으로 뛰어오며 곡조를 맞춰 그들은 서로를 격려하려는 뜻에서였는지 아니면 더 큰 공포를 적에게 불어넣어주려는 뜻에서였는지
 "암브론!"
하고 자기들의 이름을 계속 외치곤 하였다. 마리우스의 이탈리아 군 중에서 리구리아 부대가 제일 먼저 공격에 나섰다. 그들은 저의 당황한 그 외침소리를 알아듣고, 그들 또한 '암브론'하고 응수해주었다. 왜냐하면 '암브론'이란 그들의 나라에서 조상들이 쓰던 이름이고, 리구리아 인들은 그들의 후손을 부를 때에도 늘 그 이름을 사용하였기 때문이다. 이렇듯 양군은 서로 크게 고함을 질러 사기를 올리면서 접근하였다.
 강을 건너느라고 암브론 족은 혼란에 빠졌다. 전군을 건너편에 상륙시키기 전에 리구리아 군이 곧 그 선봉부대에 공격을 가하여 일 대 일로 그들을 공격하였기 때문이다. 로마 군도 또한 그들을 도우려고 산에서 적에게로 쏟아져 내려와 맹렬한 기세로 적을 격퇴하였다. 그들의 대부분이 서로 밀치락달치락하다가 찔려 죽어 강은 피와 시체로 가득 찼다.
 안전히 강을 건넌 자들은 감히 싸울 생각도 못 하고 자기들의 진지로 도망을 치다가 로마 군에 의하여 죽고 말았다. 그러자 진지에 있던 여자들이 칼과 도끼를 들고 아우성을 치며 도망을 친 아군과 추격해 간 로마 군을 반역자와 적으로 판단하고서 덤벼들었다. 그녀들은 전투원 사이에 엉켜 빈손으로 로마 군의 방패를 빼앗으며 칼을 움켜잡고 싸우다가 몸에 부상을 당하고 찔리면서도 마지막까지 무서움을 모르고 용감히 싸우다가 장렬히 전사하였다. 이 전투는 장군들의 전략에 의해서가 아니

라 우연한 계기에 의해서 발생한 것이다.

　로마 군은 암브론 군에게 큰 피해를 주고 밤이 되어 자기 진지로 돌아왔다. 그러나 그 날 밤 로마 군은 평소에 늘 그러했듯이 개선가에 도취되어 그들의 막사 안에서 술을 마시거나 서로 흥을 돋구지도 않고 또 승리 후에 군인들이 가장 즐기는 단잠도 자지 못하고 전전긍긍하며 보냈다. 왜냐하면 그들의 진지에는 성벽이나 바리케이드 하나 없었는데 그들 주위에는 아직도 정복하지 못한 채 남아 있는 적의 수가 수만에 이르고 있기 때문이었다. 도망병만큼이나 살아 남은 암브론 군이 있었다. 그들로부터 사납게 통곡하는 목소리가 밤새도록 들려왔고, 그것은 사람의 탄성이나 신음소리 같지 않고, 일종의 맹수의 포효소리와 같은 저주하는 원성이었다. 이 소리는 수만의 병사들이 입에서 새어나오는 협박과 비애의 탄성과 뒤섞여 주변에 메아리쳤다.

　들판 전체에 무서운 목소리가 가득했고, 그 소리에 로마 군은 겁을 냈다. 마리우스 자신도 밤에 벌어질 싸움의 그 혼란함과 소란함을 생각하면 마음이 편치 못하였다. 그러나 적은 그 날 밤도 다음날도 공격해 오지 않고 오로지 자기들에게 가장 유리하게 전개될 전투준비에 골몰하고 있었다.

　마리우스는 이 기회를 잘 이용하였다. 적의 진지 후면에는 숲이 우거진 산과 깊은 골짜기가 있었다. 그 곳으로 마리우스는 몰래 클라우디우스 마르켈루스로 하여금 3천 명의 정규군을 끌고 가게 하여 거기 잠복시키고 전투가 시작되면 적의 후미를 공격하라고 명령해 두었다. 잔여 부대는 식사와 수면을 취하여 힘을 내게 하고 날이 밝자 그들을 진지 앞에 전열시키고는 기병대에게 명령하여 들판으로 노도처럼 밀려 내려가게 하였다. 이것을 본 적들은 로마 군이 들판으로 내려와서 정정당당히 자기들과 일 대 일로 싸우기를 기다리지 않았다. 그들은 급히 무장을 갖추고는 산으로 달려올라왔다.

마리우스는 장교들을 각 부대로 보내어 장병들에게, 있는 자리에 그대로 꼼짝도 말고 서서 그 자리를 사수하라고 명령하였다. 적이 가까이 접근해 오거든 창을 던진 다음 칼을 쓰고 방패마저 동원하여 기필코 격퇴하라고 하였다. 그러고 나서 그들에게 지면의 가파른 경사면을 가리키면서 경사진 땅은 적에게 불리하여 그들의 공격을 무력화시킬 것이고, 땅이 고르지 않아 발이 자꾸만 미끄러질 테니 그들은 방패를 빽빽이 유지할 수도 없을 것이라고 하였다.

마리우스는 부하들에게 이렇게 명령을 내리고는 자기도 솔선수범하여 싸웠다. 마리우스는 몸을 쓰는 데 누구에게도 뒤쳐지지 않았고, 용기에 있어서도 모든 장병들을 월등히 능가하고 있었기 때문이다. 따라서 로마 군은 적이 가까이 접근하기를 기다리고 있다가 위로 올라오는 적의 길을 막았다. 적은 부득이 돌아서서 후퇴하지 않을 수가 없었다. 평지에서 암브론 군은 그 선봉부대를 저항자세로 돌려놓았으나 후미가 혼란상태에 빠졌다. 왜냐하면 마르켈루스가 이 기회를 놓치지 않고 산에서부터 부하들을 출동시켜 적의 후방을 전속력으로 공격하며 그의 가장 가까운 곳에 있는 적부터 섬멸하기 시작하였기 때문이다. 후미가 끊기자 적군은 전체가 대혼란에 빠졌다. 대열이 끊긴 적은 오랫동안 저항하지 못하고 질서를 잃고 도망하기 시작하였다.

로마 군은 적을 추격하며 10만 이상이나 사로잡고 살해하였을 뿐 아니라, 적의 물자와 짐마차를 빼앗았다. 로마는 도둑맞고 남은 것을 모두 마리우스 개인에게 주기로 결의하였다. 대단히 막대한 선물이기는 하였지만 그렇게도 큰 위험을 격퇴한 그의 공적에 비하면 아무것도 아니라고 생각하였기 때문이다.
 다른 역사가들은 전리품의 분할 여부와 사상자의 수에 관해서는 의견을 달리하고 있다. 그들은 마실리아 인들은 그들의 포도원 울타리를 뼈로 쌓았고 썩은 시체의 습기에 다음 겨울의 비가 스며들어 땅이 걸어져 추수 때에 걷어들인 곡식은 막대한 양에 이르렀다고 전한다. 그러므로 휴한지는 사람의 시체로 살찐다고 말한 아르킬로쿠스의 말을 완전히 입증한 결과가 되었다. 큰 전쟁이 있은 후에는 거의 일반적으로 장마가 진다는 설이 있다. 하늘에서 소나기를 내리게 하여 더럽혀진 땅을 깨끗이 하려는 신의 섭리인지, 또는 피와 썩은 살이 무거운 증기를 하늘로 올려보내서 구름을 만들어 비를 내리게 하는지 그 원인은 알 길이 없다.
 전투가 끝난 후 마리우스는 적의 전리품과 무기 중에서 완전하고도 아름다운 것은 개선식 행렬 때에 쓰려고 가려 내게 하였다. 그리고 그 나머지는 수북이 쌓아 놓고 큰 제사용으로 쓰기로 하였다. 장병들이 무장을 갖추고 머리에는 화환을 얹고서 그 주위에 섰을 때 마리우스는 관례대로 자줏빛 천으로 단을 두른 관복을 입고 두 손으로 횃불을 높이 들어 하늘 쪽으로 쳐들었다가 더미에 불을 붙이려고 하였다.
 바로 그때 측근 몇이 말을 타고 황급히 그에게로 달려오는 것이 눈에 띄었다. 그것을 보고 모든 사람들은 무엇일까 하는 궁금함으로 말은 못 하고 그들을 기다리고 있었다. 마리우스 앞으로 바싹 달려온 사람은 말에서 뛰어내렸다. 그리고 마리우스에게 꾸벅 인사를 하고는 마리우스가 제5차로 집정관에 다시 선출되었다는 것을 알리는 내용의 서한을 그에게 전달하였다. 이 소식은 기념식의 기쁨을 더해주었다. 병사들이 자기들의 무기를 두드리고 함성을 올리고 있는 동안 장교들은 마리우스에게 또다시 월계관을 씌워주었다. 그리고 나서야 마리우스는 더미에 불을 지르고 제사를 끝마쳤다.

그러나 인간의 번영에는 반드시 호사다마라는 것이 있고, 또 인간사에는 길흉이 섞인 피할 수 없는 힘이(그것이 운명인지 신의 분노인지, 아니면 사리의 필연성인지는 모르지만) 있는 것 같다. 마리우스는 승전 후 며칠이 못 가서 그의 동료 집정관인 카툴루스에 관한 소식을 들었다. 그 소식은 청천벽력인 양 로마를 또 하나의 긴급한 사태로 몰아넣었다.

킴브리 족의 내습을 막으려고 출격한 카툴루스는 알프스의 여러 고개를 지키려면 그의 군을 소부대로 구분해야만 하였다. 자신의 힘을 약화시키지 않으려고 카툴루스는 그의 군을 소부대로 편성하는 것을 단념하고 이탈리아로 다시 내려와 아디게 강 후면에다 그의 군을 주둔시켰다. 여기서, 그는 강의 양 둑에다 견고한 요새를 구축하여 통로를 지키고, 또 적이 산의 고갯길을 뚫고 내려와 요새에다 기습을 감행할 경우를 대비하여 그의 부하들을 돕기 위하여 그가 건너갈 수 있도록 다리를 놓았다. 야만인들은 꼭 어떤 필요가 있어서라기보다도 그들의 적을 얕보고 힘과 용기를 과시하기 위하여 나체로 얼음과 깊이 쌓인 눈 속을 뚫고 산꼭대기까지 기어올라가 거기부터 널따란 방패를 타고 가파르고 미끄러운 비탈을 따라 절벽을 내려왔다.

그들은 강으로부터 그리 멀지 않은 거리에 진을 치고 수로를 조사한 다음 주변에 있는 산들을 헐어서 강을 막기 시작하였다. 나무들을 뿌리째 뽑고 흙을 날라다가 강물을 막고, 무거운 물건을 구해다가 강물에 떠내려가게 하여 다리에 부딪치게 하였다. 다리를 떠받치고 있는 기둥이 그 힘에 못 이겨 부러지자 대부분의 로마 군은 겁이 나서 진지를 버리고 도망쳤다.

이때 카툴루스는 나라의 영광을 자기 자신의 영광보다도 중시하는 관대하고 고상한 장군임을 스스로 과시하였다. 자기 병사들이 군기를 지키지 않고 모두가 도망치는 것을 막을 수가 없었던 그는 장군기를 가져오라고 명령하였다. 그리고 그것을 들고 도주하는 부하들의 선두로 달려나갔다. 자기 병사들이 도망치는 것처럼 보이지 않고 장군의 명령에 따라 후퇴하는 것처럼 보이게 하려는 의도였다. 그리고 이것은 나라의 수치를 자기 자신이 짊어지려는 각오이기도 하였다.

야만인들은 아디게 항 대안에 있는 요새를 점령하였다. 얼마 안 남은 로마 군이 나라의 이름을 욕되게 하지 않기 위하여 최선을 다해 싸우는 것을 본 야만인들은 그 용기에 감탄하여 청동으로 만든 황소에 휴전의 조건을 새겨 그것을 지킬 것을 맹세하고는 포로들을 전부 석방하였다. 카툴루스는 나중에 전투에서 이것을 빼앗아 가장 중요한 전리품으로 여겼다고 한다.

야만인들은 무방비상태에 놓이게 된 나라로 침입하여 약탈을 일삼았다. 마리우스는 곧 로마로 소환되었다. 그가 로마에 도착하자 모든 시민들은 그가 개선식을 가질 것이라고 생각하였다. 원로원도 만장일치로 그것을 의결하였으나 정작 그 자신은 지금은 그럴 때가 아니라고 반대하였다. 그의 부하 장병들과 같이 나눠야 할 영광을 자기 혼자만 독차지하는 것 같아서 그랬는지, 아니면 이 중대한 때에 시민의 사기를 격려하여 자기의 첫 승리를 나라의 은혜로 돌리고 한 번 더 공을 세워 더 큰 영광을 받으려는 생각이었는지 그 이유는 알 길이 없다. 마리우스는 이러한 자기 입장을 분명히 하고 카툴루스에게로 달려가 실의에 빠진 그를 위로하고 갈리아에 있는 카툴루스의 군대를 불러들였다. 그리고 그 군대가 도착하자 포 강을 건너서 강 이남에 있는 이탈리아의 지역에서 야만인들을 몰아내려고 애를 썼다.

튜톤 족이 오기만을 기다리고 있던 킴브리 족은 튜톤 족이 오는 데 시간이 너무도 오래 걸려서 싸움에 질지 모르겠다고 말하였다. 튜톤 족의 패배를 정말로 모르고 있었는지, 아니면 알면서도 그렇게 생각하고 싶어서 그랬는지 알 수 없지만 그들은 그 소식을 가지고 온 사람들을 무자비하게 벌하였다. 그리고 마리우스에게 사람을 보내어 자기들 자신과 자기들의 동포들을 위하여 그 지방과 자기들이 살기에 적합한 도시들을 달라고 요구하였다. 마리우스가 사절단에게 '동포란 누구를 가리켜서 하는 말이냐'고 물었을 때 그들은 튜톤 족을 가리켜서 하는 말이라고 대답하였다. 그러자 거기 있던 사람들이 모두가 껄껄 웃었다. 마리우스는 조소하는 어조로 이렇게 대답하였다.

"동포 걱정은 그만두시오. 우리들이 벌써 그들을 위하여 땅을 주었으니, 영원히 그 사람들 것이 될 것이오."

사절단은 이 말이 자기들을 조롱하기 위해서 하는 말인 줄을 알아들었다. 그래서 그들은 노발대발하며 킴브리 족은 이제 곧 그 말값을 톡톡히 갚아줄 것이며, 튜톤 족도 도착하는 대로 그렇게 할 것이라고 마리우스를 위협하였다. 마리우스는 이에

"바로 여기들 와 있소. 동포들에게 인사도 안 하고 가버린다는 것은 친절하지 못한 소행이오."

라고 대답하면서 사슬에 묶인 튜톤 족의 왕들을 끌어오라고 명령하였다. 그들은 도망치기 전에 알프스 산중에서 세쿠아니 인들에게 체포되었던 것이다.

이 소식이 킴브리 족에게 알려지자 그들은 전군을 이끌고 마리우스를 치러 왔다. 그러나 그때 마리우스는 가만히 진지 속에만 틀어박혀 있을 뿐 도무지 도전에 응하려고 하지 않았다.

마리우스가 로마의 창의 구조를 개량한 것은 이때의 일이라

고 한다. 그 전까지 나무자루가 쇠에 연결되어 있는 곳에 두 개의 쇠못을 박던 것을, 마리우스는 쇠못 하나는 그대로 두고 하나는 부러진 나무못으로 대치시켰다. 이렇게 한 의도는 창이 적의 방패에 꽂히면 나무못은 부러지고 쇠못은 굽어들어 창이 빠지지 않고 땅에 질질 끌리게 하기 위해서였다.

킴브리 군의 왕 보이오릭스는 기병 몇을 끌고 로마의 진지로 왔다. 그는 마리우스에게 도전하여 결전할 장소와 시간을 정하라고 하였다. 그러자 마리우스는 대답하기를,

"로마는 싸울 시기를 한 번도 적과 의논해본 적이 없다. 그러나 이번 경우엔 킴브리 군의 소원을 풀어주겠다."

고 하며 시일을 사흘 후로 정하고 장소로는 베르켈라이 근처로 하였다. 로마 군으로서는 기병대를 쓰기에 편리하고, 적은 그 대군을 움직이기에 족할 만큼 넓었기 때문에 싸우기에는 안성맞춤의 장소였다.

양군은 약속한 날을 지켜 군을 이끌고 싸움터로 나왔다. 카툴루스 군의 총수는 2만 2천3백, 마리우스 군의 총수는 3만 2천이었다. 이 전투에 참가한 술라의 기록에 의하면 마리우스 군은 좌우익에, 카툴루스 군은 중앙에 자리를 잡았다고 한다. 술라는 다시 말하기를, 마리우스가 이런 식으로 군을 배치한 이유는 이처럼 광대한 전선에서는 중앙이 함락되는 경우가 일반적으로 많기 때문이라고 하였다. 그럴 경우 전체의 승리는 마리우스와 그의 병사들이 차지하게 되고 양군이 좌우익에서 맞붙어 싸울 것을 기대하였기 때문에 카툴루스는 싸워보지도 못하고서 질 것이라는 계산을 한 것이다. 또 다른 사기에 의하면, 카툴루스 그 자신도 자기 명예를 변호하기 위하여 이런 말을 한 바 있고, 여러 가지 면에 있어 마리우스는 시기심이 강한 사람이었다고 한다.

킴브리 군의 보병부대는 요새를 나와 조용히 전진하였고, 병력 수는 전면과 측면이 똑같았다. 부대마다의 각 측면의 길이는 30퍼얼롱(1퍼얼롱은 1마일의 1/8, 약 201.17미터)에 이르렀다. 그 수가 1만 5천에 이르는 기병대의 위용은 장관이었다. 그들은 사나운 짐승의 머리와 턱을 닮거나, 그 밖의 이상한 모양을 한 투구를 쓰고 있고, 이 투구 위에다 높은 깃을 꽂고 있었으므로 평소의 키보다도 훨씬 커 보였다. 게다가 쇠로 만든 갑옷의 가슴받이에다 번쩍이는 방패를 들고 있었다. 공격무기로서는 각자가 두 자루의 창을 가지고 있었고, 적과 일 대 일로 싸울 때에는 크고 무거운 칼을 사용하였다.

적의 기병대는 곧장 로마 군의 선봉부대를 공격하지 않았다. 오른쪽으로 방향을 바꿔 로마 군을 자기들과 좌익 끝에 있는 보병 사이로 끌어넣으려는 생각에서 조금씩 그 쪽으로 유인하려고 애를 썼다. 로마 군 장군들은 곧 그 뜻을 알았으나 병사들을 억제할 길이 없었다. 왜냐하면 적이 도망쳤다고 누군가가 외치자 전군은 그들을 쫓아 내달렸기 때문이다. 한편 야만인의 전 보병부대가 파도가 밀려오듯이 밀어닥쳤다. 이때 마리우스는 두 손을 깨끗이 씻고 하늘 쪽으로 번쩍 쳐들고서 이 전쟁을 이기게 해주시면 황소 100마리를 제물로 바치겠다고 신들에게 맹세하고 있었다. 그리고 카툴루스도 똑같은 자세로 '그 날의 행운'에 신전을 헌납하겠다고 약속하였다. 제사를 드리고 있을 때 제물을 조사해본 마리우스는,

"승리는 내 것이다."

하고 큰 소리로 외쳤다고 한다.

술라와 그의 근신들의 기록에 의하면, 전투가 시작되자 신의 분노의 흔적 같은 것이 마리우스에게 내렸다고 한다. 흔히 있을 수 있는 큰 먼지가 일어나 양군을 거의 가리다시피 하여서

군을 이끌고 도망치는 적을 놓치고 말았기 때문이다. 마리우스 군은 적의 대군 옆을 지나치고 상당한 거리를 두고 전선 아래 위로 헤매었다. 그 동안에 적은 공교롭게도 자기 편끼리 싸우게 되었고, 백병전은 주로 카툴루스와 그의 부하들 사이에서 벌어졌다고 그 전투에 참가한 술라는 말하고 있다. 또 술라는 덧붙이기를, 햇빛이 킴브리 군의 얼굴에 정면으로 비친 것도 로마 군에게는 큰 도움이 되었다고 한다.

왜냐하면 이 야만족들은 이미 말한 것처럼 추운 나라의 깊은 숲 속에서 자라났기 때문에 더위를 견디지 못하여 땀을 억수같이 흘리고 숨을 헐떡거렸기 때문에 방패를 들어 얼굴로 직사되는 햇빛을 가리지 않을 수가 없었다. 하지가 지난 지 얼마 안 되었고 6월이라고 하지만 지금은 아우구스트라고 하는 달 신월(新月)의 3일 전이었기 때문에 더위가 한창 기승을 부릴 때였다. 또한 로마 군의 사기를 돕는 데 먼지도 적지 않게 도움이 되었다. 먼지가 적을 감춰주어서 앞이 보이지 않았기 때문에 그 수가 어마어마하다는 것을 모르고 모두가 자기 바로 앞에 있는 적에게 기습을 가하여 겁내지 않고 일 대 일로 싸울 수 있었던 것이다. 로마 군은 어려운 일에 아주 습관이 되어 있었으며 어떤 더위나 전투의 어려움에도 굴하지 않는 훈련이 잘 되어 있었으므로 땀을 흘린다거나 숨이 차서 헐떡거리는 사람이 하나도 없었다. 마리우스의 부하들을 칭찬하여 카툴루스 자신도 이것을 기록하였다고 한다.

여기서 적의 대부분을 차지하는 정예부대는 한 명도 남지 않고 모두 살해되었다. 왜냐하면 선봉에서 싸운 적은 전열을 이탈하는 자를 막기 위하여 병사들의 허리띠를 긴 쇠사슬로 연결해 놓았기 때문이다. 그러나 자기들의 진지로 도망쳐 간 적을 추격하다가 그들은 차마 눈뜨고는 볼 수 없는 참극을 목격하게 되었다. 검은 옷을 입고 수레들 위에 서 있던 여자들이 도망쳐 오는 자들을 닥치는 대로 죽이는 모습이었다. 자기들의 남편을 죽이는 여자들이 있는가 하면, 또 자기 동기들과 심지어는 자기 아버지들마저 사양치 않고 죽였다. 그리고 어린 아이들의 목을 졸라 죽이고 본인은 수레바퀴 밑에 몸을 던져 짐승의 발에 밟혀 자살하였다. 어떤 여자는 어린것들을 자기 다리에 동여매고 짐마차의 굴대 끝에 목을 매고 죽었다고도 한다. 남자들은 나무들이 없었기 때문에 더러는 황소의 뿔이나 다리에 목을 동여맨 다음 소를 찔리서 이리저리 뛰게 하여 끌리고 짓밟혀 몸이 산산조각이 나게 하였다. 무수한 사람이 죽었으며 포로된 자가 6만 이상, 피살된 자는 그 두 배나 되었다고 한다.

예사로운 약탈이 마리우스의 병사들에 의하여 자행되었으나 그 밖의 전리품, 즉 군기니 무기니 나팔이니 하는 것과 그 비슷한 물건들은 카툴루스의 진영으로 운반되었다고 한다. 그리고 이것들을 가장 좋은 증거로 삼아 이번 승리는 자기 자신과 자기 병사들에 의하여 얻어진 것이라고 주장하였다. 으레 이럴 때에는 이번의 승리는 자기의 공이라고 주장하는 논쟁이 벌어지게 마련이었다. 그래서 그는 그때 파르마에 와 있던 로마의 사절단에게 논쟁의 중재를 의뢰하였다. 카툴루스측은 사절단을 시체 사이로 끌고 다니며 자기들의 창에 꽂혀 죽은 적들을 확인시켰다. 카툴루스의 이름을 새겨 넣은 창자루를 보면 알 수 있다는 것이었다.

그러나 전체의 영광은 마리우스에게로 돌아갔다. 먼젓번 승리와 그의 현재의 권위 등이 작용했기 때문이었다. 그리고 무엇보다 더 영광스러운 일은, 시민들이 그를 로마의 제3의 창건자라고 추대하며, 그 옛날 갈리아 군이 로마를 공격하였을 때 당한 것에 못지 않은 위험으로부터 나라를 구했다고 생각한 것이다. 그리고 시민들은 누구나 처자들과 잔치나 경사가 있을 때 신을 축하하는 자리에는 반드시 마리우스도 축하하여 그에게도 술을 따르고 음식을 바쳤다. 이번 전쟁에 있어서의 승리는 다 그의 것이니 개선식도 그 혼자를 위하여 올리는 것이 타당하다고 시민들의 여론이 분분하였다.

그러나 마리우스는 그 여론을 받아들이지 않고 카툴루스와 공동으로 개선식을 치르기로 하였다. 이러한 큰 행운의 자리에서도 그의 관용을 보이려는 뜻도 있었지만 만일 카툴루스가 완전히 무시당하고 마리우스 혼자서 영광을 독차지한다면 카툴루스의 부하들이 그의 개선식을 방해할지도 모른다고 생각하였기 때문이다.

제5차 집정관에 재임하면서도 마리우스는 제6차 집정관을 탐내는 마음이 어느 누구보다도 더 간절하였다. 그 마음은 이전의 어떠한 사람이 가졌던 것이나 그가 최초의 집정관이 될 때에 가졌던 야망보다도 더 절실하였다. 그러므로 그는 시민의 인기에 신경을 썼으며, 그들의 환심을 사기 위해서는 수단 방법을 가리지 않았다. 그로 인하여 나라와 자기의 위신을 손상시켰을 뿐 아니라 천성에도 없는 행동을 취하여 시민의 환심을 사려고 굽신거렸다. 그의 명예욕은 그가 정치적 사건에 맞서거나 시민대회에 참석할 때 지나칠 정도로 소심하게 만들었다고 한다. 그러나 적과의 싸움에서는 겁을 모르고 용기를 보였던 과거의 명장들도 시민들 앞에 연설하러 나섰을 때에는 마리우스와 다를 바 없었던 것이 사실이다. 마리우스는 가장 보잘것 없는 칭찬이나 비방에도 쩔쩔매었다.

그에 관한 이런 이야기가 있다. 전쟁에서 그들이 기여한 공을 표창하여 한때 천 명의 카메리눔 인에게 로마의 시민권을 준 일이 있었다. 이것은 법에 어긋나는 조치라고 하여 누군가

가 그 해명을 요구하였을 때 마리우스는
 "전쟁의 소리가 너무 시끄러워 법의 소리를 듣지 못했다."
라고 대답하였다. 이처럼 마리우스는 집회에서 더욱 쩔쩔매며 기가 꺾였다. 전시에는 매우 필요한 인물이었기 때문에 마리우스는 권력과 위신을 줠 수 있었지만 정치적 일에 있어서 제일급의 자리를 차지한다는 것은 그로서는 바랄 수도 없는 일이었다. 그래서 그는 선인이 되려는 데 신경을 쓰지 않고 그저 위대한 인물로 있기를 갈망하였다.

모든 귀족들로부터 미움을 사게 된 마리우스는 그 중에서 특히 메텔루스를 두려워하였다. 이 사람은 그 전에 마리우스로부터 박대를 받은 적이 있었기 때문에 마리우스처럼 훌륭한 행동으로써가 아니라 비굴하게 아첨이나 하여 시민의 인기나 얻으려고 하는 사람들을 기질적으로 미워하게 되었다. 그러므로 마리우스는 그를 시에서 몰아내려는 작정을 하고 이 목적을 위하여 글라우키아와 사투르니누스 등과 결탁하였다. 이자들은 가난한 계층과 선동배들을 마음대로 주무를 수 있었다.

마리우스는 이들의 힘을 빌려서 여러 가지 법을 제정하였으며, 또한 군대를 동원하여 집회장에 침투시켜 메텔루스를 위압할 수 있었다. 그리고 사적으로 마리우스와 적대관계에 있던 루틸리우스는, 마리우스가 각 종족들에게 막대한 돈을 뿌림으로써 제6차로 집정관에 선출되었으며 또한 뇌물을 써서 메텔루스를 축출하였다고 말했다. 그리고 그때 선출된 동료 집정관인 발레리우스 플라쿠스는 동료가 아닌 그의 앞잡이로 쓰려고 마리우스가 선출되도록 조작했다는 것이다.

한 사람이 이렇게 여러 번 집정관에 선출된 예는 발레리우스 코르비누스 하나밖에는 없었다. 그리고 그는 또한 처음 집정관에 선출된 이래 마지막 임기를 끝마칠 때까지 45년 동안이나 집정관에 있었으나 마리우스는 그가 처음 집정관에 선출된 이래 행운의 흐름을 타고 다섯 번 이상이나 줄곧 집정관의 자리를 지켰다.

특히 제6차 집정관으로 있을 때 마리우스는 사투르니누스의 뜻에 동조하여 몇 개의 큰 비행을 저지르다가 미움을 사게 되었다. 그 중의 하나의 예는 사투르니누스가 노니우스를 살해한 경우였는데, 호민관을 놓고 서로 대립한 것이 그 원인이었다. 그리고 나중에 사투르니누스는 호민관이 되자마자 토지분할령을 제안하고, 그 부칙으로 시민이 표결한 사항이라면 그것이 어떠한 내용이건 원로원은 그것을 준수하겠다는 공식선서를 해야 한다고 규정하였다. 마리우스는 원로원에서 이 조항에 교묘하게 반대하는 척하면서 자기는 그런 선서는 절대로 하지 않겠으며, 자기 생각으로는 제정신이 아니고서야 누가 그런 법에 선서하겠느냐고 말하였다. 왜냐하면 별로 나쁜 흉계가 없는 이상 자발적으로 그런 법을 시인하지 않고 설득에 의하여 강요당한다는 것은 원로원에 대한 모욕이기 때문이다.

이런 말을 한 것은 마리우스 본심에서 우러나서 한 것이 아니라 오직 메텔루스를 궁지에 몰아넣어 꼼짝도 못 하게 하려는 흉계였다. 미덕이나 능력도 주로 남을 속이는 일에 존재한다고 생각한 마리우스는 원로원에서 그가 공언한 말을 까맣게 잊고 있었다. 메텔루스는 자기가 한 말이라면 꼭 지키는 사람이고, '진실은 대덕(大德)의 제일 원칙'이라는 핀다르의 격언을 높이 사는 사람이었다. 그래서 마리우스는 그가 그 법에 선서를 하지 않겠다고 선언만 하면 그것을 다시 번복하지는 않을 것이니 시민의 미움을 사게 될 것이라고 생각하였다. 이 계획은 그가 바라던 대로 성공하였다. 메텔루스가 자기는 그런 법에 선서는 하지 않겠다고 선언하는 말을 듣자마자 원로원은 회의를 마치

카이우스 마리우스 373

고 흩어졌다.

며칠 후 사투르니누스가 원로원 의원들에게 시민대회에 참석하여 시민 앞에서 선언할 것을 요청하자 마리우스가 연단 앞으로 나왔다. 장내는 물을 끼얹은 듯이 조용해지고 모두가 그의 말을 경청하려는 자세였다. 마리우스는 며칠 전에 자기가 원로원에서 한 연설을 까맣게 잊은 듯이, 그렇게 중대한 안건에 대하여 일단 내려진 의견에 이번 한 번만은 자기도 굴복할 것이라고 말했다. 그리고 법이 그렇게 되어 있다면 자기도 기꺼이 법에 승복하겠다고 선언하였다. '법이 그렇게 되어 있다면'이라고 덧붙인 단서는 그에게 일말의 양심이 남아 있다는 것을 보여준 증좌라 할 수 있겠다.

그가 선서하는 것을 보고서 아주 기뻐한 시민은 박수를 치며 그에게 환호를 보냈다. 한편 귀족들은 마리우스의 표변에 어이가 없다는 듯이 화를 내며 방관할 뿐이었다. 그러나 그들 모두는 시민이 두려워서 하는 수 없이 질서정연하게 선서하였다. 마침내 메텔루스의 차례가 되자 그의 친구들은 애걸하며, 그가 선서를 거부할 경우에 대비하여 사투르니누스가 파 놓은 함정에 자청하여 빠지지 말고 선서하라고 간청하였다. 그러나 그는 소신을 굽히고 야비하고도 보람 없는 행동을 하기보다는 차라리 어떠한 벌도 달갑게 받겠다고 선언하였다. 그리고 그는 시민회당을 떠나면서 그와 함께 있던 사람들에게 이렇게 말하였다.

"그릇된 일을 하는 것은 야비하오. 위험이 없을 때 선행을 함은 누구나 다 할 수 있는 일이오. 선인의 특색은 위험이 있을 때 의롭게 행동하는 것이오."

여기서 사투르니누스는 표결에 부쳐서 메텔루스를 두 집정관의 통제하에 두고 그에게 불과 물과 집의 사용을 금하게 하자고 동의하였다. 몽매한 시민 중에는 그를 사형에 처할 기세를 보인 자들도 많았다. 그러나 양민들의 대다수는 그를 측은하게 생각하였다. 그들이 메텔루스의 주변에 모여들었을 때 그는 자기 때문에 무슨 폭동이라고 일어나지 않을까 걱정되어 조용히 다음과 같은 말을 남기고 로마를 떠났다.

"일이 잘 되어 시민이 후회한다면 나를 다시 부를 수도 있겠지만 만사가 현재대로라면 내가 없는 것이 상책이겠죠."

그러나 메텔루스가 이렇듯 추방을 당하여 유랑하고 있으면서 어떠한 대우와 명예를 받았으며, 어떠한 모양으로 로데스 섬에서 철학을 연구하며 소일하였는지에 관해서는 그의 전기를 쓸 때에 더 소상히 하기로 한다.

메텔루스를 쫓아내고 자기가 집정관에 선출되는 데 사투르니누스의 힘을 빌렸던 그 답례로, 마리우스는 사투르니누스의 행동이 결국 오만과 폭력의 극에 도달하였음을 알면서도 모른 체해 주었다. 사투르니누스가 무력으로 정권을 뒤집고 권력을 자기 수중에 넣으려는 기색이 역력히 보여도 아는 척을 할 수가 없었다. 귀족들과 평민들의 비위를 동시에 맞추려다 보니 그는 부득이 비열하고도 정직하지 못한 행동을 취하지 않을 수가 없었다. 요인 몇 명이 밤중에 그를 찾아와서 사투르니누스를 거세해버리라고 선동하였을 때, 그는 다른 방으로는 몰래 사투르니누스를 들여 놓고 몸이 불편하다는 구실로 쌍방을 오가며 고자질하여 싸움을 붙였다.

마침내 원로원과 기사단이 단결하여 공공연히 울분을 표명하자 마리우스는 군대를 출동시켜 그들을 의사당 안에 몰아넣고 수도관을 끊어 물 부족으로 항복시켰다. 이 지경에 몰리자 그들은 항복할 테니 생명의 안전을 보장해달라고 마리우스에게 호소하였다. 마리우스는 그들의 생명을 구제하기 위하여 최선을 다하였으나 모두가 다 허사로 돌아갔고 그들이 의사당으로 다시 나왔을 때 비참하게 학살당하였다. 그가 배신한 꼴이 되고 말아서 그는 귀족으로부터도 평민으로부터도 다 같이 미움을 사게 되었다.

감찰관을 선출할 때가 왔을 때 사람들은 꼭 그가 출마하리라 예상했는데 그는 뜻밖에도 출마하지 않았다. 낙선될 것이 창피해서 그랬는지 모르지만 다른 사람에게 양보하여 결국 자기만도 못한 사람이 당선되고 말았다. 그러나 마리우스는 남의 사생활이나 행동을 엄하게 조사함으로써 너무도 많은 사람들에게 원한을 사기 싫어서 출마를 포기했다고 했지만 그것은 거짓말이었다.

추방당한 메텔루스를 다시 부르자는 문제가 상정되었을 때 마리우스는 수단과 방법을 가리지 않고 이 안건에 반대하였다. 그러나 허사로 돌아가 결국엔 포기할 수밖에 없었다. 시민들은 만장일치로 그것을 표결하였다. 메텔루스의 귀환을 차마 볼 수 없었던 그는 언젠가 천모신에게 제사를 드리겠다고 맹세한 것을 이행하겠다고 하고는, 카파도키아와 갈리티아를 향하여 출항하였다. 그러나 그것이 타당한 이유가 못 된다는 것은 누가 보아도 알 수 있었다.

사실상 마리우스는 민간인의 생활에 관해서 전혀 아는 바가 없었고 그가 그만한 지위에 있게 된 것도 모두가 다 전쟁에서 거둔 그의 공적에 의한 것이었다. 그러므로 이제 아무 전쟁도 하지 않고 한가하게 정치 생활을 한답시고 안주하고 있으므로 그의 권력과 영예가 조금씩 감소되어 가고 있다는 것을 깨달았다. 그래서 그는 모든 방법을 다 동원하여 어떤 새로운 소요를 유발시키고자 안간힘을 다 썼다. 여러 왕들 사이에 불화를 일으키고, 특히나 그때 전쟁 준비를 하고 있는 미트리다테스 왕을 자극하여, 격노케 함으로써 마리우스는 미트리다테스와 싸울 장군으로 임명되어 로마를 전리품으로 가득 채우고 폰투스에서 빼앗아 온 약탈품과 그 왕의 재물로 자기 집을 가득 채우고자 하는 희망을 은근히 품고 있었다. 그러므로 미트리다테스가 그를 극진히 대접하는데도 불구하고

"오, 전하, 로마보다 더 강하려고 노력하거나 아니면 조용히 그 명령에 복종하시오."

하고 비아냥거렸다. 로마 인들이 대담한 말을 한다는 명성은 이미 여러 번 들은 바 있지만 그것을 실제로 듣고 보니 왕은 놀랄 수밖에 없었다.

로마로 돌아오자마자 마리우스는 의사당 바로 옆에다 집을 지었다. 그는 방문객의 수가 적은 것은 거리 때문이라고 생각하였기 때문에 방문객이 멀리까지 가려는 수고를 덜어주려는 생각이었다고 이유를 대었다. 그러나 방문객의 수가 적은 이유는 정작 다른 데에 있었다. 마리우스는 정담이나 교제술에 있어서는 남보다 훨씬 뒤떨어졌다. 그래서 전쟁이 없는 평화시에는 전쟁에서나 필요하지 그 외에는 소용 없는 도구나 기구처럼 천대를 받았던 것이다.

그의 영광의 빛을 잃게 한 모든 사람들 중에서도 술라가 가장 심하였다. 술라에 대한 마리우스의 분노는 대단한 것이었다. 술라로 말하자면 귀족들이 마리우스를 향해 품고 있는 증오감을 이용하여 출세한 사람이며, 마리우스와의 불화를 그의 정치생활의 원칙처럼 삼았던 사람이다. 누미디아의 왕 보쿠스가 로마의 맹우라는 칭호를 받고, 승리의 신의 초상을 몇 개 의사당에 헌납하였다. 그리고 그 초상들과 함께 보쿠스가 유구르타를 술라에게 넘겨주는 금으로 만든 초상도 헌납하였는데, 이것을 보고서 마리우스는 술라가 이 명예를 마치 사취한 것만

같아 분노와 야심으로 거의 미칠 지경이었다. 그래서 마리우스는 강제로 이들 선물을 헐어버릴 공작을 하였다. 그 반면 마리우스에게 질세라 술라도 그것을 제지할 공작을 하였다. 그러나 그때 갑자기 동맹 전쟁이 로마를 위협하는 바람에 일촉즉발의 기세에 있던 양자간의 소요는 일어나지 않았다.

이 전쟁은 이탈리아의 모든 국가 중에서도 가장 호전적이며 훌륭한 시민들을 소유한 나라들이 동맹을 이루어 로마에 대항한 전쟁이었다. 이 전쟁에서 그들은 로마의 주도권을 거의 빼앗을 뻔하였다. 이들은 정말로 그 무기에 있어서나 병사들의 용기에 있어서 강하였을 뿐 아니라 장군들의 전략이나 대담성에 있어서도 로마 군과 백중지세에 있었다.

다양한 사건이 벌어지고 승리가 어느 쪽으로 돌아갈지 확실치 않은 이번 전쟁에서, 영광과 권력은 술라에게 돌아갔다. 그 반면 마리우스는 그것들을 모두 잃었다. 65세가 지난 마리우스가 동작이 느리고 계획성도 없고 겁이 많은 것처럼 보이는 것도 무리가 아니었다. 그전에 보였던 왕성한 활동력이 줄어들었기 때문인지 혹은 그 자신도 말하고 있듯이 머리가 둔해져서 몸이 말을 듣지 않아 군무를 감당하기에 적합하지 않아서 그랬든지 그것은 알 수 없으나, 어쨌든 그는 능력 이상의 힘을 발휘하여 힘들게 군무에 정진하였다.

그럼에도 불구하고 그는 진 적이라고는 한 번도 없었으며 큰 전투에서 승리를 거둬 6천의 적을 살해하기까지 하였다. 한번은 그가 적에게 포위를 당하였다. 적이 아무리 모욕적으로 도전해도 꿈쩍도 않고서 도발에 응하지 않자 적 중에서 가장 명성이 높고 세력이 당당한 장군인 푸블리우스 실로가 다음과 같이 말하였다는 이야기가 있다.

"마리우스, 그대가 진정으로 명장이라면 그대의 진지에서 나와 싸워보자."

이에 마리우스는,

"그대가 과연 명장이라면 나로 하여금 그렇게 하게 해보아라."

하고 응수하였다. 그리고 또 한 번은 적이 그에게 공격할 좋은 기회를 주었는데도 로마 군은 벌벌 떨기만 하고 감히 공격하지 못하였다. 양군이 후퇴하자고 말하였을 때 마리우스는 자기 장병들을 모아 놓고 이렇게 말하였다.

"적이 더 비겁하다고 해야 할지 아니면 그대들이 더 비겁하다고 해야 할지 모르겠다. 적은 감히 그대들의 등을 보려고 하지 않았고, 그대들도 마찬가지로 적의 등을 보려고 하지 않았으니……."

마침내 몸에 병이 들어 지쳐서 더 이상 군무를 감당하지 못하겠다고 공언하고 마리우스는 장군직을 내놓았다.

그 후 이탈리아가 마침내 항복하였을 때 몇 명의 후보자들이 미트리다테스와의 전쟁에 총사령관이 되고자 로마에 있는 지도자들의 지지를 호소하였다. 대담하고도 자신만만한 정치위원인 술피키우스는 모든 사람들이 기대했던 것과는 달리 마리우스를 지지하여 그를 이번 전쟁의 부집정관 겸 장군으로 임명하자고 제안하였다.

시민은 둘로 갈라져 더러는 마리우스를 지지하고, 더러는 술라를 지지하며 마리우스더러 바이아이의 온천으로 가서 본인의 말대로 노쇠하고 카타르증이 있는 몸이니 정양이나 하라고 빈정대었다. 실제로 마리우스는 그렇게 많은 큰 전쟁을 싸워 온 역전의 용장에게는 어울리지 않을 정도로 호화스러운 별장을 미세눔 근처에 가지고 있었다. 이 별장은 코르넬리아가 7만 5천 드라크마로 샀고, 얼마 후 루키우스 루쿨루스가 250만 드라크마로 샀다. 로마의 사치의 성장은 그만큼 빠르고 컸다.

그러나 이럼에도 불구하고 마리우스는 다만 어린애다운 명예욕에 불타, 늙어서 몸이 쇠약해졌다는 것도 잊어버린 듯 매일같이 '군신의 광장'으로 내려가 청년들과 함께 몸을 단련하여 갑옷을 입고도 아직 민활하게 달릴 수 있고, 마술에도 달관의 경지에 이르렀다는 것을 과시하였다. 그러나 늙어서 체중이 늘었다는 것은 감출 길이 없었고, 자주 숨이 차서 헐떡거렸다.

사람들 중에는 그가 이렇게 몸을 단련하고 있는 것을 장하게 생각하고 일부러 찾아와서 젊은이들과 기를 다투며 자신을 과시하는 마리우스를 경탄의 눈빛으로 바라보는 사람들도 있었다. 그러나 한편 지각 있는 인사들은 알몸으로 태어나 거부가 되고, 무의 처지에서 최고의 권좌의 자리에까지 오르고도 자족할 줄을 모르는 그의 탐욕과 야심을 개탄하였다. 아직도 가난한 사람인 양 그런 노령에도 불구하고 그가 이미 얻은 영광의 승리를 버리고서 카파도키아와 에우크시네 해로 출정하여 미트리다테스 왕의 장군들인 아르켈라우스와 네오프톨레모스 들과 싸우려는 것은 어찌 된 이유인지 의아하게 생각하였다. 마리우스가 내세운 변명이라는 것이 또한 가소롭다. 자기가 거기에 가는 것은 그 목적이 아들에게 장군 되는 길을 가르치는 데 있다고 말했으니 말이다.

오랫동안 병든 로마의 상태는 마리우스가 오만불손하기 짝이 없는 술피키우스를 믿고서 정사를 맡겼다가 그만 정치를 망쳤기 때문에 더욱 걷잡을 수 없는 지경에 이르렀다. 이 사람은, 자기는 다른 모든 점에선 사투르니누스를 숭배하고 그가 하는 짓이라면 무엇이나 다 모방하지만 하는 일에 주저하고 담력이 부족한 면이 예외라고 공언하였다. 그러므로 그는 이 결점을 피하기 위하여 그의 호위병으로 600명이나 되는 반원로원파라고 자칭하는 기사단을 데리고 다녔다. 그리고는 이 도당을 데리고 의사당에 나와 있는 집정관들을 습격하여 의사당에서 도망을 친 집정관 대신 그 아들을 붙잡아 살해하였다.

또 한 사람의 집정관이었던 술라는 맹추격을 받자 마리우스의 집으로 피신하였다. 그러리라고는 아무도 생각지 않았기 때문에 그를 추격하던 자들은 모두 그 집 앞을 지나가고 말았다. 마리우스가 다른 문으로 안전히 내보내주어 술라는 의사당으로 돌아갔다고 한다. 그러나 술라는 자신의 회고록에 기록하기를 마리우스네 집으로 피신하였다는 설을 완강히 부인하였다. 술피키우스가 그의 의사를 무시하고 동의하기를 강요하였던 어떤 문제를 협의하기 위하여 마리우스네 집으로 연행된 것뿐이라고 했다. 술피키우스가 칼을 뽑아서 그에게 들이대고는 마리우스네 집까지 끌고 가서 강요하였기 때문에, 그 바람에 거기서 다시 의사당으로 돌아와 마지못해 그들이 요구한 대로 문제의 법안을 철폐하였다고 한다.

이렇듯 승리를 거둔 술피키우스는 마리우스를 군사령관으로 임명한다고 포고하였다. 그러자 마리우스는 그 즉시로 전쟁준비에 착수하여 호민관 둘을 술라에게 보내 그의 군대를 이양받으려고 하였다. 이 때문에 술라는 완전히 무장된 약 3만 5천의 군대를 선동하여 이끌고 로마로 향하였다. 도중에서 우선 마리우스가 보낸 그 두 호민관을 만나 죽였다. 그러자 마리우스는 그 보복으로 로마에 있는 술라의 지지자들을 몇 살해하였으며, 전쟁에서 자기를 도우면 자유를 주겠다고 노예들에게 호소하였다. 그러나 그 제안을 받아들인 노예는 셋뿐이었다고 한다.

마리우스는 얼마 동안 술라의 공격에 저항하다가 끝까지 대항하지 못하고 도주하였다. 그를 따르던 사람들도 마리우스가 로마 시에서 도망치는 그 즉시로 사방으로 흩어졌다. 그리고 밤이 오자 마리우스는 솔로니움에 있는 그의 별장으로 급히 피신하였다. 여기서 그는 그의 아들을 이웃에 있는 장인 무키우스의 농장으로 보내어 필수품을 얻어 오게 하였다. 마리우스는 그의 측근자인 누메리우스가 준비해 배를 타기 위해 놓은 오스티아로 갔다. 여기서 그는 아들이 오기를 기다리지 못하고 사위 그라니우스를 데리고 닻을 올렸다.

한편 아들 마리우스는 외조부 무키우스네 농장으로 갔다가 떠날 준비를 하였다. 날이 밝을 무렵 그는 적에게 거의 들킬 뻔하였다. 이럴 때 으레 숨어 있을 것으로 짐작했던 기병대가 무키우스네 농장으로 밀어닥쳤기 때문이다. 그러나 농장 감독이 적이 올 것을 예측하고서 마리우스를 콩을 가득 실은 달구지 속에 감추었다. 이러한 고비를 넘기며 마리우스는 그의 아내가 기다리고 있는 집에까지 와서 필수품을 가지고 밤에 바닷가로 나왔다. 그리고 거기서 배를 타고 아프리카로 떠났다.

한편 아버지 마리우스는 항해 중 이탈리아의 해안을 휩쓸고 지나가는 대강풍을 만나게 되었다. 그는 테라키나에 사는 세도가이자 그의 적수인 게미니우스라는 사람과 맞부딪칠까 봐 걱정스러워 선원들에게 그 곳을 피하여 항해하라고 명령하였다. 선원들은 기꺼이 그의 뜻을 좇았으나, 바다에서 불어닥치는 바람으로 큰 산처럼 일어나는 파도에 배가 견디지 못할 것만 같았다. 게다가 마리우스가 심한 배멀미를 했으므로 도저히 그 이상은 항해를 계속할 수가 없어 육지로 배를 돌려 키르케이움 부근의 해안에 닻을 내렸다.

폭풍우는 점점 더 심해지고 식량도 떨어지자 그들은 하나하나 배를 떠났다. 그리고 그저 큰 고통에 처하면 사람들이 망연자실해지듯이 그들은 확실한 목적도 없이 그 지방 일대를 헤매고 다녔다. 땅도 바다도 다 같이 그들에게는 안전하지 못하였다. 사람들을 만나는 것도 위험스러운 일이었으나 식량이 떨어졌기 때문에 사람을 못 만날까 도리어 겁이 났다. 한참이나 지나서 그들은 가난한 양치기 몇 명을 만났다. 마리우스의 일행을 구제할 것이라고는 양치기들로서는 가진 것이 아무것도 없었지만, 마리우스를 알아보고서 장군을 찾아다니는 기마대의 일행을 여기서 좀 떨어진 곳에서 보았으니 되도록 빨리 이 곳을 떠나라고 일러주었다. 그들은 많은 어려움과 굶주림으로 멀리 가지 못하고 그 근처의 깊은 숲 속으로 몸을 피하여 아주 비참한 꼴로 그 날 밤을 넘겼다.

다음날 극심한 배고픔을 참고, 그래도 얼마간 남아 있는 기력을 내어 마리우스는 바닷가를 걸었다. 그리고는 부하들에게 자기를 내버려서 마지막 희망까지 끊어버리는 어리석음을 범하지 말라고 구걸하다시피 사정하였다. 마리우스는 오래 전에 자기에게 내려진 예언 때문에 그 마지막 희망을 버리지 않고 살아왔다고 공언하였다. 마리우스가 어렸을 적에 고향에서 살고 있을 때 독수리의 둥지가 떨어지는 것을 옷자락으로 받은 적이 있었다. 그 둥지 속에는 독수리의 새끼가 일곱 마리 있었다. 그것을 보고서 몹시 희한하게 생각한 마리우스의 부모가 점술가에게 찾아가서 이 일에 대하여 이야기하였다. 점술가가 말하기를, 이 일은 이 애가 자라서 나중에 큰 위인이 되어 고관대작을 일곱 차례나 지낼 것이라는 징조라고 하였다고 한다.

이런 일이 실제로 마리우스에게 일어났다고 주장한 사람도 있었으나, 어떤 사람은 유랑 중인 그를 따라다니며 그가 하는 소리를 감쪽같이 믿은 사람들이 전혀 터무니없는 그 이야기를 되풀이한 것에 지나지 않는다고 주장하였다. 그 이유로서 독수리는 한 번에 알을 둘 이상 까는 법이 없고, 시인 무사이오스가 독수리를 노래한 시에,

알 셋을 낳아 둘을 까고 하나를 기르다

라고 한 것도 거짓말이라는 것이었다. 이렇다 하더라도 마리우스가 유랑 중에 가장 큰 곤궁에 빠졌을 때 제7차로 집정관직에 오르게 된다고 그가 말한 것은 적중하였다.

마리우스와 그의 일행이 이탈리아의 한 도시 민투르나이까지 약 20퍼얼롱쯤 떨어진 곳에 오게 되었을 때, 자기들 쪽으로 기병대가 전속력으로 달려오는 것을 보았다. 우연히도 그때 배 두 척이 항해 중이었다. 그들은 하나도 빠짐없이 전속력으로 달려와 일제히 바다로 뛰어들어 배 쪽으로 헤엄쳐 갔다. 그라니우스와 함께 있던 사람들은 두 척의 배 중에서 하나를 타고 아이나리아라고 부르는 건너편에 있는 섬으로 건너갔다. 그러나 몸이 무겁고 둔한 마리우스 자신은 두 하인의 부축을 받고서 간신히 물 위에 떠 있다가 다른 배에 의하여 구출되었다.

군인들이 이때 바닷가로 와서 큰 소리로 선원들에게 다시 돌아오라고 소리를 질렀다. 아니면 마리우스를 물 속에 던져버리고서 가고 싶은 곳으로 마음대로 가버리라고 외쳤다. 그러자 마리우스는 눈물까지 보이면서 선주들에게 애원하였다. 선주들은 짧은 시간내에 이럴까 저럴까 하고 망설이다가 드디어 마리우스를 군인들에게 넘겨줄 수 없다고 대답하였다. 병사들이 분노를 터뜨리고 돌아가는 모습을 보고, 선주들은 또다시 마음을 바꾸었다.

그들은 육지로 와서 때마침 범람하여 늪을 이루고 있는 리리스 강 하구에다 닻을 내리고는 마리우스에게 타이르기를 육지에 올라가 바람이나 쐬어 뒤숭숭한 마음을 좀 가라앉힌 다음에 떠나자고 하였다. 이제는 바다나 늪에서 불어오는 바람이 잘 시간이니 한 시간쯤 여유가 있을 것이라고 말하였다. 마리우스는 그들의 충고를 감쪽같이 믿고서 하라는 대로 하였다. 뱃사람들은 배를 대고 그를 들판에 내려놓았다. 어떠한 일이 그에게 일어나든지 상관할 것 없다는 듯이 그들은 배로 돌아와 닻을 올리고 그를 찾는 자들의 수중에 넘겨주는 것도 사람의 도리로서 할 일이 못 되고, 그렇다고 해서 보호해 주다가는 자기들이 위험할 것이라고 생각하면서 급히 떠나버렸다.

모든 사람에게 버림을 받은 마리우스는 오랫동안 바닷가에 누워 있었다. 한참 만에 정신을 수습하고 그는 수렁과 도랑이 많은 길을 걸어서 소택지대에서 살아가는 어느 노인의 오두막집에 이르렀다. 그는 노인 앞에 엎드려 자기를 숨겨줘서 지금 자기가 당하고 있는 위험만 모면케 해주면 그 신세는 죽는 날까지 잊지 않겠노라고 눈물을 흘리면서 간청하였다. 노인은 전부터 그를 알고 있어서 그랬던지 아니면 그 늠름한 풍채에 눌리어 그랬든지 그저 쉬어만 간다면 자기 집도 괜찮겠지만, 쫓기고 있는 몸이라니 좀더 한적한 곳에 숨겨주겠다고 하였다. 그렇게 해주면 고맙겠노라고 마리우스가 대답하자, 노인은 그를 소택지대로 데리고 가서 강 기슭에 있는 움푹 패인 곳에 숨기고는 몸 위에다 많은 갈대와 가벼운 물건들을 덮어 가려주었다.

잠시 후, 오두막집에서 왁자지껄하는 소리가 들려 왔다. 게미니우스가 그를 추적하여 몇 사람을 테라키나에서 이 곳까지 보냈기 때문이다. 수색대는 노인에게 겁을 주고 위협하면서 로마의 적을 숨겨주었으면 내놓으라고 하였다. 이 일을 짐작한 마리우스는 두려움과 불안에 떨다가 옷을 벗고 진창물이 가득 찬 웅덩이에 뛰어들었다. 그러나 거기서도 그들의 추적을 면할 길이 없었다. 그들은 흙탕물을 뒤집어쓴 마리우스를 끌어내어 알몸인 채로 민투르나이까지 끌어다가 지방장관에게 인도하였

카이우스 마리우스 385

다. 왜냐하면 로마로부터 이미 마리우스를 수색하여 찾아내면 죽여버리라는 명령이 각 도시마다 전달되어 있었기 때문이다. 그러나 지방장관은 우선 일을 좀더 신중히 처리하는 것이 좋겠다고 생각하고서 판니아라는 여자의 집으로 보내 감금시키기로 하였다.

 이 여자는 마리우스에게 오랜 숙원이 있어 그를 잘 대우해 줄 리가 만무하다고 생각하였기 때문이다. 틴니우스라는 남자가 그 전에 이 여자와 결혼하였다. 나중에 그와 이혼하게 되었을 때 그녀는 시집올 때 가지고 온 막대한 액수에 이르는 지참금을 도로 내놓으라고 요구하였다. 그러나 그녀의 남편은 판니아를 간통죄로 고소하였다. 그러므로 이 소송사건은 제6차 집정관으로 있던 마리우스가 처리하게 되었다. 사건을 철저하게 조사하다 보니 판니아는 품행이 단정치 못하였고, 남편은 그것을 알면서도 오랫동안 같이 살아왔던 사실이 드러났다. 그러므로 마리우스는 양자에게 다 엄격하게 굴어서 남편에게는 아내의 지참금을 돌려주고, 아내는 간통죄로 동전 네 잎의 과료를 내라고 명령하였다.

 이런 판니아가 마리우스를 보자 과거에 당한 모욕 같은 것은 깨끗이 잊어버리고는, 할 수 있는 데까지 정성껏 그를 돌봐주고 위로하였다. 그는 그녀에게 감사하면서 자기는 좋은 징조를 보았으니 절망하지 않는다고 말하였다. 좋은 징조란 다음과 같은 것이었다. 마리우스가 판니아의 집 앞으로 끌려와 대문을 열었을 때 노새 한 마리가 뛰어나와 바로 가까이에 있는 샘에서 물을 마셨다. 노새는 대담하고도 격려하는 듯한 얼굴로 마리우스를 쳐다보면서 그의 앞에 가만히 섰다가 다음은 높은 목소리로 울고 나서 경쾌하게 그의 옆을 지나갔다. 이것으로부터 마리우스는 결론을 내려 말하기를 노새가 마른 사료를 먹지 않고 물을 마셨으니 육지보다는 바다에서 구원이 올 것이라고 하였다. 판니아에게 이 이야기를 한 다음 그는 방문을 닫아달라고 하고는 잠자리에 들었다.

그러는 동안 민투르나이의 지방장관과 시의원들은 서로 의논하여 지체없이 마리우스를 사형에 처하기로 결정하였다. 그러나 시민들 중에 이 일을 맡겠다고 나서는 자가 하나도 없었으므로 어떤 군인 하나가 칼을 뽑아 들고 그의 방으로 들어갔다. 방에는 불이 켜 있지 않아 컴컴하였지만 자객이 보기에 마리우스의 두 눈은 불을 내뿜는 듯이 보이고, 어둠 속에서 다음과 같이 호통을 치는 것처럼 생각되었다는 것이다.

'이놈, 네놈이 감히 카이우스 마리우스를 죽이려고 덤비느냐?'

그래서 그 군인은 깜짝 놀라 칼을 방에 남겨 놓은 채 도망을 치며 이렇게 외쳤다.

"나는 카이우스 마리우스를 죽이진 못해요."

이 소리를 들은 사람들은 놀랬지만 곧 마리우스에 대한 측은한 마음이 생기기 시작하였다. 이탈리아를 구해 낸 사람에게 그렇게도 옳지 못하고 배은망덕한 정령을 의결한 것에 대하여 후회와 자책감을 느끼기 시작하였다. 그래서 그들은 다음과 같이 말하였다.

"본인이 원하는 데로 가서 자기 운명을 찾도록 내버려 둡시다. 우리들은 마리우스를 박대하여 우리 고장에서 내쫓은 천벌이나 받지 않도록 신들에게 용서해주십사고 제사나 드립시다."

이러한 생각을 갖고서 그들은 함께 그의 방으로 몰려 들어가 마리우스를 바닷가로 데리고 갔다. 바닷가로 가는 도중 모두가 그에게 될 수 있는 한 친절하게 굴었다. 바닷가까지 가는 데 상당히 많은 시간이 허비되었다. 왜냐하면 바닷가로 가는 도중에, 일단 그 곳으로 들어간 것은 절대로 도로 꺼낼 수 없다는 것을 종교적 관례로 하고 있는 성스러운 '마리카의 숲'이 있어, 그 곳을 피하여 돌아가려면 해안까지 가는 데 많은 시간이 걸리기 때문이다. 이때 노인 하나가 마리우스를 구하는 일이라면 어떤 성스러운 곳인들 못 가겠느냐고 큰 소리로 말하고서 배에서 마리우스가 쓸 물건을 담은 짐을 들고서 앞장 서서 그 숲 속으로 들어갔다. 그 바람에 나머지 사람들도 모두 서슴지 않고 그 뒤를 따랐다.

그리고 벨라이우스라는 사람이 배를 제공하였으므로 마리우스는 그것을 타고 출범하여 다행히도 아이나리아 섬에 상륙하였다. 그리고 뜻밖에 거기서 그라니우스와 그 밖의 친구들을 만나서 함께 아프리카로 출발하였다. 그러나 도중에서 물이 끊어져서 시칠리아의 에릭스 근방에 기항하지 않을 수가 없었다. 여기서 상륙하다가 마리우스는 감시 중인 어느 로마의 형사재판관에게 하마터면 체포당할 뻔하였다. 그러나 물을 길러간 마리우스의 수행원 16명은 그에게 잡혀서 죽고 말았다.

마리우스는 모든 원정대를 데리고 황급히 그 곳을 떠나 바다를 건너 메닌크스 섬에 상륙하였다. 여기서 그는 비로소 자기 아들이 케테구스와 함께 도망하여 누미디아의 왕 히엠프살의 원조를 요청하러 가더라는 소식을 들었다.

이 소식을 듣고 다소 위안이 된 마리우스는 메닌크스 섬을 떠나 위험을 무릅쓰고 카르타고로 출발하였다. 그때의 아프리카의 지사는 섹스틸리우스라는 로마 인이었다. 그는 마리우스에게서 어떠한 피해나 친절도 받아본 일이 없는 사람이었다. 그러나 다만 동정심에서 마리우스에게 도움을 아끼지 않을 생각이었다. 마리우스가 얼마 안 되는 수행원을 데리고 상륙하자마자 어떤 장교가 그를 맞아주며 이렇게 말하였다.

"지사이신 섹스틸리우스께서 장군이 아프리카에 발을 들여놓는 것을 금하고 계십니다. 만일 장군께서 복종하지 않으시면 원로원의 정령(政令)에 따라 장군을 로마의 적으로 대우하시겠답니다."

마리우스는 이 말을 듣자 슬픔과 분함 때문에 한동안 말도 못하고 서 있었다. 마리우스가 이렇게 서서 그 장교를 노려보고 있으려니 그 장교가,

"무슨 할 말이 없으십니까? 지사에게 무엇이라고 전하면 좋겠습니까?"

하고 물었다.

"가서 전해주게. 카이우스 마리우스는 떠돌이 신세가 되어 카르타고의 폐허 속에 앉아 있더라고."

마리우스는 깊은 한숨을 내쉬며 말하였다. 이 도시의 운명을 자기 자신의 신세와 비교해서 한 말이었다.

얼마 동안 누미디아의 왕 히엠프살은 어떻게 하면 좋을까를 결정짓지 못하고 망설이며 마리우스의 아들과 그의 일행을 아주 정중히 대접해주었다. 그러나 그들이 떠날 의사를 표명하자, 그는 아직도 이것저것 핑계를 대며 그들을 붙잡아 두려고 하였다. 그가 이렇게 지연작전을 쓴 것은 무슨 좋지 못한 꿍꿍이속이 있기 때문이었다.

그러나 이때 그들이 살아날 방법이 우연히 생겼다. 왕의 후궁 하나가 미남인 마리우스 청년이 당하고 있는 고생을 보고서 마음이 흔들려 그를 사랑하게 되었다. 마리우스는 처음에는 그녀의 간청을 거절하였으나 피할 길이 없고 또 그녀의 사랑이 무절제한 정열의 만족 이상으로 진지한 것이라는 것을 알았을 때 그는 그녀의 소원을 들어주었다. 그녀가 그들이 도망칠 방법을 찾아주었으므로 마리우스는 부하들과 함께 탈출하여 아버

지에게로 도망쳐 왔다.

　부자는 서로 반갑게 만나서 함께 해변가를 걷다가 도마뱀이 싸우는 것을 보았다. 마리우스는 불길한 징조라고 생각하였으므로 부자는 곧 조그마한 어선 한 척을 얻어 타고서 아프리카 대륙에서 그리 멀리 떨어져 있지 않은 섬인 케르키나스 쪽으로 향하였다. 그들이 해안에서 떠나자 바로 왕이 보낸 기병대가 전속력으로 그들이 있던 곳으로 밀어닥치는 것이 보였다. 이렇듯 마리우스는 그가 이전에 당한 어떠한 위험 못지 않게 큰 위험을 이번에도 간신히 모면하였다고 할 수 있다.

　이때 술라가 미트리다테스의 군과 보이오티아에서 싸우고 있다는 소식이 로마에 들려 왔다. 로마에서는 두 집정관이 당파 싸움에 노골적으로 무력으로 맞서고 있었다. 그러나 옥타비우스가 승리하여 독재정부를 수립하려고 계획한 킨나를 시에서 축출해버리고는 그 대신 코르넬리우스 메룰라를 집정관으로 선출하였다. 그러나 킨나는 이탈리아의 다른 지방에서 군대를 모아 로마로 쳐들어왔다.

　이 소식이 마리우스의 귀에 들어오자 모든 원정대를 이끌고 또다시 해로를 통하여 로마로 돌아갈 결심을 하였다. 아프리카로부터 마우리타니아 인의 기병대 약간과 이탈리아에서 도망온 사람까지 모두 합쳐서 1천 남짓밖에 안 되는 사람을 모아 가지고 항해를 시작하였다. 마리우스는 에트루리아의 텔라몬에 도착하여 상륙하는 즉시로 노예들을 모아 놓고 자유를 주겠다고 선언하였다. 또 이미 자유인이 된 다수의 지방민과 이곳 저곳에 사는 양치는 사람들도 마리우스의 이름을 듣고서 바닷가의 그에게로 모여들었다. 그는 그 중에서 가장 젊고 힘이 센 사람들을 설득하여 자기를 따르라고 하였다. 그리고는 단시일 내에 유능한 병력으로 재정비하여서 40척의 배에 태웠다.

옥타비우스는 착한 사람인데다 공정하게 자기의 직책을 완수하려는 사람이고, 킨나는 술라에게 의심을 사고 있고 현 정부와도 사이가 나쁘다는 것을 알고 있었으므로 그는 후자에게 합세하기로 결정하였다. 마리우스는 킨나에게 서신을 보내어 집정관인 그에게 복종할 마음의 준비가 다 되어 있다고 하는 것을 알렸다.

킨나는 마리우스의 제의를 기꺼이 수락하고 그를 부집정관으로 지명하고는 그 권위의 상징이 되는 권표(權標)와 그 밖의 표장(標章)을 보내 왔다. 그러나 마리우스는 그러한 으리으리한 것들이 현재의 자기 운명에 어울리지 않는다고 말하고는 늘 입는 옷을 입고 추방되던 날부터 아직껏 한 번도 깎지 않은 머리로 사람들의 동정을 사려는 생각에서 천천히 걸어서 왔다. 그러나 이러한 초라한 꼴이기는 하였지만 그의 나면서부터 타고난 그 사나운 표정은 고희가 지난 이때도 변함이 없이 더 사나워 보였다. 현재 그가 당하고 있는 치욕 때문에 기가 꺾여 있다기보다는 오히려 운명의 역전에 대한 분노만이 타고 있을 뿐이었다.

킨나와 군대에 대한 인사가 끝나자 그는 그 즉시로 작전준비에 착수하여 곧 전세에 큰 변동을 일으켰다. 우선 물자 보급선부터 공격하여 모든 물자를 약탈하고 식량 공급권을 장악하였다. 그는 해군을 동원하여 여러 항구를 점령하였으며, 마침내 모략을 써서 오스티아 시를 손 안에 넣어 약탈을 자행하고 많은 주민들을 살해하였으며, 강을 봉쇄하여 바다로부터 로마로 들어가는 모든 물자의 공급선을 차단시킨 다음 군대를 이끌고 로마로 진격하여 자니쿨룸이라는 산에 진을 쳤다.

옥타비우스가 법을 너무 엄수하고 긴급한 조처를 취하지 않은 결과 시민들만 큰 피해를 입게 되었다. 일례를 들면 자유를 준다는 조건으로 노예들을 동원하라고 많은 사람들이 권유하였을 때, 그는 법을 수호하는 입장에서 마리우스를 내쫓고 있는 이때 법에도 없는 특권인 자유를 노예들에게 줄 수는 없다고 하며 완강히 거부하였다.

아프리카 전쟁에서 장군을 지냈고 그 후 마리우스의 공작에 의하여 추방을 당한 그 메텔루스의 아들인 메텔루스가 로마로 왔다. 병사들은 그가 옥타비우스보다는 훨씬 유능한 장군으로 생각하였으므로 옥타비우스를 버리고 그에게로 가서 자기들의 사령관이 되어 로마를 구해달라고 간청하였다. 경험이 많고 용감한 지휘관을 가지게 되면 함께 용감히 싸워 정복자들을 몰아낼 수 있다고 말하였다. 그러나 이 말을 들은 메텔루스는 그들에게 노발대발하여 집정관에게로 다시 돌아가라고 명령하였다. 그러자 그들은 모두 적에게 가담하고 말았다. 메텔루스도 로마가 절망상태에 놓여 있음을 보고는 로마를 떠났다.

그러나 칼다이아 인들과 제관들과 시빌 경(經)에 따라 점을 치는 사람들이 만사가 다 호전될 것이라고 설득하는 바람에 옥타비우스는 로마를 떠나지 않았다. 과연 그는 모든 로마 인들 중에서도 가장 정직하고 올바른 식견을 가진 사람이며 오랜 율법과 관습을 마치 불변의 수학적 진리처럼 엄격하게 신봉하며 아첨이나 맹종하는 일이 없이 집정관의 명예를 지켜 온 사람이었다. 그러나 미신이나 점쟁이를 대할 때에는 정치와 군사에 정통한 사람답지 않게 맹신한 이유는 알 길이 없다.

그러나 로마로 들어오기 전에 마리우스가 미리 보낸 자객들에 의하여 옥타비우스는 연단에서 끌려 내려와 살해되었다. 그가 살해될 때 그의 품 속에서 칼다이아 인 하나가 써준 점괘가 들어 있었다고 전해진다. 그리고 이 두 명장 가운데 마리우스는 점을 믿었기 때문에 성공을 거둔 적이 많았고, 옥타비우스는 그 때문에 생명을 잃었다는 것은 대단히 이상한 일이다.

여러 가지 사건이 얽히고 설켜 이렇게 되고 보니 원로원은 다급한 나머지 원로원 의원 총회를 소집하여 그 의결로써 대표를 킨나와 마리우스에게 보내어 평화적으로 로마로 와서 시민들의 고통을 덜어달라고 간청하기에 이르렀다. 킨나는 집정관으로서 사신들을 맞아 대좌에 앉아 친절한 대답을 주었다. 마리우스는 그 옆에 서서 아무 말도 하지 않았다. 그러나 얼굴에 떠도는 침울한 안색과 험악한 표정으로 미루어 보아 잠시 후에는 로마를 피로 물들일 결심이라는 것을 분명히 알 수 있었다.

회담이 끝나자 두 사람은 시내 쪽으로 가서 킨나는 그의 호위병을 데리고 시내로 들어갔다. 마리우스는 성문 앞에 서서 노발대발하면서 시내로 들어가려고 하지 않았다. 자기는 그때 국법에 의하여 추방되어 떠돌이 신세가 된 몸이니 이제 만일 자기의 존재가 필요하다면 새로운 정령에 의하여 자기를 추방한 이전 법을 철폐해야 한다고 주장하였다. 그래서 마치 자기는 국법을 지키는 사람이며, 공포나 압박을 받는 일이 없이 국법에 의하여 정정당당히 돌아오는 몸이라는 것을 과시하려고 하였다.

시민대회가 소집되었다. 그러나 서너 종족이 투표를 하기도 전에 마리우스는 가면을 벗어버리고 법에 따라 추방된 신세를 모면하겠다던 말은 언제 하였느냐는 듯이 바르디아이이라고 부르는 노예 정예호위병을 거느리고 시내로 들어왔다. 이들은 그의 명령에 따라 닥치는 대로 많은 시민들을 살해하기 시작하였다.

드디어 안카리우스라는 원로원 의원, 한때는 치안관까지 지낸 일이 있던 사람을 만나고도 마리우스가 인사를 받지 않는 것을 보자 이들은 칼을 뽑아 마리우스가 보는 앞에서 찔러 죽였다. 그 후로는 마리우스를 만나고서 인사를 해도 이 쪽에서 모른 체하거나 공손하게 답례를 하지 않아도 그것을 신호로 알고서 그들 모두를 즉각 죽여버렸다. 그러므로 그의 친구들조차도 그와 이야기를 하게 될 때에는 언제나 두려움에 벌벌 떨었다.

킨나는 살인이라면 신물이 나고 넌더리가 났지만 마리우스의 분노는 날로 새로워지고 만족할 줄을 몰라, 조금이라도 의심이 가는 사람이라면 매일같이 찾아서 죽이곤 하였다. 이제야말로 길마다 도시마다 도망쳐서 몸을 숨긴 사람들을 쫓아가 죽여버리는 사람들로 가득 찼다. 현재로서는 환대니 우정이니 하는 것은 믿을 것이 못 되었다. 피신하려고 자기를 찾아온 사람을 배신하지 않는 사람이라곤 거의 없었기 때문이다.

이러한 형편이었으니 코르누투스의 노예들의 행실은 크게 칭찬을 받을 만하다. 그들은 자기 주인을 집에다 숨기고서 죽은 사람의 시체를 구해다가 목을 자르고 손가락에다가는 금반지를 끼워서 이것을 마리우스의 호위병들에게 보이고는 자기들의 주인인 것처럼 엄숙하게 매장하였다. 이 계략은 아무에게도 들키지 않았으므로 코르누투스는 갈리아로 도망을 쳐 나중에 친척들의 도움으로 피신할 수 있었다.

웅변가 마르쿠스 안토니우스는 믿을 만한 친구의 집에 숨어 있었으나 운이 나빴다. 이 친구는 가난한 평민이었다. 평민인 그가 로마에서도 가장 지위가 높은 사람을 맞이하게 되었으니 그에게 될 수 있는 한 애를 써서 가장 좋은 것으로 대접하려는 생각으로 하인을 이웃에 있는 술집에 보내어 술을 사 오라고 하였다. 하인은 조심조심 술맛을 보고서 좀더 좋은 것을 내놓으라고 하였다. 술집 주인은 늘 사 가던 보통 술로 안 하고 맛이 좋고 값비싼 술을 달라는 것은 어찌 된 일이냐고 그 하인에게 물었다. 하인은 아무런 생각도 없이 그의 주인이 숨겨주고 있는 마르쿠스 안토니우스를 대접하기 위하여 사가는 것이라고 대답하였다.

이 사악한 술집 주인은 하인이 가버리자 저녁을 먹고 있는 마리우스에게로 가서 안토니우스를 그 자신이 이제 당장 데려오겠노라고 말하였다. 이 말을 듣자 마리우스는 기뻐서 함성을 지르며 손뼉까지 쳤다고 한다. 본인이 직접 가려고 하였으나 그의 친구들이 만류하는 바람에 마리우스는 안니우스에게 병사 몇 명을 딸려보내 안토니우스의 머리를 자기에게 되도록 빨리 가져오라고 명령하였다.

안토니우스가 숨어 있던 집에 왔을 때 안니우스는 문간에 있고, 병사들은 이층에 있는 방으로 들어갔다. 거기 있는 안토니우스를 보고서 병사들은 서로 밀며 선뜻 먼저 죽이려고 하지 않았다. 그의 웅변술이 어찌나 대단하였든지 그가 말을 꺼내어 목숨을 살려달라고 하자 아무도 그에게 감히 손을 대거나 쳐다보기조차 못 하였다. 그리고는 모두들 고개를 푹 숙이고서 눈물을 흘리고 있었다. 웬일로 이렇게 늦을까 지루하여 참다 못해 안니우스 자신이 올라와 보니 안토니우스는 열변을 토하고 있고 병사들은 그 웅변에 놀라 기가 푹 죽어 있었다. 안니우스는 그들을 겁쟁이들이라고 꾸짖으면서 손수 달려들어 그의 목을 베었다.

마리우스와 집정관 동료였고 킴브리 족을 함께 정복한 사람인 카툴루스 루타티우스를 위해 중재에 나서 그의 목숨을 살려주라고 간청하였던 사람들에게 마리우스가 대답한 말은 그저 다음과 같은 말 한 마디뿐이었다.

"죽여야지."

이 말을 듣고 루타티우스는 방문을 꼭 닫고 그 안에 불을 지펴 놓고 그 연기에 질식하여 자살하고 말았다. 시민들은 머리가 없는 시체가 여기저기 길에 내던져져 사람들의 발에 밟혀도 그것을 보고 측은한 생각에 사로잡히기보다는 오히려 그러다가는 자신들이 죽을까 봐 겁을 먹고 부들부들 떨 뿐이었다. 바르디아이이라고 불리는 노예 정예 호위병들의 행패는 특히 목불인견이었다. 가족들이 보는 앞에서 가장을 죽이는가 하면, 아이들을 학대하고 아내를 능욕하는 등 약탈과 학살을 누를 길이 없었다. 마침내 킨나와 세르토리우스의 일당이 참다못해 그들의 병사를 습격히여 낱낱이 그늘을 죽이고 말았다.

이러는 가운데 바람결이 바뀌듯이 도처에서 미트리다테스와의 전쟁을 끝마치고 몇 개 지방을 손 안에 넣은 술라가 대군을 이끌고 로마로 개선 중이라는 소문이 들려 왔다. 이 소식을 듣고 그 말할 수 없는 참변도 차츰 잠잠해지기 시작하였다. 전쟁이 박두했다는 것을 믿고서 정월 1일 제7차로 집정관이 된 마리우스는 섹스투스 루키누스라는 사람을 타르페이아의 절벽에서 던져버렸다. 이것은 마리우스 일당과 로마에 새로 다가오는 불행의 전조라고만 생각되었다. 마리우스는 힘든 일로 몸이 지치고 걱정의 무거운 짐에 눌려 이제는 기백을 유지할 수가 없었다.

전쟁이 얼마나 무서운가를 이미 경험으로 알고 있는 그는 또다시 전쟁과 그 위험을 겪어야 한다고 생각하니 그 걱정으로 몸이 부들부들 떨렸다. 그는 이제야말로 전쟁 경험이 없는 오합지졸을 거느리고 있는 옥타비우스나 메룰라와 싸우는 것이 아니라 이미 그전에 자기를 몰아냈고, 그 후 미트리다테스를 에욱시네 해까지 쫓아버린 그 술라와 싸우게 되었다는 생각으로 머리가 어리둥절해졌다.

추방생활과 그가 바다와 육지에서 겪었던 그 지루했던 방랑

생활과 위험을 회상하니 몸에서 기운이 쪽 빠지며, 밤마다 꿈자리가 사나워 조용히 잠을 이룰 수가 없었다. 그리고 누군가가 이런 말을 자기에게 하는 것 같았다.

사자의 굴은
사자가 없어도 위험하느니라.

마리우스는 불면증에 시달려 폭음을 하여서 늙은 몸이 쇠약해지는 것도 신경쓰지 않았다. 갖은 애를 다 써서 여러 망상을 쫓아버리고는 잠을 청하려고 애를 썼으나 번번이 허사였다. 이러던 중 마침내 바다에서 온 사자를 대하자 그는 새로운 공포에 사로잡혔다. 미래에 대한 공포와 또 현재의 과중한 심려 때문에 마리우스가 늑막염에 걸렸다고 철학자 포시도니우스는 말한다. 이 사람은 마리우스가 병석에 있을 때 그를 공무로 만나 요담한 일도 있었다고 한다.

역사가 카이우스 피소에 의하면, 마리우스는 식사 후에 그의 친구들과 산책을 하며 그들과 그의 과거에 관한 이야기를 나누었다고 한다. 그리고 어렸을 때부터 그에게 일어난 운명의 여러 변화를 일일이 예로 든 다음, 바른 정신을 가진 사람이라면 이 이상 운명에 의지하고 살 수는 없다고 말하고 친구들과 작별한 다음 이레 동안 병석에 있다가 세상을 떠났다고 한다.

또 일설에 의하면, 그의 야심은 병석에 누운 동안에도 버젓이 나타나 미트리다테스와의 전쟁에서 자신이 장군이 되었다는 환상에 사로잡혀 과거에 그가 전투에 참가하고 있었을 때 하던 온갖 동작을 하며 광란상태에 빠졌다는 것이다. 전쟁에 참가하고 싶다는 강하고도 자신도 어쩔 수 없는 욕망에 사로잡혀 그의 자존심과 경쟁심은 그칠 줄을 몰랐다. 이제 고희의 장수를 누렸고, 집정관에 일곱 번이나 선출된 로마 사상 최초의 사람이었고, 여러 왕을 합칠 정도의 부귀영화를 누렸지만 그는 아직도 자기가 바라던 바를 다 성취하지 못하였다고 하면서 죽어야 할 자기의 악운을 탄식하였다.

플라톤은 그의 임종이 가까웠을 때 신의 섭리와 자기의 운명에 감사하며, 첫째 야만인이나 짐승으로 태어나지 않고 인간으로 태어난 것, 그것도 그리스 인으로 태어난 것, 둘째 소크라테스의 시대에 공교롭게도 살게 된 것을 그 이유로 들었다. 또 스토아파의 철학자인 티르수스의 안티파테르도 임종시에 그가 생전에 받은 복으로서 로마에서 아테네까지의 항해를 무사히 끝낸 것을 들고 있다. 이렇듯 그들은 과거에 운이 좋았던 것을 아주 고맙게 생각하고는 그것을 기억 속에 끝까지 소중하게 간직하고 있었다.

그러나 이와 반대로 무관심하고도 경솔한 사람들은 자기들에게 일어난 모든 것을 시간이 흘러감에 따라 흘려 보낸다. 보유하거나 보존할 줄을 모르고 미래에다만 희망을 걸고서 현재를 잘 살아야 한다는 것을 까맣게 잊고 있다. 이러한 사람들은 마치 현재의 성품은 오불관언이라는 듯이 거부하고 불확실한 미래만을 꿈꾼다. 이상한 일은 아니다. 왜냐하면 좋은 결과를 얻기 위하여 기초를 잘 다지기도 전에 자꾸만 좋은 결과부터 찾고 얻을 생각만 하자면 끝이 없는 욕심을 만족시킬 수는 결코 없기 때문이다.

마리우스는 그가 일곱번째 집정관 자리에 앉은 지 17일 만에 세상을 떠났다. 이것은 로마로서는 큰 기쁨이며 만족이 아닐 수 없었다. 참혹한 학정의 재난으로부터 구제되리라는 희망을 가졌기 때문이다. 그러나 얼마 안 되어 그들은 늙고 지친 상전 대신으로 젊고도 혈기왕성한 상전을 모시게 되었다는 사실을 알게 되었다. 그의 아들 마리우스가 그에 못지 않게 심한 잔인성과 야만성을 발휘하여 로마의 상류사회의 시민들을 마구 학살하였기 때문이다. 처음에는 그의 적에 대해서는 용감무쌍한 군인이라는 칭송이 자자하여 군신의 아들이라는 별명마저 얻었지만, 나중에는 그는 그와는 반대되는 성격으로 바뀌어 베누스의 아들이라고 불리게 되었다. 마침내 그는 술라에 의하여 프라이네스테에 감금되었다. 그는 여러 가지 방법을 다하여 살 길을 찾았으나 애쓴 보람도 없이 로마가 함락되어 도망갈 희망이 막혔음을 깨닫고 그만 자살하고 말았다.

✽ 옮긴이 소개

김병철
1921년 개성 출생.
보성전문, 중국 국립중앙대학 · 대학원 졸업(미국 소설사 전공).
중앙대학교 영문과 교수, 문과대학장 및 대학원장 역임. 문학박사.
한국영어영문학회 회장 역임(1979~1981).
제7회 한국번역문학상, 대한민국학술원상 수상.
저서: 《헤밍웨이 문학의 연구》, 《한국근대 서양문학이입사 연구》 외.
역서: 《생활의 발견》, 《누구를 위하여 종은 울리나》, 《미국의 비극》,
《톰 소여의 모험》, 《아라비안 나이트》, 《포 단편선》 등이 있음.

플루타르크 영웅전 ❸

발행일 | 2022년 6월 10일 초판 1쇄 발행

지은이 | 플루타르코스　　**옮긴이** | 김병철
펴낸이 | 윤형두 · 윤재민　　**펴낸곳** | 종합출판 범우(주)
교　정 | 이정가　　　　　　**인쇄처** | 태원인쇄

등록번호 | 제406-2004-000012호 (2004년 1월 6일)
　　　　　　(10881) 경기도 파주시 광인사길 9-13 (문발동)
대표전화 | 031-955-6900　　**팩　스** | 031-955-6905
홈페이지 | www.bumwoosa.co.kr　**이메일** | bumwoosa1966@naver.com

ISBN 978-89-6365-021-0　04890

✽ 책값은 뒤표지에 있습니다.
✽ 잘못된 책은 바꾸어드립니다.